어느 인문학자의
6.25

에피파니Epiphany는 '인간의 불멸성'과 '책의 영원성'에 대한 '오래된 새로운' 믿음을 갖습니다.

어느 인문학자의 6.25

강인숙

에피파니

1950년 6월 25일 일요일 아침, 평화롭기만 한 서울

'1950년대의 연대기' — 6.25에서 휴전 전후까지

해방이 되던 해에 나는 열세 살이었다. 초등학교 6학년생, 반에서 두 번째로 작은 조그만 여자애였다. 대학을 졸업한 것이 휴전 직후였으니 중·고등학교와 대학 10년간의 학창생활을 계속 비상시 속에서 살아온 셈이다.

평상시의 사람들의 삶에는 평균치가 있다. 보편적인 삶을 뒷받침해줄 질서가 있기 때문이다. 비상시에는 그것이 없다. 사회는 파편화되고, 질서는 무너지고, 내일의 생존이 위협을 받는다. 그런 시기에는 인간은 대체로 혼자 서 있는 존재들이다. 그래서 각자가 자기만의 경험을 가지게 된다. 나는 열세 살에 한탄강 철교를 기어서 건넜다. 열세 살이라는 나이는 부모의 손을 잡고 가기에는 너무 크고, 혼자 건너기에는 철교의 칸살이 너무 넓은 어중간한 나이이다. 그래서 아버지에게 업혀서 건넌 동생의 것과는 질이 달라도 한참 다른 경험을 했다. 6년 사이에 기차 꼭대기에 타고 가는 피난행을 두 번이나 겪었고, 겨울의 한강을 걸어서 건너기도 했다. 그때마다 누구의 도움도 받을 수 없는 그 어중간한 나이가 문제가 되었다.

나는 그 기간의 나만의 비상시 체험을 잊을 수가 없었다. 그건 박완서 선생처럼 파격적으로 비극적인 것은 아니었지만, 누구나 겪는 일도 아니었다. 그렇다고 해서 나만이 겪는 재난도 역시 아니었다. 나의 경험은, 모든 것을 버리고 남쪽으로 오는 것을 선택한 한 무리의 사람들과 이어져 있었고, 교과서가 없어 국사를 배운 일이 없는 중학생들의 것이었으며, 전시에 사춘기를 맞는 병약하고 예민한 여자아이들과 공분모를 가지고 있는 것이었다. 가장 개인적인 이야기가 많은 다른 사람들의 이야기와 접목되어 있었던 것이다.

60년이 지나도 잊혀지지 않는 그 체험에 대하여 이야기를 하고 싶었다. 그래서 자전적 에세이를 쓰기 시작했더니 세 권이 되었다. 이번 책은 그 마지막 부분에 해당된다. 첫 권은 『셋째 딸 이야기』(웅진 씽크빅, 2014)다. 딸 많은 집 셋째로 태어난 초등학생의 눈으로 본 일제 말기와 해방 직후의 풍물지다. 가족 하나하나가 겪는 비상시의 모습은 서로 달랐다. 아버지에게 그것은 독립운동을 하고 감시 받는 요시찰 인물의 세월이었고, 어머니에게는 남편 대신 가족을 책임진 여자 가장의 삶이었으며, 오빠에게는 학도병을 피하려다가 학도징용으로 끌려간 젊은 남자의 체험이었고, 큰언니에게는 정신대를 피해 고1 때 결혼을 하는 소녀의 비상한 이야기였다.

그래서 그 책의 전반부는 소개령, 학도병, 정신대, 근로동원, 송근 캐기, 식량난 등과 이어진다. 나머지 절반은 해방공간의 문제들이 차지한다. 소련군의 진주, 공산주의 정권의 태동, 토지개혁과 숙청자 명단의 풍문, 소련군의 겁탈행위 같은 것들이다. 그 책은 정신대 때문에 해방되던 날 약혼한 큰언니가, 소련군이 무서워 누더기로 위장한 채 달구지를 타고 시댁으로 떠나는 장면에서 끝난다.

2권인 『서울, 해방공간의 풍물지』(박하, 2016)는 열세 살짜리 여자애가 피난열차 꼭대기에 기어오르는 1945년 11월에서 시작되어, 피난간 부산의 천막교사에서 고등학교를 졸업하는 데서 끝난다. 38선을 넘자마자 미군이 뿌려준 DDT를 뒤집어 쓰고 서울에 입성한 아이는 적산가옥에 살면서, 낯선 서울 아이들과 비비대다가, '신탁통치'에 대한 구두시문을 받으며 중학교에 들어간다. 테로부대가 교내까지 쳐들어오고, 아무 데서나 서버리는 전차로 하는 통학 과정을 겪으며, 중학생활이 시작된 것이다.

시골아이가 낯선 환경 속에 뿌리를 내리는 일은 쉽지 않았다. 그녀가 다닌 경기여고는 사대문 안에서 나고 자란 서울 토박이들이 주축을 이루는 학교였다. 서울 중의 서울이어서 아이는 거기에서 서울 문화와 만난다. 기차로 열두 시간이 걸리는 곳에 있는 그 애의 고향은, 서울과는 너무나 다른 고장이어서 문화적 충격이 컸다. 함경도와 서울은 주거문화, 음식문화, 복식服飾문화 등이 모두 달랐고, 가치관과 생활 패턴도 이질적이어서 적응하기가 어려웠던 것이다.

이번 책은 그 뒤를 잇는다. 해방되고 5년이 지난 후에 일어난 6.25 전쟁 이야기이기 때문이다. 전쟁이 터지던 1950년 6월 25일에서 시작하여 휴전 전후까지가 대상이다. 그 시대적 배경 속에는 기차 꼭대기를 타고 가는 피난행이 다시 들어 있다. 부산의 천막학교를 두 군데나 다니는 학창생활도 있었다. 전쟁이 터질 때 고2였으니까 고2, 고3시절이 먼저 책과 겹쳤다. 고등학교 2, 3학년 때가 전시였기 때문이다. 하지만 그 전쟁은 대학시절까지 이어지니 이 책은 전쟁과 대학시절의 이중주로 되어 있다. 부산에서 시작된 대학생활이 1953년에 동숭동으로 옮겨져서 졸업할 때까지의 이야기를 대상으로 하고 있기 때문이다. 1권은 초등학교, 2권은 중·고등학교, 3권은 대학시절이 주축이 되면서 아이는 그 20년 동안에 어른으로 성장한다.

2권에서 월남민 문제가 다루어졌듯이 여기에서는 6.25의 체험담이 1장을 차지한다. 2장은 1.4 후퇴에서 시작해서 군산까지 걸어가는 20일간의 피난행의 여정이고, 3, 4장은 부산에서 시작된 대학 프레시맨 시절의 이야기다. 5장부터가 동숭동 시절이다. 환도 후에 동숭동 캠퍼스에서 보낸 2년 반 동안의 대학생활의 이모저모가 드러난다. 이 책들에서 학창생활의 비중이 커지는 것은 그 10년 동안이 나의 학생시절이었기 때문이다. 그 기간은 열네 살부터 스물네 살까지의 시기여서, 한 아이가 어른이 되는 이니시에이션 스토리*의 성격을

---

* 유년이나 사춘기에서 성인 사회로 진입하는 시기에 전과 다른 육체적·심리적, 개인적·사회적 시련을 겪으며 성장하는 '통과제의'

띠기도 하며, 전시의 캠퍼스에 대한 점묘화가 되기도 한다.

이 세 책의 배경은 불행하게도 하늘에서 불비가 쏟아지던 비상시였다. 1945년에 시작되어 1955년까지의 한 디케이드decade의 시대적 배경 속에 해방과 월남행과 6.25가 있었던 것이다. 6.25 때 나는 한강변에 있어서 철교가 폭파된 자리에서 밤새도록 자동차들이 한강으로 곤두박질 치는 광경을 목격했고, 보트로 서울을 탈출하는 드라마틱한 지옥도를 보았으며, 불타고 있는 분당리에서 분노처럼 끓어오르던 장독들을 보았다. 1.4 후퇴 때는 걸어서 한강을 건넜고, 소한과 대한 사이를 한뎃잠을 자면서 군산까지 도보로 갔다. 가족 이산도 겪어 봤고, 무정부 상태도 체험했다. 그런데도, 그 무법천지에서 범죄와 맞닥뜨린 일이 거의 없었던 것은 기적 같은 일이었다. 지금 생각해 보아도 역시 감동적인 사항이라 할 수 있다.

책을 쓰는 데 걸린 세월도 10년 가까이 된다. 그 오랜 작업을 일단 끝맺었더니 휘청거릴 정도로 허탈감이 와서, 털실을 사다가 조끼를 짜면서 마음을 가라앉혔다. 하지만 그건 상실감이나 탄식만은 아니었다. 비상시는 사람들에게 고통을 주지만, 참 많은 것을 가르쳐 주기도 한다. 무엇이 비상시인지 아는 사람들은 어지간한 일에는 놀라지 않는다.

은행이 문을 닫는 걸 여러 번 본 나는, 박정희 대통령 서거 시에 제일 먼저 은행을 체크했다. 은행이 열려 있으니 비상시는 아니구나 하고 안심하던 생각이 난다. 비상시에는 길이 차단된다. 철교가 끊어진다. 시장이 문을 닫는다. 학교가 휴교령을 내린다. 그리고 은행이 문을 닫는다. 우리 세대에게는 그런 일만 일어나지 않으면 놀라지 않는 배짱이 있다. 비상시 체험의 보너스다.

이 글을 쓰면서 제일 어려웠던 것은, 너무 오래전 이야기여서 사실을 검증할 수 없다는 점이었다. 60여 년 전의 일을, 기억력 하나에 매달려서 쓰는 작업이기 때문이다. 중요한 사건들은 너무 강력한 체험이어서 뇌리에 각인이 되어 있었지만, 디테일이 생각나지 않을 때가 많았다. 그때 내가 무엇을 먹고, 무엇을 입었는지 생각이 나지 않는 때도 있었고, 강의 내용은 생각 나는데, 담당교수는 생각이 나지 않는 일도 있었다. 연대도 흔들리는 때가 많아서 옛날 수강표도 뒤져 보고, 일기책도 꺼내 보면서 가능한 한 객관성을 잃지 않으려 노력했지만, 허술한 구석이 많다. 그런 데다가 눈이 나빠서 오타를 많이 낸다. 잘못된 곳이 있더라도 경로우대 사상으로 너그럽게 봐 주십사 하고 독자들에게 부탁 드리고 싶다.

되도록 그 시기를 알리고 싶어서 1.4 후퇴 때의 월남한 피난민촌의 한 노인 이야기를 삽입했다. 「향수동」이 그것이다. 그 글의 주인공은 전쟁의 피해를 가장 아프게 받은 1.4 후퇴 때의 월남민이었다. 그분과 그 일행의 절절한 아픔을 꼭 알려 드리고 싶었다. 번지가 없는 쓰레기 매몰지에 호적이 없는 남자들이 모여서, 통곡하며 살고 있던 1951년의 향수동을 나는 잊을 수가 없다. 그들은 아직도 자기 가족을 만나지 못하고 있기 때문이다. 그래서 이미 발표했던 것을 재수

록했다. 타인의 내면을 그리는 것이니까 '소설' 형식을 빌렸다는 것도 알려 드린다.

세 권이나 쓸 줄 알았으면 애초에 같은 출판사에서 시리즈로 내는 건데, 두 권을 다른 출판사에서 이미 내고 나서 그런 생각을 했으니, 세 권이 모두 출판사가 다르다. 번거롭지만 시간이 있으시면 먼저 나온 책들도 같이 읽어 주십사 부탁 드리고 싶다.

이 책이 나오기까지 수고해 주신 박광성 선생과 출판사의 여러분들께 깊은 감사를 드리며, 자료수집을 도와 준 이혜경 씨에게도 감사한 마음을 전하고 싶다.

2017년 6월

小汀 강인숙

목차

VI 동숭동 시절의 문리대

1950년 8월, 최소한의 생필품만을 챙겨 강을 건너는 피난민들

1. 그날 우리는 이사를 했다

강변으로 가는 길 …… 1950년 6월 25일

유월. 일요일. 맑음…… 하고 쓰면 소풍을 가기에 알맞은 날 같은 느낌을 준다. 그런데, 그날 우리는 이사를 했다. 동생과 나는 이삿짐을 실은 손수레 뒤를 따라 삼각지에서 한강을 향해 걸어가고 있었다. 임시로 가는 곳이니까 가구는 그냥 두고, 손수레 하나에 실을 만큼만 세간을 싸 가지고 옮기기로 했다. 어머니의 새 사업이 잘 안 되면 돌아와야 하기 때문이다. 용산역 근처까지 가니 우리는 벌써 지쳐 있었다.

어제 선이가 사다 준 백합꽃이 손에 들려 있었다. 활짝 핀 백합에서 향기가 진동했다. 눈을 감고 그 향기를 맡으니 겨우 좀 안정이 되었다. 하지만 수레가 한강교 근처에 다다르자 나는 너무 너무 속이 상해서 발작적으로 백합을 땅에 던져 버렸다. 백합 같은 것이 놓일

자리가 있는 곳으로 가는 것이 아니기 때문이다. 대체 어디까지 떨어져야 이 추락의 과정이 끝이 날 것인가?

월남하고 2년 만에 시작한 아버지의 탄재炭材 회사가 망한 지 벌써 2년이 지났다. 그동안 아버지는 새 양말이 당일로 뚫어져 버리도록 필사적으로 노력하고 계셨다. 그런데 집에는 돈이 전혀 들어오지 않았다. 그때 아버지가 하고 있던 사업은 고령에서 나는 하얀 흙을 일본으로 수출하는 것이었다. 대일對日 수출이 하늘에 별 따기처럼 어렵던 시절이다. 그러니 그건 거창한 사업이다. 우리 아버지는 스케일이 큰 분이어서 언제나 새롭고 거창한 사업만 좋아하셨다. 그런데 재산이 모두 북한에 있으니 자본이 부족해서 일이 잘 성사되지 못했다. 돈이 없으면 작은 일을 해야 하는데, 아버지는 언제나 무리를 하셨다. 천신만고 끝에 드디어 용산역에 고령토 포대가 쌓이기 시작했는데도, 우리 집은 비탈에서 흘러 내려가는 수레처럼 계속 떨어지는 과정을 밟고 있었다.

수입이 없으니까 그동안 어머니는 집 줄이기를 계속했다. 청파동에서 원효로로 간 우리는, 2년 만에 다시 더 줄여서 삼각지의 연립주택에 옮겨 앉았다. 집을 줄이고 남은 돈으로 연명하다가 돈이 떨어지니, 방을 세를 놓았다. 2층은 두 방 다 남의 손에 들어가서, 우리는 아래층에 있는 작은 방 두 개에서 비비대며 살고 있었다. 북향이어서 볕도 들지 않는 방이었다. 그러다가 그것마저 세를 주었다. 지금 우리는 더 줄여서 이촌동에 있는 방 두 개짜리 무허가 건물로 이사를 가고 있는 중이다.

어머니가 생계를 위해 할 일거리를 찾다가, 이촌동 강변에 있는 물웅덩이를 이용해서 오리를 길러 보려는 생각을 하셨다. 그래서 옮겨가는 비장한 이사다. 아이디어는 기발하지만 내 생각에는 승산이 없어 보였다. 처음 해보는 사업인 데다가 오리를 지키는 것이 문제였다. 울타리도 없는데 어떻게 도난을 방지할 것인가?

"저 양반들은 우리를 끌고 대체 어디까지 굴러 내려갈 작정인가?" 나는 수레를 따라 가면서 혼자 중얼거렸다. 해방될 때까지 아버지는 우리 집의 신화이고 우상이었는데, 우리는 피난 와서 아버지와 같이 살게 되면서 안정된 생활을 해본 일이 거의 없다. 아버지에 대한 환멸로 눈앞이 캄캄했다. 일제시대에 어머니 혼자서 살림을 꾸려나갈 때에도 우리는 이런 불안정한 생활을 하지 않았다. 불안정한 상태가 오래 계속되니 죽고 싶은 심정이 되었다.

짐을 부리고 나서 넋을 놓고 있는데, 선이가 김밥을 말아 가지고 왔다. 그 애와 나는 강변으로 나갔다. 둑길의 시내 쪽 둔덕에 앉아, 나는 속이 너무 상해서 머리를 쥐어뜯고 있었다. 그런데 맞은 편 저만치에 자리 잡은 병영兵營의 보초병이 자꾸 우리 쪽을 향해 손짓 발짓을 해가며 난리를 부리고 있었다. 무언가에 화가 잔뜩 난 형상이었다. 내 코가 석자나 빠져 있어 남의 일에 관심을 가질 형편이 아니니 묵살해 버렸다. 그리고 친구에게 넋두리를 계속하고 있는데, 누군가가 느닷없이 양손으로 뒷덜미의 옷을 거머쥐고 우리를 동시에 일으켜 세웠다.

"야! 이 기집애들아! 귀가 먹었니? 강변길을 비우라고 아까부터 소리치고 있는데 왜 말을 안 듣는 거야! 알고나 있는 거니 이 애물들아! 전쟁이 터졌다구…… 진짜 전쟁 말이야. 북한 놈들이 38선을 넘어 탱크를 몰면서 이리로 오고 있단 말이야! 냉큼 꺼져!"

정신이 번쩍 나서, 멀리 있는 큰 길 쪽을 주의 깊게 살펴보니. 차들이 정신없이 오락가락하며 어수선하고, 확성기로 무언가를 열심히 떠드는 소리가 들려왔다. 가까이 가서 귀를 기울여 보았다. 스피커에서 엄청난 말이 쏟아지고 있었다.

"북한군이 남침했으니 모든 국군 장병들은 속히 부대로 돌아가라. 되도록 빨리 돌아가라!"

주말인 데다가 모내기 철이어서, 사병들에게 2주씩 휴가를 주어, 일선이 비어 버렸다는 말을 나중에 들었다. 장성들은 회식이 있어 술에 취해 있었다 한다. 적은 그렇게 사전 준비를 철저히 하고 38선 전역全域에서 일제히 쳐들어왔는데, 우리는 일선에 군인들이 없으니 확성기에 불이 날 수밖에 없었던 것이다.

맙소사! 나는 넋을 잃고 주저앉았다. 하필이면 집을 줄여 이사하는 참담한 날에 전쟁까지 터지느냐 말이다. 소풍을 가기에 알맞은 휴일에, 짐 수레를 따라 두 정거장이나 걸어온 것만 해도 미칠 일인데, 전쟁까지 터지면 어쩌라는 것이냐. 기가 막혀서 말이 나오지 않았다.

하지만 우리 가족은 곧 평정을 되찾았다. 강씨네식 낙천주의다. 국방장관이 북침을 하면 점심은 평양에서 먹고, 저녁은 신의주에서 먹을 실력이 우리에게 있다고 말했던 생각이 난 것이다. 게다가 인민군의 38선 침범은 어제오늘 시작된 일이 아니지 않은가? 또 그러다가 말겠지. 설마 오늘 내일이야 무슨 일이 있을라구. 우리뿐 아니다. 38선이 조용해본 일이 없어서 안보 불감증에 걸려 있던 대한민국 국민들은, 그 전쟁을 대수롭게 여기지 않았다. 아마 그날 밤 서울 시민들은 대체로 편안한 잠들을 잤을 것이다. 우리 집처럼 말이다.

공중전

그런데, 다음 날 학교에 가는데 피난민들이 몰려오고 있는 것이 보였다. 학교 뒷담 밑에도 피난민들이 쭈그리고 앉아 있었다. 수업을 시작하자마자, 북한 비행기들이 나타났다. 여의도 비행장을 폭격하러 온 비행기들이 저공 비행을 해서, 학교 지붕 근처를 스치며 날아갔다. 바로 머리 위를 적기가 날고 있는 것이다. 그날 미국 비행기와 소련 비행기가 공중전을 벌이기도 했다고 한다.

그건 서울 사람들이 생전 처음 목격한 진짜 전쟁이었다. 1차 대전 때도 2차 대전 때도 서울은 전쟁터가 된 일이 없기 때문이다. 시골은 더하다. 우리 고장에서는 한두 번 B-29가 고공 비행을 하는 걸 본 것밖에는 전쟁의 현장을 목격한 일이 없다. B-29는 너무나 깨끗한 비행운을 날리면서 아득한 하늘 끝에서 날아갔기 때문에, 위기의식을 느낄 수 없었다. 그러니 전쟁은 언제나 풍문에 지나지 않았다.

그런데 갑자기 벼락 치는 소리를 내면서 적의 비행기가 머리 위를 스쳐 가니, 학생들이 기겁을 했다. 아이들이 비명을 질러댔다. 우는 아이도 있었다. 수업을 시작하려던 선생님도 겁에 질려서 분필을 손에 든 채 얼이 빠져 있었다. 학생들에게 "바닥에 엎드려 머리를 숙이고 있으라"고 한 것이 선생님이 취한 공습 대책의 전부였다. 전쟁 경험이 없는 점에서는 선생님도 우리와 마찬가지였던 것이다.

하늘이 조용해지자 선생님은 황급히 교무실로 달려 갔다. 그리고 얼마 후에 돌아와서 우리에게 집으로 가라는 지시를 내렸다. 학교에서 연락할 때까지 학교에 오지 말라는 말도 하셨다. 나는 다음 날부터 학교에 가지 않았다. 이사를 가서 학교가 더 멀어진 데다가 용산에는 군사시설이 집중되어 있어서 언제 폭격을 할지 모르기 때문이다. 그러다가 이틀 후에 덜컥 적군 치하에 들어 가 버렸으니 그날부터 사실상 석 달 동안의 긴 여름 방학이 시작된 것이다.

근대국

　이사 온 직후인 데다가 구멍가게마저 문을 닫아서 집에 반찬거리가 없었다. 동네에서 멀리 떨어져 있는 강변이어서, 구멍가게가 아주 멀었는데, 시국이 어수선해지니 그나마도 문을 닫아 버려서 우리는 곤경에 처해졌다. 그런데 뜻하지 않은 곳에서 도움이 왔다. 이웃집 아저씨가 근대를 한아름 안고 온 것이다. 근대 농사를 지었는데, 전쟁 때문에 도매상이 오지 못하니, 뽑아 놓은 근대를 이웃에 나누어 주기로 했다는 것이다.

　처음에는 너무 고마웠다. 그런데 달리 먹을 것이 없으니, 그 후 우리는 근대국을 너무 많이 먹었다. 두 주 후에 그 동네를 떠날 때까지 국거리는 근대밖에 없었던 것이다. 나중에는 근대라면 보기도 싫어졌다. 구멍가게는 문을 열 생각을 하지 않고, 용산 일대는 날마다 폭격을 해대니 속수무책이었다. 다른 집에서도 그런 일들이 일어났다. 그 기간에 4촌 누나 집에 있었던 우리 남편은, 그 집에서 마침 가지고 있는 찬거리가 양미리밖에 없어서, 양미리를 얼마나 많이 먹었는지, 평생 다시는 양미리에 손을 대지 않게 되었다고 했다. 나도 마찬가지였다. 그 강변에서 근대국을 얼마나 먹었는지 지금까지도 근대국은 입에 대지 않는다.

　옆집은 누나가 남동생을 키우는 남매 세대였다. 사람들을 그 집 누나를 매자 아줌마라고 불렀다. 매자라는 애는 본 일도 없는데, 매자 아줌마와 삼촌만 존재하고 있었다. 피난을 가다가 정자리에서 인민군이 앞질러 가는 바람에 되돌아 와 보니, 서울은 당연하게도 인민공화국이 되어 있었다. 우리를 야단치던 보초가 있던 자리에 인민군이 주둔했다. 매자 아줌마는 그 부대에 주방일 도우미로 나가게 되었다. 밥을 해 주는 대신에 쌀과 부식거리를 받아 왔다. 덕택에 우리도 이따금 그녀에게서 나물이나 생선자반 같은 것을 얻어 먹었다.

매자 아줌마는 서른 살쯤 된 자그마한 젊은 과부였다. 이쁘고, 세련된 그 서울 여자에게, 북한군 소좌가 반해서, 식료품을 넉넉히 챙겨준다는 소문이 나돌았다. 외로웠던 매자 아줌마는, 자기를 여자로 보고 좋아하는 젊은 남자가 나타나니까, 잠에서 깬 누에처럼, 이뻐지기 시작했다. 모시 적삼을 곱게 다려 입고, 머리에 기름도 바르면서, 사춘기 소녀처럼 나날이 그녀 안에서 여자가 살아났다. 그 새로운 개화開花가 눈이 부셨다. 사랑의 눈으로 바라봐 주는 남자가 생기면, 여자는 시시각각으로 때를 벗어간다는 것을 알게 되었다.

아무도 그녀를 비방하는 사람이 없었다. 먼 훗날에「라이언의 딸」같은 영화를 보면서 매자 아줌마 생각을 가끔 했다. 사람들이 적군을 좋아하는 그 여인에게 돌을 던지지 않은 것은 그 사랑이 그냥 찬거리나 좀더 집어주는 단계에서 끝난 가벼운 것인 때문이기도 했지만, 보다 큰 이유는 동족이라는 데 있었을 것이다. 북한군과 남한군은 군복만 벗으면 그렇게 이웃사촌들이 될 수 있는 사이였다. 절대로 총을 쏘면서 서로를 죽일 관계가 아닌 것이다. 그들이 서로를 죽이는 전쟁을 하게 만든 것은 용서할 수 없는 일이었다. 명분이 무엇이었든 간에 그건 해서는 안 되는 일이었던 것이다.

그녀에게는 눈이 크고 눈썹이 짙은 남동생이 있었다. 나와 동갑인 그 아이는 밤이 되면 여학생을 옆에 둔 고2 소년답게, 친구들과 평상에 나 앉아 잘 알지도 못하는 니체와 쇼펜하우어에 대해 떠들어대면서 존재를 과시했다. 누이의 살뜰한 보살핌을 받아 살이 포동포동 찐 그 소년은, 유치원 아이처럼 맑고 순수한 데가 있었다. 그래서 손아래 아이 같이 만만하게 느껴졌다.

피난지에서 자전거를 얻어 가지고 돌아왔더니, 그 애가 내게 자전거를 가르쳐 주겠다고 제안했다. 자전거를 탈 수만 있으면 나다니기가 한결 수월할 것 같아서 시도해 보았다. 하지만, 운동신경이 워낙 둔한 나는 균형을 잡지 못해서 자꾸 넘어졌다. 다음 날 그는 친구까지 데리고 와서, 내가 자전거에서 떨어지지 않게 필사적으로 도와주었다. 그러나 자전거 배우기는 사나흘 만에 끝이 났다, 우리 집에 변고가 생겨 야반도주를 하게 되었기 때문이다.

하지만 자전거 배우기는 좋은 추억을 남겼다. 한강변에서 해가 떨어지는 광경을 볼 수 있었기 때문이다. 아버지가 돌아오셔야 하니까 자전거는 저물녘에 배웠는데, 그 시간대가 되면 하얀 왕모래로 된 넓은 둑길에 황금빛 노을이 번지기 시작한다. 그러면 서강까지 훤히 바라보이는 한강물이 온통 금빛으로 물든다. 천지가 황홀하게 아름다워지는 것이다. 물을 좋아하는 나는 강에 내려앉는 노을에 완전히 반해 버렸다. 자전거를 가르쳐주던 이웃집 소년은 이름도 생각이 나지 않는 데, 전쟁 중인데도 평화롭고, 황홀하던 강변의 해 지는 풍경은 지금도 기억에 그대로 남아 있다.

밤에 온 손님

정자리에서 돌아와 일주일이 좀 넘은 어느 날 밤, 우리 집에는 경천동지驚天動地할 사건이 생겨났다. 달갑지 않은 손님이 찾아온 것이다. 아버지 회사에서 심부름을 하다가 입대한 청년이다. 그가 국군 패잔병이 되어 목에서 피를 흘리면서 오밤중에 나타났다. 막 잠이 들려고 하는데 누가 자꾸 창호지를 살살 긁어댔다. 어머니가 나가 보니 그 사람이 서 있었다.

원효로에 살 때 우리 집은 북에서 월남하는 친지와 친척들이 모여들어서, 피난민 수용소 같이 되어 있었다. 마당이 없는 대신 방이 다섯 개나 있는 일본집이었는데, 오빠와 언니네 가족이 북에서 내려와 한 방씩 차지했고, 나머지 두 방은 고향사람들이 차지하고 있었던 것이다. 방마다 한 세대씩 다섯 세대가 살고 있으니 식구가 스무 명이 훨씬 넘었다. 여자들이 밥하기를 감당할 수 없어서, 병영兵營처럼 남자가 와서 밥을 지었다. 아버지가 석탄과 목재를 사러 강원도에 가셨다가 데리고 온 스무 살 된 청년이었다. 혼자 북에서 내려왔다는데,

굶어서 길에 쓰러져 있는 것을, 차마 버리고 올 수 없어서 데려왔다고 아버지가 말씀하셨다. 남한에는 아는 사람이 하나도 없다는 그 사람은, 임시로 회사에서 허드렛일을 돕다가 우리 집 주방 일을 맡게 되었다.

얼굴이 꺼멓고 별로 이쁘지 않은 청년이었지만, 성실하고 부지런했다. 그는 장작도 패고, 방에 불도 때고, 조개탄을 피워서, 큰 솥에 밥도 하고 국도 끓였다. 애인과 같이 북에서 탈출했다는데, 중간에서 여자를 잃어버렸다면서, 밤이 되면 그 여자의 이름을 부르며 뒤꼍에서 울었다. 아버지의 회사가 망하자 그는 군에 입대했고, 그 후에는 소식이 없었는데, 2년 만에 느닷없이 나타났다. 깜깜한 밤에, 하필이면 부상당한 국군 패잔병이 되어 우리 집에 나타난 것이다. 인민군 치하가 되었는데 말이다. 그는 목에 피 묻은 헝겊을 칭칭 동여매고 있었다.

그의 출현은 우리에게는 감당할 수 없는 재앙이었다. 예상도 할 수 없던 엄청난 재난이 닥쳐 온 것이다. 강원도에서 인민군에게 포위를 당하자 그의 부대는 일본 군인들처럼 옥쇄玉碎*를 하기로 결정하고. 둥그렇게 둘러앉아 제가끔 자기 몸에 총을 쏘기 시작했다는 것이다. 그 사람도 목에 아홉 발의 총알을 박고 쓰러졌다는데, 며칠 만에

---

* 옥처럼 땅에 떨어지면 산산이 부서져 버린다는 뜻. 군대에서 적에게 항복하는 대신에 전원이 자살해 버리는 것을 옥쇄라고 한다. 2차 대전 때 일본군에서는 옥쇄를 예찬하는 풍조가 있어서, 걸핏하면 어느 부대가 옥쇄를 했다고 교장이 자랑스럽게 훈화를 하는 일이 많았다.

깨어났단다. 산 속에서 깨어나 보니 이미 아래 동네에는 인민공화국 깃발이 꽂혀 있더라는 것이다.

밤에 몰래 개울에 가서 피를 씻고, 농가에 가서 밥을 훔쳐 먹고, 옷도 훔쳐 입고, 야밤에만 산을 타고 조금씩 이동했다고 했다. 우리 집에 다다르는 데 열흘 넘게 걸렸다니 얼마나 힘들게 찾아왔는지 알 것 같았다. 자기 목에는 지금도 아홉 발의 총알이 그대로 박혀 있다고 말하면서 그는 눈물을 흘렸다. 피 묻은 붕대를 보니 다친 것은 사실인 것 같은데, 믿어지지 않았다. 사람 목에 아홉 발의 총알이 박힐 자리가 어디 있는가. 아홉 발이나 되는 총알이 왜 하나도 관통하지 않고 모두 몸에 박혀 있을까? 넓은 몸통을 놓아두고 왜 좁은 목에 총알을 퍼부었을까? 그렇게 많은 총알이 박혀 있는데, 어떻게 살아남을 수 있을까? 우리는 괴물이라도 보는 것 같은 기분이 되었다.

1.4 후퇴 때 군산에 피난을 가 보니, 거기에도 이상하게 총상을 입고 살아 있는 사람이 하나 있었다. 국군 소대장이었다는데, 적군을 향해 "돌격!" 하고 고함을 치는 순간에 적의 총알이 입으로 들어와서 목젖만 떼 버리고 관통하는 바람에 목숨을 건졌다는 것이다. 그래서 그 상이군인은 유명인사가 되어 있었다. 있을 수 없는 일이 일어난 기적의 사나이였기 때문이다. 총을 맞는다고 다 죽는 것이 아니라는 사실이 신기했다.

하지만 신기해하고 있을 처지가 아니었다. 그게 사실인지 아닌지는 문제가 되지 않았다. 문제는 그가 국군 패잔병이라는 데 있었기 때문이다. 국군을 숨겨 주면 온 가족이 몰살당할 위험이 있다. 길에서 검문해 보면 총을 쏴 본 사람은 손바닥에 유황 흔적이 배어 있어서 전문가들은 금세 안다면서, 국군을 보고 신고하지 않으면 엄벌을 받는다는 통고가 집집에 전달되어 있었다. 뿐 아니다. 우리 집에는 당장 그를 재울 방도 없다. 그리고 그는 우리 친척도 아니고 친지도 아니다. 가족의 목숨을 걸 명분은 없는 것이다. 그렇다고 살려 달라고 온 사람을 고발하는 것은 사람이 할 도리가 아니다. 더구나 그는 앞길이 구만 리나 된다는 20대의, 자식 같은 나이의 젊은이다.

'저놈을 어쩐다지?'

아버지는, 그에게 음식을 먹이고 갈아 입을 옷을 줘서 강변 풀숲에 가서 자라고 내보낸 후, 밤새도록 머리를 싸매고 고민을 하셨다. 남한 천지에 아는 사람이라고는 우리 아버지밖에 없다는 사람이다. 이사를 간 우리 집을 찾느라고 목숨을 건 모험을 한 사람이다. 내쫓으면 단박에 잡혀 총살을 당할 사람이다. 그렇다고 데리고 있다가는 우리 가족의 목숨이 위협을 받으니 진퇴양난이었다.

'저놈을 대체 어쩌면 좋지?'

크리스챤인 우리 부모는 결국 그를 버릴 수 없다는 결론을 내렸다. 밤새도록 끓탕을 하다가 내린 힘든 결정이었다. 차마 그를 죽으라고 내줄 수가 없어서 할 수 없이 우리는 두 주일도 못 되어 그 동네를 떠났다. 우리의 형편을 모르는 동네에 가서, 시골서 온 조카인데 연주창*을 앓고 있어서 군대에 못 갔다고 둘러대면 사람들이 의심하지 않을 것 같아서였다. 붕대를 갈았더니 그의 목에서는 다행히도 진물만 나오고 피는 멎어 있었다. 그래서 정말로 연주창 환자 같이 보였다.

비장한 결심으로 강변으로 이사까지 갔는데, 그 사람 때문에 어머니는 새 사업을 시작도 해 보지 못하고, 달갑지 않은 손님을 혹처럼 매단 채 다시 이삿짐을 쌌다. 그리고 우리는 통행금지가 끝나자마자 도망꾼들처럼 강변도로에 나섰다. 이웃에 그의 존재를 들키지 않으려고 야반도주를 한 것이다. 그리고 다시는 돌아가지 않았으니 우리의 이촌동 시대는 그 손님 때문에 두 주일도 못되어 끝이 났다. 그때부터 1.4 후퇴 때까지 우리는 집을 놓아 두고 남의 집에 얹혀 살았다. 순전히 그 사람 때문이다.

그를 데리고 한강 둑을 거슬러 올라가다가 지금 유엔 빌리지가 있는 한남동 근처에 가니까 언덕 위에 주택가가 나타났다. 지금의 한남대교 동북쪽 기슭에 있는 주택가였다. 집들은 다 비어 있었다. 우리는 거기에서 남쪽 벼랑 위에 세워진 제일 큰 한옥으로 들어가기로

---

* 連珠瘡: 목에 단단한 멍울이 생겨 통증이 계속되고, 그곳이 곪아 터져 진물이 흐르며 자꾸 퍼지는 병이다.

결정을 했다. 집이 넓어야 남의 눈에 덜 띨 뿐 아니라, 반장이 들이닥칠 경우에도 도망가서 숨을 시간을 벌 수 있기 때문이다. 날이 밝기 전에 우리는 그 집으로 들어가서 얼른 대문을 걸어 잠갔다.

어느 부자의 별장이었던 듯한 그 한옥은 화초담까지 있는 격식 있는 건물이었다. 본채에서 사랑채로 나가는 문이 아치형 돌문이었다. 그 문을 활짝 열어 놓으면 그 너머에 한강물이 가득 차 있는 풍경은 경이로웠다. 호수 같기도 하고 은하수 같기도 한 여름의 한강이다. 전망이 끝내 주었다. 한강이 바로 발아래 있고, 그 너머는 광활한 벌판이다. 시야가 탁 틔어서 여름인데도 시원했다. 새벽이면 탁 트인 시야에 물안개가 끼어서 수면이 안개 속에서 몽롱했고, 저녁이면 노을이 하류까지 황금빛으로 물들여 환상적이었다. 그 집은 아마 서울에서 가장 전망이 좋은 집이었을 것 같다.

관리도 잘되어 있었다. 높은 곳에 있어서인지 온 동네가 다 비어서인지 장독대도 풍성한 대로 남아 있었다. 처마 밑에는 장작이 가득 차 있었고, 정원에는 초목이 아름답게 자리잡고 있었다. 뒤란에는 채마밭도 있었다. 가까이에 집이 없으니 이웃에 들킬 염려도 적고, 장독대와 장작더미와 푸새밭이 있으니, 사는 문제도 해결되었다. 더 바랄 수 없는 최상의 피난처였다.

하지만 오래 머물 수는 없다. 치안이 불안정할 때여서, 빈 동네에 며칠간 머무는 것은 누구의 관심도 끌지 않을 것 같긴 했지만, 우리는 들키면 안 되는 형편이니 빨리 거처를 정해야 한다. 누가 대문을 두드리기만 하면 끝장이 나기 때문이다. 아버지가 종일 있을 곳을 찾아다니다가 며칠 후에 돈암동에 있는 친척 할머니 집에 들어가기로 약정을 하고 오셨다. 그 집에는 아들이 둘이나 있어서 패잔병의 숙소 문제도 해결되었다.

그 이틀 전에 아버지는 길에서 우연히 고향에서 온 소학교 때 단짝 친구를 만났다. 그분이 서울대 병원에 있다면서, 마침 식당에 식재료를 대는 사람을 구하는 중이니 그 일을 아버지가 맡으면 어떻겠느냐고 제안했다. 그건 육체노동인 데다가 판도 작다. 평상시의 아버지 같으면 절대로 안 할 일이다. 하지만 전시여서 호구지책이 막막한 형편이니, 아버지는 가족들을 위해 그 일을 하기로 작정을 하셨다. 그리고 병원에서 가까운 돈암동 할머니 댁에 거처를 정한 것이다.

그 후 석 달 동안 아버지는 자전거를 타고 시골까지 가서 물건을 구해다 병원에 납품하는 고된 육체노동을 계속하셨다. 생전 처음 하는 노동이었다. 혼자서 할 수가 없으니 할머니댁 아저씨들과 같이 하고, 그 대신 그 집 살림도 책임져 드리기로 약속을 하셨다. 그 집은 서울대 병원과 가까우니 여러 가지로 조건이 맞았다. 아버지가 육체노동을 해서 우리를 먹여 살린 그 기간에, 우리 형제는 비로소 아버지에게서 부양을 받고 있다는 사실을 실감했다. 아버지가 너무 싫어하는 육체노동을 감내하고 계셨기 때문이다.

다시 짐을 싸들고 이사를 했다. 우리는 용산이 폭격을 심하게 당한 다음 날을 택해서 할머니집으로 갔다. 집이 폭격으로 타버려서 왔다고 하면 동네 사람들이 의심을 하지 않을 것 같아서였다. 국군 패잔병은 시나리오대로 시골서 온 연주창에 걸린 조카로 소개되었다. 그 사람 때문에 늘 밤중에만 이사를 했고, 석 달 내내 항상 조마조마했다. 그렇다고 그가 우리에게 해만 끼친 것은 아니다. 솥단지까지 짊어지고 걸어서 다녀야 하는 피난행이어서, 장정이 하나 있으니 짐 나르기가 훨씬 수월했다. 뿐 아니다. 아버지의 일에는 일손이 필요했다. 식자료를 무더기로 사다가 상품으로 만들어야 하기 때문에 손이 많이 갔다. 할머니집 아저씨들과 그 사람까지 합치고 가족들이 모두 도와서 그 일을 해 나갔다.

부지런하고 심성이 고운 그는 아버지 일을 성심껏 도왔다. 아저씨들은 시골에 가서 재료를 구입하는 일을 아버지와 같이 하고, 그 사람은 낮에는 뒤꼍에 숨어서 아버지의 식재료를 다듬어서 묶는 일 같은 것을 하다가 밤이면 마루 밑에 들어가서 잠을 잤다. 밤에 가택수색을 하러 오는 일이 많기 때문이다.

시간이 지남에 따라 전세는 북한에 불리해져 갔다. 9월이 되자 인천상륙작전이 시작되어 인민군들은 일손이 딸렸다. 그래서 민간인에게 부역을 부가하는 일이 더 많아졌는데, 쓸 만한 남자들은 모조리 군대와 징용에 데려가서 인력이 바닥이 나 있었다. 처음에는 아저씨들이 교대로 부역을 감당했는데, 아저씨들도 다 군대에 잡혀가고 없으니, 9월이 되자 부역에 나갈 사람이 없었다. 인천에 유엔군이 상륙하자, 사람만 보이면 환장할 지경으로 일손이 딸리던 인민군은, 신분

조회 같은 것도 하지 않고 노무동원을 시켰고, 아무에게나 쉽게 야간 통행증을 끊어 주었으며, 노동의 대가로 양식도 주었다. 낮에는 폭격 때문에 꼼짝을 못하니까 밤이라야 둑을 쌓거나 참호를 파는 일을 할 수 있기 때문에 일거리가 너무 많이 밀려 있었던 것이다.

우리 집에서는 할 수 없이 막바지에는 국군 패잔병에게 노무동원을 부탁했다. 남자가 그 사람밖에 없었기 때문이다. 워낙 어수룩해 보이는 시골 사람인 데다가, 목에서 계속 진물이 나와서, 목에 감은 형겊이 늘 고름에 절어 있었으니까, 연주창 때문에 군대에 못 갔다는 말이 잘 통했다. 폭격 때문에 아버지도 시골에 못 가는 절박한 시기가 오자, 그는 거의 밤마다 노무동원 팀에 참여했다. 누구도 그 목의 붕대를 풀어 보자고 할 여유가 없는 급박한 상황이어서, 그는 날마다 부역에 동원됐고, 대가로 쌀을 조금씩 받아 가지고 와서 어머니를 도왔다. 국군 패잔병이 인민군이 몸을 숨길 참호를 파는 것도 아이러니한 일이었지만, 피보호자인 그가 우리를 돕는 것도 웃지 못할 일이었다.

어쨌든 그렇게 해서 그는 무사히 우리 집에서 9.28을 맞았다. 그런데 수복한 다음 날 소속부대를 찾아간다고 나가더니 소식이 완전히 두절되었다. 그를 숨기느라고 집을 떠나 석 달 동안이나 남의 집 살이를 한 우리 부모님은 좀 섭섭해하셨다. '머리 검은 짐승*은 은공을 모른다'면서 어머니는 그의 배신을 노여워하셨다. 생사를 알 수 없으

---

* 다른 짐승은 검은 머리를 하고 있지 않으므로 인간을 그렇게 부르는 수도 있다.

니 걱정이 되어서 소식을 간절하게 기다리다가 나온 탄식이었다.

　나중에 들어 보니 그는 그 기간에 영창에 갇혀 있었다고 했다. 부대에 가자마자, 한강 이북에 남아 있었다는 죄목으로 영창에 갇힌 것이다. 예고도 없이 인도교를 폭파하고, 자기들만 떠나고 나서, 수복이 되자 강을 건넌 사람들이 한강 북쪽에 남아 있던 사람들을 모두 죄인 취급을 하는 이상한 현상이 벌어지고 있었다. 그 기간에 부역을 한 사람들이 많았으니 옥과 돌을 가려낼 필요는 있었겠지만 무조건 죄인 취급을 하는 것은 잘못이었다.

　학생들도 학도 호국단 간부들에게 사상 심사를 받고 통과되어야 등록을 할 수 있었다. 인민군 치하에서 한 일에 대한 자술서를 내고 심사를 받은 것이다. 여맹에 들어갔거나 적 치하에 학교에 나간 학생들에게는 징벌이 내려졌다. 인민군 치하에 학교에 나간 학생 중에는 퇴학을 당한 사람들도 많았다. 우리 학교에서도 퇴학당한 학생들이 더러 있었다.

　군대는 더했다. 한강을 건너지 않은 군인은 일단 영창에 가두고, 사상 검증을 하는데, 절차가 까다로웠다. 전시여서 인력이 모자라니 심사를 끝내고 풀어주는 데 석 달 가까이 걸린 것이다. 그가 한번 우리 집을 찾아오고 나자 곧 다시 1.4 후퇴가 되어 또 한강을 건너는 것이 문제가 되는 세상이 왔다. 정확하게 석 달마다 통치자가 바뀐 것이다. 그 후 그는 소식이 완전히 두절됐다. 우리가 이사 간 곳을 몰랐기 때문인지도 모른다. 아니면 전사했을 수도 있다. 가장 바람직한 시나리오는 북진하는 군대를 따라가서 그리워하던 연인을 만나는 경우다. 그 험난하던 세월에 총알을 목에 잔뜩 넣은 채 나타나서 우리를 사지에 빠뜨릴 뻔했던 그는, 어느 면에서 보면, 그 기간에 우리의 피부양자인 동시에 도우미이기도 했다. 그래서 우리가 그의 은인이었는지, 그가 우리의 은인이었는지 헷갈리는 면도 가지고 있었다. 따지고 보면 인간관계는 언제나 이렇게 헷갈리는 일이 많다. 갓난아기의 존재 같은 것도 그 좋은 예다. 남편이 젊어서 죽으면, 아기는 몽땅 엄마의 짐이 되는 거지만, 아기는 엄마가 살아갈 동력도 되기 때문이다.

2. 내 머릿속의 분당리는 …… 1950년 6월 28일-7월 초순

정체 모를 폭발음

6.25가 터지던 날 우리는 이촌동으로 이사를 했다. 그래서 한강철교가 폭파되는 엄청난 폭음을 지척에서 들었다. 지축이 흔들리는 것 같은 메가톤급 폭발음이었다. 잠자고 있던 식구들이 그 소리에 놀라서 소스라쳐 일어났다. 시계를 보니 새벽 2시가 넘어 있었다. 밖에 나가 살펴 보아도 캄캄해서 소리의 출처를 가늠할 수 없었다. 혼비백산해서 미처 풀지도 못한 짐을 뒤져 간단한 보따리를 만들어 가지고, 비몽사몽 간에 밖으로 뛰쳐나왔다. 비가 지척지척 내리고 있었다.

무조건 한강철교 쪽을 향해 걷기 시작했다. 피난을 가려면 한강 인도교를 건너야 하기 때문이다. 그때 한강에는 사람이 걸어서 건널 수 있는 다리가 그것 하나밖에 없었다. 우리처럼 철교를 향해 가는 사람들이 길을 꽉 꽉 메우고 있었다. 좀 있으니까 웬일인지 움직임이 정지 되었다. 앞이 막혀서 사람들이 전혀 움직이지 못하게 된 것이다. 강변 길에서 한 시간이나 비를 맞으며 우두커니 서 있었다.

앞으로 가는 것을 단념하더니 피난민들은 강둑 아래를 이동하기 시작했다. 왼쪽 비탈을 내려가면 백사장이 나온다. 서서 밤을 새울 수는 없으니까 모래사장에 가서 앉기라도 하자고 생각한 것이다. 삽시간에 모래 벌이 피난민으로 가득 찼다. 북한군이 쏘아대는 대포 소리는 아직 멀리 있는데, 앞쪽에서 대체 무슨 일이 일어난 것일까? 어둠 속에서 사람들은 폭발음의 출처를 몰라 불안해했다. 앞으로 나갈 수 없는 것도 이해할 수 없었다. 전세戰勢는 어떻게 되어 가고 있는 걸까? 인민군은 대체 어디까지 왔을까? 알 수 없는 일이 하나둘이 아니었다.

그중에서도 가장 불가사의했던 것은 멀리 보이는 한강철교 위에서 일어나는 일이었다. 많은 차들이 남쪽으로 이동하고 있었다. 그런데, 철교 중간에 있는 어느 한 지점에 다다르면, 약속이나 한 듯이 헤드라이트들이 꺼져 버리는 것이다. 필름이 끊기듯이 깔끔하게 불들이 꺼져 버리고, 또 꺼져 버리고, 또 꺼져 버리고…… 그 남쪽에는 어둠만 있었다. 다리를 반으로 나누어 보면, 오른 쪽에서는 계속 헤드라이트들을 켠 차들이 몰려오고 있고, 불이 꺼지는 지점 왼쪽은 칠흑 같은 어둠에 묻혀 있었던 것이다. 무슨 일인지 짐작을 할 수 없었다. 정부가 철수하는지 차량은 계속 밀려오고 있었다. 그래서 헤드라이

1950년 6월 28일, 인도교를 비롯한 한강의 철교가 폭파되었다

트들이, 정지선에 이르면, 꺼지고 꺼지고 하는 일이 밤새도록 계속되었다.

동이 터 올 무렵에야 그 이유를 알고 피난민들이 일제히 비명을 질렀다. 어둠이 걷히기 시작하자 한강 철교의 중간 부분이 두 군데나 사라져 없고 교각만 그대로 남아 있는 것을 발견했기 때문이다. 교각 사이가 사라져버린 철교는 전쟁의 가장 처참한 측면을 과시하고 있었다. 폭탄은 아무리 거대한 구조물도 얼마든지 토막 낼 수 있다는 것을 알려주고 있었기 때문이다.

어젯밤에 들은 폭발음은 철교가 폭파되는 소리였고, 헤드라이트들이 꺼지고 꺼지고 하는 일을 되풀이 한 것은, 다리가 폭파된 것을 모르고 달려오던 차들이 하나씩 하나씩 한강에 곤두박질을 친 것을 의미했던 것이다. 밤새도록 그 일이 되풀이 되었으니 대체 얼마나 많은 생령들이 물에 빠져 죽었다는 말인가? 인민군 탱크부대의 남진을 막으려고 우리 쪽에서 폭발을 계획한 것이라는데, 집행관이 잘못해서, 예정시간보다 일찍 단추를 눌렀다는 말을 나중에 들었다.* 정부의 차량들도 정보를 모를 정도였다니, 완전히 무정부 상태였다. 그 혼돈 속에서 그런 상상을 초월한 재앙이 벌어졌다. 누구 하나만 다리 입구에서 상황을 알려주었어도 안 일어날 사고였는데, 그게 되어 있

---

* 채병덕 장군이 시킨 것이라는데, 실무자가 시민들에게 알리지 않고 예정보다 빨리 단추를 눌러서, 밤새도록 차와 사람들이 한강으로 빠져들게 만들었다는 것이다. 1950년 6월 28일 새벽 2시 30분의 일이다.

지 않아서 밤새도록 차들은 한강을 건너려고, 달려오고 달려오고 하였던 것이다.

어찌 자동차뿐이겠는가. 도보로 인도교를 건너고 있던 사람들도 모조리 그렇게 죽었다. 다리가 끊어진 지점에서 강으로 사람들이 곤두박질치고 있는데, 그걸 모르고 계속 밀려오고 있었던 것이다. 금년 6월 28일 신문을 보니까, 그날 밤 걸어서 강을 건너다 죽은 시민의 수가 수백만이나 된다고 했다. 있을 수 없는 일이 일어난 것이다. 일어나서는 절대로 안 되는 일이 발생한 것이다. 한강 하류에서는 지폐 뭉치와 보따리가 둥둥 떠다니는 사이를 시체들이 수없이 자맥질을 하고 있다는 소문이 퍼졌다.

강변에서 비를 맞으며 밤을 새운 피난민들이 아우성을 치기 시작했다. 다리가 끊어지면 강을 건너는 일이 불가능하기 때문이다. 한참 있으니까 사람들은 심란한 몸짓으로 짐 속에서 냄비들을 꺼내서 한강물로 밥을 짓기 시작했다. 조리*가 없으니 쌀을 물에 흔들어 대충 돌을 추려내고, 근처에서 돌멩이들을 줏어다가 화덕을 만들었다. 그리고는 풀숲에서 풀을 뜯어서 밥을 지으려 하는데, 풀들이 비에 젖어서 불이 잘 붙지 않았다. 삽시간에 백사장이 난민촌처럼 지저분해졌다.

돌이 질경거리는 밥을 먹고 있는데, 국군 패잔병들이 몰려오기 시작했다. 군인들이 무리를 지어 강변에 모여 들었다. 의정부에서부터

---

* 그 무렵에는 쌀에서 돌을 추려내는 장치가 없어서 쌀을 씻은 후 이남박을 쓰거나 대나무로 만든 조리로 쌀을 살살 건지며 돌을 추려냈다. 모양은 복조리와 같다.

계속 밀리다가 여기까지 걸어오게 되었다는 군인들은, 하루 사이에 패잔병 같은 참담한 몰골이 되어 있었다.

"소련제 탱크부대가 떼를 지어 밀려 오는데… 무기가 있어야 싸우죠!"

내 또래의 패잔병들이 주먹으로 눈물을 훔치며 울었다. 나남없이 자식을 군대에 보낸 피난민들은, 밥을 나누어 주고, 사복으로 갈아입히며 그들을 위로했다. 적군이 이미 미아리를 넘어 시내로 들어왔다고 그들이 알려 주었다. 곧 이리로 닥쳐 올 것이라는 말도 했다.

유엔군의 참전 소식

비를 맞으며 밤을 꼬박 강변에서 새운 피난민들은, 그날도 점심때가 가까워 올 때까지 강변에서 시간을 보냈다. 갈 곳이 없었기 때문이다. 확실한 것이 하나밖에 없었다. 시내로 돌아가서는 절대로 안된다는 것이다. 그러니 천생 남쪽으로 가야 하는데, 철교가 없어졌다. 유일한 통로가 끊어져 버린 것이다. 앞에는 큰 강이 있으니 오도가도 못할 곤경이다. 어떻게 그 강을 건너야 할지 몰라서 피난민들은 모두 미친 사람들처럼 허둥거렸다. 대포 소리가 점점 가까워 오고 있었지만 속수무책이었다.

누군가가 모래에 구덩이를 파고 들어앉았다. 포탄을 피하기 위해서다. 다른 사람들도 모두 구덩이를 파기 시작했다. 사람이 들어앉을 만한 구덩이를 제가끔 파는 작업이 전염병처럼 퍼져 나갔다. 한 사람이 들어갈 만큼 파는 사람도 있고, 두 사람이 들어갈 만큼 파는 사람도 있었다. 연장이 없으니 짐 속에서 양은 대접을 꺼내서 파기도 하고, 접시나 손으로 파기도 했다. 모래는 젖어 있어서 잘 파졌지만 연장이 신통치 않아서 그 작업도 쉽지는 않았다. 기를 쓰며 모래를 파느라고 강변을 메운 사람들은 모두 한동안 잠잠했다. 하지만 곧 비명이 쏟아져 나왔다. 강의 수위가 높아서, 파 놓은 구덩이에 물이 고인 것이다. 그래도 사람들은 물웅덩이에 용감하게 들어가 앉기 시작했다. 그리고는 단파 라디오를 들으며, 유엔군 비행기가 날아오기를 목을 빼고 기다렸다. 유엔군이 참전했다는 뉴스를 듣자 사람들은 하늘을 쳐다보는 일에 열중했다. 비행기가 오는가 보려고 하늘을 보는 난민들의 시선은 갈급했다.

그때 우리나라는 비행기도 탱크도 가지고 있지 않았다. 미군이 막 철수한 후라 무장상태가 말이 아니었다. 그 무렵까지 국방은 미군이 맡고 있었기 때문에 그들의 철수는 공백을 낳았다. 정부가 수립된 지 2년밖에 안 된 시점이어서 우리에게는 아직 스스로 나라를 지킬 능력이 없었다. 미군이 떠나서 빈집 같아졌을 이쪽 사정을 알고 있는 북한이, 그 틈을 이용하려고 미군이 철수하자마자 쳐들어 온 것이다.

소련과 제휴하여 소련제 탱크와 비행기를 몰고 그들은 왔다. 그들이 미리 손을 써서인지 사병들은 모내기 휴가를 갔고, 상관들은 파티를 열어 곤드레가 되어 있었다는 것이다. 일요일인 것도 북한에서는 계산에 넣고 있었다. 우리만 모르고 있었던 것이다. 지금처럼 그때도 한국 사람들은 안보 불감증에 걸려 있었다. 우리 집처럼 국방장관이 북진하면 점심은 평양에서 먹고 저녁은 신의주에서 먹을 만한 실력이 있다고 한 말을 믿고 있었던 모양이다. 그래서 전쟁이 났는데도 피난 갈 생각도 하지 않고 있다가 고스란히 당했다. 준비 없이 전쟁이 터졌으니 우리 쪽은 일선이나 후방이나 뒤죽박죽이었다. 38선이 지척인데 어쩌면 그렇게까지 무방비 상태였는지 생각하면 기가 막힌다.

26일부터 하늘에는 소련제 야크 전투기가 뜨기 시작했는데, 우리에게는 대공포조차 제대로 된 것이 없어서 구경만 하고 있는 형편인 것 같았다. 탱크에 대응할 무기도 없었다. 6.25가 난 후 3개월 동안 서울에서는 소련제 탱크의 무한궤도가 덜덜덜덜 거리면서 끝없이 도는 것을 자주 볼 수 있었다. 그건 우리가 처음으로 보는 진짜 탱크였다. 탱크는 무거워서 날이 더워지니 아스팔트를 파고 들어갔다. 지나간 자리에 바퀴에 파인 넓은 자국이 도로에 남았다. 그 자국이 온 서울을 덮었다. 탱크의 무한궤도가 어떤 위력을 가지고 있는지 실감하면서 석 달을 보낸 것이다.

그런 형편이었으니 유엔군이 참전하지 않으면, 삽시간에 나라가 없어질 판이었다. 사람들이 유엔군의 참전에 목을 매지 않을 수 없는 이유가 거기에 있었다. 그래서 강변을 메운 피난민들은 모두 하늘만 보고 있었던 것이다. 패잔병들도 하늘만 쳐다보았고, 민간인들도 하늘만 쳐다 보았다. 비행기가 뜨지 않으면 모두 죽을 처지라, 하늘을 향한 사람들의 눈에는 핏발이 서 있었다. 수 만 명의 사람들이 물에 잠긴 모래 구덩이에서 하늘만 쳐다보고 있는 광경은 처절했다. 하늘에서 만나가 떨어지기를 기다리던 이스라엘 사람들이 우리와 같았을 것이다.

열 시경에 드디어 남쪽에서 비행기가 나타났다. 비행기들은 편대를 이루고 초고속으로 우리의 머리 위를 삽시간에 가로지르더니 곧장 북쪽을 향해 사라졌다. 피난민들이 환호성을 올렸다. 손을 들어 만세를 부르는 사람도 있었다. 유엔군의 참전은 죽음과 삶을 가르는 신호탄이었던 것이다. 눈으로는 하늘을 쳐다보고, 귀로는 북한군의 대포 소리와의 거리를 가늠하면서, 피난민들은 자신이 파 놓은 물웅덩이를 들락날락하고 있었다.

유엔군이 참전했으니 장기적으로는 희망이 있는 셈이다. 하지만 당장 발등에 떨어지는 불은 어떻게 끈다는 말인가? 인민군의 대포 소리는 점점 다가오고 있는데, 한강 다리는 끊어져 버렸으니, 방법이 없었다. 구덩이에는 물이 가득 차서 사람들은 여름인데도 덜덜 떨고 있었다. 물속에 들어앉아서 줄지어 몰려오는 국군 패잔병들을 보는 마음은 참담했을 것이다. 나라가 망해 가고 있는 현장이 눈앞에 있었다. 전쟁이 난 지 불과 사흘 만에 서울 시민들은 강변까지 쫓겨 가서 물속에서 떨고 있었던 것이다.

한강 건너기 곡예

강변은 난장판이었지만, 아침의 한강은 아름다웠다. 비가 멎었고 날은 흐렸지만, 구름 사이에서 해가 나타나서 이따금 비에 씻긴 세상에 탐조등처럼 한 줄기씩 빛을 비쳐주곤 했다. 밤새 가라앉아 맑아진 물에 배 한 척 떠 있지 않아서, 강은 호수 같이 잔잔했고, 하류에는 물안개 같은 것이 서려 있었다. 맞은편 언덕의 녹음이 물에 잠겨서 흔들거렸다. 멀리 보이는 철교는 여러 동강이 나서 끔찍했지만, 비가 멎은 한강은 정갈하고 아름다웠다.

한참 있으니 어디에선가 지휘관이 나타나서 여기저기 흩어져 있던 군인들을 집합시켰다. 그들은 강변을 아래위로 훑어서 보트를 몽땅 끌고 와서 군인들을 남쪽으로 실어 나르는 작업을 시작했다. 건너간 군인들이 동작동의 가파르고 높은 비탈을 등반대처럼 아슬아슬하게 기어 올라 가는 것이 보였다. 아주 가파른 언덕인데 기적 같은 등반을 하고 있는 것이다. 그 일은 민간인들에게 희망을 주었다. 그들이 올라갔으니 우리도 할 수 있겠다는 자신감이었다. 군인들의 도강작전이 두 시간쯤 걸렸는데, 민간인들은 차분하게 그들이 강 건너는 것을 지켜보고 있었다. 그들의 도강작전이 끝나기만 하면 민간인 차례가 올 것이라 믿었기 때문이다. 죽음이 눈앞에 와 있으니 동작동의 언덕이 험한 것은 걱정할 여유도 없었다.

그런데 일이 터졌다. 마지막으로 건너간 군인들이 보트를 그쪽 기슭에 묶어놓고 돌려보내지 않은 것이다. 인민군들이 뒤따라오는 것을 막으려고 군인들은 가지고 간 배를 모두 건너편에 묶어놓고 가 버렸다. 동작동 언덕 밑으로 굽이치는 한강물은 깊은 소용돌이였고, 보트는 하나도 없으니, 남쪽으로 가는 마지막 방편이 영원히 사라져 버린 것이다. 북한군의 대포소리는 이제 지척으로 다가와 있었다.

피난민들이 고래고래 소리를 지르기 시작했다. 절망을 한 그들은 목청껏 악을 쓰면서 다양하게 분노를 분출시켰다. 국군을 욕하는 사람도 있고, 인민군을 욕하는 사람도 있고, 괜히 옆 사람에게 시비를 거는 사람도 있고, 목 놓아 우는 사람도 있었다. 강을 건널 희망이 사라지자 노약자가 있는 가족의 일부는 시내 쪽으로 힘없는 발걸음을 내디뎠다. 하지만 강을 건널 희망을 버리지 못한 대부분의 피난민들은 계속 악을 쓰고 난동을 부렸다. 악에 받쳐서 눈에 핏발이 선 군중은 무서웠다. 하지만 그들에게는 이제 쳐들어갈 관청도 남아 있지 않았다. 정부는 이미 남쪽으로 떠난 후였기 때문이다.

그때 상류 쪽에서 탄성이 터졌다. 누군가가 강을 건너려고 물에 뛰어든 것이다. 사람들은 일제히 그를 지켜보느라고 한동안은 강변 전체가 조용해졌다. 한참 있으니까 강을 헤엄쳐 건넌 사람이 보트를 타고, 다른 보트도 끌고 오는 것이 보였다. 피난민들이 일제히 환성을 올렸다. 수영에 자신이 있는 장정들이 너도나도 물속으로 뛰어 들어갔다. 두 시간쯤 지나니 건너편 기슭에 있던 보트들이 모조리 이쪽으로 이동하고 있었다. 피난민들이 계속 환호성을 올리며 그들을 응원했다. 삽시간에 수십 척의 보트가 확보되었다.

진짜 생지옥이 연출된 것은 보트가 온 후부터였다. 배는 적은데 타고 싶은 사람이 너무 많았기 때문이다. 보트 하나에 수십 명의 사람들이 매달려서 결사적으로 기어오르는 통에 배가 엎치락뒤치락해서 사람들이 수없이 물에 빠졌다. 보트마다 그런 형편이어서, 배가 뒤집히고 젖혀 지고 하느라고 아무도 올라탈 수 없을 지경이었다. 등에 짐을 진 채 보트 밑에 깔리는 사람도 있고, 멱살잡이를 하는 사람들도 있고, 가족이 흩어져서 울부짖는 사람도 있고, 북새통에 다친 사람도 있었다.

목숨을 걸고 배를 가지고 온 사람들은 당연하게도 비싼 요금을 요구했다. 그런데도 배에 매달리는 사람은 줄어들지 않았다. 필사적이었다. 다양한 비명 소리에, 돈을 내라고 다그치는 소리까지 범벅이 되어서, 멀리 동강이 난 철교가 보이는 한강변은 완전히 열혈지옥이었다. 수십 척의 보트에서 똑같은 일이 벌어지니 한강 모래벌은 전쟁터를 방불하게 했다. 군중의 욕심이 알몸을 드러낸 악몽 같은 장면이었다.

아쿠다가와 류노스케의 『거미줄』이라는 소설 생각이 났다. 어느 날 지옥을 내려다본 부처님은 그곳에서 고초를 겪고 있는 간타다라는 사람을 발견하고 자비심을 일으킨다. 그를 구해 주려고 부처님은 거미줄 하나를 아래로 내려 보낸다. 그런데 거미줄을 보자 주변의 사람들이 모두 매달리려고 기를 써서 난리가 벌어진다. 간타다는 자기 혼자만 올라가고 싶었다. 그래서 뒤따라 올라오는 사람들을 발로 차느라고 위로 올라가는 것을 잊어버릴 지경이었다. 아귀다툼이 벌어졌다. 그러다가 결국 거미줄은 끊어져 버렸다. 간타다뿐 아니라 따라 올라오려던 사람들까지 함께 몽땅 지옥으로 도로 떨어져 버린 것이다. 극한상황이 되면 사람들은 모두 소설 속의 간타다처럼 짐승스러워져서 저만 살겠다고 남을 밀쳐낸다. 차마 눈을 뜨고 볼 수 없는 참상이다.

그 와중에 재빠르게 팀을 짠 사람들이 나타났다. 돈 받는 사람, 밀치는 사람, 끌어올리는 사람, 배를 미는 사람으로 역할이 분담되어, 팀워크가 시작되고 나서야, 겨우 몇 척의 배가 정원의 3배 쯤 되는 피난민을 싣고 움직이기 시작했다. 하지만 앞으로 나가는 것은 쉬운 작업이 아니었다. 몸이 몽땅 물에 젖고 가슴 위만 배에 매달린 사람들이 손에 돈을 들고 필사적으로 배를 놓지 않으려고 악다구니를 벌이기 때문이다. 선주는 노를 휘둘러 그 사람들의 손을 배에서 떼 내느라고 간타다처럼 얼굴이 마귀같이 돼서 악을 쓰고 있다.

밀려난 사람들이 물속에서 곤두박질을 하며 몸부림치는 소동이 모든 배 근처에서 벌어지고 있었다. 강물에는 주인이 놓진 짐 보따리와 신발짝, 옷가지 같은 것들이 난파선의 유품처럼 둥둥 떠 있었다. 강변에서 10미터쯤 들어간 강심江心까지 사람들이 쫓아 들어가서 뒤엉키는 바람에 한강은 황하처럼 흙탕물이 되어 버렸다. 그 물에 젖어 사람들도 황토색으로 물들어 갔다. 단테가 그린 지옥보다 더 참담한 광경이 소용돌이치고 있었던 것이다. 아비규환阿鼻叫喚이라는 상형문자 생각이 났다. 이런 때 쓰라고 만든 말일 것이다.

하지만 노약자가 있는 가족들은 그런 악다구니에 휘말릴 엄두조차 내지 못해서 모래톱에 우두커니 서 있거나 넋을 놓고 물구덩이에 주저앉아 있었다. 장정들이나 견뎌낼 살기 띤 배 타기 경쟁에는 노약자가 낄 자리가 없었기 때문이다. 우리는 해방 후에 월남한 사람들이라, 인민군이 들어오면 아버지가 당장 잡혀 갈 처지다. 그런데도 우리 가족은 미쳐 돌아가는 소용돌이를 넋을 놓고 구경만 하고 있었다. 열한 살짜리 막내 때문이다. 막내가 아니라도 우리 집에는 그런 싸움을 감당해 내지 못할 사람이 많다. 아이들 중에서는 제일 위인 나부터가 비실거리는 빈혈환자였기 때문이다. 찬물에 발만 담가도 위경련을 일으키는 나 때문에 우리 식구들은 모래 구덩이조차 만들지 못했다.

하지만 나보다 더 문제인 것은 어머니였다. 그 와중에 어머니는 죽은 아이의 무덤을 생각하고 있었던 것이다. 아이의 무덤이 있는 미아리 근처가 쑥대밭이 되었다고 패잔병들이 말하자 어머니는 그 북새통 한복판에서 울기 시작했고, 자기는 피난을 가지 않겠다고 선언했다. 아버지가 막 화를 냈다. 남은 자식들은 자식이 아니냐고 어머니를 다그쳤다. 그래도 소용이 없었다. 폭탄이 떨어져 아이의 무덤이 파헤쳐진 것 같아서 어머니는 사지가 오그라들고 있었던 것이다. 그러니 남들이 살려고 기를 쓰고 있는 광경을 우리 가족은 구경만 하고 있을 수밖에 없었다.

세 시경이 되자 사람들이 다 빠져나가서 드디어 우리 차례가 왔다. 하지만 그때는 이미 인민군이 지척에 와 있었다. 우리가 탄 배가 맞은편 언덕에 닿기도 전에 강변에 인민군들이 나타났다. 따발총 소리가 진동했다. 탄환이 강물에 떨어져 물보라를 일으켰다. 동작동 높고 가파른 언덕에 하얗게 매달려 있던, 우리보다 앞서간 피난민들이, 총소리에 놀라서 비명을 질러댔다. 사정거리가 넘어 닿지도 않는데, 그들은 처음 듣는 따발총 소리에 자지러졌다. 언덕이 높고 가파르다는 생각을 할 겨를도 없이 사람들은 미친 듯이 그 험한 언덕을 기어 올라갔다. 옆에 있는 아이가 낙상해서 강으로 떨어져도 뒤돌아볼 여유도 없었다. 덕분에 징징대던 우리 집 막내도, 울음을 참지 못하던 어머니도, 모두 어느새 언덕 위에 올라서는 기적이 일어났다. 다급하면 생겨나는 그 초인적인 괴력怪力이 신기했다.

총소리에 쫓기며 강을 겨우 건넌 피난민들은, 선택의 여지가 없이 후퇴하는 국군과 진로를 같이했다. 다리를 질질 끌며 점심도 굶은 피난민들이 동작동 국립묘지가 있는 산들을 겨우 벗어나 조금 더 가자, 갑자기 뒤에서 요란한 말발굽 소리가 들려왔다. 사람들이 길옆으로 비켜섰다. 한 떼의 용맹스런 군마軍馬들이 갈기를 휘날리며 달려오고 있는 것이 보였다. 총소리에 놀라서 마구간을 탈출한 모양이다. 겁에 질린 말들은 미친 것처럼 질주했다. 민간인에게서 징발한 자전거를 타고 후퇴하던 군인들이 기민한 동작으로 달리는 말들을 낚아챘다.

말에 올라타고 그들이 떠난 자리에 10여 대의 자전거가 뒹굴고 있었다. 이번에는 피난민들이 기민한 동작으로 자전거를 낚아챘다.

우리 아버지도 운이 좋게 당신 앞에 던져져 있던 자전거를 챙기셨다. 아직 아버지가 소년이었을 때 처음으로 산골 마을에 자전거가 들어왔다 한다. 아버지는 처음 보는 자전거에 선 뜻 올라타더니, 이웃 마을까지 거뜬히 갔다 와서 사람들을 놀라게 했다는 말을 들은 일이 있다. 자전거를 자행거自行車라고 부르던 시절의 이야기였으니 아버지는 운동신경이 발달한 편이었던 것 같다.

자전거를 얻은 것은 너무나 큰 행운이었지만, 아버지는 식구들과 보조를 맞추어야 하니까, 올라 타고 실력을 발휘할 수는 없었다. 그래도 자전거는 여전히 우리의 구세주였다. 막내를 태울 수 있었고, 짐을 실을 수 있었기 때문이다. 종손인 데다가 한량이어서 평생 노동을 해 본 일이 없는 우리 아버지는, 당신 몫의 짐 보따리를 제대로 가누지 못해서 계속 비틀거리셨는데, 자전거에 짐을 덜어 올려 놓으니 자유로워지셨고, 어머니와 우리도 모두 짐이 줄어서 구제되었다. 막내의 자작거리는 걸음 때문에 자꾸 일행에서 쳐져서, 인민군에게 덜미가 잡힐 것 같은 공포에 시달리던 우리는, 자전거 덕에 남들과 보조를 같이하며 이동할 수 있어서 한결 안정이 되었다. 뿐 아니다. 그 자전거는 6.25 석 달 동안 내내 우리 집 식구들을 먹여 살렸다. 아버지는 그걸 타고 시골에 가서 양식을 구해 오서서, 가족을 부양할 수 있었던 것이다.

남의 밭의 수박

누군가가 근처에 효령대군능이 있다고 말했다. 아버지는 인민군이 뒤쫓아 오는 위급한 상황인데도 거기에 우리를 데리고 가셨다. 능은 잘 손질되어 있었고, 바람도 시원해서 평화롭고 쾌적했다. 낙천적인 아버지는 거기에서 느긋하게 쉬면서, 우리에게 태종의 세 아드님 이야기를 해 주셨다. 아버지가 세자인 양녕을 못마땅하게 여기는 눈치를 보이자, 둘째인 효령이 그 자리가 자기에게 올 줄 알고 열심히 공부를 하기 시작했다는 것이다. 아버지가 셋째를 마음에 두고 있는 것을 눈치 채고 있던 양녕은, 일부러 세자 자리에서 낙마할 구실을 만들어 가면서, 효령에게도 아버지의 뜻을 귀띔해 주어서 그가 불교에 열중하게 만들었다는 이야기였다. 지금은 누구나 다 아는 이야기지만 그때만 해도 우리 역사를 아는 사람이 적어서, 아버지가 그 이야기를 하시니 피난민들이 모여 들어 같이 들었다. 모두들 자기가 서 있는 자리를 잠시 잊은 한가한 시간이었다.

우리는 효령대군능에서 역사만 배운 것이 아니라 도둑질도 배웠다. 아버지가 남의 밭에서 수박을 따다가 돌로 쪼개서 우리에게 나누어 주신 것이다. 한강을 건너자 사람들은 약속이나 한 듯이 사유재산 개념을 벗어 버렸다. 아무 밭에나 들어가서 수박과 참외 같은 것을 막 따 오기 시작했다. 점심을 굶어서 시장했던 것이다. 아무리 누구나 다 하는 짓이라 해도 그건 엄연한 도둑질이었다. 결벽증이 심해서 남의 것을 건드리기만 해도 종아리를 때리는 어머니 밑에서 자란 우리는 너무 놀라서 처음에는 경기를 일으킬 뻔했다. 점심을 굶었는데도 그 수박을 차마 삼킬 수가 없었던 것이다. 그러다가 서서히 면역이 생겼다. 음식을 만들어 먹을 여유가 없이 국군과 함께 쫓겨 가고 있는 절박한 상황이 길어지자 수박뿐 아니라 참외와 토마토도 막 따게 되었다. 난시는 내 것과 네 것의 경계를 허무는 일에서부터 시작되는 모양이다. 그날 밤은 능 아래에 있는 마을의 빈집에서 잠을 잤다. 한 세기처럼 느껴진 길고 긴 하루였다.

정자리 전투 ······ 1950년 6월 29일

집을 나설 때 우리의 목적지는 광주에 있는 정자리였다. 정자리에는 아버지의 의형제 두 분이 살고 있었다. 외아들인 우리 아버지는 사람을 좋아해서, 가는 곳마다 의형제를 만드는 습관이 있으시다. 그래서 우리에게는 피를 나누지 않은 큰아버지와 작은아버지가 많이 있다. 작년에 아버지는 가족 묘지를 만들려고 정자리에 산을 보러 다니셨는데, 그 짧은 기간에 그 고장에 새 형과 아우를 만들어 놓으셨다. 한 분은 젊고 키가 컸고, 다른 분은 키는 작지만 연세가 많았다.

그분은 당꼬바지*를 입고 닷토산**을 몰고 다녀서, 우리는 그분을 '닷토산 큰아버지', 혹은 '키 작은 큰아버지'라 불렀다. 그날 우리가 찾아가던 곳은 그분 집이 아니라 키가 큰 작은아버지 집이었다. 우리는 그분을 그냥 광주아저씨라고 불렀다. 아저씨 집이 큰 데다가 가족이 단출해서 그리로 가기로 한 것이다,

아침에 일어나자마자 서둘러 정자리를 향해 떠났다. 인민군이 바짝 쫓아와서 다급했던 것이다. 그런데 막상 정자리에 가서 보니 큰아버지 댁도 아저씨 댁도 모두 비어 있었다. 그 집뿐 아니다. 마을 전체가 완전히 비어 있었다. 닭 한 마리 개 한 마리 남아 있지 않았다. 국군이 그날 거기에서 인민군과 대전하게 되어 있어서 온 동네가 피난을 간 것이다. 그러니 우리는 한강에서부터 내내 인민군에게 쫓기다가, 피난을 한답시고 헐떡거리며 찾아간 곳이 바로 전쟁터 한복판이었던 것이다.

골짜기 사이에 개천이 흐르고 있었다. 우리가 찾아간 집은, 개천 북쪽 산기슭에 있는 마을의 초입에 있었다. 초가였지만 새로 지어서 깨끗했고, 칸살도 큼직큼직하고 방도 많았다. 우리는 그 집 마루에 모두 널브러졌다. 너무 많이 걸어서 곤죽이 되어 있었던 것이다. 그런데 조금 있으니까 동생이 비명을 지르며 용수철이 달린 인형처럼

---

* 승마바지처럼 허벅지 쪽은 헐렁한데 다리는 몸에 착 달라붙는 바지. 독일군 전투복. 일제시대의 순사복이 당꼬바지였다.

** 닷토산Datson: 일본인 하시모토가 만든 아주 작은 소형자동차.

튀어 올랐다. 천장에서 노내기가 얼굴에 떨어진 것이다. 생전 처음 보는 누런 짚벌레였다. 올려다보니 대들보 옆 서까래 사이사이에 짚이 그냥 노출되어 있었다. 거기 살던 벌레가 비가 오니 짚이 젖어서 아래로 떨어진 것이다. 그런 집은 생전 처음 보았다. 기가 막혔다. 크고 넓게 새 집을 지으면서 왜 천장을 막지 않는 건축법을 썼을까?

하지만 벌레 걱정을 할 상황이 아니었다. 우리가 전쟁터 한복판에 와 있는 것 같다는 것을 아버지가 일깨워 주셨다. 밖을 내다보니 마을 뒷산에 북한군이 진을 치고 있었고, 국군은 개울 너머의 가파른 언덕 위에 자리 잡고 있었다. 불과 300미터 정도의 거리를 사이에 두고 양쪽 군대가 대진하고 있는 것이다. 그리고 그 한복판에 우리가 있었다. 이틀이나 죽자고 걸어서 난을 피한다는 것이 하필이면 그 격전지 한복판에, 그것도 시간을 딱 맞추어서 찾아든 셈이다.

미처 숨을 돌릴 겨를도 없이 곧 전투가 시작되었다. 바로 지척에 있는 앞산과 뒷산에서 총알이 빗발치기 시작했다. 우리는 양쪽에서 난타전을 벌이는 그 한가운데 있었기 때문에 총알이 양방향에서 쏟아져 들어왔다. 마루 바닥에 총알이 타닥타닥 박히기 시작하자 어머니는 질겁을 해서 식구들을 다락으로 올라가는 좁은 공간에 몰아 넣었다. 그리고는 솜이불을 찾아다가 겹겹이 덮어 씌우고 문을 닫아 버렸다. 목화솜은 총알이 못 뚫으니 이중 벽이 있는 이곳에서 이불을 쓰고 가만히 있으면 죽지는 않는다고 어머니는 우리를 안심시켰다. 하지만 한여름이다. 좁은 공간에 붙어 앉아 솜이불을 들쓰고 있으니 숨이 막혔다. 우리는 몇 시간 동안 비지땀을 흘리면서, 양쪽에서 마주 쏘아대는 총격전을 그 속에서 겪어냈다.

문제는 아버지였다. 수박을 좋아하는 아버지는, 오시면서 수박을 너무 많이 드셔서 화장실에 가야 했기 때문이다. 아버지가 이불 밖으로 나가려 하자, 어머니가 필사적으로 못 나가게 붙잡았다. 다급해진 아버지가 어머니를 뿌리치고 방으로 내려서자 총알이 안방 바닥 여기저기에 막 박히는 것이 내려다보였다. 온 가족이 비명을 질렀다. 아버지가 목숨을 걸고 요강이 있는 윗방에 다녀오시고도 한참 동안 총격전은 계속되었다.

오후가 되어 총소리가 뜸해지자 우리는 떨리는 다리로 산 위를 향해 기어오르기 시작했다. 인민군은 이미 개천 너머에 가서 산은 비어 있었다. 바람이 시원했고 햇빛도 밝았다. 하지만 그 산에는 몸을 숨길 큰 나무가 하나도 없었다. 해방 후에 심은 다북솔은 길이가 60센티 정도밖에 되지 않았다. 어린 소나무들은 볕을 잘 받아 잎새들이 반들거리고 있었지만, 키가 작아서 사람의 몸을 가려줄 품이 없었다. 몸이 노출되어 있으니 어느 쪽에서든 비행기가 나타나면 기총소사를 당해 몰살될 판이다. 솜 이불 안에 있는 편이 훨씬 안전해 보였다. 더 가 봐야 소용이 없을 것 같아서 큰 바위 그늘에 앉아 좀 쉬고 나서 우리는 마을로 내려왔다.

오솔길 옆에 덤불이 우거져 있고, 그 너머에 개천이 흐르고 있었다. 덤불을 따라 마을 근처까지 내려오니 개울가에서 사람들 말소리가 들려왔다. 그 동네에 온 후 처음으로 들어 보는 사람의 소리다. 너무 반가워서 덤불 사이로 고개를 내밀었다가 우리는 거기에서 인민군들과 마주쳤다. 전쟁이 난 지 나흘 만에 북에서 온 인민군과 얼굴을 맞대게 된 것이다.

그건 우리가 이미 인민공화국 통치하에 들어선 것을 의미했다. 생전 처음 전쟁터 한복판에 있어 본 것도 엄청난 사건인데, 적군과 정면으로 마주치기까지 했으니 참 끔찍한 하루였다. 이미 전세가 판가름이 나서 싸움터는 남으로 이동했으니, 그 동네에 남아 있던 인민군들은 긴장을 풀고 세수를 하며 신나게 떠들고 있었던 것이다.

같은 말을 쓰는 적군

그들은 함경도 사투리를 쓰고 있었다. 5년 만에 들어 보는 순종의 고향 사투리다. 반가워서 말을 걸려는 순간, 나는 그들이 바로 조금 전까지 우리 군대와 죽고 죽이면서 싸운 인민군이라는 것을 깨달았다. 그러니 적군인 것이다. 등골이 서늘해지고 숨이 멎는 것 같았다. 눈앞에 있는 사람들이 위협적이거나 무서워서 그러는 것은 아니었다. 그들은 조금도 무섭지 않았다. 대부분이 소년병이었기 때문이다. 내 또래의 소년들이 웃통을 벗은 채로 서로 물장난을 하며 세수를 하고 있는 중이어서, 물놀이하러 온 고교생들처럼 철이 없어 보였다. 무기는 풀숲에 던져져 있어 그들은 무장도 하고 있지 않았다. 그런데도 우리가 엄청난 충격을 받은 것은 '적군'이라는 개념 때문이었고, 그다음은 고향에서 듣던 말씨 때문이었다. 그 두 가지는 하나가 될 수 없는 개념이었다. 적군이 우리와 같은 말을 쓴다는 것은 상상을 초월하는 일이었기 때문이다. 더구나 그들은 우리 고향 사투리를 쓰고 있다. 5년 만에 들어 보는 진짜 고향 사투리다.

처음으로 그 전쟁의 의미가 피부로 느껴졌다. 우리는 같은 민족끼리 죽고 죽이는 전쟁을 하고 있었던 것이다. 그건 절대로 안 된다는 생각이 들었다. 같은 말을 쓰는 사람들끼리 서로를 죽이는 전쟁을 하는 것은 하늘이 용서하지 않을 것 같았다. 그런데도 이곳에서 방금 같은 말을 쓰는 사람들끼리 서로를 죽이는 전쟁을 했다. 사람의 팔다리가 잘려져 나가고 목숨이 끊어지는 처참한 격전을 치른 것이다. 하늘이 무너지는 것 같은 느낌은 거기에서 왔다. 맙소사! 우리는 같은 핏줄끼리 전쟁을 하고 있는 것이다. 어쩌다가 이런 끔찍한 일이 벌어졌을까? '동족상잔'이라는 말에는 반드시 '비극적'이라는 수식어가 따르는 이유를 알 것 같았다. 어느 전쟁인들 비극적이 아닌 것이 있을까마는 이건 정말로 하늘이 진노할 전쟁이라는 생각이 들었다. 논에 모를 심는 풍요로운 계절에 그런 참담한 전쟁을 일으킨 자에 대한 분노가 치밀어 올라왔다.

서둘러 아저씨 댁으로 돌아갔다. 방에 두고 간 짐들이 파헤쳐져 있었다. 인민군들이 집집마다 가택수색을 한 것이다. 나는 짐 속에 일기장을 넣어 가지고 왔다. 거기에는 전쟁을 저주하고, 침략자를 욕하는 말들이 씌어 있었다. 누군가가 거기에 댓글을 달아 놓고 갔다. 나의 사상이 잘못된 것이라고 꾸짖고 나서, 하루 속히 반성하고 수령님 품 안에 돌아와 올바른 삶을 살라는 내용이었다. 내용은 판에 박힌 것이라 놀랍지 않았다. 하지만 전투 중인 군인이 남의 일기를 훔쳐 읽은 것은 경탄할 일이었다. 댓글을 쓸 여유가 있었다는 것은 더욱 놀라운 일이었다. 틀림없이 호기심이 많은 소년병이었을 거라는 생각이 들었다.

흐트러진 짐을 정리하고 있는데 갑자기 인민군 여남은 명이 들이닥쳤다. 그들은 쌀자루를 주면서 어머니에게 밥을 지어 달라고 부탁했다. 뜻밖에도 공손한 태도였다. 그런데도 어머니의 얼굴은 금세 사색이 되었다. 아버지가 해방 후에 월남한 사실을 눈치채고, 그들이 아버지 가슴에 총부리를 들이댈까봐 오금이 저렸던 것이다. 내가 태어난 1933년부터 서울에서 사셨는데도 우리 아버지는 사투리를 그대로 쓰고 있었기 때문에 의심받을 여건을 가지고 있었다. 그때 아버지는 50객이었지만, 사상이 다르면 부모도 봐 주지 않는 사람들이다. 무슨 짓을 할지 예측할 수 없다.

게다가 어머니 뒤에는 고2인 나를 필두로 딸이 셋이나 서 있다. 풍문대로 점령지의 여자들을 유린하는 것이 침략군의 정해진 행태라면, 딸들도 무슨 봉변을 당할지 알 수가 없다. 어머니는 입술이 하얘져서 와들와들 떨고 있었다. 남편과 딸들을 어딘가에 숨겼어야 하는

데 아무도 없는 동네라 방심한 것이 잘못이었다. 이미 들켜 버렸으니 어쩌면 좋은가? 어머니는, 마음이 들끓어서 그릇 소리를 요란하게 내면서 낯이 선 남의 집 부엌에 들어가 밥을 짓기 시작했다. 장독대를 뒤져 짠지까지 찾아내서 그들이 원하는 대로 주먹밥을 만드는 손이 덜덜 떨리고 있었다.

갈 길이 바빴던 그들이 별 문제를 일으키지 않고 서둘러 떠나자, 이번에는 마을 사람들이 두려워서 어머니는 다시 한번 사색이 되었다. 인민군에게 밥을 지어준 것이 재앙을 부를 빌미가 될지도 모른다는 불안 때문에, 어머니는 허둥대며 정자리를 떠날 차비를 했다. 인민군들이 떠나기가 무섭게 식구들을 닦달질해서 그 집 문을 나선 것이다. 국군에게, 혹은 빨치산에게 밥을 해 준 죄로 죽은 양민들이 지리산 근처에 얼마나 많았는가? 나중에라도 문제가 될까봐 아버지는 광주 아저씨에게 왔다 간다는 편지도 남기지 않았다.

전쟁터에 와 있으니 무서운 일이 지천으로 많아졌지만, 그중에서도 제일 무서운 것은 사람이었다. 인간에 대한 믿음이 무너져 내렸기 때문이다. 우리는 마을 사람들이 나타나 돌을 던질까봐 서둘러서 오던 길을 되짚어 서울 쪽을 향해 걸었다. 전선은 이미 훨씬 남쪽으로 내려갔으니, 더 이상 피난 다닐 필요도 없어져서 집으로 돌아가기로 결정한 것이다.

논에서는 새로 심어 놓은 모가 하늘거리고 있었고, 길가에 돋아난 풀들도 싱그러웠다. 수양버들이 늘어선 강둑 길에 노을이 내려오기 시작했다. 그 따뜻한 노을빛에 젖어 산천이 모두 평화로워 보였다. 하지만 좀 더 가니, 논에 코를 박고 죽은 군인들의 시체가 여기저기 널려 있었다. 국군의 시체도 있고 인민군의 시체도 있었다. 그들은 모두 20대의 젊은이들이었다. 죽은 지 얼마 되지 않아서 시체에서는 피비린내가 났다. 거꾸로 박혀 죽어 있는데, 항문이 옥수수 튀기듯 튀겨져 있는 이상한 시신도 있었고, 다리를 버둥거리며 길에 널브러져서 단말마의 고통을 호소하는 말도 있었다. 막 전투가 끝난 6월의 싸움터에 파리들이 몰려들기 시작했다.

그때 내가 본 분당리는

그런 길을 걸어 다리를 질질 끌며 황혼 무렵에 다다른 곳이 분당리였다. 오전에 우리가 쉬다 간 분당리는 온 동네가 몽땅 불에 타고 있었다. 서편 하늘이 황홀한 주황색 노을로 채색된 6월 말의 아름다운 황혼녘에 우리가 멀리에서 본 분당리는, 영화 「쿼바디스」에 나오는 로마처럼 활활 불타고 있었다. 산자락에 모여 있던 초가집들이 모두 화염에 휩싸여 있는 것이다. 목조 건물을 태우는 불길은 맑아서 아름답다. 그 아름다운 불길이 삽시간에 한 마을을 삼켜 버리는 현장을 우리가 보면서 걸어갔다. 분당리는 광주에서 가장 가까운 동네여서 신작로가 그리로 나 있었던 것이다. 지켜보는 사이에 지붕들이 무너지고, 건물이 주저앉고, 벽들이 넘어지면서 한 마을이 삽시간에 사라져 가고 있었다.

한 시간쯤 후에 우리가 걸어서 마을 근처까지 갔을 때 마을은 그새 다 타서 형체가 없어졌고, 집들이 있던 드넓은 공간에 잉걸불만 가득히 널려 있었다. 연기가 자욱하게 깔린 한 마을의 잔해 앞에 우리는 망연하게 서 있었다. 한강의 철근 콘크리트 다리가 여러 동강이 난 것을 보고 서울을 떠난 우리는 이틀 만에 여기에서 한 마을이 타서 없어지는 과정을 또 보게 된 것이다. 하루하루가 스펙터클의 연속이다.

불길은 삽시간에 사위어 가고, 우리가 거기에 다다랐을 때에는, 그날 오전에 물을 얻어 마시며 쉬다 간 평화롭던 작은 마을이, 많은 시신을 태운 화장터처럼 변해 있었다. 삿갓버섯 같던 초가지붕들은 종적도 없이 사라졌고, 흙으로 된 벽들도 무너져 내려 잿더미가 되어 있었다. 미련처럼, 혹은 마지막 숨결처럼, 가느다란 연기들이 조금씩 조금씩 피어 올랐고, 잉걸불들은 땅에서 조용히 사위어 가고 있었다.

신작로에 심어진 버드나무들도 진물을 흘리며 타들어 가는 그 재난의 마을에, 신기하게도 타지 않고 남아 있는 부분이 있었다. 장독대였다. 마을은 완전히 없어졌는데, 집집에 남아 있던 장독들이 설치미술처럼 여기저기 그대로 서서, 마을의 흔적을 보여 주고 있다. 가까이 다가가 보니, 열을 받아 달구어진 반질반질한 장독들은 난리 통에 뚜껑이 날아가서 모두 열려 있었다. 장독 안에서 놀라운 일이 벌어지고 있었다. 모든 집 장독에서 김이 무럭무럭 피어 오르고 있는 것이다. 집들이 타면서 생긴 열로 장독대의 옹기들이 달아서 집집마다 장이 부글부글 끓고 있었다. 간장 독에서는 간장들이, 된장 독에서는 된장들이, 팥죽 끓듯 부글거리며 끓어오르고 있는 것이다.

독 속에서 부글부글 끓고 있는 것은 슬픔이 아니라 분노였다. 모든 집의 장독들이 분노로 부글부글 끓으면서 항의를 하고 있는 것처럼 보였다. 장독들이 하늘을 향하여 욕설을 퍼붓고 있는 것처럼 보였던 것이다. 대지의 신도 진노하여 울화를 터뜨리고 있는 현장이었다. 나중에 하코네에서 케이블카를 타고 유황계곡을 지나간 일이 있다. 그때, 골짜기 전체가 타고 있는 풍경을 보면서 그날의 분당리 생각을 했다. 그날의 분당리가 그와 유사했던 것이다.

유황의 계곡과 분당리가 다른 것은 장독대뿐이다. 불길 속에서 타지 않고 형상을 보존하고 있는 반질반질한 옹기 장독들이 분당에는 있었다. 불길에 몸이 달아 올라서, 상기한 여인처럼 혈색이 좋아진 장독들은, 말갛고 정갈한 얼굴을 그대로 지니고 있었기 때문이다. 수백 개의 독 안에서 장들이 부글부글 끓고 있던 그 기이한 장독대들은, 내가 세상에서 본 가장 이상한, 그러면서 가장 경이로운 풍경이었다.

1991년의 어느 날, 아침 신문을 펼치니 빨간 반소매를 입은 여자와 아들인 듯한 세 청년이 활짝 웃으며 아파트 난간을 잡고 서있는 사진이 나와 있었다. '분당 신도시 오늘 첫 입주'라는 제목이 붙어 있었다. 그들의 왼쪽에는 5층짜리 아파트들이 늘어서 있고, 뒤쪽에는 고층 아파트들이 보였다. 머지 않아 그곳은 인구 수십만의 신도시가 될 것이라는 기사도 나와 있었다.

그 말이 맞았다. 오늘날 분당은 주부들이 가장 좋아한다는 도시가 되었다. 분당에 가 보니 슈퍼와 음식점 같은 편의시설만 있는 것이 아니었다. 걸어 갈 수 있는 거리에 책방과 극장과 독서실도 있었다. 산 위에 있는 주거지역인 평창동에서 살던 어느 교수님이 가게들이 즐비한 평지의 아파트로 이사를 갔더니 너무 편리해서 '이렇게 살아도 벌을 받지 않나' 했다는 말이 생각났다. 분당은 아파트 단지 중에서도 시설이 잘되어 있는 톱클래스의 대단지다. 오죽하면 '천당 갈래? 분당 갈래?' 하고 물으면 여자들이 분당을 택한다는 농담이 떠돌았을까?

하지만 그곳은 내가 아는 분당리라는 마을과는 연결이 되지 않는 낯선 공간이다. 6.25 때 내가 본 분당리는 초가집이 스무 채쯤 있는 작은 마을이었다. 산을 옆에 두고 들을 앞에 둔 평화로운 초가 마을. 그 마을이 내 눈앞에서 화형을 당한 것이다. 저물녘의 주황색 하늘을 이고 마을 전체가 타버린 후 잉걸불들만 아직도 남아 있던, 갓 만들어진 폐허.

거기에는 장독대들만 남아 있었다. 독 속에서는 장들이 끓고 있었다. 분노 같기도 한 그 무엇이 솟구치며 끓어오르던 수백 개의 장독들의 얼굴……. 십 년이면 강과 산도 모두 바뀐다고 하는데, 60년이 지났으니 당연하다면 너무나 당연한 변화라고 할 수도 있을 것이다. 내가 그 마을을 본 것은 6 25 동란이 터지고 나흘이 지난 시점이었기 때문이다.

노을이 황홀한 주홍빛 하늘 아래에서 집집마다 끓어오르던 장독대의 영상은, 불로 지져 그린 낙화烙畵처럼 머릿속에 각인이 되어, 세월이 아무리 지나도 지워지지 않는다. 간장이 끓어오르던 그날의 분당리의 장독대의 영상은, 전쟁의 참화를 압축한 상징으로 뇌리에 각인되어 나를 반전주의자로 만들어 버렸다. 폭탄은 우리가 소중하게 아끼고 지켜 온 모든 것들을 파괴하고, 시와 음악과 사랑을 재로 만들어 버린다. 플라타너스를 닮은 우리의 아들들은 시신이 되어 논두렁에 박혀 썩어 가고, 채송화를 닮은 우리의 어린 것들은 양아치가 되어 그 폐허를 개처럼 헤맨다.

이제 그 전쟁이 끝난 지도 70년이 가까워 온다. 포연 속에서 업고 다니던 젖먹이들이 커서 이제는 늙어가는…… 그렇게 많은 시간이 흘러, 장들이 끓어 넘치던 마을이 고층 아파트촌으로 둔갑해 버렸다. 하지만 우리는 그 일들을 잊어서는 안 된다. 전쟁은 인류가 미워해야 할 최대의 적이다. 내 머리 속의 분당리에서는 오늘도 장독들이 펄펄 끓고 있다. 그건 대지의 신이 뿜어내는 분노다.

그날 원효로의 플라타너스

인민군이 들어오고 얼마 지나지 않아서 서울에 연합군의 대규모 비행단들이 폭탄을 잔뜩 싣고 날아왔다. 아침 나절이었다. 전쟁영화의 한 장면처럼 비행기의 편대들이 하늘에 좌악 깔리더니, 고구마 모양의 길쑥하고 검은 폭탄들이 줄줄이 하늘에서 쏟아져 내리고 있었다. 처음 보는 대규모 폭격 장면이어서, 우리 동네 사람들은 그 고구마형 물건들이 무얼 의미하는지 미처 깨닫지 못하고, 압도당해서 하늘만 처다보고 있었다. 그런데 곧 천지를 뒤흔드는 폭발음이 귀를 찢었다. 삽시간에 용산과 원효로 일대에서 일제히 폭발음이 터져 나왔던 것이다. 사방에서 땅이 분화구처럼 패여서 하늘로 치솟아 올랐다. 불길도 솟아 올랐다. 오래된 목조건물들은 불쏘시개처럼 불이 잘 붙어서, 일본집들이 밀집해 있는 원효로와 용산의 주택가는 일제히 장엄한 화염에 휩싸였다.

그날 융단폭격紴緞爆擊으로 본때를 단단히 보여 준 후, 유엔군의 비행기들은 곧 정확하게 목표물에만 폭탄을 투하하는 절제된 폭격을 해 나갔다. 서울역, 용산역, 육군본부, 군부대 같은 것들이 목표물이었다. 시민들도 차차 문리가 트여서, 비행 방향만 보고도 폭격지점을 알아내서 비교적 자유롭게 거리에 나다녔다. 하지만 처음 폭격 때는 그렇지 않았다. 적에게 위력을 과시하고, 기간시설도 고루 부숴야 하니까, 무차별로 폭탄을 쏟아붓는 융단폭격을 한 것이다. 폭탄이 비처럼 쏟아져서 원효로 일대 전체가 삽시간에 불바다로 변한 것이다. 용산 경찰서 옆에 살던 내 친구는, 설거지를 하다 폭격을 당했는데, 엎드려 있다가 머리를 들었더니, 자기 앞의 벽이 날아가 버리고, 온 동네가 폭삭 내려앉아서, 한 정거장 떨어져 있는 남영동 굴다리가 훤히 내다보이더라고 했다.

예정된 순서대로 비행기는 날아가 자취를 감추었고, 그 뒤에 지옥의 풍경이 드러났다. 폭발음과 함께 땅이 패여 하늘로 솟아 오르고, 불길이 퍼져서 하늘을 붉게 물들이는 것을 나는 한강 둑길에서 보고 있었다. 선린상고 옆에 선이네 집이 있는데, 그 근처가 가장 피해가 큰 것 같았다. 서둘러 집에 들어가 옷을 챙겨 입기 시작했다. 어머니가 펄쩍 뛰면서, 팔을 잡고 놓지 않았다. 위험하다고 못 나가게 하는 어머니와 승강이를 하느라고 집을 빠져나온 것은 오후 두 시가 지나서였다.

이촌동에서 용산 경찰서 근처까지 걸어가면서 보니까, 전차 트롤리를 매달고 있던 그물 같은 공중의 전기줄들이 몽땅 땅에 떨어져 있었다. 전선망電線網에 달려 있던 수류탄 같이 생긴 마디들이 모조리 길바닥에 태질이 쳐져 있는 광경은 말세 같았다. 그 후에도 정체가 바뀔 때마다 같은 일이 벌어졌다. 전차의 전선망은 비상사태를 알리는 전령 같았다. 그것들이 땅으로 떨어지면 불이 안 들어오고 전차가 못 다니는 재앙이 온다. 높은 곳에 있어야 하는 것들이 바닥에 태질이 쳐져 있으면, 카오스[*]가 시작되는 것이다.

원효로에서는 전차가 선 채로 불에 타 들어가고, 집들이 무너져 내리고 있었다. 남영동에서 원효로 1가 사이의 북쪽 사이드에는 성한 집이 거의 없었다. 무너진 집들에서 화염이 치솟아 하늘을 붉게 물들였다. 목조건물의 정신없이 얽혀진 잔해 사이에서, 이따금 의족義足이나 의수義手처럼 떨어져 나간 사람의 팔다리가 피를 흘리고 있는 것이 보였다.

그리고 가로수들이 불에 타고 있었다. 플라타너스, 그 키 큰 나무의 풍성한 잎새들이 산 채로 화형을 당하고 있는 것이다. 지글거리며 아픈 듯이 타 들어가는 생나무 잎새의 더미 너머에 폭격으로 부러진 나무둥치들이 널브러져 있다. 부러진 플라타너스의 상처에서는 송진 같은 수액이 끓어 올라왔다. 부글부글 끓어오르는 수액들은 나무의 혈액이다. 생나무들이 산 채로 투명한 피를 흘리며 타들어가고 있는 것이다.

숨만 붙어 있으면 동물은, 팔이 달아나고 다리가 부러져도, 어떻게든지 재난의 현장에서 도망을 친다. 하지만 식물들은 그럴 수가 없다. 꼿꼿이 제 자리에 서서, 산 채로 화형을 당하거나 뿌리가 뽑히고 가지가 꺾인다. 선린상고 쪽으로 올라가려면 남영동에까지 가서 왼쪽으로 꺾어서 사잇길로 다시 올라가야 한다. 그래서 나는 원효로

---

[*] Chaos: 천지창조 이전의 혼란 상태. 혼돈.

1가에서 남영동까지 단말마의 가쁜 숨을 몰아쉬고 있는 나무들이 타들어가는 장면을 계속 보면서 걸어야 했다. 선 자리에서 움직이지 못하고 타들어가는 나무들이 너무나 아프게 다가왔다.

친구네 집이 있는 선린상고 길에 접어들자, 나무로 된 전신주들도 불에 타고 있었다. 양쪽에서 집들이 모두 타고 있으니 길바닥의 땅까지 들끓기 시작했다. 7월 초의 더위와 불타는 집들에서 뿜어져 나온 열기가 대지를 화덕처럼 달구는데, 전주까지 타들어가니 길은 뜨거워 디디기가 어려웠다. 그런 길 위를 나는 미친 여자처럼 겅중거리며 계속 달려갔다. 선이가 죽었을 것 같아서였다.

겨우 다다라서 보니 그 애네 작은 목조건물은 이미 다 타버려서, 미련처럼 가는 연기가 잿더미에서 피어오르고 있었다. 하지만 신기하게도 대문간에서 시작되는 좁고 긴 마당에는 별 변화가 없었다. 한 면이 학교 운동장 담에 붙어 있는 그 집의 세로로 긴 마당은, 다른 한 면이 길이어서 피해를 입지 않았던 것이다.

볼품없는 길쭉한 그 마당에 꽃을 좋아하는 친구와 아버지가 만들어 놓은 꽃밭이 있었다. 토박이 서울 사람인 그 양반은, 심미적인 노인이었다. 좁은 지형을 보완해 가며, 아기자기하게 아름다운 구도로 꽃을 잔뜩 심어 놓았다. 과꽃, 봉선화, 백일홍, 접시꽃 등이 한여름의 땡볕 속에 피어 난만했다. 화단에 선을 두른 채송화의 꽃분홍빛이 유난히 선명했던 생각이 난다. 불붙는 하늘과 땅 사이에서, 치외법권지대처럼 철없는 아름다움을 과시하고 있는, 불에 타버린 집에 남아 있는 꽃밭……. 선이네 마당은 뜻밖에도 평화롭고 안온했다. 피곤했던 나는 그곳에서 한참 넋을 놓고 앉아 있었다. 그리고 친구가 거기 죽어 널브러져 있지 않은 것을 하나님께 감사했다.

선이는 딸밖에 없는 홀아비의 막내였다. 난리 통에 집이 없어진 후 아버지까지 돌아가시자, 그 애는 언니를 찾아 계동으로 옮겨 갔다. 공산주의자였던 그 애의 형부가 반동분자에게서 빼앗은 언니네 집은, 어느 대감 댁 사랑채였다. 중문 뒤 왼편에 있는 작은 문을 열고 들어가니, 누마루가 아름다운 운치 있는 건물이 나타났다. 그건 내가 생전 처음 보는 솟을대문이 있는 한옥이었다. 그 집 사랑채 마당에는 하얀 왕모래 땅에 파초가 하나 달랑 심어져 있었다. 집을 잃은 선이는, 형부가 총칼로 빼앗은 남의 집 사랑채에서 더부살이를 하고 있었다. 그러다가 9.28 때 형부가 솔가하여 월북하자 그들을 따라 북으로 갔다. 따라가고 싶지 않아서 울부짖던 날의 그 애의 모습이 아직도 눈에 삼삼하다.

불에 달아 뜨끈뜨끈해진 길을, 죽음을 무릅쓰며 달려가던, 그 절실한 우정도, 60년이 지나니 사위어서 흔적이 희미한데, 산 채로 불타던 가로수의 참상만은 지금도 내 뇌리에 그대로 남아 있다. 그날 원효로에서 끓어 번지던 플라타너스의 수액들. 나무가 흘린 피들.

반세기가 훨씬 넘으니 원효로의 가로수들은 그 참담한 상처를 홀로 치유하고, 지금 저렇게 의젓하게 줄지어 서 있다. 지심을 향해 뻗은 뿌리에서 생명의 물을 기를 쓰며 조금씩 끌어올려, 한 잎 두 잎 회생한 것이다. 회생해서 저렇게 풍성한 거목으로 되살아난 것이다. 그날 교복을 입은 소녀였던 우리가, 폭격으로 불타는 집에서 목숨을 건져서, 지금 멋있는 교복을 입은 아이들의 할미가 되어 있는 것처럼 말이다.

원효로의 플라타너스! 그 늠름한 가지 위에 미풍이 분다. 하지만 나는 그날의 불타던 나무들의 아픔을 잊을 수가 없다. 그건 플라타너스처럼 싱그럽던 그 많은 젊은 생령들의 수난을 상징하고 있기 때문이다. 모든 아름다운 것들을 다 삼켜 버리던 전란 속의 나날들……. 아아! 지금 여기는 너무나 잠잠한 7월이구나.

3. 등화관제의 계절 ······ 1950년 6월 25일-9월 28일

그 여름의 무더위

　인민군 치하에 들어간 채로 여름이 무르익어 가고 있었다. 비행기가 날아와 폭격을 하는 날이 계속되었다. 사람들은 폭격에 익숙해져서 비행기가 뜨는 방향만 보고도 폭탄이 떨어질 지점을 알게 되었다. 직격탄만 맞지 않으면, 폭격으로 사람이 죽는 비율은 아주 적다는 것도 알게 되었고, 보통 때는 하루에 한 번쯤밖에 비행기가 뜨지 않는다는 것도 알게 되었으며, 폭격은 아무 데나 하는 것이 아니라는 것도 터득했다.

　폭격에 대응하는 새로운 질서가 생겨난 것이다. 짐수레나 달구지는 해진 후가 아니면 새벽에 움직여 다녔다. 자전거나 사람도 마찬가지였다. 짐을 가지고 있을 때 폭격을 당하면 짐을 버리고 숨어야 하니까, 짐이 있는 사람들은 낮 시간을 피했다. 우리 아버지도 꼭두새벽에 집을 떠나 시골에 가서 식품을 구해 놓고, 낮 시간은 거기서 쉬다가 어두워질 무렵에야 서울로 향하셨다. 달구지에 짐을 실어 보낼 때도 해질녘이나 새벽을 이용했다. 가로등도 없는 시골길을 어두운 때에 자전거를 타고 다니는 것은 너무나 위험한 일이었지만, 달리 방법이 없었다. 그래서 어머니는 아버지가 들어 오실 때까지 엎드려 기도를 드리는 일이 많았다. 하루하루가 살얼음판이었다.

하지만 짐이 없으면 서울에서는 낮에 나다녀도 별 지장이 없었다. 하지만 공습경보가 자주 나니까 아이들과 노인은 거의 외출을 하지 않았다. 거리에서 노약자가 사라진 것이다. 노약자와 함께 젊은 남자들도 자취를 감추었다. 길에서 걸리면 인민군에 잡혀가기 때문에 적령기의 청년들은 나다니지 못했다. 그래서 거리는 비교적 한산했다. 중년의 가장이나 주부들이 주로 먹거리를 찾아 거리에 나섰다. 일자리가 사라져서 수입이 없어진 사람들이 먹거리를 찾아 굶주린 짐승처럼 빈 거리를 헤매 다니는 것이다.

먹기 위해서만 사는 세월이었다. 전시에는 연명해 나가는 일이 최대의 과제이기 때문이다. 직장이 있는 사람들도 후환이 두려워서 나가지 않는 일이 많았으니, 90일간 가족 전부가 연명하는 것은 하늘이 알아줘야 할 만큼 피나는 과제였다. 쌀을 여축해 둔 사람들도 인민군에게 들켜서 곡식을 빼앗기면 빈털터리가 되었기 때문이다. 인민군에게 협조해서 배급을 받는 부역자가 아닌 사람들은 연명해 나가는 것이 너무너무 힘들었다.

설상가상으로 인천상륙작전이 성공한 후에는 돈을 주고도 곡식을 구할 수 없게 되었다. 인민군이 쓰고 있는 화폐에 대한 신뢰가 흔들리니 시골 사람들이 금붙이나 재봉틀, 비단 옷감 같은 현물이 아니면 곡식을 내놓지 않았기 때문이다. 그중에서 가장 환영을 받는 것은 금붙이였다. 하지만 부피가 큰 것은 좋아하지 않았다. 피차에 화폐를 원하지 않으니 거슬러 주는 돈이 문제가 되기 때문이다. 거기에서 우리는 난시에는 자잘한 금붙이를 가지고 있는 것이 가장 좋은 방법이라는 것을 배웠다. 상황이 위급하니 곡식을 가진 자가 갑이었다. 터무니없는 값을 불러도 소비자는 할 말이 없었다. 그러니 인민군도 시민들도 모두 먹거리 찾기에 필사적이 되었다. 누구에게나 목구멍은 포도청이었던 것이다. 숨겨둔 곡식을 찾아내는 인민군의 기술이 나날이 발전해 가자, 감추는 기술도 따라서 발전했다.

먹을 것이 없다는 점에서 그 시기는 해방 전과 비슷했다. 둘 다 비상시였기 때문이다. 쌀밥이 귀해져서 대부분의 사람들이 밀기울이나 감자로 끼니를 때웠다. 방앗간이 움직이지 못하니 밀가루를 구하기도 어려웠다. 수제비나 칼국수를 해 먹으려면 통밀을 사다가 종일 절구에 찧어서 가루로 만들어야 한다. 고작 수제비나 칼국수를 해 먹으려고 공습경보를 들으면서 절구질을 할 기력도 없고, 마음의 여유도 없으니, 사람들은 밀을 절구에서 대충 부숴서 풀처럼 범벅을 만들어 먹거나 잡곡을 사다가 푸성귀를 집어 넣고 죽을 쑤어 먹었다.

그 경황에도 우리 어머니는 쌀을 구해다가 아버지만 쌀밥을 해 드렸다. 디스토마를 앓은 일이 있는 아버지가, 몇 십 리 길을 매일 시골까지 자전거를 타고 다니니 밥이라도 온전한 것을 해 드려야겠다고 생각한 것이다. 쌀밥이라야 고구마와 풋콩을 넣고 만드는 잡곡밥 같은 것이었지만, 나는 음식 차별하는 것이 싫어서 아버지와 같은 상에서는 밥을 먹지 않았다.

밥만 그렇게 귀한 것이 아니었다. 당분 결핍증은 더 심했다. 어쩌다 설탕이 눈에 띄면 아이들은 이성을 잃는다. 엉덩이를 맞아가면서도 설탕 그릇을 핥는 일을 멈추지 못하는 것이다. 피난 도중에 남의 집 꿀을 훔쳐 먹다가 들킨 아이가 너무 놀라서 아무 데로나 튀는 바람에 가족을 영영 놓쳐 버리는 것을 본 일도 있다. 먹는 것의 비중은 그렇게 엄청났다.

전시체제가 되니 사람들의 옷차림에도 변화가 왔다. 누가 시키지도 않는데 허름한 옷을 선호하는 경향이 생겨났다. 눈에 띄어 부르주아로 보이면 미운털이 박힐까봐 겁이 났던 것이다. 남정네들은 헌 바지에 베잠방이 같은 것을 걸치고 검은 고무신을 신으려 했으며, 여자들은 무채색의 무명 옷 같은 것을 찾아내서 입었다. 치마보다는 몸뻬*를 선호했고, 화장도 하지 않았다. 파마도 기피 사항에 들었다. 일제 말에 부르던 노래처럼 "지금은 비상시 절약의 시대, 파마넨트를

---

* 주로 일할 때 여자들이 입는 헐렁한 바지로 아래단 부분이 조여져 있다. 일제에 의해 조선 부녀자들에게 강제 보급되었다.

하지 맙시다" 하는 분위기였던 것이다. 파마넨트와 하이힐이 사치에 속하는 비상시가 다시 온 것이다. 사람들이 나다니기를 꺼리는 빈 거리를 추레한 옷을 입은 중년 남녀들이 허둥거리며 먹거리를 뒤지고 다니는 것이 전시의 거리 풍경이었다. 전쟁이 오래 끄니 의상도 행동의 패턴도 모두 비상시적으로 정착해 가고 있었던 것이다.

사람들이 헌 옷 입고 먹을 것을 찾아 헤매는 시기에는 당연하게도 책을 구하는 일이 어려워진다. 학교에 가지 않아서 책을 읽을 시간은 남아도는데, 친구들을 만나지 못하니 책을 구할 방법이 없었다. 그래서 청소년들은 책만 보면 환장했다. 피난을 가다가 빈 집이 나타나면, 학생들은 책 도적질을 하기도 한다. 책 구하는 방법도 비상시 스타일로 바뀐 것이다. 책 읽는 것밖에는 비는 시간을 보낼 방법이 없던 시절이라 활자중독에 걸려 있던 1950년대 초의 학생들은, 눈앞에 책이 나타나면 아무거나 닥치는 대로 다 읽었다. 사주책이 있으면 사주책을 읽고, 바둑책이 있으면 바둑책을 읽고, 성경책이 있으면 성경을 읽는 식이다. 심지어 손금 보는 책을 탐독했다는 친구까지 있었다.

하지만 날이 저물면 책이 있어도 읽을 수 없다. 등화관제 때문에 불을 켤 수 없기 때문이다. 어둑해져서 눈이 가물거릴 때까지 책을 읽어서 결국 눈들을 다 버렸지만, 곧 어둠이 와서 그나마도 중단하게 만들면, 할 수 있는 일이 하나도 없었다. 나는 책이 읽고 싶어서 등화관제를 아주 싫어했다. 청소년들에게 등화관제는 또 하나의 형벌이었던 것이다. 밤에는 불빛만 보이면 폭격을 하기 때문에 등화관제는 누구도 어기기 어려웠다. 꼭 밤에 무언가를 해야 하는 사람들은 방 전체에 두꺼운 검은 천 휘장을 쳐서 빛을 완벽하게 차단해야 한다. 하지만 계절이 한여름이다. 선풍기도 없는 삼복 더위에 창문마다 검은 방장을 치면 방 안이 찜통이 된다. 게다가 밖에 나갈 일이 있으면 불을 미리 꺼야 하니까 무얼 할 수 있는 여건이 못 된다. 뿐 아니다. 아무래도 빛이 새 나가기 쉬우니 위험 부담률도 크다. 불빛을 겨냥해서 던지는 폭탄이어서 밤에는 폭탄 명중률이 높다. 그래서 전쟁터가 된 지역에서는 불을 켤 엄두를 내지 못했다.

불을 켜지 못하니까 저녁을 일찍 먹어야 한다. 어두워서 밥을 못 먹겠다고 조카아이가 칭얼대자 외삼촌이 농담을 하셨다.

"아무리 어둡다고 제 입이야 못 찾겠니?"

"입은 찾겠는데요, 밥을 못 찾겠어요."

아이가 그런 말을 해서 웃은 일도 있다. 그 애 말대로 입은 어디 있는지 알겠는데 밥이 보이지 않으니, 밥이 보일 때 먹고 치워야 한다. 호랑이가 담배를 피우던 시절처럼 조명은 햇빛이 전담하게 되었으니 어두워지면 자는 수밖에 할 일이 없어지는 것이다. 그런데 학교에 가지 않으니 피곤하지도 않고, 운동량이 부족하니 밤이면 잠이 오지 않는다. 무더위 속에서 뜬눈으로 새우는 밤은 지옥이다.

등화관제 때문에 시민들은 모두 해만 지면 어둠에 갇히고 만다. 아무것도 할 수 없는 그 암흑의 시간은, 전쟁이 주는 가장 구체적인 형벌이다. 가장 지겨운 형벌이기도 하다. 책도 읽을 수 없고, 뜨개질도 할 수 없는 무지無地의 어둠이 하루에 열 시간이나 계속된다. 그 어둠은 잠 못 이루는 긴 밤을 그리움으로 가득 채운다. 보고 싶은 사람들의 얼굴이 차례차례로 떠오른다.

절구질을 하거나 힘들게 빌려 온 책들을 읽으면서 낮 시간을 보내다가, 저녁 때가 되면 나는 동생과 함께 뒷동산에 올라가서 별을 보며 시간을 보내는 방법을 찾아냈다. 그건 등화관제에 대응하는 아주 좋은 방법이었다. 등화관제에 질려서 사람들이 나다니지 않으니까 어두운 동산은 조용하고 아늑하다. 젊은 남자들이 거의 다 없어져서 6.25 때는 여자애가 밤에 혼자 나다니기에는 적합한 시기였다. 매미 껍질처럼 속은 텅텅 비어 가는데, 어지러워서 비틀거리면서도 나는 밤마다 동산에 올라가 몇 시간씩 보내는 것을 일과 삼았다.

나는 거기서 별들과 노닐었다. 그리운 얼굴들이 별이 되어 나타난다. 어둠 속에 가만히 앉아 있으면 주문처럼 친구들과 같이 부르던 노래의 조각들이 떠오른다. 어떤 때는 '가지에 희망의 말 새기어 놓고서 친구야 여기 와서 안식을 찾아라. 안시익을 차아자라' 같은 노래가 생각나고, 어떤 때는 '청라 언덕과 같은 내 맘에' 같은 노래가 생각난다. 나는 그 노래들을 허밍으로 부르면서 저녁 시간을 보냈다. 어떤 밤에는 제목도 모르는 이런 노래를 부르며 오래 거기에 머무는 일도 있었다.

산 넘어 햇빛은 흘렀고

애달픈 설움의 얕은 꿈

하늘도 바다도 저희도

다 같이 햇빛에 잠기네

울린다 땡 땡 땡

숲 사이를 기어서 들린다. 기도회 종소리

화리야 보느냐 이 밤에

외롭게 서 있는 내 모양

"화리야 보느냐 이 밤에 외롭게 서 있는 내 모양" 하고 노래를 부르면, 정말로 자신이 너무나 외로운 것 같아서 눈물겹다. 그런 밤에는 사랑하는 사람이 생긴다면 배화拜火교도들처럼 조건 없이 그 앞에 부복할 수 있을 것 같이 마음이 정화된다. 목숨만 붙어 있으면 될 것 같은 극한적인 상황이 사람을 순화시키는 것이다.

용산 일대는 군사시설이 가까이 있어서 폭격이 잦았다. 그래서 내 친구들은 모두 그곳을 떠나고 없었다. 유엔기가 새떼처럼 날아와서 친구들이 살던 집 근처에 날마다 폭탄을 쏟아 붓는 날들이 계속되었다. 죽은 시체에 확인사격을 하는 병사들 같다. 그걸 보고 있으면 그들이 어디에선가 확인사살을 당하고 있는 것 같아 가슴이 막혀온다. 그 일로 인해 그들이 다시는 못 돌아올 것 같은 생각이 들기도 해서,

나는 친구들 집 근처에 폭탄이 떨어질 때마다 진저리를 쳤다.

전투가 가까운 데서 벌어질 때마다 하늘에 그물망을 치고 매달려 있던 전차의 트롤리 선들이 모두 땅바닥에 태질이 쳐진다. 그러면 한 동안은 전차가 움직이지 못한다. 사람들은 할 수 없이 원시인처럼 먼 곳도 걸어서 다녀야 한다. 폭탄이 비처럼 쏟아지는 위험한 거리를 나는 걸어서 친구 집들을 찾아다닌다. 아스팔트가 구두 뒤꿈치를 물어 뜯는 무더위가 닥쳐 온다. 하지만, 땀을 흘리면서 종일 거리를 헤매는 버릇은 고쳐지지 않는다. 빈 집이라도 보고 오면, 덜 답답하니까 어머니가 한눈을 파는 사이에 집을 빠져나오곤 하는 것이다. 하지만 나는 그 거리에서 아무도 만나지 못한다. 친구들은 모두 사라져 버렸기 때문이다.

불타는 도시

등화관제에 걸린 캄캄한 밤에 빈 동산에 앉아 있으면, 저승에서 들려오는 소리처럼 먼 어둠 속에서 아이들이 부르는 노래 소리가 들려온다. 학교에서 배운 북한의 노래들이다. 시국이 어떻게 돌아가는 줄도 모르면서 일본 군가에 맞추어 고무줄 놀이를 신나게 하던 어린 시절 생각이 난다. 아이들이 어린 날의 우리처럼 뜻도 모르면서 부르고 있는 노래 속에는 북한의 국가國歌도 들어있다. 국기國旗는 디자인도 색상도 치졸한데, 국가만은 가사가 아주 아름답다.

　가사도 아름답지만 멜로디도 정감이 있으면서 경쾌하다. 그 노래를 작사한 사람 생각이 난다. 예술가를 우대한다는 소문에 현혹되어, 해방 후에 많은 예술가들이 38선을 넘어갔다. 그분도 그런 축에 속했다. 희망을 가지고 찾아간 그 복지에서 그는 이런 아름다운 노래를 만들고 훈장을 받았지만 결국 숙청을 당한다.*

　어떤 날은 빨치산의 노래가 들려온다. 그 노래도 아름답다. 하지만 그 노래는 애국가처럼 경쾌하지 못하고 애절하다. 진혼곡이기 때문이다. 실패한 혁명에 대한 애달픈 진혼곡……. 들려오는 노래들은 다양했지만, 내 기도는 언제나 하나뿐이었다. 생사를 모르는 친구들을 생각하며 이 어둠이 빨리 걷혀주기를 하나님께 간구한다. 그들은 모두 어디에 있는 것일까? 어쩌면 어느 골짜기에서 피를 흘리며 죽어가고 있는 것이 아닐까?

　홀연히 성벽 너머 저만치에서, 혼불 같은 한줄기 꽃불이 하늘거리며 천상으로 올라 간다. 나의 영혼도 그 아름다운 빛을 따라 하늘로 올라가려 하고 있었다. 여름의 동산은 조용하고 아득했다. 어스름 속에서 사물들이 은밀한 밀어를 속삭이는 것 같았다. 말복이 지나 바람

---

* 북한의 애국가 작사자인 박세영(1902-1987). 일제시대에 카프에 참여한 시인으로 해방 후에 월북한다. 북에서 애국가와 김일성의 노래 같은 것을 지어 훈장을 받았으나 결국 숙청을 당한다.

도 선선한데 청명한 밤하늘을 배경으로 혼불 같은 한 가닥 빛이 꼬물거리며 날아오르는 풍경은 신비스러웠다.

그런데 조금 있으니 폭발음이 들려온다. 어둠을 가르며 하늘하늘 올라가던 신비한 꽃불은, 하늘에 있는 비행기에게 보낸 누군가의 신호탄이었던 것이다. 불꽃이 솟아오른 지점에 정확하게 폭탄이 떨어진다. 어두운 밤 하늘에서 신호탄과 비행기는 그렇게 팀워크가 잘되어 있었다. 성벽 너머 저만치에서 시끄러운 소리들이 들려온다. 호루라기 소리가 진동한다. 신호탄을 올린 반동분자를 찾는 어수선한 소란이 한동안 난무한다.

나는 그 자리에 그냥 앉아 있다. 누군가가 목숨을 담보로 하며 결사적으로 쏘아 올리는 신호탄도, 천지를 뒤엎는 폭음도, 이제는 나를 놀라게 하지 못한다. 전쟁에 익숙해진 것이다. 어떤 날은 잠이 오지 않아서 동이 틀 때까지 마루에 앉아 있기도 한다. 먹을 것이 없어서 밀기울로 끼니를 때우고, 폭격으로 도시가 무너져 가고 있는, 불타는 지옥의 한복판에서 나는 불확실한 미래를 생각하며 암담한 고뇌에 휩싸인다. 9월 중순경에 유엔군이 인천에 상륙했다는 소식이 들어왔다. 아들을 다락에 숨겨 놓고, 귓불만 만지며 살던 숭인동 큰어머니가, 그 소식에 생기를 되찾았다. 아버지 때문에 내내 불안했던 어머니 얼굴도 환하게 밝아졌다.

서울 진입전이 벌어진 지도 한참 되었다. 대포소리가 점점 가까워지더니 드디어 서울역 근처에서 들려오기 시작한다. 어느 날 근로동원에 끌려갔던 우리 집 패잔병이 사색이 되어 들어왔다. 폭격이 너무 심해서 일을 할 수 없어 해산되었다는 것이다. 오다가 보니 만리동 쪽에서 쏘아대는 대포 때문에 서울역 맞은편이 폐허가 되었더란다. 다행히도 서울역과 남대문은 무사한데 길 건너편의 남대문, 퇴계로 일대가 완전히 빈 벌판이 되었더라면서 그는 겁에 질려 있었다. 동생이 발발 떨면서 주사를 맞던 세브란스 병원도 없어졌다고 했다. 서울역과 남대문 사이가 완전히 벌판이 되었다는 것이다. 포성은 나날이 기세를 더해가며 창경원 쪽으로 접근해 오고 있는데 진도는 영 나가지 않았다. 저항이 심한 모양이다.

인민군들은 시가전을 준비하기 시작했다. 아녀자들까지 동원해서 돈화문에서 미아리로 넘어가는 보도의 포석들을 모조리 뜯어내고 있었다. 차도에 바리케이트를 쌓기 위해서다. 전찻길에 일정한 간격을 두고 포석으로 만든 바리케이트들이 늘어섰다. 그 주변에 모래 가마니들이 쌓여 있었다. 겁나는 사태가 벌어질 조짐이다. 시민들은, 껍질을 산 채로 벗기운 짐승처럼 피부가 모조리 뜯겨 나간 보도를 보면서 진저리를 친다. 사지가 오그라드는 것 같은 공포 분위기다. 처음으로 겪게 될 시가전에 대한 두려움 때문에 사람들은 모두 사색이 되어 있었다. 바리케이트가 완성되자 삼선교에서 시내로 들어가는 전찻길이 봉쇄된다. 우리 가족은 동소문 밖에 갇힌 것이다.

폭격이 무서워서 낮이나 밤이나 방공호 안에서 사는 세월이 계속된다. 일본군들이 2차대전 때 파놓은 대형 방공호가 한성여고로 올라가는 언덕길 왼쪽에 즐비했다. 수십 명을 수용할 만큼 큰 터널 같은 방공호는 넓고 서늘했지만, 사람들이 너무 많아서 공기가 탁했다. 시민들은 피난 보따리를 싸 가지고 그 안에 들어가 며칠씩 살았다. 통로가 없으니 깊이 들어간 사람들은 숨이 막혀 미칠 지경이고, 입구에 자리 잡은 사람들은 목숨이 위태로워 불안했다. 모두들 신경이 곤두서 있어, 곱게 말을 하는 사람이 없었다. 방공호 안은 아귀다툼을 하는 소리로 가득 찬다. 악을 쓰며 싸우는 소리가 동굴 벽에 울려서 엄청나게 크게 들린다. 지옥이 저러하리라.

방공호를 차지하지 못한 사람들은 정릉천 메마른 하상河床에 늘어놓은 하수도 공사용 큰 배수관 안에 들어가 눕는다. 그들 주변을 더러운 구정물이 흘러간다. 파리와 모기가 들끓고 있다. 지옥 같다. 이틀째 되는 날 나는 집으로 돌아와 어머니에게 다시는 방공호에 들어가지 않겠다고 선언한다. 죽어도 지붕 아래에서 죽겠다는 뜻이다. 한 번 '아니' 하면 그만인 딸을 잘 아는 어머니는, 소리 없이 한 사람이 들어가 누울 작은 방공호를 마당에 만들어 주셨다.

추석(9월26일)이 가까워 오자 종일 폭격이 이어지고, 서울 시내가 불타기 시작한다. 동소문 밖에 있는 언덕에 서서 우리는 대한민국의 수도 서울이, 네로 황제 때의 로마처럼 불바다가 되어 가는 것을 바라보고 있었다. 추석 무렵이라 달이 밝았다. 달이 커질수록 대포소리도 커졌다. 하늘은 씻은 듯이 맑았다. 한국이 가장 아름다워지는 계절이다. 연기가 치솟아 추석달을 가리기 시작한다. 성벽 너머에서 보면 서울 쪽 하늘 전체가 노을처럼 붉은 화염에 휩싸여 있다. 화염에 휩싸인 하늘이 성벽의 스카이라인 너머에 펼쳐져 있는 풍경은, 전율을 느낄 만큼 처절하게 아름다웠다. 불타는 로마를 언덕 위에서 바라보면서 네로가 시를 쓰고 싶어한 이유를 알 것 같았다.

갖은 풍상 속에서 500년을 버텨 오던 대한민국의 수도 서울이 그렇게 장엄하게 불타고 있었다. 그런 날이 며칠 계속되었다. 사대문 안이 모두 잿더미가 되어 가는 것 같았다. 추석 전날(9월 25일)이 절정이었다. 목조건물들이 불에 타고, 가로수들이 불에 타고, 집집에 쌓아둔 장작더미가 불에 타고, 전차가 선 채로 불타고 있을 것이다.

시내로 들어가는 길이 봉쇄되자 그 너머의 소식은 거의 알아낼 방법이 없었다. 소식을 알 수 있는 길은 근로동원 된 사람들을 통하는 것뿐인데, 그들도 캄캄한 밤에 어딘지도 모르는 지점에 끌려가서 일을 해서 정확한 소식을 알지 못했다. 우리는 어디에서 어느 건물이 타고 있는지 알 수가 없었고, 아군이 어디까지 왔는지도 알 수 없었다. 시시각각 가까워 오는 대포소리…… 나날이 잦아지는 총소리……. 하늘을 물들이는 화염의 노을 같은 것들을 통해서 전세를 짐작할 수 있을 뿐이다. 불타고 있는 서울은 지금 누가 차지하고 있을까? 국군은 어디까지 와 있을까? 시가전은 언제 시작되는 것일까? 주변에 라디오를 가진 사람이 없어서 알 수 있는 정보가 하나도 없었다.

동네에 주둔하고 있는 인민군들 눈에 핏발이 서기 시작하는 것을 보고 그들이 몰리고 있다는 것은 짐작할 수 있었다. 시가전에 대비하기 위해 일손이 갈급하게 필요한데, 더 이상 동원할 장정이 없으니 그들은 집 뒤지는 일에 미쳐 있었다. 마루 밑이나 다락에 꼭꼭 숨어서 석 달을 잘 견딘 사람들이 하나씩 둘씩 색출되기 시작한다. 석 달간 제대로 못 먹고, 햇빛을 못 보아서 잡혀가는 청년들은 모두 시든 배추줄기 같이 얼굴이 하얗게 바래 있으면서 풀기가 없었다. 잡혀서 그 자리에서 즉결처분을 당하는 사람도 있었다. 추석날에는 우리 동네 동회 앞에도 가마니에 덮인 청년의 시신이 놓여 있었다. 들키자 도망을 치다가 사살되었다고 한다. 시신을 덮은 가마니 한쪽에 피가 묻어 있었다. 가마니 밖으로 삐져나온 그의 정강이가 아이의 것처럼 가늘고 파리했다. 며칠만 더 견디면 되는 것을……. 가슴이 조여와서 숨이 막힐 것 같았다. 그 청년의 시체 위에 아는 사람들의 영상이 겹쳐졌다. 어딘가에서 가마니에 덮여 죽어 있을지도 모르는 친구들의 가늘고 파리한 다리를 생각하며, 나는 몸서리를 쳤다. 공포 분위기는 27일에 절정에 달했다. 대포소리와 총소리가 바짝 코 앞에 다가와 있었다. 인민군들은 정말로 눈에서 불이 일 것 같은 표정으로 마을 구석구석을 뒤지고 다녔다. 그들도 우리처럼 먹을 것이 없었고, 그들도 우리처럼 겁에 질려 있었던 것이다.

그런데 막바지에 그들은 너무 싱겁게 서울을 포기했다. 자고 일어나 보니 몽땅 사라지고 없었던 것이다. 해 놓은 밥을 먹지도 못하고 떠났다는 말을 나중에 들었다. 떠나기 전에 많은 반동분자들을 죽이

긴 했지만, 그래도 그들이 쥐도 모르고 새도 모르게 사라져 준 것은 하나님께 감사해야 할 일이었다. 덕분에 서울은 시가전을 모면했다. 그래서 경복궁도 창경궁도 살아남을 수 있었던 것이다.

9월 28일 새벽은 총소리도 없이 아주 조용하게 열렸다. 폭격이 너무 심해서 처음으로 나는 마당의 방공호에서 잠을 잤다. 잠결에 환청이 들려왔다. 어딘가 아득한 곳에서 군중들이 외치는 함성소리가 계속 들려왔던 것이다. 정신을 가다듬고 일어나 동도극장 앞 큰길 쪽으로 가 보았다. 사람들이 만세를 부르며 도로변에 구름처럼 몰려 있었다. 뚫고 들어갈 수 없는 인간장벽이었다. 사람들은 제정신이 아니었다. 길을 향해 손을 흔들면서 껑충껑충 뛰는 사람도 있었다. 미친 사람들 같았다.

겨우 인파를 비집고 앞으로 나간 나는 극장 앞길에서 미군 해병대들을 보았다. 보도를 가득 채운 군인들이 북쪽을 향해 행진하고 있었다. 더러운 전투복을 입고 있었다. 지치고 피곤해 보였다. 하지만, 사기는 높아 보였다. 승리한 자들의 여유다. 시민들이 그들을 얼싸안고 몸부림치며 울었다가 만세를 불렀다가 법석을 떨었다. 해방이 된 기쁨이 너무 벅차서 감정처리가 안 되는 것 같았다. 그런데 한쪽에는 보도의 연석에 주저앉아 가슴을 쥐어뜯으며 애통하는 사람들이 있었다. 자식이 인민군에 끌려간 부모들이다.

질서정연하게 미아리를 향해 행군하는 군인들은 진정으로 구세군 같은 느낌을 주었다. 나는 학생 때 카키색을 싫어해서 어느 쪽 군인이든 그런 색 옷을 입은 사람들을 혐오했다. 그런데 그날은 아니었다. 더러워진 전투복을 입은 군인들이 그렇게 믿음직스럽게 보일 수가 없었다. 그렇게 대견해 보일 수가 없었다. 그렇게 고마울 수가 없었다. 그들 앞에 엎드려 절이라도 하고 싶었다. 그들은 우리의 등화관제를 풀어 준 해방군이었던 것이다.

해방이 되어도 우리는 갈 곳이 없었다. 오리를 기르지 못할 바에야 그 후미진 이촌동에 갈 이유가 없었기 때문에 이촌동 행은 제일 먼저 접어 버렸다. 세를 주었으니 용산 집에도 당장 밀고 들어갈 수는 없었다. 할 수 없이 아버지는 관훈동에 새로 방 하나를 얻었다. 전통 한옥의 안방이었다. 거기 우리를 살게 하고, 당신은 인사동 큰길가에 싸전을 내셨다. 난리 중에도 팔리는 상품은 식료품밖에 없다는 것을 아셨기 때문이다.

두루 어수선해서 10월 중순경에야 학교에 가 보았다. 우리 학년 300명의 학생이 반밖에 남지 않는 것 같았다. 선생님들도 반이 채 못 되었다. 인민군 치하에서 활약하던 좌파 교사들은 더러는 잠적하고 더러는 월북해서 없어졌으며, 지방에 피난 간 교사들은 아직 돌아오지 않았기 때문이다. 학교는 집보다 더 어수선하고 지저분했다. 6.25 직전에 동양 제일이라고 교장이 자랑하던, 새로 지은 대강당은 내부가 몽땅 불에 타서 허우대만 남아 있었다. 학생들이 해야 할 첫 과제는 부서진 교사를 정리하는 일이었다.

이윽고 사상 심사가 시작되었다. 6.25 전에 결성된 학도호국단 간

부들이 재학생의 사상을 검증하기 시작했다. 인민군 치하에서 학교에 나와 부역활동을 한 학생들과, 여성동맹 같은 데 나가서 적극적으로 부역 활동을 한 학생들을 색출하는 작업이었다. 자기가 자신의 6.25 3개월 동안의 행적을 자술서 형식으로 써 내면, 주변 사람들과 친구들의 증언을 참작하면서 하나하나 심사를 하는 것이다. 부역자는 퇴학시켜야 하니까 심사는 신중해야 해서 시간이 많이 걸렸다. 하지만 내 주변에는 퇴학당한 학생이 없었다. 부역한 학생들은 미리 알아서 복학수속을 밟지 않은 건지도 모른다.

시간이 지나도 수업은 제대로 진행되기 어려웠다. 겨우 심사가 끝났는데 이미 10월 16일에 중공군의 선발대가 압록강을 건너기 시작한 것이다. 시국이 다시 불안해졌다. 그동안 승승장구 하면서 북진을 계속하던 유엔군에 제동이 걸린 건 중공군의 참전 때문이다. 전세가 삽시간에 역전 되었다. 압록강까지 올라갔던 유엔군이 곤두박질을 치면서 후퇴하기 시작했다. 11월이 되자 어느새 피난을 떠나는 사람들이 생겨났다. 중공군의 남하 속도가 너무 빨라서 시민들은 현기증을 느꼈다. 불과 한 달 만에 전선이 서울 근교까지 내려와 있었던 것이다.

석 달 만에 다시 인민군들이 서울을 장악할 상황이 닥쳐왔다. 중공군의 인해 전술에 밀려서 압록강까지 올라갔던 전선이 파죽지세로 무너져 내리고 있었기 때문이다. 서울까지 위태로워졌다. 12월 25일에는 드디어 서울을 비우라는 피난령이 내려졌다. 그리고 1월

3일에는 정부가 부산으로 떠났다. 남은 사람들도 모두 서울을 떠나야 한다.

언제 다시 만날지 알 수 없는 이별이 눈앞에 가로놓여 있었다. 언제 다시 서울로 돌아올지 아무도 예측할 수 없었기 때문이다. 살아서 다시 서울 땅을 밟을 가능성이 있을지 장담할 수 있는 사람이 없었다. 6.25 때는 유엔군이 참전하면 된다는 희망이 있었다. 낙동강 근처만 남아 있을 때에도 유엔군이 있어서 마음이 든든했다. 이번은 다르다. 유엔군의 막강한 화력이 인해 전술 앞에서 무력화되고 있었기 때문이다. 전선이 서울 포기로 낙착되는 것을 보는 시민들의 심정은 참담했다.

여름에 피난을 가지 않아서 곤욕을 치른 사람들은 서둘러 서울을 떠나기 시작했다. 김장을 해야 할지 말아야 할지 고민하던 주부들도 다 손을 놓아 버렸다. 떠나야 하는 것은 이제 이론의 여지가 없다. 그런데, 이북에서 피난 온 사람들은 갈 곳이 없다. 남쪽에 연고지가 없으니 행선지를 정할 수 없는 것이다. 그러니 북에서 온 친구들은 한번 헤어지면 다시 만날 가능성이 희박하다.

젊은 남자들의 사정은 더 절박하다. 여름처럼 들판이나 산 속에 숨어 있을 수도 없다. 소한이 눈앞에 다가선 한겨울이기 때문이다. 집 안에 있는 지하실이나 다락도 추워서 숨어 있을 수가 없다. 게다가 서울이 비어 버린다. 숨겨주고 돌보아 줄 가족들도 없어지는 것이다. 이번 것은 언제 끝날지 모르는 장기전이다. 설상가상으로 젊은이들은 한강을 건너는 것 자체가 어렵다. 고등학생들도 입대를 하는 수밖에 길이 없는 것이다. 군대는 그들에게는 이미 확정되어 있는 숙명이다. 공군으로 가느냐 육군으로 가느냐 하는 지엽적인 선택만 남아 있을 뿐이다.

그들은 어디에 배치될지 예측할 수 없었고, 주둔할 장소도 짐작할 수 없었다. 전시에 입대하는 것은 목숨을 거는 행위다. 그래서 본인도 주변 사람들도 모두 비장했다. 그래서 마지막 크리스마스 이브는 비통한 분위기였다. 그 크리스마스를 친구들과 함께 보내기 위해 나는 엄청난 무리를 감행했다. 아버지와 같이 피난 가는 것을 거부해서 가족들을 1.4 후퇴의 소용돌이에 휘말리게 만든 것이다. 덕분에 나는 평생 잊지 못할 인상 깊은 성탄절을 보냈다. 그리고 다음 날 아침에 신세계 백화점 앞에서 친구들과 헤어졌다. 우체국을 기점으로 해서 남과 북으로 갈라지기로 한 것이다. 더러는 남쪽으로 사라졌다. 나는 울면서 길 위에 서 있었다. 상황은 절망적이었다. 언제 어디서 다시 만날지 아무도 예측할 수 없었다.

4. 석 달마다 바뀌던 애국가

사흘 만에 국적이 달라지다

6.25는 엄청난 충격이었다. 그건 우리가 생전 처음 겪어 보는 진짜 전쟁이었는데, 불과 사흘 만에 인민군에게 점령당한 것이다. 사흘 만에 국적이 바뀌었다. 대한민국 국민이 인민공화국 백성이 된 것이다. 사람들은 무슨 일이 일어나는지 미처 이해를 하기도 전에, 마른 하늘에서 벼락처럼 떨어진 전쟁과 직면했다. 시가전조차 치르지 않고 곧장 점령지의 시민이 된 사람들은 너무 당황해서, 소련제 전차의 캐터필러*가 도심지에서 지축을 울리고 있을 때에도, 무슨 일이 벌어졌는지 감을 잡지 못하고 있었다. 예비지식도 없었고, 준비기간도 없었으

---

* Caterpillar: 戰車의 무한궤도.

며, 대비책도 없었기 때문이다.

그런데도 일상생활은 확실하게 변해갔다. 점령지 매뉴얼이 저절로 생겨난 것이다. 누가 시키지도 않는데, 사람들은 허술한 옷을 입기 시작한다. 입술에 바르던 연지를 감추고, 맛있는 음식 냄새가 담을 넘어가지 않도록 조심한다. 서가에서 우파적인 주장을 담은 책들을 없앤다. 관복이나 군복을 입고 찍은 아들이나 남편의 사진도 없앤다. 소중히 여기던 것들을 다 버리고 나니, 사람들은 삶을 즐겁게 만들던 모든 것이 다 죄의 범주에 드는 것 같아 암담한 기분이 된다.

통치자가 바뀌는 것은 우리를 지탱해 주던 규범과 율법이 모두 바뀌는 엄청난 변화를 의미한다. 제일 먼저 국기가 바뀐다. 그리고 애국가가 바뀐다. 화폐도 바뀐다. 민주주의 체제가 공산주의로 바뀌었으니 기본적 법들이 바닥부터 뒤집혀 버린다. 그전까지는 죄가 아니던 것들이 죄가 되기 시작한다. 그런데 죄의 범주가 명확하지 않다. 사상문제는 낡은 옷으로 바꿔 입는 일처럼 간단하게 답이 나오지는 않기 때문이다. 새로 생겨난 법에 대한 가이드라인이 없으니, 사람들은 눈치를 보면서 정신없이 허둥거리다가 자기 식으로 해석해 버리고 만다. 어떤 사람들은 과잉으로 반응하고, 어떤 사람들은 과소평가를 한다. 그런데 피해자는 양쪽에서 모두 생기니 더 갈피를 잡을 수 없는 것이다.

세상에는 어중간한 사상을 가진 사람이 아주 많다. 자기 사상이 무언지 모르는 사람도 얼마든지 있다. 보통 사람들은 자신이 하얀지

빨간지 스스로 분간할 줄도 모른다. 그래서 우물쭈물하다가 봉변을 당한다. 피바람이 몰아친다. 이웃들이 개처럼 끌려 나가서 돌아오지 않는다. 공포 분위기가 세상을 덮는다. 흉한 일은 대체로 야밤에 일어난다. 등화관제가 되어 있는 어둠 속에서는 문 두드리는 소리가 제일 무섭다. 그런데 밤에 문을 두드리는 소리가 너무 자주 들렸다.

자신의 사상에 확신이 있는 사람들은 어떻게든 서울을 빠져나가서, 오히려 피해가 적었다. 그런데 세상에는 낙천적인 사람들이 많다. 그들은 현실의 위험성을 과소평가하다가 사고를 당한다. 이상하게도 우리나라에서는 괜찮게 사는 사람들도 모두 자기를 부르주아라고 생각하지 않는 경향이 있다. 요즈음도 마찬가지다. 전기 세탁기로 빨래를 하고, 정수기에서 나오는 물을 마시면서도 자신을 흙수저라고 생각하는 사람들이 많은 것이다.

6.25 때도 마찬가지였다. 느닷없이 공산주의 치하가 되었는데, 걱정을 하는 사람이 그다지 많지 않았다. 자기는 가난하니까, 가난한 사람들 편이라는 공산주의 정권이 자신을 해칠 이유가 없다고 쉽게 생각한 것이다. 그런데 현실은 그렇게 만만하지 않았다. 내내 가난하게 살았고, 카프 KAPF*사건에 연루되어 옥살이까지 한 최정희 선생 같은 분도, 부르주아라는 단죄를 받았다. 자기를 부르주아라고 지탄하는 말을 처음 들었을 때, 최 선생은 너무 놀라서 말이 나오지 않더

---

* KAPF: 조선 프롤레타리아 예술가동맹 Korea Artista Proleta Federatio의 약자. 1925~1935년.

라는 글을 어디선가 읽었다. 자신을 부르주아라고 생각한 일이 없기 때문이다. 다른 사람들도 마찬가지다. 그들은 자신을 부르주아라고 생각하지 않았다.

사람들이 자신에게 내린 형량은 대체로 이렇게 관대했다. 그래서 '설마 나 같은 것이야' 하고 겁도 없이 방심하고 있었다. 사실 그때 우리나라는 GNP가 100불도 안 되었으니, 모두 프롤레타리아라고 생각하는 것도 무리는 아니다. 대부분의 국민이 실지로 프롤레타리아였기 때문이다. 그런데 새로 온 통치자의 잣대는 훨씬 엄격했다. 점령군의 눈으로 보면, 서울의 대부분의 사람들이 부르주아로 보이는 것이다. 서울 사람들은 가난해도 집을 이쁘게 가꾸고, 반듯한 나들이 옷을 가지고 있으니, 실제보다는 부자로 보일 수도 있다. 그래서인지 월급이 쥐꼬리만한 말단 공무원의 가족이나, 수입이 없어 굶주리고 있는 룸펜 인텔리겐챠들까지도 그들은 부르주아로 분류하여 벌을 내렸다.

시민들과 통치자의 이런 척도의 차이는, 전쟁 전에 월북한 예술가들에게서도 검증된다. 월북한 예술가들은, 자기의 좌익사상에 어지간히 자신이 있으니 그 일을 감행했을 것이다. 살던 곳을 버리고 월북하는 것은 쉬운 일이 아니기 때문이다. 그런데, 북쪽의 잣대로 보면 대부분의 월북자가 기준 미달이어서, 많은 사람들이 숙청을 당했다. 6.25 때의 서울 사람들 중에도 그들처럼 자신을 잘못 판단하고 있다가 변을 당한 사람들이 많았다.

문제는 국기도 애국가도 화폐도 싹 바뀌는 그런 엄청난 변동이 3년 사이에 네 번이나 일어났다는 데 있다. 그건 숙청의 피바람이 네 번이나 불었다는 것을 의미한다. 이념전쟁이었으니까, 우물거리다가는 양쪽에서 당하기 쉽다. 그래서 사람들은 드디어 "난세에는 확실하게 한쪽에 서는"* 것이 살아남는 방법이라는 것을 깨달았다.

그래서 1.4 후퇴 때, 사람들은 확실하게 서울을 떠나는 쪽을 선택했다. 소한과 대한 사이의 혹한의 계절이었는데도 모두 필사적으로 피난행을 감행한 것이다. 정체를 알 수 없는 중공군이 두려웠고, 비처럼 쏟아지는 폭탄도 두려웠고, 사람 사냥은 더 두려웠지만, 피난 가는 이유는 그것만이 아니었다. "확실하게 한 쪽을 선택하기" 위해서 그들은 서울을 떠난 것이다. 공산주의 세상이 와도 신분상으로는 피해를 입지 않을 최하층의 빈민들까지 모두 서울을 떠나는 쪽을 택한 것은, 우리 정부가 돌아오면, 서울로 돌아와 계속 서울에서 살고 싶다는 의사 표시였다.

그래서 1.4 후퇴 때는 서울이 거의 다 비어 있었다. 중환자가 있거나 사상적으로 결격사항이 있어 시민증이 나오지 않는 사람들만 빼고, 거의 모든 사람들이 피난을 갔다. 그러니 못 떠나는 사람들은 참담했다. 재앙이 염병처럼 엄습해 올 곳에 남아야 했기 때문이다. 그 참담한 잔류자 그룹에 박경리 선생과 박완서 선생 같은 작가들이 들

---

* 김범부 선생이 했다는 말. ('횡설수설' 2017년 2월 25일 동아일보) 참조.

어 있었다. 남편이 감옥에 있어 서울을 못 떠난 박경리 선생의 『시장과 전장』에는, 사람들이 다 떠난 다음 날, 주인공이 혹시라도 연기가 나오는 집이 있나 보려고 장독대에 올라가 목을 빼고 서 있는 장면이 나온다.* 아무도 없는 황량한 서울에 자기네만 남았을지도 모른다는 공포심 때문이다.

서울 시민이 하나도 안 남은 것 같아서 두려운 것은 인민군들도 마찬가지였다. 그래서 그들은 "입성을 한다기보다는 야음을 틈타 침투하는 것처럼 숨죽인 행렬로"** 서울에 들어온다. 사람들이 사라져서 서울이 몽땅 비어 버렸으니, 점령군들도 허탈했던 것이다. 그들은 남조선의 핍박받는 프롤레타리아들을 구제한다는 구실로 그 전쟁을 정당화시키고 있었다. 그런데 자기네 편이어야 할 프롤레타리아들까지 모조리 도망가 버렸으니 할 말이 없어진 것이다. 오빠의 총상 때문에 서울에 남아 있었던 박완서 선생의 소설에는 점령군의 그런 낭패감이 묘사된 대목이 나온다.

"무인지경에 입성이라고 할 때 우리가 얼마나 이가 갈렸는 줄 아오?"***

라고 그들은 남은 사람들에게 말한다. 현저동처럼 바닥층에 속하

---

* 『시장과 전장』(현암사, 1964), 323쪽.
** 『그 산이 정말 거기 있었을까』(웅진출판, 1995), 16쪽.
*** 위의 책, 63쪽.

는 빈촌 사람들까지 다 떠나 버린 것은 그들을 모독하는 일이었기 때문에, 남은 사람들을 아무리 들볶아도 속이 풀리지 않는 것이다. 피난을 못 간 서울 사람들이나 쳐들어온 점령군이나 모두 이가 갈릴 만큼 눈에 덮인 엄동嚴冬의 텅 빈 서울에는 공허만 있었던 것이다.

사람 숨기기

6.25 동란이 난 첫 석 달 동안은, 집집마다 남자들을 숨겨야 하는 끔찍한 시기였다. 어른들은 이데올로기 때문에 햇빛을 못 보고 살아야 했고, 적령기의 청년들의 문제는 병역이었다. 전쟁을 계속하고 있으니 병력 손실을 보충하기 위해 인민군은 젊은이 사냥에 혈안이 되어 있었다. 길에서 청년들을 마구잡이로 끌고 갔다. 연령미달인 소년들도 지원병이라는 명분을 붙여서 일선에 보냈다. 그래서 거리에는 나다니는 젊은이가 없었다. 어른들은 허름하게 분장하면 안 들키는 수도 있는데, 청년들은 그게 안 된다. 젊음은 위장이 안 되는 햇빛 같은 것이어서 그 빛을 감출 수 없는 것이다. 길에서 젊은이들이 사라지니까 인민군들은 가택수색을 시작했다. 숨어 있는 청소년들을 사냥하기 위해 밤마다 어둠 속에서 대문을 두드리는 소리가 들렸다.

전쟁의 신은 정말로 죽여서는 안 되는, 절대로 총으로 쏴서 없애 버려서는 안 되는, 빛나는 젊은 애들만 탐내는 흉악한 신이다. 모든 생명은 여인들이 열 달 동안 뱃속에 넣어 힘들게 키워 세상에 내놓는 소중한 존재다. 목숨을 걸고 낳은 생명을 다시 20년 동안 신주처럼 모셔서 키워야 인간은 겨우 성인이 된다. 그런데 마르스*는 막 어른이 된 그 아름다운 사람들을 잡아다가 시체로 만들고, 불구자가 되게 한다. 전시에 군대에 가는 것은 죽으러 가는 거나 다름이 없다. 훈련도 제대로 받지 않은 학생들이 대뜸 일선에 배치되는 수가 있기 때문이다. 그런 아이들은 총을 쏘는 법도 모른다. 뿐 아니다. 그들은 정신적으로도 사람을 죽일 준비가 되어 있지 않다. 준비 없이 사람을 죽이는 일을 강요당하니 심약한 청년들은 정신병에 걸린다. 세상의 많은 어머니들이 반전론자가 되는 것은 그 때문이다.

그런데도 청년들에게 병역이 의무로 지워지는 것은, 그것이 내 나라를 지키는 유일한 방법이기 때문이다. 나라가 없으면 일제시대처럼 모든 것을 상실해야 하니 나라를 지키기 위해 목숨을 걸고 싸우는 것이다. 어느 군가의 구절처럼 내가 나가 싸워야 "부모형제 나를 믿고 단잠을 이룬다."** 그때 병역은 비로소 명예가 된다. 내 가족과 내 나라가 나로 인해 침략을 피할 수 있기 때문이다.

인민군 치하에서는 그 명분이 없어진다. 6.25 때는 자원입대를 할 겨를조차 없이 점령을 당해서, 그대로 남아 있던 젊은이들이 인민군의 징집 대상이 되었다. 그건 안 되는 일이다. 인민군이 된다는 것은

---

* Mars, 로마 신화에 나오는 전쟁의 신.
** 「진짜 사나이」는 유호가 작사하고 이흥렬이 작곡한 군가로 1962년에 발표되었다.

조국을 향해 총을 겨누는 것을 의미한다. 그건 내 부모와 형제를 향해 총을 쏘는 것과 같은 행위다. 절대로 해서는 안 될 일이다. 뿐 아니다. 인민군에 잡혀가면, 살아 남는다 해도 종전 후에 집으로 돌아올 수 없다. 가족과 영영 이별을 해야 하는 것이다.

그래서 어머니들은 목숨을 걸고 아들들을 숨겼다. 숨기는 쪽이 필사적이 되니, 잡으러 오는 쪽도 나날이 사냥하는 기술이 늘어갔다. 그러니 아들을 숨기는 작업은 피를 말리는 과업이었다. 아들 숨기기는 적 치하 3개월 동안에 어머니들이 짊어진 가장 고통스러운 멍에였다. 한창 나이의 혈기왕성한 아이들을 석 달 동안 집에 가두는 일만 해도 장난이 아니어서, 그건 여러 모로 재앙이었던 것이다.

거기에 어른 감추기가 첨가된다. 삽시간에 인민군이 서울에 입성한 6.25 동란은 우파 사상을 가진 어른들도 패닉panic 상태에 몰아넣었다. 손 쓸 겨를도 없이 적 치하에 내던져졌기 때문에, 피난을 꼭 가야 할 사람들이 서울에 남겨진 것이다. 많은 가장들이 검거 대상이었다. 하늘에서는 폭탄이 쏟아져 내려오고, 땅에서는 사람 사냥이 치열했다. 그러니 잡혀갈 가능성이 있는 사람들은 모두 어딘가에 숨어야 한다. 머리카락도 보이지 않게 꼭꼭 숨어야 하는 것이다. 들키면 즉결처분이 되거나, 감옥에 가거나, 북으로 납치되니, 숨기는 작업은 필사적이 되지 않을 수 없다.

그런데 집이 좁아서 숨을 곳이 마땅치 않다. 지하실이 있는 집은 그곳이 첫 번째 은신처였다. 다음은 한옥의 마루 밑이고, 그다음은 다락이나 헛간이다. 그런 곳에 이불이나 가구 같은 것으로 가짜 벽을 만들어 놓고, 대문 두드리는 소리가 나면 그 뒤로 들어가 숨는 것이다. 가택 수색팀이 올 때마다 온 집안이 매번 발칵 뒤집힌다. 숨은 사람이나 숨긴 사람이나 간이 졸아들고 피가 마른다. 어린애가 있는 집은 더 난리다. 숨는 작업은 자기 아이에게도 들키면 안 되기 때문이다.

헛간의 짚더미 같은 곳에 숨은 사람들은, 인민군들이 사람이 있나 없나 시험해 보려고 대나무 꼬챙이나 칼로 여기저기를 깊숙이 찔러볼 때마다 공포에 사로잡혔다. 더러 찔리는 경우도 있었다. 그러면 찔린 사람은 비명 하나 지르지 못한다. 침착한 사람은 들킬까봐 옷깃으로 칼에 묻은 피를 닦아서 내보낸다는 말을 들었다. 자그마치 90일간을 그렇게 견딘 것이다. 거기에 삼복 더위까지 덧붙여져 있었다. 이래저래 사람 숨기기는 모든 집의 악몽이 되었다. 우리 집에는 징집 대상이 없어서 집 뒤짐을 당하지 않았는데도, 30년이 지난 후에 집을 지을 때, 지하에 눈에 띄지 않는 은밀한 공간이 생겨나자 내가 '전시에 남편을 숨기면 좋겠다'고 말해서 젊은 건축가를 놀라게 했다. 숨을 장소에 대한 집념은 직접피해자가 아닌 이들에게도 그렇게 낙인이 되어 지워지지 않았다.

집안에 숨길 사람이 둘 있으면 그 악몽은 몇 배로 폭이 커진다. 온 식구가 공포에 질려 있다. 둘을 숨길 만한 공간이 없기 때문이다. 뿐 아니다. 들키면 둘이 함께 잡혀가게 된다. 한 건물에서 대들보와 서까래가 동시에 뽑혀 나가는 것이다. 납북당해 간 어떤 저명인사는, 처음 잡혀갔을 때 일단 귀가조치를 받은 일이 있었다. 그런데 아드님 때문에 피신하지 못했다 한다. 지하실에 아들을 숨겨 놓았는데, 당신이 피하면 가택수색을 당해 아들이 위태로워지기 때문이다. 그래서 우물쭈물하다가 다시 잡혀가서 그분은 영원히 돌아오지 못했다.

다행스러웠던 것은 북에서 온 사람들이 숫자가 적어서, 행정력이 구석구석까지 미치지 못한 점이다. 여름이어서 노숙을 할 수 있었던 것도 시골에서는 도움이 되었다. 고부에 피난 갔던 우리 오빠는 밤마다 숲에서 자면서 석 달을 견뎠다. 기간이 짧았던 것도 불행 중 다행이라고 할 수 있다. 석 달이니 숨어서 견딜 수 있었지 1년만 되었어도 계속 숨어 지내는 것이 불가능했을 것이다. 젊은이들을 1년씩 다락에 가두어 두는 일이 얼마나 어려운 일이겠는가. 게다가 겨울에는 추위 때문에 산이나 숲에서 잘 수도 없다. 마루밑이나 헛간도 마찬가지다.

기간이 짧은 것은 신분세탁에도 도움이 되었다. 행정력이 미치지 않는 사각지대가 더러 있어서 신분위장이 그다지 어렵지 않았다. 모윤숙 선생 같은 저명인사도 위장을 하고 도망을 가는 일이 가능했던 것이다. 주민등록 이전 같은 것을 하지 않던 시기여서 자기 동네를 벗어나면 신분세탁이 가능했다. 하지만, 새로 이사 온 낯선 사람은 당국의 주목을 받으니 아주 모르는 동네에는 갈 수가 없다. 신원을 보증해 줄 신용 있는 사람이 필요한 것이다. 그 보증인이 공산정권에서 부역을 하고 있는 사람이면 더욱 좋다. 그 그늘에서 주목을 받지 않고, 숨어 지내는 일이 가능하기 때문이다.

부역자의 그늘

많은 사람들이 그렇게 해서 목숨을 건졌다. 우리나라에는 집에서까지 공산주의자인 사람은 별로 많지 않았으니까, 두 진영이 한 지붕 밑에 살아도 사생활에서는 별 문제가 없었다. 우리 집에도 그런 조건을 갖춘 친척이 있었다. 집을 옮기고 보니 할머니의 딸이 여맹에 나가고 있었던 것이다. 우리는 딸만 있어서 징집문제와는 무관했다. 하지만 원래 살던 곳에서 살 수는 없었다. 해방 후에 북에서 내려온 것을 이웃들이 알고 있기 때문이다. 게다가 국군 패잔병이 딸려 있다. 그러니 근본을 아는 사람들 사이에서는 살 수 없는 형편이다. 그래서 먼 데 사는 친척 할머니집에 가기로 한 것이다.

할머니는 일제시대부터 그 동네에 살던 분이어서, 아버지가 그 시절부터 그 집에 드나든 것을 아는 이웃이 있었다. 그래서 전쟁 말기에 낙향했다가 해방 후에 가족을 데리고 내려온 사실을 감출 수 있었다. 그런데도 용산을 심하게 폭격한 날 밤에 우리는 이사를 갔다. 집이 폭격당해서 왔다고 그 사람에게 말하기 위해서다. 패잔병 문제도 그런 식으로 처리했다. 시골에서 온 친척이라고 둘러댄 것이다.

친척 아이인데, 연주창을 앓아 군대에 못 갔다고 하니 의심을 받지 않았다. 실지로 그의 목은 총상을 입은 자리가 짓물러서, 연주창 환자처럼 보였기 때문이다. 본래 우리 식구가 몇인지 모르니 그 말이 통했던 것이다. 하지만, 모든 것이 그렇게 무사통과된 것은 그 집 딸 덕이었을 것이다. 그녀 때문에 그 집은 집 뒤짐을 당하지 않았던 것이다. 난세에 몸을 숨겨야 할 사람들에게 구원이 되는 것은 그런 친척이나 친지의 존재다. 가장 안전한 피신처는 부역하고 있는 친지의 집이라고 할 수 있다.

친정부적인 사람 그늘에 있으면 의심을 받지 않는 건 평상시도 마찬가지다. 전쟁 전에도 고관집에 숨어서 좌파운동을 하는 공산주의자를 본 일이 있다. 초등학교 때 선생님이다. 대한민국 정부가 들어설 무렵에는 좌익 진영에 검거령이 내려져서 분위기가 삼엄했는데, 그런 때에도 그분은 현역고관이 숨겨놓은 여자 집 2층을 점령하고, 안전하게 반정부 활동을 했다. 그 고관은 축첩 사실에 덜미가 잡혀서 옴짝달싹하지 못하고 있었던 것이다. 등잔 밑이 어둡다고 그 집은 소격동 큰길가에 있었다. 정부 청사 바로 옆에서 그런 엄청난 일이 몇년 동안 지속되고 있었던 것이다. 김수임과 이강국의 경우는 더하다. 거물 간첩인 이강국은 미국 장교와 사는 옛 애인의 도움으로 미군 지프를 타고 탈출했다. 첩보영화에 나오는 것 같은 장면이다.

6.25 때 우리에게 방패가 되어 준 할머니의 딸은 일제시대에 정신대 때문에 10대에 결혼했다가 곧 이혼당한 이혼녀였다. 신랑은 그

집에 하숙을 했던 시골 갑부의 아들이다. 엊그제까지도 게다를 찍찍 끌며 동네를 쏴다니고, 맨발로 고무줄 놀이를 하던 그 왈가닥 소녀는, 단순하고 철이 없어서, 시골 대갓댁의 꽉 짜인 시스템에 적응하지 못했다.

친정에서 몇 년째 구박덩어리가 되어 있던 스물두 살의 이혼녀는, 여성동맹에서 나오라고 하니 신이 났다. 생전 처음으로 자기를 필요로 하는 사람들을 만난 것이다. 날마다 나가 있을 곳이 있다는 것만 해도 얼마나 황감한지 몰랐다. 배급도 받아서 집안에서의 발언권도 커졌다. 그녀는 고마워서 여맹에서 시키는 일은 뭐든지 다 하면서 석 달을 보냈다. 나는 지나치게 단순하고 상식이 없는 그 아줌마를 좋아하지 않았다. 하지만, 그녀가 좌익사상과 무관하다는 것만은 장담 할 수 있다. 어떤 사상과도 무관하다고 하는 편이 옳을 것이다. 그녀는 생각 같은 것은 하지 않는 타입이었기 때문이다. 그녀는 다만 일자리가 필요했던 것이다. 반대편에서 보면 골수 반동분자로 지목될 일을 그렇게 자각도 없이 해서 그녀는 자신의 앞날을 망치고 있었다.

하지만 본인은 알지도 못하는 사이에 주변 사람들이 그녀의 덕을 보고 있었다. 그녀의 오라비들이 우선 혜택을 받았다. 집 뒤짐을 당하지 않아서 두 달이나 숨어서 버틸 수 있었던 것이다. 우리도 그녀 덕에 신분이 노출되지 않고 넘어갔다. 국군 패잔병은 더 말할 필요가 없다. 그에게 있어 그녀는 완전히 구세주다. 국군은 들키면 총살감인데, 그가 무사히 석 달을 넘긴 것은 순전히 그녀의 부역 덕분이다. 그들은 서로 알지도 못하는 사이였으니 웃지 못할 운명의 장난이라고 할 수 있다.

패잔병 다음으로 그녀의 덕을 크게 본 사람은 아이러니하게도 그녀를 내친 전 남편이었다. 서울에서 하숙을 하면서 학교에 다니던 그는, 전쟁이 터지자 하숙집에서 쫓겨났다. 그런데, 한강을 넘을 방법이 없었다. 수중에는 돈도 없고, 서울에는 친척도 없었다. 친척이 있다 한들 누가 그 난세에, 쫓겨다니는 위험한 군식구를 받아드리려 하겠는가? 그는 징집 대상자였으니 숨겨 주는 것은 범법행위였다.

절망적인 상황에 처한 그는 너무 다급하니까, 염치를 무릅쓰고 버린 여자의 집으로 기어 들어왔다. 할머니는, 행여나 그 일이 딸이 다시 시댁에 불려갈 계기가 될지 모른다는 희망을 가지고, 그 사람을 극진히 공양했다. 다락에 숨겨두고 세 끼 밥을 정성껏 해다 바친 것이다. 그렇게 할머니가 노심초사하는데도 부부의 사이는 개선될 기미가 보이지 않았다. 그는 전처를 사지에 몰아넣고 얻은 자신의 쥐꼬리만한 자유를, 황감해하거나 미안해하는 기색이 전혀 없었다. 당연한 일처럼 수발을 받으면서 따뜻한 말 한 번 걸어주지 않았다.

우리 자매에게 그 아저씨의 출현은 반가운 일이었다. 그 석 달 동안의 지루하고 답답한 세월 속에 홀연히 말이 잘 통하는 재미있는 아저씨를 만난 것이다. 우리는 아저씨에게 책을 읽다가 모르는 곳이 있으면 물어보기도 하고, 영화 이야기 같은 것도 들으면서 심심한 시간을 죽였다. 그 철없는 도련님은 비행기가 날마다 폭탄을 쏟아붓고,

인민군들이 젊은이 사냥에 열을 올리는 시기에, 와서는 안 될 전처집에서 밥을 얻어먹고 있으면서도, 이따금 '아아! 간텐도오甘天堂노 나마카시가 다베다이나!'*하고 길게 한숨을 쉬곤 했다. 그 말은 너무나 부적절해서 오히려 신선했다. 『태양의 계절』**에 나오는 인물처럼, 상식에서 벗어나서 신기했던 것이다. 그 철없는 말은 전시의 스트레스를 잠시라도 잊게 하는 효과도 가져왔다. 밀기울로 수제비를 해 먹는 시절에, 나마까시를 먹던 사기의 환상을 환기시켜 주었기 때문이다.

9.28이 되니 그녀는 행방이 묘연해졌고, 대신 할머니가 이웃들에게 닦달질을 당했다. 아들들이 모두 인민군에 잡혀가서 생사를 알 수 없는데, 딸마저 행방이 묘연하니, 할머니는 실성한 사람처럼 되어 있었다. 그 유령 같은 노친네를 이웃 사람들은 용서하지 않았다. 생각이 짧은 할매가 여맹에 다니는 딸을 둔 위세를 부리고 다녔던 모양이다. 하루는 어느 이웃이 아저씨를 발견하고 끌어냈다. 없어진 마누라 대신 남편을 잡아 넣겠다고 으름장을 놓았다. 그러자 그는 겁에 질려서 해서는 안 될 말을 쏟아냈다. 자기는 그 여자와 아무 상관도 없는 남자라고 말한 것이다. 자기는 자유주의자여서 여맹에 다니는 공산주의자는 좋아하지 않는다는 말도 덧붙였다.

그 말은, 버렸던 여자의 그늘에 빌붙어서 사는 주제에 나마카시 타령까지 할 때에도 웃어넘긴 사람들을 노하게 만들었다. 결정적인

---

* "甘天堂의 생과자가 먹고 싶다"는 일본말.
** 일본 작가 이시자카 요지로石坂洋次郎(1900~1986)가 1933년에 쓴 중편소설.

신세를 진 사람을 해치는 말이었기 때문이다. 그는 위기에 도움을 받은 여자의 등에 비수를 꽂고 있었다. 그건 해서는 안 되는 일이다. 하다못해 '자기를 숨겨 주기 위해서 할 수 없이 여맹에 나간 것이니 참작해 달라'는 정도의 말이라도 하면, 그녀가 잡히는 경우 정상참작이 될 것이 아닌가. 그렇다면 대체 저 사나이는 무슨 명분으로 손 하나 까딱하지 않으면서 여자가 벌어오는 밥을 석 달이나 얻어먹었다는 말인가?

전쟁은 그런 식으로 사람들을 몰염치하게 만들었다. 부역자의 그늘에서 목숨을 건진 사람들은 저 살 궁리만 하느라고 그렇게 도움을 받은 사람을 배신했다. 다시 정권이 바뀌었으니 반대편에서 또 그와 비슷한 일이 얼마나 많이 벌어졌겠는가? 석 달마다 통치자가 네 번이나 바뀌는 동안, 그렇게 이상한 방법으로 서로 얽혀서, 지옥의 계절을 같이 넘어오면서, 사람들은 모두 손이 더러워져 갔다. 고문을 당하다가 다급해지니까 애인을 대신 사지에 밀어 넣는 『1984』의 윈스턴*처럼 말이다.

---

* 조지 오웰의 『1984』에 나오는 인물의 이름.

1951년 1월 5일, 중국 인민군을 피해 살을 에는 바람에 몸을 싸매고 남하하는 피난민들

1. 4 후퇴 ······ 1951년 1월 3일–22일 서울~군산

1. 피난행로

한강을 걸어서 건너다 …… 1951년 1월 3일

아침을 먹고 있는데 칠복이 아버지가 리어카에 짐을 싣고 들이닥쳤다. 9.28 후에 시작한 아버지의 곡물가게 일을 하던 젊은이다. 그때 우리는 관훈동에 방을 얻어 살고 있었다. 아버지가 인사동 입구에 싸전을 냈기 때문이다. 별 볼 일 없는 작은 가게인데, 찾는 사람이 꾸준해서 큰 사업을 할 때보다 오히려 집안을 안정시켰다. 적은 돈이지만 날마다 꼬박꼬박 들어오니 생활비가 확보되기 때문이다. 여전히 파주나 양주까지 자전거로 다녀야 하니 아버지는 많이 피곤해 보였지만 식구들은 아버지가 그런 작은 일을 하는 걸 선호했다. 처음으로 아버지가 우리를 위해 고생을 하신다는 생각이 들었기 때문이다.

그건 고무적인 일이었다. 아버지에 대한 신뢰를 회복시켜 주었기 때문이다. 피난 와서 처음 시작한 회사가 망한 다음부터 아버지는 우리에게 안정감을 주지 못했다. 부동산을 모두 북에 두고 와서 자금을 만들 수도 없는 처지인데, 아버지는 전처럼 큰 사업만 선호하셨기 때문이다. 그것도 아주 기발하고 실현 가능성이 희박한 사업을 좋아하는 경향이 있었다. 불가능에 도전하는 재미 때문이었던 것 같다. 아버지는 일단 시작한 일은 아무리 힘들어도 끝장을 보는 타입이시다. 그래서 시작한 일은 언젠가는 성사가 된다. 문제는 그 과정이 너무 오래 걸려서 채산이 맞지 않는 데 있다.

전쟁 직전에 아버지가 하신 일은 고령토를 일본에 수출*하는 것이었다. 한일협정이 맺어지기 이전이라 수출이 어려울 때였으니까 불가능에 가까운 사업이었는데 겨우겨우 성공시켰다. 그런데 하필 그때 전쟁이 터졌다. 용산역 광장에 산적되어 있던 그 귀한 수출용 고령토들은 날마다 폭격을 맞았다. 그 기간이 자그마치 석 달이나 된다. 9.28 무렵에는 포대에 들어 있던 그 하얀 귀족적인 흙들이 모조리 누런 흙먼지가 되어 사라져 버렸다. 운도 없으셨던 것이다. 그런 일이 되풀이되니, 우리 형제는 아버지를 믿을 수 없게 되었다. 아버지의 사업은 우리에게는 악몽이었던 것이다. 오죽하면 아이들이 아

---

* 일본 사람들은 임진왜란 때 한국에서 도공들을 데리고 가서 칙사 대접을 하면서 도자기를 굽게 했다. 하지만 일본에는 한국 같은 백토가 있는 곳이 드물었다. 이 삼평 일행이 전국을 뒤지다가 흰 흙이 있어 정착한 곳이 아리타有田라 한다. 일본에는 백토가 아주 귀하다. 화산지대이기 때문인 것 같다. 우리 아버지는 고령에 있는 백토를 일본에 수출하는 사업을 기획하셨다. 아이디어가 기발하고 전망도 좋은 사업이었는데, 전쟁으로 인해 고령토는 모두 흙먼지가 되어 사라졌다.

버지가 사장이 되는 것보다 싸전 주인이 되는 쪽을 선호하게 되었겠는가.

12월 중순경이 되자 아버지는 교통이 마비되기 전에 쌀을 모두 죽산에 옮기고, 가족도 일찌감치 그리로 피난을 가자고 말씀하셨다. 죽산은 오지여서 안전할 것이라는 게 아버지의 견해였다. 그런데 내가 반대를 했다. 크리스마스를 서울에서 보내고 싶었기 때문이다. 혼자라도 남아서 성탄절을 친구들과 보내고 가겠다고 하도 방방 뛰니까, 아버지가 양보하셨다. 그런데 이변이 생겼다. '쌀만 옮겨놓고 데리러 오마'고 하시던 아버지가 소식이 두절된 것이다. 서울 철수령이 내려지고 크리스마스가 지나도 아버지는 오시지 않았다. 오산에 2 방위선이 쳐져서 죽산에 갇히고 만 것이다. 그런 줄도 모르고 칠복이네와 우리는 모두 아버지만 기다리고 있었는데, 드디어 1월 3일이 되었다. 적군이 서울 북방 11킬로 지점까지 접근하니 정부도 부산으로 내려갔다. 이제 서울은 무정부 상태가 된 것이다.

우리가 안 간다고 하면 자기네만이라도 떠나겠다고 칠복이 아버지가 대문간에서 결연하게 선언했다. 어머니가 아버지를 기다리고 싶어하는 것을 알기 때문이다. 하지만 거절할 처지가 아니었다. 대포 소리가 너무 가까운 데서 들려오고 있었기 때문이다. 우리는 그 사람을 놓칠까봐 허둥지둥 짐을 들고 따라 나섰다. 정부에서 철수령을 내린 지도 열흘이 가까워 오는 시점이다. 적군이 이미 코 앞에 다가와 있다. 선택의 여지가 없는 것이다. 장정이 없는 우리는, 리어카를 밀고 갈 사람이 없으니 천상 칠복이네에 의지하는 수밖에 방법이 없었다.

관훈동에서 걸어서 한강까지 갔다. 그해는 유난히 추워서 강이 아주 일찍 얼었다. 아직 소한도 아닌데, 한강이 쩡쩡 얼어붙은 것이다. 덕택에 서울시민들이 살았다. 그때까지 남아 있던 시민들이 모두 달구지에 짐을 싣고 걸어 넘어도 깨지지 않을 만큼 단단하게 한강이 얼어 준 것이다. 그때 만약 강이 얼지 않았으면 어떻게 되었을까 생각하면 지금도 소름이 끼친다. 배로 만든 가교가 있었지만 그것만으로는 그 많은 사람들을 감당할 수 없었으니까 또 여름 같은 살벌한 몸싸움이 벌어졌을 것이기 때문이다. 소한 무렵이니까 얼지 않았어도 강에는 어차피 얼음발이 잡혀 있을 것이니 배를 띄울 수는 없었을 것이다. 설사 배가 뜰 수 있다고 해도, 그 많은 사람을 보트로 실어 나르려면 한 달은 걸렸을 것이다. 엄동설한이어서 만약 여름처럼 강 건너기 투쟁이 벌어진다면, 얼마나 많은 사람들이 물속에서 얼어죽었을까? 여름에 혼난 사람들이 모두 떠나려 하고 있어서, 인파가 상상을 초월할 만큼 엄청났다. 하지만 막상 그날 하루에 30만 명이 한강을 건넜다는 말을 들었을 때는 기함을 할 뻔했다.[*]

다행히도 한강이 얼어서 도강작전은 조용히 수행되었다. 끊어진 철교 서쪽 강둑에는, 정조 대왕이 배다리를 놓고 건너던 반차도班次圖 스타일로 사람들이 아주 길게 줄을 서 있었다. 그 줄은 시내까지 뻗

---

[*] 『6.25 전쟁 1129일』 요약본(이중근, 우정문고, 2014), 95쪽 참조

어 있었다. 하지만 강 위는 넓으니까 얼마든지 폭을 넓힐 수 있어서, 일단 강에만 내려서면 아귀다툼은 생기지 않는다. 자그마치 30만 명이 걸어서 건넜다 하니 그 행렬이 얼마나 압도적이겠는가? 아마도 역사상 처음 있었을 이 희한한 빙상氷上 도강작전을 우리는 목격했고 체험했다. 이따금 멀리서 우지직거리며 얼음에 금이 가는 소리가 들려서 겁에 질려 있기는 했지만, 물에 빠진 사람은 없었다. 1월 3일에 걸어서 한강을 그 많은 사람이 건넌다는 것은 상상을 초월하는 일이다. 있을 수 없는 일이 여름에도 겨울에도 한강에서 일어나고 있었던 것이다.

칠복이네는 열댓 살 된 아들과 건장한 아버지가 있어서 리어카를 잘 밀었다. 아들애도 뼈대가 굵어서 어른 같은 체격이었다. 그들 덕분에 짐을 리어카에 실으니, 6.25 때보다는 훨씬 편한 피난행이 되었다. 리어카 위에는 돌백이 칠복이 동생도 타고 있었다. 칠복애비가 바람이 나서 본처를 쫓아내고 같이 산다는 여자가 낳은 아이다. 싸가지가 없게 생긴 그 여자는, 의붓자식인 칠복이를 대놓고 학대했다. 종일 잔소리를 하며 궂은 일을 시켰고, 조금이라도 틈이 생기면 아이를 업혀 놓았다. 하지만 남의 집 일이어서 우리는 그 애를 노울 방법이 없었다.

노량진 역에 가니 마지막 기차가 서 있었다. 우리는 월남할 때처럼 또 기차 꼭대기에 기어 올라갔다. 5년이 지나 나는 열여덟 살이 되어 있었고, 두 번째여서 지난번보다는 덜 무서웠다. 하지만 계절이 너무 나빴다. 한강이 얼어붙는 소한 추위에 기차 꼭대기에 타는 것은, 얼어 죽을 확률이 많은 엄청난 모험이다. 하지만 자리를 잡는 것이 너무 어려워서 그나마 얻어 탄 사람들은 그저 황감해하고 있었다. 기차는 장난꾸러기 아이처럼 가다 서다를 되풀이하고 있었다.

음식 장사가 하나도 없어서 사람들은 모두 점심을 굶었다. 대포소리가 가까워 오니 아무도 장사 같은 걸 하지 않았기 때문에 뜨거운 물 한 모금 얻어 마실 수 없었다. 그렇게 기차 위에서 종일 굶고 있었더니 밤이 깊어가니 이가 솟기 시작했다. 잇몸이 물러져서 이빨이 모두 흔들거리는 이상한 감각은 불안감을 자아냈다. 생명이 무너져 내리는 느낌을 주었던 것이다. 막내가 배고프다고 울기 시작했다.

저녁 아홉 시쯤이 되어서야 수원 근처에 닿았는데, 기차가 서서 움직일 생각을 하지 않았다. 사람들은 기차 꼭대기에서 기어 내려와 밥을 짓기 시작했다. 그런데 물이 없었다. 주변에 들판밖에 없어, 우물이 없으니 낭패였다. 철도 주변에서 돌을 주워다가 화덕을 만들고, 땔감도 준비했는데, 쌀을 씻을 물이 없는 것이다. 피난민들은 할 수 없이 냄비에 눈을 퍼 담기 시작했다. 고봉*으로 눈을 쌓아 올리고 불을 지피다가 녹아 내리면 또 퍼 올리는 방법으로 겨우 쌀이 잠길 만한 물이 마련되었다. 씻지도 않은 쌀에 눈으로 물을 만들어 밥을 끓였다.

---

* 됫박에 높은 산봉오리처럼 곡식을 수북이 쌓아 올려서 되는 것을 고봉이라고 한다.

쌀에 돌이 섞여 있던 시절이었다. 씻지 않아서 겨 냄새가 나는 건 참을 수 있는데, 돌 때문에 밥을 씹을 수가 없었다. 6.25 때 한강에서는 강물이 있어서 돌을 대충 흔들어 가려 내기라도 했는데, 이번에는 통째로 눈만 부어 놓았으니 돌이 너무 많았다. 그런데도 두 끼를 굶은 사람들은 그 밥을 먹었다. 씹지 않고 그냥 조금씩 삼키는 것이다. 피난도 이골이 나니 고난을 참는 재주가 늘어나서, 불가능한 것이 점점 없어져 가는 것 같았다. 막바지에 가면 어떤 일까지 참게 될지 끔찍했다.

북에서 내려올 때 소련군에게 아버지가 들고 있던 귀중품이 든 트렁크를 빼앗기자, 온 가족이 나들이 옷도 없어 거지 같이 되던 경험이 있어서, 이번에는 서울을 떠날 때 미리 기본적인 것은 몫을 나누어 각자가 가지게 했다. 가족이 이산될 염려도 있으니 우선 돈과 비상식량을 나누었다. 열두 살 된 막내까지 속옷 위에 전대를 묶어 비상금을 간직하게 했고, 힘들더라도 최소한도의 필수품은 직접 짊어지게 한 것이다. 목적지가 적힌 주소도 전대 속에 넣었다. 오빠네 주소를 적은 것이다. 만에 하나라도 가족과 헤어지는 최악의 사태가 벌어지면, 죽산으로 가지 말고 각자도생*해서 오빠집으로 가기로 미리 약속을 했다. 아버지는 주소가 없었기 때문이다. 막내에게는 오빠네 주소와 이름을 검은 실로 새긴 헝겊을 옷깃에 꿰매 주었다.

---

* 各自圖生: 각자가 알아서 살길을 찾는 것.

피난 대열이 너무 빡빡해서 자칫하면 손을 놓치기 쉬웠다. 한번 놓치면 찾는 일이 불가능하다. 그러니 아이들은 그냥 고아가 되고 만다. 아는 사람 중에 그때 아이를 놓치고 영원히 찾지 못한 분이 있다. 그런 경우에 대한 대비도 해야 한다. 만약 가족을 잃으면 "길은 반드시 고반소* 에 가서 물으라"고 어머니는 막내에게 당부하고 또 당부했다. 오빠네 주소를 보여 주면 그들이 전화를 걸어서 연락을 취해 줄 거라는 것도 알려 주었다. 홀로코스트의 대상이었던 유태인 엄마들처럼 막내까지 혼자 될 경우를 염려해야 하는 비상한 시기가 온 것이다. 우리처럼 고반소조차 없는 무법천지를 일주일이나 헤매게 될 경우는 상상도 해 보지 않은 어수룩한 대비책이었다.

비상식품도 나누었다. 미숫가루와 누룽지 말린 것, 엿 같은 것과 며루치, 고추장 같은 것이었다. 정 배가 고프면 누룽지를 물에 적셔서 꼭꼭 씹어 먹으라고 하셨다.

다시 기차에 올라타고 아래를 내려다보니, 군중 속에서 동창생 둘이 눈에 띄었다. 6.25 때 고아가 된 아이와 어떤 고관의 서출딸이었다. 남자 선생들이 그 애에게 적절하지 못한 농담을 하는 일도 있다는 말을 들은 일이 있다. 그 애는 조용하고 참하게 생겼는데도, 이상하게 선정적煽情的인 데가 있어 보였다.

짐칸에 타고 있던 군인들이 보호자가 없는 이쁜 소녀들을 발견하

---

* 파출소를 예전에는 고반소交番所라고 했다. 교번소의 일본식 이름일 것이다.

고 친절을 베풀었다. 그 애들이 짐칸으로 들어가는 것을 보면서 어머니는 질겁을 하셨다. 어머니는 우리를 잡고 흔들면서, 가족과 헤어지는 일이 생기더라도 저런 데는 절대로 들어가서는 안 된다고 무섭게 다그쳤다. 기차 꼭대기는 당장은 춥고 힘들지만 일반 사람들이 있는 곳에 있어야 사람들이 도와줄 수 있다는 것이다.

어머니의 염려대로 그 애는 그 후 유산을 하다가 죽었다는 말을 나중에 풍문으로 들었다. 너무 늦게 아이를 낙태하다가 목숨을 잃었다는 것이다. 집이 같은 코스여서 더러 만났지만, 친하지는 않은 친구였다. 어머니에 대한 사랑과 어머니의 직업에 대한 혐오가 뒤얽히고, 같은 학교에 있는 본부인의 딸들도 보기 싫어서인지, 그 애는 늘 복잡하고 수심 어린 얼굴을 하고 있었다. 친구들이 불편해서 선뜻 다가서지 않으니 혼자 겉돌면서, 언제나 허기진 사람 같은 지치고 막막한 표정을 하고 있던 생각이 나서 그 애의 소식을 들으면서 마음이 많이 아팠다. 우리 학교에는 이따금 본처의 아이와 첩의 아이가 같이 다니는 경우가 있었다. 같은 시기에 이곳 저곳에 씨를 뿌리고 다닌 그 부지런한 남자는, 자신의 분신이 얼어붙은 산하에서 울며 헤매고 있을 때, 어쩌면 본처의 가족들만 데리고 안전한 곳에 가서 편안히 난을 피하고 있을지도 모른다.

하지만 역경에 처한다고 누구나 그 애와 같은 길을 걷는 것은 아니다. 그때 같이 군인들의 기차를 얻어 탄 다른 친구는, 전쟁 고아였는데도 무사히 학교를 마치고 결혼을 했다. 그러니 그런 불행은 자신에게도 책임이 있다고 할 수 있다. 그때 우리는 이미 열여덟 살이었고, 사람은 자유의지를 가진 피조물이기 때문이다. 우리 학교에는 전시에 고아가 된 사남매 세대가 있었다. 우리보다 하나 위인 큰언니가 학업을 중단하고 다방 레지가 되어 동생 셋을 길렀다. 반듯하게 잘 기른 것이다. 다 길러 놓고 자기도 대학에 진학해서 나중에 모교에서 교편을 잡으며 살았다. 작고 이쁘장한 언니였는데, 화장도 하지 않고 파마도 안 한 채 머리를 질끈 동여매고 그 언니는 다방에서 레지를 하면서 난국을 잘 견뎌냈다. 나는 그녀에게 속으로 많은 박수를 보냈다. 전쟁 고아라고 다 불행해지는 것은 아니라는 걸 보여 준 그 용기는 표창을 받을 만했기 때문이다.

다시 떠난 기차는 서정리까지 가더니 영영 발이 붙어 버렸다. 북한에서 간첩을 보내서 선로를 폭파할 확률이 높기 때문에 더는 기차가 운행되지 못한다는 것이다. 서정리는 죽산과 그다지 멀지 않으니 우리는 거기에서 내려도 별 지장이 없었다. 걸어서 갈 수 있는 거리였기 때문이다. 마을로 가서 빈 집을 찾아 짐을 풀었다. 온 동네가 다 비어 있어서 칠복이네와 우리는 각각 딴 집을 차지할 수 있었다. 방에 불을 뜨듯하게 때고 두꺼운 이불을 덥고 아주 잘 잤다. 종로에서 노량진까지 20리 길을 걸어서 갔고, 기차 꼭대기에 종일 앉아 있었더니 온 몸이 쑤시고 아팠다.

디아스포라 ······ 1951년 1월 4일

소한 전날의 추위가 냉혹했다. 그 추위 속을 어머니는 꼭두새벽에
일어나 아버지를 찾아 죽산으로 떠났다. 소식이 끊긴 지 오래되었으
니, 아버지가 죽산에 계시는지도 알 수 없는 형편이라, 온 식구가 짐
을 들고 움직이기에는 무언가 주저되는 점이 있었다. 인민군이 한강
을 건너긴 하겠지만, 하루 사이에 서정리까지 올 것 같지는 않으니까,
어머니 혼자 얼른 다녀온 다음에 이동하기로 한 것이다. 우리에게는
그 집에서 꼼짝하지 말고 기다리라는 엄한 명령이 내려졌다. 아무 집
에나 들어가서 잔 피난민들이 모두 떠나서 마을이 물속처럼 조용했
다. 대낮이 지나도 어머니가 안 오시자 질복이네가 떠나겠다고 요란
을 떨었다. 이러고 있다가 중공군이 밀어닥치면 어쩌냐는 것이다.

큰일났다. 어머니가 안 계시니 누가 결정을 내리느냐 말이다. 갑자
기 연장자가 된 나는, 모든 결정을 자신이 내려야 할 위치에 있는 것
을 깨닫고 몸서리를 쳤다. 이렇게 엄청난 결정을 내릴 준비가 전혀
되어 있지 않았다. 오래오래 고민을 하다가 동생과 나는 이산가족이
되는 쪽을 택했다. 고리짝도 있고 막내가 잘 못 걸으니, 동생들은 칠
복이네를 따라 먼저 죽산으로 가기로 했다. 우리가 다 없으면 어머니
와 연락할 방법이 없으니까, 나만 그 집에서 대기하다가 어머니가 오
는 대로 죽산에서 합류하자고 했다.

북에서 내려온 칠복이네는 우리 아버지가 없으면 살길이 막막한

처지라 어차피 죽산 아니면 갈 곳이 없었다. 부부가 모두 무지해 보여서 걱정이 되긴 했지만, 생계가 아버지에게 달려 있는 사람이니까 설마 아이들을 해치지는 못할 것이라는 판단에서 그리한 것이다. 어디에선가 리어카를 얻어다가 칠복이 아버지는 짐과 자기네 막내를 거기 실었다. 그리고 남쪽을 향해 걸어 나갔다. 문득 저 애들을 다시 보지 못하면 어쩌나 하는 생각이 들어서 나는 갑자기 눈앞이 캄캄해졌다. 그들이 시야를 벗어나자마자 발을 동동 구르면서 후회하기 시작했다. 걱정이 돼서 손발이 마디마디 저려왔다. 달리 방법이 없어 그렇게 하기는 했지만, 다섯 식구가 네 갈래로 갈라졌으니 하늘이 무너져 내리는 기분이었다.

완전히 비어 버린 마을에 나 혼자 달랑 남았다. 원초적인 적막이 눈 덮인 초가 마을을 내려 누르고 있었다. 고도에 혼자 남은 기분이었다. 세상에 '혼자 남다니!' 느낌이 너무 낯설었다. 나는 그때까지 집에서도 혼자 있어 본 일이 거의 없다. 항상 대가족이 같이 살았기 때문이다. 나는 오랫동안 조용히 혼자 있는 시간을 원해왔다. 맞다. 그래서 지금 벌을 받고 있는 것이다. 사방 십 리에 아무도 없는 마을에 혼자 남다니……. 서서도 앉아서도 견딜 수 없는 불안이 덮쳐 왔다.

아득한 곳에서 대포소리가 들려왔다. 만약 어머니가 오기 전에 칠복이 아버지 말대로 중공군이 나타나면 어떻게 하나. 나는 절망적인 눈초리로 마당의 우물을 바라보았다. 우물에 뛰어들어 죽는 것이 최선의 방법일 것 같아서였다. 그 우물을 보면서 혼자 앉아 어머니를 기다렸다. 어머니는 어른이니까 걱정이 되지 않는데, 열여섯과 열두 살짜리 동생들 때문에 가만히 앉아 있을 수가 없었다. 마을은 완전히 비어 있는데, 저만치에 보이는 신작로에는 피난민들이 꽉꽉 차 있다. 콩나물 시루 속 같다. 초조해서 들고 온 뜨개질감을 꺼냈다. 연두색 부드러운 털실이 마음을 안정시켜 주었다. 뒤판을 절반쯤 짜니 해가 기울기 시작했다. 어쩌면 혼자 그 마을에서 밤을 보내게 될지도 모른 다는 생각이 들자 숨이 막혀 왔다.

네 시쯤 돼서 동생들이 걱정되어 밖에 나갔던 나는 신작로 끝부분에서 이상한 일이 일어나고 있는 것을 발견했다. 모두들 약속이나 한 듯이 남쪽으로만 휩쓸리고 있는 피난민의 거대한 흐름을 거스르며 누군가가 필사적으로 나 있는 쪽을 향해 오려고 허우적거리고 있는 것이 보였다. 스크럼을 짜고 가는 데모대들처럼 인파는 송곳 하나 꽂을 자리가 없이 빡빡한데, 그 흐름을 혼자 거슬러 오자니 이리 밀리고 저리 밀리면서 조리를 돌리고 있는 것이다. 몸부림쳐도 진도가 나가지 않으니 그 사람은 길을 버리고 논으로 들어갔다. 키를 보니 여자였다. 눈이 한 자나 쌓여 있는 논바닥에 작은 여자가 들어서니 상반신밖에 보이지 않았다. 눈 속에서 허우적거리던 여인이 허우적대다 못해 다시 신작로에 올라섰다.

혹시…… 하는 마음으로 계속 지켜보고 있었지만 너무 멀어서 알아볼 수 없었다. 한 시간쯤 지나니 겨우 사람의 형체가 확인되었다. 예상했던 대로 어머니였다. 비녀가 빠져 달아나 머리가 산발이 되었고, 몸뻬가 흘러내려 자락이 발에 휘감기는데, 사람들에게 떠밀리면서 필사적으로 거슬러 올라오는…… 그 참담한 형상의 여인은 분명 우리 어머니였다. 나는 신작로를 향해 미친 듯이 달려갔다. 나를 발견한 어머니가 풀썩 길섶에 주저앉았다.

새벽에 길에 나선 어머니가 마음이 급해서 사람들을 밀치며 죽을 힘을 다해 안성 쪽으로 가고 있는데, 두 시간쯤 갔더니 갈림길이 나타났다. 그런데 남쪽으로 가는 길만 트여 있고, 죽산 방향으로 가는 길은 거기에서부터 봉쇄되어 있었다. 미군들이 총을 들고 도열해서 통행을 완전히 차단하고 있는 것이다. 오산에 쳐진 제2방위선이 죽산 쪽으로 뻗혀 있어서, 그 방향이 봉쇄 되어 버렸다는 사실을 알게 된 것은 한참 후의 일이었다. 이미 오래전에 봉쇄가 시작되어 아버지는 그곳에 갇히신 것이다.

어머니는 주저앉고 말았다. 거기가 싸움터가 되면 아버지는 어떻게 되냐 말이다. 무슨 수를 써서든지 죽산에 들어가 보려고 미군에게 애걸을 하고 있다가, 피난민들이 주고받는 말을 통해 중공군이 한강을 넘었다는 것을 알게 되었다. 어머니는 용수철이 달린 것처럼 벌떡 일어섰다. 아이들이 위기에 처한 것이다. 엄청난 후회로 사지가 오그라드는 것 같았다. 애들을 두고 여기에 온 건 미친 짓이었다. 여자애만 셋이다. 중공군이 쳐들어온다면 그 아이들은 어떻게 되나?

길을 꽉 메운 피난민의 무리를 상대로 그때부터 거슬러 올라가는 전쟁이 시작되었다. 그건 정말로 전쟁이었다. 하루 종일 걸리는 목숨을 건 긴 전투였다. 그 많은 피난민의 벽을 혼자 밀치며 죽기살기로 북진을 계속했다. 마음이 급해서 외투를 벗어 들고 길 가장자리에서 사람들에게 떠밀리면서 한 발짝 한 발짝씩 전진했다. 이 밀도 높은 인간벽을 어떻게든지 뚫고 새끼들에게 가야 한다. 어머니는 환장할 지경이었다. 사람들이 욕설을 퍼붓는 것도 귀에 들어오지 않았다. 점심도 굶고 어머니는 불가능한 싸움을 종일 계속한 것이다. 어두워 오는 마을길에 서 있는 나를 발견하자 어머니는 동네로 꺾여드는 길에서 무너져 내렸다.

리어카를 따라 움직이는 동생네 쪽도 진도가 느렸다. 시간이 지날수록 사람이 점점 늘어나서 길이 자꾸 막히기 때문이다. 꿈지럭거리면서라도 전진하던 행렬이 자주 정지하기 시작했다. 오산의 제2방위선 때문에 죽산 방향이 봉쇄되어 그런다는 소문을 들었다. 평택 근처였다. 낭패다. 그렇다면 죽산 쪽으로 가려던 사람들은 이제부터 방향을 바꾸어야 한다. 경상도나 전라도 쪽으로 갈 수밖에 없게 되었기 때문이다. 동생은 큰일났다 싶어서 발을 동동 굴렀다.

방향을 바꾸려면 가족이 함께 있어야 한다. 그런데 아버지는 죽산의 방위선 너머에 있고, 어머니와 언니는 대포소리가 들려오는 북쪽에 있다. 눈앞이 캄캄해져 오는 것을 느꼈다. 눈앞이 캄캄한 것은 남쪽에 연고자가 없는 칠복이 아버지도 마찬가지였다. 우리 아버지를 의지할 수 없게 되자, 그는 자기들의 갈 곳도 걱정이 되었지만, 데리고 온 남의 식구들이 짐스러워지기 시작했다. 버리고 갈 수도 없고, 그렇다고 데리고 갈 수도 없기 때문이다.

"저것들을 어쩐다지?"

남자가 한숨을 쉬며 여자에게 물었다.

"뭬 걱정이유, 기집애들은 쓸모가 많다우. 가다가 주막에 팝시다."

술집 작부 출신인 여자가 서슴지 않고 그렇게 대답하더란다. 소변을 보고 오다가 동생이 그 말을 우연히 들었다. 저런 인간들에게 가족을 맡긴 아버지가 원망스러워졌다. 우리 아버지는 아무에게서나 좋은 점을 발견하는 별난 분이라, 가끔 저질스런 인간들에게 걸려든다. 남자는 순박하니까 그에게 저런 여자가 붙어 있는 것을 몰랐을 수도 있긴 하다. 남의 남편을 빼앗아 사는 그 여자는, 칠복이에게 콩쥐네 계모같이 굴어서, 우리는 모두 그녀를 좋아하지 않았다. 언행이 천박한 것도 이유 중의 하나였다. 하지만 그 정도로까지 막된 인간이라는 것은 상상을 하지 못했던 것이다.

생각이 깊고 결단력이 있는 동생은 못 들은 체하고 좀더 따라가다가 평택의 끝자락에서 그들과 헤어졌다. 언니한테 돌아가겠다고 했더니 여자가 못 가게 하더란다. 동생은 큰 소리로 피난민들에게 호소해서 겨우 고리짝을 길에 내려놓는 데 성공했다.

칠복이네가 떠난 후 동생은 막내와 둘이서 고리짝을 굴려서 길 옆에 있는 배수로 맞은편 언덕에 올려 놓았다. 고리짝 옆에 눈을 쓸고 막내를 앉힌 동생은 짐에서 이불을 꺼내서 막내의 몸을 꼭꼭 싸주고 엿을 꺼내 주었다. 그걸 먹으며 여기서 혼자 기다릴 수 있겠느냐고 물었다. 너무 지쳐 있던 아이는 고개를 주억거렸다. 그러면 죽는 한이 있어도 여기를 떠나면 안 된다고 귀에 못이 박히도록 다짐했다. 오줌이 마려워도 근처에서 해결하고 여기 있어야 한다. 여길 떠나면 엄마를 다시 못 보는 거다 라고 협박까지 했다. 그리고 나서 나를 찾아서 길을 되짚어 올라왔다. 아이들과 짐이 있어서 얼마 가지 못한 데다가 어두워지니 피난민이 줄어서 어머니보다는 되짚어 오기가 좀 수월했던 것 같았다.

밥을 지어 주먹밥을 만들어 놓고 구정물을 버리려고 밖에 나갔다가 나는 너무나 운이 좋게 마침 그 동네를 향하여 저만치에서 달려오고 있는 동생을 발견했다. 그러지 않았다면 녹내장을 앓아 시력이 나쁜 동생은, 어제 잔 집을 찾으려고 온 동네 집을 다 뒤져야 할 판이었다. 어머니와 우리 자매는 부둥켜 안고 감격의 눈물을 흘렸다. 살아서 다시 만난 건 기적이었다. 이제는 어떤 고난이 와도 무섭지 않을 것 같았다. 가족이 흩어져 못 만나는 것보다 더 무서운 재난은 없기 때문이다.

밖은 이미 깜깜했다. 우리는 저녁밥을 허겁지겁 먹고 서둘러 길을 나섰다. 막내를 찾아야 하기 때문이다. 동생이 눈이 나빠서 어디에 두고 왔는지 잘 모르니 바다에 빠뜨린 바늘을 찾는 것처럼 힘든 작업이었다. 아이를 오른쪽 둔덕에 두고 왔다고 해서 우리는 피난민들을 밀치면서 길 맨 오른쪽 부분에 세로로 나란히 서서 진군했다. 오른쪽 언덕에 두고 왔다는 것밖에는 정보가 없었기 때문에, 막내의 이름을 합창하면서 오른쪽 언덕을 훑어 나갔다. 길은 하나밖에 없으니 아이가 그 자리를 지키기만 하면 찾을 수 있을 것 같았다.

다행히도 우리는 그날 밤 막내를 찾는 데 성공했다. 어린 것이 깜깜한 어둠을 견디면서 자리를 뜨지 않았던 것이다. 너무 고마웠다. 그 애가 자리를 옮기지 않은 덕에 우리는 어둠 속에서도 그 애를 찾아낼 수 있었던 것이다. 엿을 먹으니 배는 고프지 않은데, 어두워 오니 밤새 거기 혼자 있게 될까봐 너무너무 무섭더라면서 아이가 경련하듯이 바들바들 떨었다. 우리는 그 언덕에서 뒤엉켜서 한참을 울었다.

이제는 행선지를 바꾸어야 한다. 아버지가 계신 곳에 갈 수 없으니 군산에 있는 오빠집에 가야 한다. 기차가 다니니 못하니 몇 백 리 길을 걸어서 가야 하는 막막한 전정前程이 앞에 놓여 있는 것이다. 소한 대한 사이의 추위 속에 말이다. 그래도 우리는 무섭지 않았다. 1월 4일 그 하루에, 세 곳에 흩어져 있던 가족이 모두 만난 건 정말로 정말로 기적이었다. 어머니는 새끼줄을 주워다가 우리가 신은 신에 신들메*를 묶어 주었다. 신들메는 효과가 좋았다. 덕택에 미끄러지지 않고 걸을 수 있었다. 방수가 되지 않는 낡은 운동화를 통해 습기가 스며들어 왔지만, 엄마와 나는 고리짝을 마주 들고, 동생은 막내의 손을 잡고 멀고 먼 군산을 향하여 우리는 긴 피난행을 시작했다.

먼저 간 자들의 수난

신작로에 눈이 너무 많이 쌓여 있으니 피난민들은 철길에 올라섰다. 경부선의 평택 성환 사이다. 철길은 눈도 적고 길도 판판해서 걷기가 훨씬 편했다. 기찻길은 눈만 적은 것이 아니라 가장 가까운 길이기도 했다. 하지만 높은 데 있어 바람이 더 매웠다. 성환 근처까지 별일 없이 걸어갔는데, 갑자기 유엔군이 나타나더니 길을 막았다. 북한의 오열들이 피난민 사이에 끼어서 경부선 철도를 폭파하러 온다는 정보가 있으니 경부선 철도를 비워 달라는 것이다. 왼쪽에는 제2방위선이 있으니, 천상 장항선 쪽으로 내려가는 수밖에 없어 보였다.

말도 안 되는 소리다. 철도는 평지보다 몇 길이나 높았고, 그 밑은 논이다. 마을은 까마득하게 먼 신작로 너머에 있는데, 이 캄캄한 밤

---

* 신들메: 신발이 벗어지지 않게 발 허리를 묶어주는 끈.

피난민을 가득 채워 언제나 초과상태였던 열차

에 짐을 들고 언덕을 기어 내려가 그 먼 거리를 어떻게 걸어가라는 말인가? 철도를 지키기 위해서라니 할 말은 없지만, 그건 날벼락 같은 재앙이었다. 군인들에게 쫓겨서 피난민들은 철도 옆 비탈 앞에 나란히 섰다. 짐을 끌고 언덕 밑으로 미끄러져 내려가는 일이 시작되었다. 언덕 밑은 논이다. 눈이 쌓여 있기는 했지만 습도가 높은 무논*이다. 지대가 낮아서인지 논두렁들이 높았다. 거기에서부터 신작로까지 가려면 수없이 많은 논두렁을 넘어야 한다. 쓸 만한 길이 있는 곳은 1미터도 넘는 언덕인 경우도 있다. 그래도 대부분의 피난민들이 서둘러 신작로 쪽으로 이동해 갔다. 걸어도 걸어도 끝나지 않을 것 같은 곳에 신작로가 있는데도 삽시간에 논은 비어 갔다.

신작로에 닿은 사람들은 눈 속을 뒤져서 땔감을 찾아 화톳불을 피우기 시작했다. 젖은 발을 말리는 일이 시급했던 것이다. 삽시간에 마주 보이는 신작로에 캠프파이어 같은 화톳불의 대열이 주욱 만들어졌다. 언제 어느 상황에서 보아도 밤에 먼 데서 보는 화톳불의 대열은 아름답다. 신작로에 피워진 수백 개의 화톳불은 1월의 차가운 하늘 아래에서 엉뚱하게도 축제 같은 분위기를 자아내고 있었다. 멀리에서 보니 그곳은 따뜻하고 행복해 보였다. 거기에만 가면 살 수 있을 것 같았다. 거기는 우리가 부러워한 복지였다.

그런데 우리는 거기에 갈 수가 없었다. 가다가 1미터쯤 되는 언덕

---

* 무논: 水田, 물이 있는 논.

을 만났는데, 우리 힘으로는 고리짝을 끌고 그 미끄러운 언덕을 넘을 수 없었던 것이다. 그 많던 피난민들이 모두 신작로 쪽으로 가 버리고 논에는 우리와 어떤 노부부만 남았다. 여름에 한강 건너던 때와 비슷한 상황이 재현된 것이다. "전시에 아기를 가진 여자에게 화 있을진저"라는 말을 어디에선가 들었던 것 같다. 전시에 걷는 힘이 모자라는 아이를 가진 사람들도 마찬가지다. 우리 집에는 제대로 걷지 못하는 아이가 있어 늘 피난길에서 마지막으로 처졌다. 사흘 후에 오산이 중공군에게 점령당했으니 전선이 이미 코 앞에 다가와 있는 때였는데, 우리는 소한 전날 자정 무렵에 빈 논에 갇히고 만 것이다. 거기서 우리는 얼어 죽을지도 모른다. 아니면 동상에 걸릴지도 모른다. 하지만 우리 식구들은 가족이 모두 같이 죽는다면 죽음도 두려울 것 같지 않을 기분이었다. 오늘 뿔뿔이 헤어졌다가 기적적으로 다시 만났기 때문이다.

발이 얼까봐 어머니는 우리보고 계속 제자리걸음을 하라고 닦달질을 하셨다. 우리 자매는 그때 기분이 잔뜩 고양돼 있어서 신이 나서 찬송가를 부르며 제자리걸음을 했다. 찬 기운이 서려 있으니 구름 한 점 없는 밤하늘이 한없이, 정갈해 보였다. 거기 주먹만한 별들이 잔뜩 박혀 있었다. 어둠 속에서 별들은 다이아몬드처럼 서기를 뿜었다. 온 세상의 별들이 다 모여 있는 것 같았다. 2008년에 사막에서 야영을 하면서 본 별들과 흡사했다. 멀리 있는 눈 덮인 초가집들이 그림같이 아름다웠다. 세상이 너무 아름다워서 눈물겨웠다.

피난을 다니면서 우리는, 어둠도 눈에 익으면 보일 것은 다 보인다는 사실을 알게 되었다. 외등도 없는 시골에서 밤에도 사람들이 나다닐 수 있는 이유를 알 것 같았다. 밤에 보이는 충청도 시골의 아득한 야경이 너무 아름다워서, 서서 밤을 보내야 하는 것도 그다지 나쁘게 생각되지 않았다. 그런데 어머니는 우리 발이 동상에 걸릴까봐 사색이 되어 있었다. 평택에서 해 준 신들메가 다 닳아서 신발이 벗겨질까봐 그것도 걱정이었다. 신발마저 벗겨져 나가면 정말로 발이 얼어버릴 것이기 때문이다. 계속 찬송가를 부르며 제자리걸음을 하고 있는데 저만치에 있던 할머니가 통곡을 하기 시작했다. 영감이 죽었다는 것이다.

그때 어디에선가 홀연히 구세주가 나타났다. 가족을 놓치고 혼자가 된 머슴애였다. 배가 고프다고 호소하자 어머니가 주먹밥을 내주셨다. 그 애는 밥값을 톡톡히 했다. 나보다 나이가 어린데도 우리 고리짝을 언덕 위까지 거뜬히 들어 올려 준 것이다. 5년 전에 어머니가 남동생을 잃고 "쓸 거는 죽고 쓸모없는 것들만 남았구나" 하면서 우셔서 딸들이 분개하던 생각이 났다. 그 말이 맞았다. 셋이 힘을 합쳐도 고리짝 하나를 언덕에 못 올려 놓았으니, 우리는 별 수 없이 '쓸모없는 것'들이었다. 그 애 때문에 남자를 존경하는 마음이 생겼다.

논둑에 올라선 우리는 행복했다. 언덕 위는 둑길이어서 먼 신작로까지 얼기설기 이어져 있었다. 멀기는 하지만 이어져 있으니까 머지않아 화톳불이 있는 곳에 닿을 수 있으리라는 희망이 생겼다. 엄청난 일들이 수없이 일어난 하루였지만, 종말은 해피엔딩인 것 같았다. 우리는 한번 잃을 뻔해서 새롭고 살가워진 가족들과 다시 만났고, 언덕도 넘었으니 더 바랄 것이 없었다. 옆에 있던 할머니도 시신을 논에 놓아둔 채 우리를 따라 논둑길에 올라섰다.

그 순간 날카로운 소리를 내면서 쌕쌕이들이 집단으로 몰려왔다. 너무 빨리 날아서 쌕쌕이라고 불리던 미국의 신형 전투기 여러 대가 느닷없이 어디에선가 나타나더니 화톳불이 피워져 있는 신작로를 누비면서 일제히 기관총을 난사했다. 중공군 부대로 오해한 모양이다. 저인망으로 바다를 훑듯이 그 긴 신작로를 샅샅이 쓸어버린 비행기떼는 기총소사가 끝나자 날아가 버렸는데, 신작로에서는 아비규환의 지옥도가 벌어졌다. 아우성과 비명과 통곡이 하늘을 무찔렀다. 우리가 다다르고 싶었던 불빛이 있는 천국이 삽시간에 지옥으로 변한 것을 멀리서 보면서 우리는 발이 얼어 붙어 그 자리에서 한동안 움직이지도 못했다. 그건 우리가 본 가장 참담한 전쟁의 현장이었다.

할 수 없이 오던 방향으로 거슬러 올라가서 둔포屯浦라는 마을을 찾아냈다. 불 하나 켜 있지 않은 마을은, 야단맞은 아이들처럼 고개를 숙이고 조용히 엎드려 있었다. 시간이 너무 늦어 미안했지만, 짐이 무거워 더는 움직일 수 없어서 할 수 없이 처음 만난 집 대문을 두드렸다. 폭격 때문에 깨어 있던 주인이 선선히 비어 있는 헛간을 내 주었다. 헛간 바닥에 짚을 두둑이 깔고 우리는 젖은 몸을 그 위에 눕혔다. 불을 지필 생각은 엄두도 낼 수 없는 상황이었다. 불빛이 폭격을 불러서 생긴 참극을 막 보고 오는 길이었기 때문이다. 우리는 외투를 입은 채 서로의 체온으로 몸을 덥히면서, 짚더미 위에서 들고 온 이불을 덮고 잠이 들었다. 길고 스펙타클하던 하루는 결국 신작로 위에 지옥의 풍경을 만들어 놓고서야 끝이 난 것이다. 하루가 정말로 한 세기 같은 날들이다. 집을 떠난 지 이틀밖에 안 되는데 열 살은 더 먹은 기분이 되었다. 하지만 우리는 자기 전에 감사하는 기도를 하는 것을 잊지 않았다. 젖은 몸으로 소한 전날에 남의 집 헛간에 누워 있긴 했지만, 엄마와 동생들을 다시 찾은 기쁨이 그저 가슴을 따뜻하게 녹여 주고 있었다.

소한 날 …… 1951년 1월 5일

우리는 그 집 헛간에서 해가 중천에 떠오를 때까지 실컷 잤다. 그런데도 일어나 보니 태형을 당한 것처럼 온 몸이 쑤시고 아팠다. 그래서 오후까지 뒹굴뒹굴하면서 보냈다. 어제의 참극의 자리를 아이들에게 되도록 늦게 보여 주고 싶으셨던지 어머니는 우리가 밍기적거리고 있어도 내버려 두었다. 그리고 당신은 짐을 줄일 준비를 하고 있었다.

기차가 다니지 않으니 열두 살 된 아이를 데리고 군산까지 걸어가야 한다. 그러니 장기전에 대비해야 한다. 그 첫걸음이 짐을 줄이는 일이다. 어머니는 우선 고리짝부터 버리기로 했다. 새삼스럽게 칠복이네 부자 생각이 났다. 고리짝을 거기까지 가지고 올 수 있었던 것은 순전히 그 사람들 덕이었다. 이제는 우리끼리 모든 것을 감당해야 한다. 리어카를 구할 방법도 없지만, 운 좋게 리어카를 구한다 해도 우리 집에는 그걸 끌고 갈 사람이 없다. 그러니 필요한 것까지도 버리는 수밖에 방법이 없다. 짊어질 수 없는 것을 버리려고 짐을 추리는 어머니의 손이 떨리고 있었다. 사실 피난짐에는 버릴 것이 하나도 없다고 해도 과언이 아니다. 애초에 최저한도로 줄인 것이기 때문이다. 먹고, 자고, 입는 일이 최고의 가치가 되어 있는 극한상황이니 생필품밖에 들어갈 수 없는 것이 피난짐의 원리이다. 그런데 거기에서 더 버리지 않을 수 없는 상황이 온 것이다.

고리짝은 안집에 주었다. 제일 자리를 차지하는 밥솥과 냄비도 그 집에 주어 버렸다. 속옷도 두 벌씩만 남겼고, 쌀도 더는 사지 않기로 했다. 남쪽으로 가면 가게가 문을 여는 평상시의 거리가 곧 나타날 것을 계산에 넣은 것이다. 추려 가지고 온 사진과 편지와 책 같은 것도 다시 반으로 줄였다. 어머니는 여름 내내 끼고 다니던 죽은 아들의 유품까지 내려놓으면서 우리에게도 결단을 촉구했다. 목숨이 경각에 달렸으니, 먹을 것이 가장 중요하고, 얼어 죽을 염려가 있으니 각자가 포대기 하나씩은 가지고 있어야 살 수 있는 것이 피난민의 여건이다. 나도 그것을 순순히 받아들여서 일기장도 버리고 앨범도 버렸다. 부피가 얇은 『지용시선』은 어머니가 눈감아 주셨다. 추려 놓

서울 수복 등 상황이 호전되면 간혹 들리던 아이들의 웃음소리

은 짐을 어머니와 세 아이가 메고 갈 크기로 만들었다. 언제 이산가족이 될지 모르니 각자의 짐에 한 사람이 죽음을 모면할 만한 최저한도의 음식과 옷과 덮개를 고루 분배해야 한다. 막내도 마찬가지다. 그걸 짊어지우니 아이는 감당하지 못해서 비틀거렸다.

오후 세 시경에 큰길에 나와 보니 피난민들이 얼마나 많이 지나갔는지 밤새 한 자나 내린 눈이, 멀렁멀렁하게 녹아 곤죽이 되어 있었다. 그 진흙탕은 피난민들의 아랫도리를 흙빛으로 물들이며 적셔 들어가서 정강이와 발을 얼게 했다. 시간을 많이 끌다 나온 덕에 어젯밤 기총소사의 현장에 가도 시체들은 보이지 않았다. 하지만 재난의 잔해殘骸는 참혹했다. 길섶에 쌓여있는 눈더미가 피범벅이 되어 있었다. 타다 만 나뭇등걸 사이사이에 시체의 조각들이 여기저기 널브러져서 사람들에게 밟히고 있었다. 그들이 먹던 음식 그릇과 옷 조각들도 땅에서 짓밟히고 있었다. 신발, 모자, 장갑 같은 것도 흐트러져 있었다. 눈이 녹은 흙탕물이 핏빛으로 물들어 갔다. 피의 강물 같은 것이 끝없이 이어져 있는 길을 걷는 것은 지옥행이었다.

한치 앞 일을 모른다는 말이 맞는 것 같다. 먼저 가서 따뜻한 불을 쪼이던, 운이 좋았던 사람들이 당한 환란의 현장을 목격하면서, 허탈하고, 슬프고, 혼란스러웠다. 어젯밤 눈에 덮인 철길 밑의 논바닥에서 우리는 그들을 얼마나 부러워했던가? 그때 만약 언덕을 넘을 기운이 있었더라면, 지금 우리도 시체가 되어 피난민들의 발에 팔다리가 밟히고 있을 것이 아닌가? 죽음과 삶이, 천국과 지옥이 등을 맞대고 있다는 것이 실감이 나서 몸서리가 쳐졌다.

하지만 피난행렬은 줄지 않았다. 어젯밤 충격으로 현지인들이 놀라서 합세했기 때문이다. 피난행렬은 밀물처럼 한 방향을 향해 무서운 기세로 전진하고 있었다. 그래서 잠시도 멈출 수가 없었다. 길바닥에 시체가 있든 아기가 있든 신경을 쓸 여력이 없었다. 불가항력적인 힘으로 뒤에서 사람들이 밀려오고 있었기 때문에 마음대로 몸을 굽히는 일조차 어려웠다. 뒤에서 오는 사람들에게 떠밀려서 피난민들은 발아래 널브러져 있는 시체의 조각들은 피해서 걸어가는 것조차 하기 어려웠다. '전우의 시체를 넘고 넘어' 하는 군가 생각이 났다. 그런 노래를 부르며 동료들의 시체를 밟고 진군하는 군인들이 이런 기분이었을 것이다. 대형공장에서 컨베이어벨트에 올려져 있는 상품들처럼 기계적으로 앞으로 앞으로 밀려가고 있는 피난민의 움직임도 군인들의 그것과 비슷할 것 같았다. 죽은 사람들은 위해 기도할 시간을 가지지 못하는 것도 유사할 것이다. 일선에서나 후방에서나 사람들은 선택의 자유를 가질 수 없이 죽음 앞에 내던져져 있었다.

며칠이 지나자 피난행렬이 허술해졌다. 다행히도 전선은 더 이상 밀려 내려오지 않았다. 싸움터가 피난민들 뒤를 쫓아오지 않게 된 것이다. 전선이 먼 데 있으니 이제는 누구도 서두를 필요가 없었다. 우리는 더했다. 어머니는 하루에 조금씩 가기로 방침을 정했다. 피곤할 때는 하루 이틀 묵다 가기도 했다. 우리가 올 줄 모르고 있으니 군산 식구들도 기다리느라고 애가 타지 않을 것이어서 서두를 이유가 전혀 없었다. 그래서 아산에서 군산까지 가는 데 17일이나 걸렸다. 이 북에서 나올 때보다 더 많이 걸린 것이다.

그러니까 우리는 소한, 대한 사이를 완벽하게 길 위에 서 있었던 셈이다. 한강이 소한 전에 얼어붙는, 유난히 추운 1951년 1월에 말이 다. 그런데도 우리는 얼어 죽지도 않고, 동상에 걸리지도 않은 채 무 사히 군산에 도착했다. 인간의 생명은 얼마나 질기고 모진 것인지 모 른다. 외국 군인들이 여자를 덮친다는 악성 루머가 떠돌았다. 그래서 우리는 절대로 집단에서 이탈하지 않았다. 하지만 싱거울 정도로 아 무 일도 일어나지 않았다. 철길에서 군인들을 본 후로 우리는 열흘 동안 순경도 군인도 구경하지 못했다. 그러니 무법천지였지만 다시 는 폭격도 집단 참사도 일어나지 않았다.

갈수록 피난민의 수도 줄어들고, 갈수록 추위도 줄어들었다. 충청 도는 인심이 후한 곳이고 안정이 되어 있는 평화로운 세계였다. 우리 는 느긋하게 그 속을 걸어서 갔다. 본의는 아니지만 덕택에 한겨울 에 국토 종단 도보 여행을 한 셈이 되었다. 주로 장항선 기차 길을 따 라 걸었는데, 잘 곳을 마련하거나 식당을 찾아야 할 때에는 신작로로 내려가서 마을을 찾았다. 거기는 전쟁터가 아니어서 자연이 그대로 남아 있었다. 충청도의 겨울 풍경은 온후하고 아름다웠다. 눈이 모든 것을 덮고 있어, 나목들과 산악들과 논밭들이 모두 환상적이었다. 남 쪽으로 가는 코스여서 날씨가 조금씩 누그러지는 것도 고마운 일이 었다. 지금 뒤돌아보니 일생에 한 번쯤은 겪어 봐도 될 만한 고난이라는 생각이 들기도 한다. 그 무법천지에서 범죄행위가 일어나지 않은 것을 생각하면 나는 지금도 이따금 우리 민족의 선량함에 감동을 받는다. 그렇게 그 고난의 역정은 우리에게 참 많은 것을 가르쳐 주었다.

서울에서 아산까지 간 1.4 후퇴 초의 사흘 동안은 내 생애에서 보낸 가장 험난한 날들이었다. 그것은 전쟁터 한복판에서의 이동이었으며, 혹한의 계절에 종일 한 데에 서 있는 형벌이었다. 그 후 60년이 넘는 세월을 살아 오면서 나는 어려운 일이 생길 때마다 그때 일을 떠올리며 참아냈다. 소한 대한 사이를 길에서 보내고도 병약한 내가 사지가 멀쩡하게 살아 남았다는 사실은 아주 고무적이었다. 사람은 그리 쉽게 죽는 존재가 아니라는 믿음이 생겼기 때문이다. 하늘이 무너진다고 해도 그때처럼 어딘가에 솟아날 구멍이 있을 것 같은 기분도 들어서 세상에 무서운 것이 없어진 것도 전쟁이 준 보너스다. 그보다 더 나쁜 날들은 있을 수 없는데도 그걸 견뎌냈다는 사실이 언제나 자신감을 자아냈다. 뇌 수술을 받을 때도, 암에 걸렸을 때도, 나는 그때를 생각했다. 그때 죽을 목숨이었는데, 반세기나 더 살았으니 억울할 것이 없다고 생각하자 죽음에 대한 두려움도 가시었다. 밑바닥까지 한 번 떨어져 본 일이 있는 사람에게는 그런 저력이 생겨난다. 어떤 역경에서도 살아남을 것 같은 자신감 말이다.

오가吾可의 밤

　소한 다음 날 우리는 오가吾可라는 곳에서 잤다. 예산군에 있는 작은 마을이다. 큼직한 기와집에 가서 방을 하나 빌려 달라고 했더니, 영악하게 생긴 젊은 여자가 매몰차게 거절했다. 피난민들은 지저분해서 안 된다는 것이다. 그 말을 그 여자는 우리의 면전에서 했다. 어머니가 마음을 많이 다쳐서 밤에 우셨다. 그러지 않아도 어머니는 아버지가 방위선에 갇혀 못 나오시자, 넋이 반쯤 나간 사람처럼 맥을 못 추셨다. 하루가 지나니 소금에 저린 푸성귀처럼 폭삭 삭아 있더니, 나날이 풀기가 없어져 가는 것이다. 어머니에게 아버지는 그런 존재였다. 우리가 서정리를 떠난 지 사흘 후에 오산은 중공군에게 점령되었다. 제2방위선마저 무너진 것이다. 아버지는 적군 치하에 갇혔고, 그 후 반년 가까이 우리는 아버지의 생사를 알지 못했다.

　우리 어머니는 느티나무 거목처럼 흔들림이 없는 여걸이다. 우리는 전쟁이 나기 5년 전까지 아버지가 없는 세상을 살아왔다. 아버지가 안 계셔도 아무 지장이 없었다. 아버지와 같이 있어 본 일이 없으니 정신적으로도 결핍감을 느끼지 못했다. 물질적인 면은 더했다. 일제 시대 그 각박한 시기에도 어머니는 우리에게 물질적으로나 정서적으로 안정을 주는 완벽한 가장이었다. 어머니는 있을 때나 없을 때나 생활의 수준을 바꾸지 않았다. 풍년이 들면 저축하고, 흉년이 들면 밭을 팔았지만, 생활의 안정은 흔들려 본 일이 없었다. 해방 후에 아버지의 집에 살면서는 느낄 수 없었던 안정감을 어머니는 우리에게 준 것이다. 그리고 어머니는 한 번도 주저앉은 모습을 우리에게 보인 일이 없다. 한데 어머니가 주저앉은 것이다. 말처럼 한 번 주저 앉더니 다시는 일어설 생각을 하지 않는 것이다. 정말로 하늘이 무너져 내리는 것 같았다. 우리도 모두 맥이 풀려서 아무 데서나 주저앉았다.

한데 그런 시간이 길어지니까, 전혀 예상하지 않았던 변화가 내 안에서 생겨났다. 맨날 불평이나 하면서 자기 일밖에는 관심이 없는 에고이스트였던 내가, 서서히 리더십을 발휘하기 시작한 것이다. 가장인 어머니가 맥을 놓고 있으니 다음 차례는 나라는 자각이 생겼던 모양이다. 식구들을 길에서 얼어 죽게 할 수는 없다는 책임감 같은 것이 생겨나서, 비위가 약한 나를 씩씩하게 만들었다. 새 고장에 가면 내가 나서서 가족이 머물 곳을 물색했다. 먹을 것도 챙겼다. 나는 그 일을 제법 잘 처리했고, 그런 자신에게 너무 놀라고 있었다. 왕이 죽으면 왕자가 어른스러워질 수밖에 없는 것과 같은 이치일 것이다. 집단을 유지하는 힘의 메커니즘이 신기했다.

피죽 한 수레

　군산에 가서도 나는 3개월간 취직을 해서 어머니를 도왔다. 오빠가 아는 제재소에 사무원으로 취직을 했는데, 그곳에서는 월말에 월급 외에 피죽을 한 손수레 덧붙여 주었다. 큰 목재를 네모나게 톱으로 켜면, 톱밥과 함께 나무 껍질이 네 곳에서 나온다. 그 둥그스럼한, 초승달 같은 나무 껍질 부분을 피죽이라고 하는데, 양이 많으니까 제재소에서는 피죽을 직원들에게 다달이 나누어 주는 것이다. 처음에 피죽 손수레가 들이닥쳤을 때는 나는 너무 놀랐다. 그건 내 수입의 가시적可視的인 부피인데, 처마 밑에 가득 찰 만큼 분량이 많았기 때문이다. 그거면 우리 식구가 한 달 가까이 쓸 수 있는 연료여서 우리는 장작 걱정을 하지 않고 석 달을 살았다.

　그 당시에는 초겨울이면 아버지들이 장작을 손수레로 사오는 풍습이 있었다. 김장처럼 장작은 필수적인 월동용 준비물이었던 것이다. 장작을 이쁘게 잘라 넷으로 쪼개서 처마 밑에 차곡차곡 쌓아 놓으면 온 식구가 마음이 안정되었다. 장작은 김장처럼 내일의 안정이 확보되는 것을 알려주는 생활의 지표였다. 제재소에서 주는 피죽은 그래서 내가 마치 가장이라도 된 것 같은 우쭐한 기분이 들게 만들었다. 처마 밑에 가지런히 쌓여 있던 피죽은, 나무의 껍질 부분인 데다가 한 면이 둥그니, 껍질이 위가 되게 쌓아 놓으면 설치 미술처럼 이쁘다.

한국에서는 노후에 부모를 책임진다고 아들을 선호하는 경향이 있는데, 실지로 부모를 책임지는 사람은 딸인 경우가 많다. 우리 집도 마찬가지였다. 다락같이 키가 큰 우리 오빠는 그때 고등학교 선생이었지만, 자기 가족이 이미 다섯인데다가 환자가 있어서 어머니와 우리를 돌볼 여력이 없었다. 그래서 그 일을 담당한 것은 형제 중에서 제일 키가 작은 작은언니였다. 언니는 사범학교 교사였는데, 싱글이니까 우리는 피난 가서 언니집에서 살았다. 군산에는 적산가옥이 많으니까 혼자 사는 언니에게도 관사 차례가 왔다. 시내 중심에 있는 방 세 개짜리 일본집이었다. 거기에 나중에는 외삼촌 내외분과 큰 언니네까지 합류했다. 자그마치 열 식구가 넘는 인구를 20대 초반인 조그만한 여자애가 부양한 것이다. 6.25 3개월 동안 못 받은 언니 월급이 그 무렵에 한꺼번에 나와서 생활도 어렵지 않았다. 세 집 식구지만 모두 모계여서 문제가 없었다. 1.4 후퇴 때 남하한 외삼촌은, 어머니에게는 5년 만에 만난 귀한 동생이었고, 우리에게는 피난 오기 전에 늘 같이 살던 한 식구여서 우리는 그 집에서 구구거리며 재미있게 살았다.

등화관제 때문에 어둑어둑한 데서 가족이 둘러앉아 밥을 먹으려니까 다섯 살짜리 조카딸이 안 보여서 밥을 못 먹겠다고 칭얼댔다. '어둡다고 제 입이야 못 찾겠니?' 외삼촌이 그렇게 놀리니까, 아이가 '입은 찾겠는데요 밥이 안 보여요' 해서 외삼촌이 행복하게 웃던 생각이 난다. 그런 장면이 많았다. 식구들이 모두 웃으며 보내는 장면이. 그 많은 식구들이 웃을 수 있은 것은 언니 덕이었다. 내 꼬마 언니는 늘 그렇게 엄마를 떠받치는 기둥이었다. 거기에 내가 장작을 보탰으니 딸들이 일을 해낸 것이다. 나는 내가 너무 대견하고 자랑스러웠다. 그리고 기뻤다. 어머니에게 돈을 드릴 수 있었기 때문이다.

어머니가 자존심이 상해서 우신 사건 때문에 '오가'라는 지명을 나는 70년이 지난 지금까지 도 잊지 못하고 있다. 하지만 그런 깍쟁이 같은 사람보다는 고마운 사람들이 더 많았다. 충청도는 인심이 후해서 짠지나 김치 같은 것을 그냥 퍼주는 사람들이 많았고, 부엌을 빌려주는 것을 당연하게 여겨서, 우리는 남의 집에서 따뜻한 밥을 해 먹으면서 이동했다.

홍성 3제

* 질서의 의미

"제발 하늘이라도 좀 무너져 내렸으면……." 하고 간절히 바라던 사절이 있었다. 고등학교 2학년 때의 일이다. 틀이 꽉 짜여 있는 공립학교의 정연한 세계가 견딜 수 없을 만큼 싫어서였다. 중·고등학교가 분리되기 전이니까 고2가 아니라 사실은 중학교 5학년이었다. 같은 제복을 입고 5년이나 다닌 데서 오는 지긋지긋한 권태감, 부당해 보이는 많은 규범들을 강요 당하는 데서 오는 불만과 울분. 걷잡을 수 없이 혼란해지는 자신의 내면과, 질서 정연한 외부세계와의 어긋남에서 오는 갈등……. 그런 것들이 한데 엉켜서 기성의 모든 질서를 무조건 두들겨 부수고 싶은 엄청난 갈망을 길러내고 있었다.

학교에 가면 싫은 과목을 강요하는 것이 싫고, 집에 오면 매사에 간섭을 하려 드는 어른들이 싫고, 교회에 가면 목사와 교인들의 위선이 싫고……. 그렇게 모든 게 싫어서 골방에 틀어 박히면, 이번에는 자기 자신이 너무너무 싫어서 견딜 수 없었다. 그래서 하늘이라도 무너졌으면 좋겠다는 엄청난 생각을 하게 된 것이다. 하늘이 무너지고 바다가 뒤집혀서 물고기들이 아스팔트 위에서 펄떡거리며 몸을 뒤채고, 소 돼지들이 바다에 빠져 허우적거리는 그런 파격적인 현상이 보고 싶었다.

그랬는데 진짜로 하늘이 무너져 내렸다. 그것도 내가 가장 간절하게 바라던 바로 그 시기에 말이다. 6.25 사변이 터진 것이다. 전쟁이 시작되고 단 사흘 만에 인민군이 서울을 장악해 버렸다. 삽시간에 어제의 질서들이 무너져 내렸다. 백합꽃이 피어나는 계절이었는데……. 가로수의 새잎들이 장원莊園처럼 거리를 호화롭게 만들어 주는 아름다운 계절이었는데……. 그래서 더 견디기 어렵다고 배부른 투정을 부리고 있었는데, 전쟁이 터져서, 집터가 분화구처럼 파이고, 가로수들이 선 채로 불타는 세상이 온 것이다.

처음 공습경보가 울렸을 때 제일 먼저 느낀 것은 일종의 해방감이었다. 수업 중에 적기가 나타나자 겁에 질려 허둥대던 선생님들, 중간에서 중단된 수업, 때 아닌 방학, 교통순경이 없어진 거리, 휴가 간 군인들을 부르는 확성기의 비명소리……. 그런 것들이 나를 해방시켜 주는 것 같이 생각되었던 것이다. 하지만 곧바로 한강 다리가 끊어지는 재난이 닥쳐왔다. 보트 하나에 수십 명이 매달려서 배가 자반뒤집듯이 뒤집혔다 바로 섰다 하면서 사람들을 끝없이 수장水葬하는 것을 보았고, 국군과 함께 70리를 쫓겨 가면서, 총알이 귀밑을 스치는 상황을 겪었다. 하늘이 뒤집히는 일의 실상을 몸으로 검증한 것이다. 피난지에서 돌아와 보니 서울 거리에서는 전차의 전선이 난마처럼 흩어져 있었고, 내 것과 남의 것의 구분이 없어졌고, 이웃과 친구가 서로를 잡아 먹는 참담한 풍경이 벌어지고 있었다.

　전쟁이 막바지에 다다라 가자 나는 교수형을 기다리는 사람처럼 차츰 숨이 가빠 왔다. 대포소리가 나날이 가까워 오고, 보도의 포석을 뜯어 전찻길에 바리케이트를 만들었고, 인민군의 마지막 발악이 날마다 친구와 이웃을 해치고, 건강이 나빠져서 방공호에 기어들 기운도 없어졌다. 그러나 그때까지만 해도 내게는, 추석 무렵의 달과, 서울을 다 태우고 말 것 같은 불바다를 심미적으로 감상할 여유가 있었다. 전쟁이 주는 위기의식을 조금은 즐길 수 있었던 것이다.

　석 달 동안 먹은 밀기울이 위벽을 할퀴고, 폭탄이 빗발처럼 쏟아져 내려오는 절박한 현실 속에서, 내가 그런 철없는 생각을 할 수 있었던 것은, 딸뿐이어서 우리 집이 전쟁의 피해를 덜 받았기 때문이기도 하지만, 아버지라는 울타리가 있었기 때문이라는 것을 깨달은 것은 1.4 후퇴 때의 일이다.

막차 꼭대기에 올라타고 서정리까지 가서 아버지가 계신 죽산에 가려고 했다. 그런데 오산에 제2방위선이 쳐져서 그 근처가 완전히 봉쇄되어 버렸다. 소한 추위 속에 아버지가 없이 난리를 겪게 된 것이다. 불빛만 얼씬거려도 비행기가 날아와서 폭탄을 퍼부었다. 외국인 병사들이 여자들을 해친다는 소문이 나돌았다. 추위가 피난민들을 동사시키고 있었다. 등화관제 때문에 밤에는 움직일 수도 없었다. 기차가 다니지 않으니 군산까지 걸어서 가야 했다. 사람들은 모두 눈에 핏발이 서서 짐승스러워져 갔다. 그런 현실 속에 10대의 딸 셋을 가진 한 여자가 내 던져져 있었다. 아버지라는 존재가 우리의 울타리이고, 보호막이며, 질서의 대변자였다는 것을 나는 그때 처음으로 깨달았다.

우리 집에서 아버지라는 울타리가 사라져 버린 그 무렵에, 나라에서도 모든 질서를 대행하던 사람들이 사라져 갔다. 철도에서 쫓겨난 후, 우리는 순경도 보지 못하고, 국군도 유엔군도 보지 못한 채 일주일을 살았다. 완전한 무정부 상태였다. 그 법 없는 천지에서, 사람들은 나날이 사나워져 가고 있었다. 그야말로 태양이 땅 위로 떨어져서 박살이 나고, 산과 바다가 뒤집히는 것 같은 혼돈의 세계가 나타난 것이다. 내 철없는 희망이 그대로 실현된 그 세계는, 불안하고, 황량하고, 처절하고 황당했다. 우리는 그 긴 시간을 그 무법천지에서 악몽의 시간들을 보냈다.

꼭 일주일 만에 참나무가 우거진 홍성의 어느 조용한 마을로 접어들었을 때, 그래서 거기에서 처음으로 나무 막대기를 들고 보초를 서고 있는 자치대 청년들을 발견했을 때, 어스름 녘의 신작로에서 나는 그만 울어 버렸다. 그렇게도 싫어하던 카키색 옷을 입은 사람들이, 막대기라도 들고 서 있다는 사실에 감격해 버린 것이다. 저녁밥을 짓는 하얀 연기에 둘러싸인 초가 마을의 목가적인 풍경과, 그 속에서 영위되는 먹고, 자고, 길쌈을 하는, 평범한 일상적인 삶의 절차들. 불을 땐 구들과 돌을 일어낸 밥 같은, 그런 사소하고 당연한 사실들이, 모두 기적처럼 신기하고 고맙게 여겨졌다. 질서 속에서 조용히 움직여지는 세계가 얼마나 얼마나 소중한 것인가를 너무나 뼈저리게 실감한 것이다.

거기에서 나의 소녀시절은 끝났다. 뿌리가 햇빛에 들어나서 설익은 채 늙어버리는 올감자처럼, 전쟁 때문에 우리는 질서의 고마움을 너무 일찍 터득해서, 겉늙어 버렸다. 스무 살도 되기 전에 반항하는 재미를 완전히 상실하고 질서 앞에 무조건 항복을 해 버린 우리 세대의 아이들……. 레마르크의 『사랑할 때와 죽을 때』* 생각이 났다. 폭격으로 대지가 끓어오르자, 철도 아닌데 꽃들이 피기 시작하는 장면이다. 철도 아닌데 망울진 꽃들은 대지가 식으면 개화開花도 하지

---

* 『서부전선 이상없다』를 쓴 에리히 마리아 레마르크의 소설 이름.

못한 채 시들어 버릴 것이다.

우리는 전쟁터의 그 꽃나무들과 비슷했다. 너무 일찍 철이 들어서, 제대로 어른이 되지도 못하여 정신적인 기형아가 되어 버린 아이들. 사춘기를 조기 졸업해서 우리에게는 아직도 그 후유증이 남아 있다.

* 어느 이산가족의 만남

홍성에서 방을 얻은 집은 나중에 보니 어머니의 고향사람 집이었다. 먼 친척집 아이가 홍성으로 출가해서 사는 집이었던 것이다. 혼자 고향을 떠나서 친정식구와 고향사람들을 못 보고 산 세월이 길었던 그 집 아주머니는, 우리 어머니를 보자 부여잡고 흐느끼며 오래오래 울었다. 이산가족 상봉이 우발적으로 이루어져서 그 여인을 감동시킨 것이다.

어질어 보이는 그 댁 주인은, 아내가 고향 친척을 만나 기뻐하는 것이 너무 좋아서 우리를 극진하게 대접했다. 별식을 만들어서 칙사처럼 대접해 주어서, 우리는 그날 집을 떠난 후 처음으로 제대로 차린 거한 밥상을 받았고, 건넌방에서 온전한 이불을 덮고 잠을 잘 수 있었다. 고향이란 내가 살던 익숙한 고장을 의미하고, 피붙이란 나와 동질성을 가지는 친숙한 사람들을 의미한다. 외지에서 혼자 낯선 삶을 살아 외로웠을 그 아주머니는, 먼 친척이고, 오래 만나지 못한 사이인데도 불구하고 우리에게 가진 것을 다 주고 싶어 했다. 떠날 때 우리가 받아든 떡과 반찬은 그녀가 고향에 바치는 진상품이었던 것이다.

* 핸드카

　기차가 다니지 못하는 비상시가 오면 긴요한 연락을 위해 철로 위를 핸드카가 이따금 다닌다. 시소 게임을 하듯이 긴 핸들을 양쪽에서 사람이 손으로 잡고 교대로 눌러서 운전하는, 프레임도 없는 원시적인 작은 오픈 카다. 이북에서도 해방 후에 이따금 핸드카가 다녔다. 피난 올 때 아버지의 트렁크를 훔친 러시아 군인은, 핸드카를 타고 북쪽으로 달아나서 잡을 수가 없었던 일이 있다.

　홍성에서 철로를 따라 걷고 있는데, 뒤쪽에서 오던 핸드카가 문득 우리 옆에 멈춰 섰다. 거기 탄 사람들이 다리를 절며 무거운 짐을 지고 걸어가고 있는 우리 막내를 본 것이다. 몸집도 유난히 작은 열두 살짜리 계집애가 어른들 보폭에 맞추어 걷느라고 쩔쩔매는 것이 안쓰러웠던 모양이다. 광천까지 가는 찬데 아이 하나 정도는 태워다 줄 수 있다고 철도원이 어머니에게 제안했다. 오래오래 망설이다가 어머니는 아이를 태우는 쪽을 선택했다. 아이는 거의 기진할 상태에 있어서, 우리는 줄창 제일 바깥 줄에 서서 주춤주춤 더디게 움직여야 했던 것이다. 그래서 진도가 너무 느렸다. 하루에 20리밖에 못 걷는 날도 있었다.

　어눌하게 말하는 철도원의 느린 충청도 사투리에, 어린아이의 고난을 가슴 아파하는 진정이 서려 있었다. 우리는 막내에게 의견을 물었다. 광천역에서 혼자 우리를 기다릴 자신이 있으면 저 차를 타라고 했다. 아이가 복잡한 표정을 짓더니 결국 고개를 끄떡였다. 너무 피곤했던 것이다. 그 애의 참을성과 약속 지키기는 능력은 소한 전날 밤 평택에서 이미 검증이 끝났으니 우리는 그 애를 다시 한번 믿어보기로 했다. 아이가 없으니 우리는 빨리빨리 걸어서 해 지기 전에 그 애를 광천에서 따라잡았다. 철도원이 먹을 것도 주고, 자기 사무실 밖에 앉혀 놓고 보살펴서 아이는 기운을 되찾고 있었다. 핸드카 덕에 하루를 벌었다. 고마웠다.

모두들 사는 일이 힘이 드는 전시인데도 그런 인정을 베푸는 사람이 많았다. 그래서 나도 아버지처럼 성선설을 믿기로 했다. 피난을 다니면서 나는 한국에 얼마나 선량한 사람이 많은가를 깨달았다. 한탄강 철교에서도 아이들이 더디 걷는다고 군소리를 하는 사람이 하나도 없었고, 5년 후인 1.4 후퇴 때도 험한 사람보다는 선량한 사람을 더 많이 만났기 때문이다. 인간이 선량하다는 것은 얼마나 큰 축복인가.

인해전술 산조散調

사람이 가득 메운 소한 무렵의 신작로에는 밤마다 눈이 내려 한자씩 쌓인다. 그 엄청난 부피의 눈이 피난민의 발에서 나오는 열로 인해 삽시간에 다 녹아서 곤죽이 되어 버린다. 계절을 우습게 보는 엄청난 에너지다. 신경줄처럼 전국으로 뻗어 있는 길들이 다 그 지경이 될 만큼 피난민의 수는 무시무시했다. 온양 쪽 피난민들은 질척거리는 눈 녹은 물 때문에 발이 모두 젖어 있었다. 장화도 방수화도 없던 시절이어서 사람들은 고무신이 아니면 헝겊 운동화를 신고 있었다. 그런데 계속 걷는 데서 생겨나는 열이 신발을 얼지 않게 유지시켜 주었는지 우리는 동상에 걸리지 않고 20일을 견뎠다.

소한이다. 일년 중에서 가장 춥다는 날이다. 그런 날에 젖은 신을 신고 종일 걷는데, 얼어 죽지도 않고, 동상에 걸리지도 않으면서 사람들이 살아남는 것을 보았다. 기적과도 같은 자생력이다. 찬물이 발에 닿으면 위경련이 일어나서 수영을 못하던 나 같은 과민성 위장염 환자도, 소한 추위에 젖은 발로 눈길을 종일 걸었는데, 죽지 않고 살아남았다. 위기에 대응하는 인체의 적응력은 괴력에 가까웠다. 비상시를 견디는 특별한 에너지가 따로 어딘가에 저축되어 있는 모양이다. 수십만 명의 피난민들이 한 자가 넘게 쌓인 눈밭을 곤죽으로 만들면서 살아남는 것을 보니 인간이라는 존재가 존경스러워졌다. 전국을 혈맥처럼 누비고 있는 신작로에는 어디든지 피난민들이 넘쳐날 것처럼 빼곡 빼곡 차 있었을 것이다. 누가 하늘에서 내려다본다면 들판을 가로지르는 신작로가 다 사람떼로 인해 꿈틀거리고 있는 기이한 풍경이 보였을 것이다.

어느 날 아득하게 뻗어 있는 신작로를 가득 메운 인파를 되돌아본 어머니가 이상한 탄식을 하셨다.

"저 많은 사람들이 돌멩이 하나씩이라도 들고 덤비면 적을 물리칠 수도 있을 텐데, 왜 이렇게 쫓겨만 가지!"

아버지를 놓친 후 맥을 놓고 있던 어머니 입에서 그런 유관순 같은 말이 튀어나오자 동생과 나는 어이가 없어서 피식 웃었다. 나중에 어디선가 보니 이승만 대통령도 인해전술에는 인해전술로 맞서자고 말한 일이 있었다. 우리 어머니와 같은 맥락의 발언이다. 무기 경쟁이야 개개인이 어찌해 볼 수 없는 불가항력적인 여건이겠지만, 전국의 국도 위에 가득 차 있는 피난민들이 모두 행주산성 여자들처럼 돌을 가득 안고 덤빈다면 우리도 인해전술을 못할 것도 없을 것 같아 보였다. 중국인들이 다 쳐내려오는 것은 아니기 때문이다. 발에서 나오는 열로 눈밭을 다 녹여 버리는 그 엄청난 에너지, 젖은 발로 소한의 추위 속에서 견뎌내는 그 비상시용 괴력을 동원하면 못할 것도 없다 싶기도 했다. 게다가 여기는 우리 땅이다. 물목이 좁은 울둑목의 지형을 이용해서 열두 척의 배로 적의 대함대를 모두 쳐부순 이순신 장군처럼, 지형을 이용해서 대응한다면, 피난민들이 적의 진로에 지장을 줄 정도의 저항은 할 수 있지 않을까 하는 생각도 들었다. 문제는 그 생각을 가정주부인 어머니가 해냈다는 사실이다.

19세기 말에 태어났으면서 우리 어머니에게는 그렇게 유관순 같은 면이 있었다. 해방 직후에도 어머니는 김구 선생의 열성 팬이었다. 그래서 그분이 암살당하자 너무 애통해서 장례식에 참례하고 장지까지 따라가셨다. 그날 인파가 너무 많아서 어머니는 남한에 와서 처음으로 산 장신구인 검은 공단 혁대까지 잃어버린 채 슬픈 얼굴을 하고 밤중에 돌아오셨다. 우리 어머니는 행주산성을 지킨 여인들의 후예였고, 독립운동을 돕기 위해 금비녀 바치기를 감행하던 1920년 대 애국부인들의 후배였다. 그런 사회적 관심이 기독교와 접목되어 스케일이 큰 이웃돕기로 나타났다. 가진 것이 없는 피난민 신세인데 도 어머니는 마지막 해에 인조를 필로 떠다가 속바지를 만들어서 대 변을 못 가리는 교인들에게 열 개씩 나누어 주는 사업을 혼자 하다 가 과로로 쓰러지셨다. 돌아가신 후에 보니 교회에 묘지를 기증하려 고 계까지 들어 놓았었다.

친척인 강형용 박사는 우리 어머니를 보사부 장관을 시키면 좋겠 다는 농담을 하신 일이 있다. 그분이 무료 병원 원장을 하실 때, 어머 니가 어려운 교인들을 데리고 가서 진료를 부탁하는 일을 너무 적극 적으로 했기 때문이다. 공짜 환자라고 소홀히 다룰까봐 지키고 서서 감시까지 하셨고, 돌아올 때는 원장님에게 입원한 환자들을 각별히 돌봐 달라고 부탁까지 하셨기 때문이다. 이북에 있을 때도 이웃에 전 염병 환자가 생기면, 적신 베보자기에 주먹밥을 싸서 담 너머로 던져 서 먹여 살린 여인이다. 그런 씩씩한 사회성은 어디에서 온 것일까? 어머니 세대의 여인들은 우리보다 더 사회에 대한 관심이 많았던 것 이 아닐까? 아니면 기독교에서 배운 것일까? 남편이 봉쇄된 지역에 있다고 무릎이 꺾인 말처럼 주저앉아 버리던 여인의 인해전술 주장은 지쳐 있던 내 머리를 더 복잡하게 만들었다.

집을 떠난 지 20일째 되는 날 저녁 무렵에, 우리는 드디어 장항에 도착했다. 강만 건너면 오빠와 언니가 교편을 잡고 있는 군산이다. 나룻배가 나타나자 우리는 모두 환호성을 올렸다. 하나님이 '만나'도 내려주지 않았는데, 우리는 삼동三冬에 한뎃잠을 자면서 무법천지를 무사히 지나 가나안으로 입성하게 된 것이다. 이제는 적어도 세수는 마음대로 할 수 있는 일상을 다시 누리게 될 것이다. 그리고 오래오래 이 드라마틱했던 겨울 피난여행을 기억할 것이다. 그리고 오래오래 그 전쟁을 기억할 것이다. 동족끼리 총부리를 겨누었던 그 참담한 전쟁을. 같은 말을 하는 사람들끼리 서로 상대방을 반동이라는 이름으로 처형하면서 가슴 아픈 줄도 부끄러운 줄도 몰랐던 그 눈먼 전쟁을. 어떤 명분으로도 사람이 사람을 죽이는 전쟁은 합리화될 수 없을 것 같다.

1950년 9월, 부산 광복동 뒷골목

1. 부산 점묘 點描

비로도 치마

1951년 가을, 부산에 가서 처음으로 전차를 탔을 때의 일이다. 사람이 많아서 앉을 자리가 없었는데 다음 정거장에서 앞의 손님이 내렸다. 옆에 있던 여자가 앉으려고 폼을 잡길래 양보했다. 그런데 그여자가 좀 이상한 짓을 했다. 몸을 숙이더니 한복 통치마의 뒷자락을 다 걷어 올리고 나서야 자리에 앉았기 때문이다. 그것도 아주 정성스럽게 걷어 올리느라고 시간이 좀 걸렸다. 사람들이 지켜보고 있는데 왜 그런 짓을 하는지 알 수 없었다. 그 후에도 같은 짓을 하는 여자를 자주 보게 되었다. 꼬리치마를 입은 여자나 통치마를 입은 여자나 한결같이 치마 뒷자락을 처리하고 나서야 자리에 앉았다. 속옷이 드러나고…… 방약무인해 보여서 이쁘지 않았다.

유심히 살펴보니 그런 짓을 하는 여자들에게는 공통되는 점이 있었다. 비로도 치마다. 그들은 모두 비로도 치마를 입고 있었다. 내가 비로도를 본 건 그때가 처음이었던 것 같다. 일본 소설에 자주 나오는 비로도라는 단어 옆에는 '天鵝絨천아융'이라는 한자가 붙어 있었다. 한자로 미루어 보아 고급 옷감인 건 알겠는데, 본 일이 없으니 감이 잡히지 않았지만 박래품舶來品인 것만은 확실했다.

부산에 상륙한 비로도는 카네보 사에서 나오는 일본산이라고 했던 것 같다. 그때만 해도 기술이 부족해서 그랬는지 그 아름다운 옷감은 무언가에 눌리면 그 자리가 납작해지고 번들거렸다. 그러니 깔고 앉으면 치마 뒤에 엉덩이의 형상이 프린트된다. 그건 시간이 지나도 복원이 되지 않는다. 나남없이 가난하던 시절인데 그런 비싼 외산 치마를 해 입은 것은, 남에게 과시하고 싶어서일 텐데, 뒤쪽이 납작하게 눌려서 번들거리면 스타일을 구긴다. 그러니까 염치 불구하고 뒷자락을 걷어 올리고 앉는 것 같다. 문제는 그런 치마를 입은 사람이 뜻밖에도 많다는 데 있었다. 어디서 그런 걸 살 돈이 생기는지 이해할 수가 없었다.

부산 인구의 두 배에 가까운 서울 사람들이 몰려와서, 그때 부산 거리는 아비규환의 아수라장이었다. 주택이 절대적으로 부족했으니까, 고관대작이나 부자가 아니면, 대부분의 사람들이 한 방에 한 가족이 모여 살았다. 서울 사람들만 그러는 것이 아니다. 부산 사람들도 마찬가지였다. 가족이 쓰던 방을 피난민들에게 빌려주니 주거 형태는 역시 방 한 칸에 일가족이 사는 상태로 퇴화 한다. 그래도 집이 모자라서 도로 양편으로 판자집이 들어선다. 걸어 다닐 자리가 없을 정도로 모든 도로에 판자집이 즐비한 것이다. 그 판자집들에는 수도도 없고 변소도 없었다. 수도도 변소도 없는 생활공간이 그렇게 많이 늘어서 있으니 그 부작용은 이루 말할 수 없을 지경이었다. 피난민들이 일자리까지 침식해 들어왔다. 서울 사람도 부산 사람도 모두 악전고투를 하며 겨우겨우 연명을 하고 있었던 것이다.

그런 상황에서, 외산 치마를 사 입는 건 말이 안 되는 짓이다. 앉으면 짓눌리는 비실용적인 옷을 입는 것도 말이 안 된다. 구겨지는 것이 싫다고 사람들이 보는데 치마를 걷어 올리고 앉는 건 더 말이 안 되는 짓이다. 말이 안 되는 일이 자주 일어나는 것이 전시의 특징이기는 하지만, 비로도 치마는 좀 너무했다는 인상을 주었다. 그런데 한술 더 떠서 두 폭짜리 비단 치마를 입고 거리에 나오는 여자들도 생겨났다. 모본단이나 양단으로 만든 두 폭짜리 치마는 원색인 경우가 많았다. 혼수 이불 껍데기를 뜯어 만든 것이기 때문이다.

보통 한복 치마는, 90센티 폭일 때는 세 폭으로, 한 자짜리일 때는 여섯 폭으로 만드는 것이 상례다. 동양 3국 중에서 치마가 가장 넓고 풍성한 것이 한복이다. 그건 어쩌면 한국에서의 여권의 폭이었는지도 모른다. 한국에서는 적어도 도쿠가와 이에야스의 어머니처럼, 정략결혼을 시켰다가 동맹관계가 깨지면, 도루 찾다가 다른 데 개가시키는 일은 없었던 것 같고, 중국처럼 전족을 하는 일도 없었기 때문이다.

한복 치마는 길이가 긴 데다가 한쪽이 터져 있으니까 그렇게 넓은 데도 치마 꼬리를 여며 잡지 않으면, 벌어진 치마 사이로 속옷이 보인다. 그러니 조신하게 터진 부분을 한 손으로 잡고 다니는 것이 정답이다. 세 폭이나 되는 치마를 길게 해 입으니 옷감이 또 많이 든다. 일본 사람들이 전쟁 중에 한복을 못 입게 한 명분 중의 하나가 그것이었다. 옷감만 많이 드는 것이 아니다. 활동하기가 불편하다. 치마는 넓으니까 몸을 앞으로 굽히면 앞자락에 흙이 묻어서 끈으로 묶어야 한다. 나들이 할 때는 그럴 수도 없으니 대청마루 밖으로 잘 나가지 않는 안방마님이나 입기에 알맞은, 귀족적인 의상이다. 일본 사람들이 한복을 못 입게 한 두 번째 명분은 그 비실용적인 면이었다. 그래서 그들은 치마 대신 몸뻬를 강요했다.

우리나라 사람들은 옷색이나 옷감에도 절제가 있었다. 요즘 사극을 보면 아래위를 다 비단으로 해 입는 일이 많은데 사실은 6.25 전까지 비단으로 치마까지 해 입는 사람은 드물었다. 차분히 흘러내리는 명주나 유똥 같은 부드러운 옷감으로 치마를 하고, 저고리나 두루마기만 양단이나 모본단으로 해 입었다. 색깔도 그렇다. 새색시가 아니면 원색치마는 잘 입지 않았다. 새댁들도 쓰개치마나 두루마기로 다홍치마는 대충 가리고 거리에 나선다. 남의 이목을 끌지 않으려는 조심성이었을 것이다.

이불로 만든 치마는 그 모든 한복의 룰에 저촉된다. 우선 폭이 좁다. 이불은 두 폭밖에 없으니까 긴 치마를 해 입으려면 한 폭이 모자라서 아랫부분이 더 넓게 벌어진다. 비단은 뻣뻣하니까 더 잘 벌어지기도 한다. 허리가 뚱뚱해 보이는 것도 문제인데, 폭까지 좁으니 두 폭밖에 없으면 치마를 만들면 안 된다. 게다가 색깔이 너무 짙은 원색이다. 그런 원색 치마를 입고 다닐 상황이 아니다. 무채색의 전시의 항구도시에서 단칸방에 오그리고 사는 스트레스를 풀자는 것이 목적이라면, 입은 모습이 이쁘기라도 해야 하는데, 전혀 이쁘지 않으니 존재 이유가 애매하다. 원색의 뻣뻣한 이불치마는 한마디로 꼴불견이었다.

그런데도 피난 오면서 껍질만 뜯어 가지고 온 혼수용 이불 껍데기로 치마를 만들어 입는 여자들이 나타난 것이다. 자신이 군색한 처지인 것을 감추려고 수박색 우단 커튼을 뜯어서 화려한 드레스를 만들어 입고, 돈을 꾸러 레드 버틀러를 만나러 가던 스칼렛 오하라* 생각이 난다. 옷은 무사히 통과되었는데 거칠어진 손 때문에 빈궁함을 들킨 스칼렛처럼 부산 시절의 가난은 치마로 가려지기에는 너무 심각했다.

전쟁이 나기 전까지 치마를 부드러운 감으로 해 입은 것은 비단이 너무 비쌌기 때문이었는지도 모른다. 아래위를 같은 감의 실크나 비단으로 해 입는 풍속은 70년대 이후에 생겨났던 것 같다. 부산시절

---

* 영화 「바람과 함께 사라지다」의 여주인공

보다 20년이나 지난 후의 일이다. 국민소득이 두 자리 수를 벗어나고, 한국에서 비단이 생산된 이후의 일일 것이기 때문이다. 그런데 가장 궁금했던 피난지에서 치마까지 비단으로 하는 사치풍조가 생겨났으니 이해가 되지 않았던 것이다.

1990년에 나는 장관부인이 되었다. 그때만 해도 문화부 장관 부인에게는 한복을 입으라는 주문이 많았다. 그래서 장관부인이 되고 제일 먼저 한 일이 한복을 맞추는 것이었다. 하지만 걱정이 태산 같았다. 야외에서 하는 공식 행사가 많을 텐데, 만세 같은 것을 부를 때 치마가 벌어지면 어쩌나 해서였다. 그런데 처음 간 한복집에서 그 문제를 간단히 처리해 주었다. 치마에 한 폭이나 반 폭을 더 붙이면 간단히 해결된다는 것이다. 그 대신 치맛감을 바이야스*로 재단해서 위쪽을 좁혀야 한다. 그러면 가슴 밑이 불룩해서 뚱뚱해 보이는 일은 없어지고 치마 선이 갈수록 넓어져서 후레야처럼 되니 옷 테가 나는 것이다.

생활수준이 높아지면서 한복 연구도 많이 진척이 되었다. 치마에 어깨를 달아서 흘러내리지 않게 만든 것도 획기적인 변화였다. 그 전까지는 말기를 달고 끈으로 가슴을 묶어서, 치마가 흘러내리기 쉬웠고, 가슴도 묶여 있어서 답답했다. 어머니들이 나들이를 다녀오면, 치마부터 끌러 놓고 숨을 크게 쉬던 생각이 난다.

---

* '비스듬한'의 의미로 천을 사선斜線으로 재단하는 것

그다음 변화는 속치마의 어깨를 겉치마보다 10센티 정도 길게 만든 것이다. 저고리 길이가 짧았을 때였으니까 그래야 젖가슴이 완전히 수습이 되어 옷 모양이 안정된다. 남북 음악회를 할 때 입고 온 북쪽 사람들의 한복을 보니, 우리 것보다 안정감이 부족하다는 느낌이 왔다. 겉옷은 한국에서 맞추어서, 색조나 디자인은 우리 것과 비슷한데, 실루엣이 들떠 있었다. 속치마의 어깨 길이 때문이었던 것 같다. 속치마는 가지고 온 것을 그대로 입어서 가슴 아래가 솟아나 보였던 것이 아니었을까? 그러니 속치마의 허리 길이를 늘인 것도 획기적인 진전이다. 꽃신의 굽을 높여서 하이힐로 만든 것도 마찬가지다. 6.25 때는 아직 그런 비법을 몰랐던 시기라 두 폭 치마는 모양이 더 이상해서 살벌한 도시 풍경 속에서 겉돌고 있었던 것이다.

　그때에는 나도 어려서, 하꼬방에서 겨우겨우 연명하는 주제에 그런 비단치마를 입고 싶어한 여자들을 이해할 수가 없었다. 비로도 치마도 마찬가지다. 그런데 오랜 세월이 지난 후 어디에선가 강화도로 서울이 옮겨 갔던 고려 때 이야기를 읽고 생각이 달라졌다. 서울을 비우고 걸어서 강화도로 피난간 여인들이, 그곳에서 미친 듯이 사치를 해서 비난을 받았다는 것이다. 그때에야 나는 그 비정상적인 사치 풍조가 무엇을 의미하는지 짐작할 수 있었다. 그건 내일을 알 수 없는 시기에 살던 사람들의 절망의 몸짓이었을 것이다. 내일이 없으니 저축을 할 이유도 없고, 내일이 없으니 남의 이목을 꺼릴 이유도 없고, 내일이 없으니 좋은 옷을 아껴 둘 이유도 없고, 내일이 없으니 입고 싶은 옷을 못 입을 이유도 없다는……. 막다른 골목에 선 사람들의 절망 어린 치장법은, 눈앞에서 사람들이 죽는 것을 보면서 느낀 허탈감에서 온 것이 아니었을까? 1952년에 유행한 바로도 치마와 이불 치마도 같은 문맥에서 해석해야 옳을 것 같다.

서민호 사건 …… 1952년 5월

4월에 대학에 입학하고 얼마 지나지 않았을 때였다. 어느 화창한 봄날, 나는 걷고 싶어져서 전차를 타지 않고 남부민동에서 대신동 쪽을 향해 걸음을 옮기고 있었다. 신록이 아름다웠다. 대신동으로 가는 큰 길은 부산에서도 가장 한적하고 깨끗한 지역에 있다. 대낮이어서 인적이 드물었다. 한참 걸어가고 있는데 앞쪽 저만치에서 갑자기 구호 소리가 들려왔다. 법원 근처였다. 대학생으로 보이는 청년들이 30명쯤 구호를 외치며 거리에 모여 있었다. '서민호를 석방하라'는 것이 그들의 구호였다.

정치에 관심이 없는 나도 그 이름은 알고 있었다. 고흥 출신의 거물 국회의원 서민호(1903-1974), 거창 양민 학살 사건의 국회 조사단장이었던 야당 국회의원 서민호, 그분이 순천에서 말다툼을 하다가 어떤 대위를 권총으로 쏘아 죽인 사건이 있었다. 정당방위라고 생각하는 야당은 그를 석방하라고 외쳐댔고, 여당은 그의 유죄를 이끌어

내려고 기를 쓰는 중이어서 연일 신문에 이름이 오르내리고 있었던 것이다.

전시에는 계엄령이 내려져서 데모를 하기 어렵다. 학생들은 징집 면제 혜택이 주어져 있었지만, 그건 대단히 취약한 보호장치였다. 나날이 군인들이 죽어가니까 일선에서는 항상 군인이 모자랐다. 그러니 결격사항이 있으면 안 된다. 결격사항이 있으면 그 특권은 즉시 소멸되기 때문이다. 물론 학생증이 있으면 길에서 하는 기피자 색출은 모면할 수 있다. 하지만 실수하여 학생증을 안 가지고 나가도 길에서 끌려가는 수가 있다. 주거지를 옮기고 얼른 이전수속을 하지 않아도 기피자 명단에 오를 수 있다. 일단 리스트에 오르면 그걸 취소하는 것은 대단히 어려운 일이니까 학생 중에도 블랙 리스트에 오른 사람이 많다. 그런 상황이니 몸조심을 해야 한다. 데모 같은 건 하면 안 되는 것이다. 그래서 그런지 '서민호 사건'의 데모는 내가 부산에서 본 유일한 데모였다. 그 데모의 기억으로 인해 나는 서민호라는 정치인의 이름을 지금까지 기억하게 되었다.

어느 초등학교의 운동장이었다. 땅거미가 스며들 무렵이었다. 어디에선가 노래 소리가 들려오고 있었다. 영혼의 가장 깊은 곳에서 우러나오는 것 같은 소리가 흡판처럼 사람들을 잡아당겨 밀물 때처럼 운동장이 삽시간에 차오르고 있었다. 운동장이 가득 차자 인파는 옆 골목으로 범람해 갔다.

평지여서 무대가 보이지 않았다. 사람들은 높은 곳만 있으면 아무 데나 기어올라갔다. 담에 젊은 사람들이 가득 올라 앉아 있었다. 계단에도 사람들이 가득 찼다. 화단에 올라선 아이들. 늑목에 매달린 청년들······. 그 밤 나는 무슨 기운으로 그랬는지 몰라도 어느 사이에 교정에 있던 달구지 위에 올라서 있었다. 거기 서서 환한 빛 속에서 퍼져 나오는 마리안 앤더슨의 노래를 들었다.

부드러운 손으로 아픈 상처를 살살 만져주는 것 같은 따뜻한 소리였다. 마음속 가장 깊은 곳에서 우러나오는 연민과 사랑의 노래소리, 그건 찬송가에 나오는 가사처럼 정녕 "영혼의 그윽히 깊은 곳에서 들려오는 기쁜 곡조"였다. 사람의 몸에서 어쩌면 저렇게 경건하고, 아름답고, 풍성하고, 따뜻한 소리가 나올 수 있을까? 토스카니니가 "100년 만에 들을 수 있는 목소리"라고 칭찬했다는* 그 사람의 노래를 우리가 듣고 있다는 것을 누군가가 내게 알려 주었다. 그건 재능이나 기교를 넘어선 세계였다. 말 그대로 영혼에서 우러나오는 노래였던 것이다.

처음에 나는 아무런 예비지식도 없이 노래 소리에 끌려 그리로 들어갔다. 어딘가에 심부름을 가던 중이었는데, 노래에 이끌려 운동장 안으로 들어간 것이다. 가수의 이름도 잘 모르고 있었다. 거기에는 노래가 있었다. 그것으로 충분했다. 낮은 알토로 한 흑인 여성이 부르고 있는 노래는 인간의 수난을 울고 있는 통곡이었다. 하지만 거기에는 격정은 없었다. 원망도 없었고, 분노도 없었다. 모든 인간의 고통을 같이 아파하는 공감과 연민만이 있었다. 그것을 조용조용히 승화시켜서 예술로 만드는 손이 있었다. 그 손으로 그녀는 모든 아픈 사람의 영혼 구석구석을 조용히 쓰다듬어 주고 있었다. 그 여인은 구원의 노래를 부르고 있었던 것이다. 대학 1학년 때였으니까 1952년의 일이다. 더운 계절이었던 것으로 기억된다.

그때 우리에게는 가진 것이 너무 없었다. 그 여름밤에 들려온 천상의 목소리는, 수도도 화장실도 없는 데서 사는 피난민들에게 내려진 축복의 단비였다. 전쟁으로 인해 만신창이가 된 많은 사람들이 그 노래로 위무를 받았다. 사람들은 모두 숨을 죽이고 한 여인이 부르는 영가靈歌에 몸을 적셨다. 우리를 위해, 환난의 장소에서 신음하고 있

---

* 마리안 앤더슨Marian Anderson(1902-1993): 『My Lord, What a Morning』(1956)이라는 자서전을 쓴 미국의 유명한 알토 가수. 23세 때 뉴욕필과 협연한 천재적인 흑인영가의 일인자. 1935년 흑인으로서는 처음으로 잘츠부르크 음악제에 참가했고, 거기서 토스카니니를 만나 그런 격찬을 받았다.

는 이방인들을 위해, 마리안 앤더슨은 공연 시간이 끝난 후에도 노래를 불러 주었다. 그건 마감시간이 없는 사랑의 세계였다.

그 가수는 체격이 우람했다. 물둠병만했던 것 같다. 그 풍성한 피와 살의 층을 여과해 나와서 그런 부드러운 소리가 이루어진 것이 아닐까? 저녁도 안 먹은 채 사람들은 그 노래 속에 한없이 잠겨 있었다. 너무나 많은 사람들이 어두운 초등학교 운동장에 서서 그 노래로 망가져 가는 자신을 달랬다. 사랑하는 사람을 잃은 슬픔을 달래고, 집을 잃은 슬픔을 달래고, 먹을 것이 없는 궁핍을 달래고, 내일을 알 수 없는 막막함과 절망을 달래고 있었던 것이다.

눈물을 흘리면서 안식을 얻은 그 밤의 음악을 나는 지금도 잊지 못하고 있다. 그건 직접 감각에 와 닿는 음악이라는 예술만이 할 수 있는 정신적 치유였다.

1952년 부산 남일 초등학교 운동장에서 한 그녀의 공연은 부산이라는 도시가 피난민에게 베푼 영혼의 잔치였다. 그녀의 깊은 목소리는 너무나 너무나 스피리츄얼spiritual해서 나 같은 무신론자도 영적인 기쁨에 젖게 만들었다. 그날 마리안 앤더슨은 우리의 어머니였고 구원자였다.

　서울에 서울만의 문화가 있다면, 군산에는 군산만의 문화가 있고, 부산에는 부산만의 문화가 있었다. 군산에 있는 것이 백제 문화라면, 부산에 있는 것은 신라 문화다. 전쟁은 우리에게 그것들을 고루 알게 만들었다. 전라도와 경상도를 두루 피난하며 다녔기 때문이다.

　문화의 차이는 우선 언어에서 나타난다. 군산은 충청도와 접경지역이어서 덜 호남스러운 고장이지만, 피난을 가 보니 그곳에서는 한글의 아래 'ㆍ'자를 'ㅗ'로 발음하고 있었다. 주근깨를 그 고장에서는 파리똥이라고 부르는데, 실지로는 그것이 '포리똥'으로 발음되고 있었다. 팔뚝은 '폴뚝'이고 팥죽은 '폿죽'이다. 모음뿐 아니다. 어휘도 다르다. 그들은 호주머니를 봉창이라 부르고, 많이 속이 상하는 상태를 '폭폭하다'고 표현한다. 그와 유사한 뜻을 가진 말에 '환장'이라는 어휘가 있다. 그 말을 그곳 사람들은 '호안장'이라고 강하고 길게 발음한다. '호안장헌다'는 말은, 미칠 것 같은 심리상태를 가장 실감 있게 묘사하는 낱말인 것 같다. 군산 사람들은 통일신라 시대에도, 고려시대와 이조시대에도 속이 상할 때마다 '호안장허겠네'라고 시원스럽게 표현했을 것이다. 거기 비하면 서울의 '속상하다'는 말은 울림이 너무 작고 얕다.

　부산에 가니 '어디예', '언제예' 같은 말을 아주 묘하게 사용해서 서울 사람들을 놀라게 하고 있었다. 남자가 프러포즈를 하면 여자가

'어디예'라고 대답한단다. 그러면 경상도에서는 거절의 뜻이 된다. 서울 남자가 그걸 모르고 신이 나서 데이트 장소를 물으면 이번에는 '언제예'라고 한단다. 데이트할 시간을 묻는 것으로 이쪽에서는 받아들이는데, 그것도 실은 아직 미정이라는 뉘앙스를 가지고 있다는 것이다. '어디예', '언제예'가 모두 거절의 의미를 가지고 있다는 사실이 재미있어서 누군가가 그런 우스갯소리를 만들어낸 것 같다.

단어뿐 아니다. 모음도 다르고 액센트도 다르다. 정지용의 '고향'에 나오는 '메마른 입술만이 쓰디 쓰다'라는 구절을 경상도 출신 선배가 '메마른 입썰만이 써디 써다'라고 낭송하여 우리를 놀라게 한 일이 있다. 거기에서는 'ㅡ'나 'ㅜ'가 'ㅓ'로 발음되는 것 같다. 중부 지방에서는 반대로 'ㅓ'를 'ㅡ'로 발음한다. '없어'가 '읎어'가 된다. 우리 남편 이름에는 '어'자가 있는데 그 댁 어른들은 그걸 '으'라고 발음하신다. 그러니까 '어영'이 '으영'이 된다. '어르신'은 '으르신'이 되고 '서다'는 '스다'가 되는 것이다. 지방마다 모음의 소릿값이 달랐던 모양이다.

경상도 말에는 인토네이션도 있다고 그곳 출신 교수님이 어느 날 알려 주셨다. '불을 켜라'고 할 때면 경상도에서는 '켜'에 악센트가 주어지면서 '키이라'가 된다는 것이다. 앞의 선배도 정지용 시에서 '입'과 '썰'에 강한 악센트를 붙이는 것을 보았다. 첫 글자를 강하게 발음하는 모양이다. 인토네이션이 있어서 그런지 부산 가는 기차가 추풍령을 넘으면 갑자기 찻속이 시끄러워져서 자다가도 깨게 된다고 그 교수님은 농담처럼 말씀하셨다.

차이는 그것만이 아니다. 기후에 따라 건물의 구조가 달라지고 어휘의 뜻도 달라지며, 욕설도 달라지고 요리법도 달라진다. 그중에서도 차이가 많이 나는 것은 풍속인 것 같다. 중부 지방에서는 신부가 자기가 쓸 것은 다 해 가지고 시댁으로 간다. 가구까지 혼수로 해 가는 것이다. 그런데 함경도와 경상도에서는 남자 집에서 신부에게 필요한 모든 것을 마련한다. 대신 신부는 시댁에 풍성한 선물을 한다.

그런 차이점은 축제에서도 나타난다. 1952년 추석에 우리는 그걸 알게 되었다. 부산에서 맞는 첫 추석인데, 서울사람들은 그곳 사람들이 추석을 너무 중요시하는 것을 보고 좀 놀랐다. 서울 사람들이 몰려와 설쳐대도 조용히 참던 부산 사람들이, 추석이 되니까 색깔을 드러냈다. 아주 가난한 사람들도 추석빔에 열을 올리고 있었던 것이다. 우리 어머니같이 장사와는 궁합이 맞지 않는 농경민의 따님도, 그 낌새를 눈치채고, 뒤늦게 추석빔 장사를 시작했는데, 재미를 보았을 정도로 부산의 추석빔은 푸짐하고 흥성했다. 그건 그냥 송편이나 해 먹고, 답교놀이나 하고 마는 축제가 아니라 일종의 종교행사였다. 부산에는 확실히 달 숭배 경향이 있는 것 같았다. 옛날 신라에 그런 것이 있었던 모양이다.

우리가 살던 남부민동 서쪽 산 높은 곳에 완월동玩月洞이라는 이쁜 이름을 가진 동네가 있다. 엄청나게 높은 산허리를 송도로 가는 큰길이 지나가는 그 주변이 완월동이다. 추석날이 되니 그 넓고 긴 산등

성이 길이 꽃밭이 되었다. 아이 어른이 모두 추석빔을 입고 달구경을 나와서 송도까지 가는 그 긴 길을 가득 메우고 있었던 것이다. 그곳 사람들은 지명 그대로 '玩月'(달을 즐기는 것)을 하면서 밤새도록 전망이 탁 트인 높은 길에서 추석달을 기렸다. 해운대에도 송정으로 넘어가는 언덕에 달맞이고개라는 고개가 있다. 추석이 되면 사람들은 새 옷을 입고 그 고개를 넘어 달맞이를 하러 간다. 큰 길을 가득 메운 이쁜 한복을 입은 인파가 끝없이 동쪽을 향해 가는 광경은 경이로웠다. 현인의 노래하던 '신라의 밤' 생각이 났다. 그건 확실히 신라의 밤이었다. 그렇게 정성스럽게 달맞이 행사를 하고, '완월'을 하면서 그들은 아직도 달의 신을 경배하고 있는 것 같았다. 지금도 부산은 기독교인의 수가 다른 도시보다 적다는 말을 들었다. 신라의 유습인 다신교의 전통이 뿌리 깊게 남아 있기 때문이 아닐까 싶다.

1975년에 『25시』의 작가 게오르규 부부를 경주로 안내하기 위해서 자동차로 경상도까지 간 일이 있다. 차가 경상도로 들어가 한참 지나니까 민감한 그 루마니아 시인이 우리에게 '사람들의 얼굴이 달라진 것 같다'는 말을 했다. 얼굴이 좀 길어진 듯하고, 이목구비가 뚜렷하여 느낌이 서울사람들과는 좀 다르다는 것이다. 우리는 단일 민족을 주장하지만, 사실은 지방마다 조금씩 다른 인종이 살고 있었는지도 모른다. 문화도 마찬가지다. 북에는 고구려의 문화가 있고, 충청도와 호남에는 백제의 문화가 있으며, 경상도에는 신라의 문화가 있었다. 그걸 살리면서 융합한 총계가 한국 문화의 바탕일 것 같다.

화폐개혁 ····· 1953년 2월

　강의가 끝나자마자 젖먹이를 집에 혼자 두고 나온 애엄마처럼 나는 허둥대며 학교를 떠난다. 조카들 때문이다. 세 살짜리를 일곱 살 된 누나에게 맡기고 왔으니 불안하다. 달려가서 점심을 먹이고 한잠씩 재워야 한다. 부모님이 시골에 이사 가셔서 1953년 봄에 세 자매만 부산에서 살았을 때의 일이다.

　정신대 때문에 열아홉에 결혼한 큰언니는 스물넷이었던 6.25 때 남편을 잃어서 두 아이를 혼자 길러야 했다. 다행히도 해군부인회에서 운영하는 군복 만드는 곳에 취직이 되었다. 전쟁미망인에 대한 특별배려였다. 돈은 정말로 쥐꼬리만큼만 주는데, 일이 많아서 근무시간이 엄청 길었다. 새벽에 나가서 밤 아홉 시가 넘어야 돌아오니 아이들은 엄마를 볼 수 없었다. 어느 날 밤 옆방에서 들으니 세 살짜리가 누나에게 묻고 있었다.

'넌 어제 엄마 봤니? 에이! 난 또 못 봤어.'

'나두야! 또 자버렸지 뭐니? 미치겠어.'

　누나가 어른처럼 한숨을 쉬었다. 아이들은 엄마를 보려고 눈까풀을 쥐어뜯으며 참는데, 날마다 엄마 올 때쯤이면 곯아떨어진다. 그러니 주말이 아니면 엄마를 볼 수 없으니 미칠 지경이다. 미치겠는 건 엄마도 마찬가지지만, 취직하기가 하늘에서 별을 따오는 것만큼이나 어려울 때였으니, 선택의 여지가 없었다.

작은언니도 학교를 사직하고 부산에 와서 시청에 나가고 있었다. 그러니 낮에는 아이들을 돌볼 사람이 없다. 천상 내가 그 일을 해야 하는데, 학교에 가야 하니 문제가 컸다. 할 수 없이 아침에 옆집 할머니에게 아이들을 부탁하고, 학교에 간다. 야박스럽지만 문은 잠가 놓는다. 아이들이 문단속 하기에는 너무 어리기 때문이다. 피난민이니 가진 것은 없지만, 당장 양재기 하나라도 없어지면 지장이 있으니 잠그지 않을 수 없다. 그러니 오전 강의가 끝나면 부리나케 달려와야 한다. 오후에도 강의가 있는 날은 아이들을 다시 밖에 내놓고 학교에 간다. 다행히도 학교가 멀지 않았지만, 너무 고달프고 힘들었다.

저녁 때 피곤한 몸으로 돌아오면서 보면, 아이들은 놀다가 지쳐서 잠긴 문 앞에 나란히 앉아 있다. 나를 기다리는 것이다. 누나가 영특해서 집 근처에서만 놀기는 하는데, 그렇게 문밖에 앉아 있는 아이들은 영락없이 고아 같다. 흙장난을 해서 손은 더러워져 있고, 얼굴도 엉망이다. 석탄 하치장이 가까워서 땅바닥이 지저분하기 때문이다.

강의가 끝나고 돌아올 때쯤 되면 연탄도 꺼져가고 있다. 그 무렵의 연탄통은 아주 원시적이었다. 나중에 만든 것들은 반듯한 양철통 안에 흙으로 구워 만든 연탄 프레임이 들어 있었다. 그러니까 집게로 밑에 있는 연탄을 들어내고 새것을 위에 채워 넣기만 하면 된다. 그런데 부산 시절에는 프레임이 없었다. 밑에서 십 센티쯤 되는 곳에 구멍이 숭숭 뚫린 받침판이 있을 뿐이고, 연탄 가장자리에는 재가 가득 차 있다. 아랫것이 거의 다 탔지만 아직 형태를 가지고 있는 시간에 맞추어서 위에 연탄을 하나 올려놓고 서서히 압력을 가하면, 다탄 밑의 연탄이 조금씩 부서져 내리면서 그 자리에 새것이 가라앉는다. 밑의 탄이 잘 부서져 나가야 새 탄이 제자리에 들어가는 데, 그게 보통 기술을 요하는 묘기가 아니다. 덜 타면 밑의 것이 부서지지 않고, 너무 타면 부스러져서 재와 범벅이 된다. 그러면 위의 탄이 내려앉을 자리가 없어지니 일이 커진다. 연탄과 재를 몽땅 다 걷어내고 새로 세팅을 해야 하기 때문이다. 연탄통을 다 비운 후, 불이 붙어 있는 탄 위에 새것을 먼저 얹어 놓고, 주변에 재를 다시 단단하게 채워야 하니 시간이 많이 걸리고 온통 재를 뒤집어 쓴다. 할 짓이 아니다. 그래도 그 불로 음식을 만들고 난방도 해야 하니 그리 하는 수밖에 방법이 없다.

불만 속을 썩이는 것이 아니다. 오백 미터쯤 떨어진 곳에 있는 소방소까지 가서 바케츠로 물을 길어다가 음식도 하고 세수도 해야 한다. 언니는 결벽증이 있어서 아이들이 더러우면 자는 애를 깨워서라도 씻기는 성격이라 두 아이가 쓰는 물만 해도 수월찮다. 인스턴트 식품도 없고, 반찬 파는 곳도 없고, 수도도 없는, 남부민동의 판잣집에서 우리 세 자매는 그런 생활을 두 달 동안 계속했다. 아이들 때문에 나는 방학 때부터 부산으로 가야 했고, 학교에서도 친구들과 놀

시간이 전혀 없었다.

집에 손위 여자가 많아서 그때까지 나는 부엌 일을 거의 한 일이 없다. 그런데 아이들을 씻기고, 점심을 해 먹이고, 저녁까지 준비해야 하니 힘에 겨웠다. 그 두 달 동안은 내 인생에서 가장 육체노동을 많이 한 기간이라 할 수 있다. 밥만 먹여주면 아이들은 저희끼리 재미있게 노니까 공부에 방해가 되지는 않는다. 하지만 너무 고단해서 나도 언니가 오기 전에 잠을 자고 싶어진다.

봉급이 적어서 둘이 일해도 다섯 식구가 그렇게 고달프게 연명해갈 때였는데, 그 와중에 화폐개혁이 단행되었다. 1953년 2월 17일의 일이다. 현금이 얼마 없는데 주급週給인 큰언니의 봉급이 일주일 동안 안 나와서, 그동안 우리는 경제 공황에 봉착했다. 이틀이 지나니 돈이 바닥이 났다. 개척교회 전도사였던 작은언니 애인이, 교회에서 성미를 꿔다 주었지만, 사흘이 지나니 다시 식량이 떨어졌다. 그래서 주말에는 작은언니와 내가 친지집에 가서 저녁을 먹고 왔고, 큰언니네 식구들은 죽으로 끼니를 때웠다.

그날 밤 큰언니 시동생이 휴가를 얻어서 왔다. 재학 중에 전쟁이 났고, 형까지 행방불명이 되자, 사돈총각은 자원입대를 해서 헌병이 되어 있었다. 오래간만에 만난 어른들이 이야기를 하느라고 밤이 깊어가는 걸 잊고 있었는데, 자고 있던 작은 애가 깨면서 '엄마아 배고 파아아!' 하면서 울기 시작했다. 그 말을 들은 애들 삼촌이 아빠를 잃은 조카들을 부여안고 통곡을 했다. 내장을 쥐어짜는 것 같은 처절한 울음이었다. 그가 주머니에 있던 돈을 다 털어놓고 떠났다. 어머니도 돈을 조금 보내서 그 돈으로 우리는 봉급이 나올 때까지 버티면서, 화폐개혁의 위기는 겨우 넘어갔다.

하지만 화폐개혁의 후유증은 뜻밖에 컸다. 하늘이 무너지고 땅이 꺼져가던 시기여서, 그러지 않아도 발이 땅에 닿지 않는 것처럼 늘 불안한 상태였는데, 절대적 가치를 상징하던 화폐의 값이 갑자기 100분지 1로 줄어든 것이다. 월급이 100분의 1로 줄었으니 화폐개혁은 일종의 지진이었다. 물가는 100분의 1로 줄어들지 않았기 때문이다. 그런 제도가 있는 줄도 몰랐던 우리는, 부모님도 없는 곳에서 태어나 처음으로 직격탄을 맞은 것이다.

어머니가 금을 왜 그렇게 귀중하게 여겼는지 알 것 같았다. 비상시에도 가치가 변하지 않는 것은 금밖에 없기 때문이다. 화폐개혁도 금은 건드리지 못한다. 북에서 피난 오는 사람들도 주로 금붙이를 가지고 온다. 6.25 때도 금을 주면 아무 때나 쌀을 구할 수 있었다. 큰 덩어리는 안 된다. 거슬러 줄 돈을 가지고 있지 않기 때문이다. 자잘한 금붙이를 많이 가지고 있는 것이 비상시를 견디는 요령이라는 것을 우리는 그 전쟁을 겪으면서 배웠다.

이집트 사람들은 금을 신의 피부라고 생각해서 신들을 위해서 주로 금을 사용했다. 그것으로 파라오의 마스크를 만들고, 마차도 만들고 그릇도 만들었다. 하워드 카터*가 투탕카멘의 무덤을 발굴하고 구멍을 뚫고 처음 안을 들여다봤을 때, 금으로 된 물건들이 시야를 가려서 눈이 부셨다는 글을 본 일이 있다. 5천 년이 지나도 색이나 질이 변하지 않고 새것처럼 빛을 발하는 금속은 세상에 금밖에 없다. 그 불변성을 이집트인들은 신성시한 것이다.

일반 사람들이 숭배한 것은 금 속에 있는 다른 불변성이었다. 교환가치로서 금이 지니는 가치의 불변성이었던 것이다. 그건 금의 세속적 광택이다. 금은 난세에 목숨을 건지는 동아줄이기 때문이다. 금에 대한 신뢰는, 6.25 때도 빛을 발했다. 석 달에 한 번씩 체제가 바뀌는 상황에서, 어느 정권하에서도 유통될 수 있는 것은 금밖에 없었기 때문이다. 상인들은 현실적이어서 체제가 흔들릴 낌새가 보이면 화폐를 받지 않는다. 곧 휴지가 될 북한의 화폐를 인민군들이 가지고 올까봐 장사를 아예 그만둬 버린다. 시장이 닫히니 공황이 올 수밖에 없다. 9.28 때도 9월 초가 되니 벌써 시장에서 북한화폐 기피현상이 생겨났다. 어떤 폭군도 상인들이 장을 거두어 버리는 것을 막을 방법은 없다. 그들은 물건을 가지고 잠적해 버리기 때문이다. 금은 그런 위기에 빛을 발한다. 아기 돌 반지 같은 자잘한 것들도 힘을 발휘하는 것이다. 하지만 화폐개혁이 났던 때는 전쟁이 터진 지 2년이 가까운 때여서 우리 집에는 이미 금이 남아 있지 않았다.

---

* Howard Carter(1874-1939): 영국의 고고학자. 1922년 왕가의 계곡에서 투탄카멘의 무덤을 발굴했다.

피난 보따리의 우선순위

차편이 없이 피난을 간다는 것은 자기가 짊어질 수 있는 물건만 가지고 떠나는 것을 의미한다. 좀 큰 사이즈의 백팩에 넣을 만큼만 가지고 갈 수 있다고 생각하면 된다. 그건 많은 것을 버리는 것을 의미한다. 수레나 자동차를 준비하는 사람들도, 다 가지고 갈 수는 없으니, 결국 모든 사람들이 아주 많은 것을 버려야 하는 것이 피난행의 어려움이라 할 수 있다.

사람이 살고 있는 집에 있는 물건들은, 주인이 필요해서 돈을 주고 사들인 것들이다. 그러니 사용 빈도가 적은 떡메 같은 것이라 해도 필수품이기는 마찬가지여서 모두 없어서는 안 되는 것들이다. 그 중에서 버릴 것을 추려낸다는 것은 참 고통스러운 작업이다. 손때가 묻은 세간들이라 정도 들었을 것이고, 돌아오면 또 써야 할 것들이라 아깝기도 해서 누구나 피난짐을 쌀 때는 마음이 산란하다.

버리는 순서는 대체로 생명을 연장하는 데 기여하는 정도에 따라 정해진다. 그러니 이론의 여지가 없이 제일 중요한 것은 먹거리다. 우선순위 1위가 식량이 되는 것은 목구멍이 포도청*이기 때문이다. 그런데 쌀은 무거워서 많이 가지고 다닐 수 없다. 어떤 경찰 가족이 피난 갈 때 가구당 쌀을 두 말씩 나누어 주는데, 지고 갈 사람이

---

* 목구멍이 포도청: 먹기 위해서 법을 어기는 짓까지 하게 된다는 뜻.

없어서 포기하는 이야기를 본 일이 있다. 우리 집도 그랬다. 1.4 후퇴 때는 유일한 남자인 아버지마저 안 계셔서 남들보다 더 조금 가지고 갈 수밖에 없으니 피난 보따리 싸기가 더 힘들었다.

먹거리에는 쌀만 있는 것이 아니다. 소금도 있어야 하고, 마른 반찬거리도 있어야 하며, 된장, 고추장, 김치도 필수과목이다. 한뎃잠을 자야 할 가능성이 많으니 그걸 끓여먹을 냄비와 솥도 들고 다녀야 한다. 밥그릇, 수저, 칼 같은 것도 필요하다. 그러니 먹거리가 차지하는 자리가 너무 커서 다른 것은 끼어들 자리가 적어진다. 목숨을 부지해야 인간이라는 동물의 생존이 가능해지니까 적나라해져서 사람들은 모두 동물적이 되는 것이다.

우선순위 2는 덮개다. 길에서 잘지도 모르니까 덮개는 필수적이다. 겨울에는 더하다. 덮을 것이 없으면 얼어 죽기 때문이다. 아직 담요 같은 것이 생산되던 시기도 아니다. 그래서 제일 큰 짐은 포대기나 차렵이불이었다. 그다음이 옷이다. 당장 갈아입을 옷과 속옷은 필수과목이다. 신발도 여벌이 있어야 하고 양말, 칫솔, 상비약……. 생필품만 해도 끝이 없다. 그런데 짊어질 능력은 제한되어 있다. 아이들 혼수감으로 마련해 놓은 비단 옷감도 가지고 가기 어려워서 마당에 묻고 갔다는 사람들이 있었다. 그러니 책, 앨범, 일기장 같은 것들은 명함도 내밀기 어렵다. 족보, 문서, 졸업장, 상장, 편지 같은 것도 마찬가지다. 그렇게 버리고 떠나서 우리 세대는 대부분이 어릴 적 사진이 없다. 사진뿐 아니다. 직업과 직결되어 있는 자료도 설 자리가 없기는 마찬가지다. 작가들이 자기 작품집이나 원고도 가지고 갈 수가 없고, 학자들이 연구카드나 노트도 가지고 갈 수 없는 것이 피난 보따리의 생태학이다.

김동인의 「태형」에 보면 3.1 운동 직후에 40명이 감방 하나에서 자는 장면이 나온다. 사람들을 서 있는 사람, 앉아 있는 사람, 자는 사람으로 3분하고, 교대로 자게 하는 수밖에 없다. 그런데 자다가 문득 눈이 떠진 주인공은 방 안 가득히 다리들만 득실거리는 광경을 목격한다. 머리는 어디 갔는지 보이지 않는 것이다. 피난 보따리도 그런 세계다. 형이하학이 형이상학을 억압하는 세계인 것이다.

그런데 피난 보따리에 다리가 아닌 머리를 싸 가지고 집을 떠난 사람들도 있기는 하다. 최정희 선생 같은 분이다. 선생님은 피난 보따리에 옛날 사진첩과 문인끼리 주고받은 편지, 육필원고 같은 것을 집어넣었다. 우리 집처럼 장정이 없는 세대인데, 어떻게 그런 선택을 했는지 아연해지지 않을 수 없다. 물론 목적지를 정해 놓고 일찍 기차로 떠날 수 있었으니까 가능한 이야기기는 하다. 하지만, 그렇다고 해도 놀라움은 진정되지 않는다. 그건 전시에 할 선택이 아니기 때문이다. 어디에 있건 책을 읽을 수 있다면 그건 평상시라고 할 수 있다. 때를 가리지 않고 우선순위 1을 문학으로 책정했기 때문이다. 기호품을 들고 피난길에 나서는 사람도 피난민은 아니다.

보통 사람들은 그렇게 할 수가 없다. 그래서 피난 보따리에는 필수품만 들어간다. 기호품은 넣을 자리가 없기 때문이다. 전쟁은 우리가 좋아하는 모든 문화적인 것을 버려도 되는 쓰레기로 여기도록 인간을 퇴화시킨다. 평화란 기호품을 즐길 수 있는 세계를 의미한다고 할 수 있다. 그 평화가 얼마나 소중한 것인지를 전쟁을 겪어 본 사람들은 안다. 그래서 모든 것을 빼앗기면서 산 유태인들이 가슴 아프다. 독일인들은 그들에게서 재산을 빼앗고, 자유를 빼앗고, 생명을 빼앗았다. 그들은 유태인에게 짊어지고 갈 만한 분량의 짐조차 허락하지 않았고, 피난을 떠날 자유도 허락하지 않았다. 수용소에 들어갈 유태인들이 최종적으로 선택한 것은 비싸면서 부피가 작은 다이아몬드였다. 다이아몬드를 알로 사서 머리털이나 수염 속에 감추었던 것이다. 나치는 그것도 용납하지 않았다. 옷을 벗겨 알몸으로 만들고, 머리털 속도 뒤져서 다이아몬드를 찾아냈다. 『25시』에는 알몸 수색을 당하는 신선 같은 늙은 신부가 나온다. 옷을 벗기고, 팔을 들게 하고, 마지막에는 가랑이까지 벌리게 하여 독일군들은 그의 몸을 유린했다.

하지만 유태인들이 마지막으로 선택한 것은 아무도 빼앗아가지 못하는 것이었다. 그것은 머리 속에 들어 있는 지식과 기능이었기 때문이다. 유태인들이 교육에 열중한 이유가 거기에 있다. 그래서 그들은 전후에 살아남아 나라를 세울 수 있었다. 무에서 유를 창조해낸 것이다. 다리만 있는 세상에서도 머리가 빛을 간직할 수 있음을 그들이 입증한 셈이다.

피난 보따리든 여행 보따리든, 한계가 있는 것들은 모두 선택을 강요한다. 생명도 마찬가지다. 늙어서 체력이 약해진 노인들은 손에 들 수 있는 것이 나날이 줄어든다. 그러니 마지막까지 지니고 있을 물건의 우선순위도 생각해 두어야 한다. 삶에서 가장 중요한 것은 우선순위를 어디에 두느냐 하는 것인 것 같다. 삶은 언제나 우리에게 무엇이 가장 중요하냐고 묻고 있다. 답을 생각해 두어야 할 계절이다.

2. 「향수동」(소설)

남부민동에 있는 삼정병원을 찾아가라고 아버지 편지에 씌어 있었다. 그 편지를 들고 난생 처음 부산으로 갔다. 다니던 학교가 거기 피난 와 있어 복교하러 간 것이다. 1951년 10월, 스산하게 흐린 날이었다.

역광장을 벗어나니 자욱한 안개가 몸에 감긴다. 물기를 품어 질감이 있는 뿌우연 안개다. 발이 성긴 안개층 위에 청둥호박 같이 생긴 희미한 해가 몽롱하게 떠 있다. 해는 방석 위에 놓인 맷돌처럼 미동도 하지 않는 것처럼 보인다. 시간이 정지된 것 같은 도시다. 누더기를 걸친 거지와 피난민들이 득실거리고 있는 남루한 거리. 항구의 늦가을 날씨는 변덕이 심하다. 역전엔 안개가 자욱하더니, 버스에 타고 있을 때는 해가 비치기 시작했고, 내릴 무렵에는 서리 같은 수상한 것이 흩날렸다. 하늘의 비위를 맞추는 듯 바다도 흐렸다 개였다 조화를 부린다. 처음 본 부산은 끔찍하다.

주머니에 손을 넣어 주소가 적힌 쪽지를 꺼낸다. 분방奔放하면서도 기품 있는 글씨체……. 2년 가까이 보지 못한 아버지의 큰 체구가 글씨 속에서 어른거린다. 쪽지에 적힌 대로 충무로 광장에서 부민동 쪽으로 난 뒷길을 따라 걷는다. 오른쪽에 있는 송도로 가는 버스길은 포장이 되어 있는데, 이 길은 영 말씀이 아니다. 움직일 때마다 먼지가 풀썩거리는 비포장 도로. 도로에는 좌우로 판자집이 늘어서서 뒤의 큰 건물들을 가리고 있다. 그래서 한국 제2의 도시에 있는 이 동네는 빈민굴 같은 인상을 준다. 군산 같은 깔끔함과 안정감이 이 도시에는 없는 것 같다. 피난민들 등쌀에 부산도 지금 중병을 앓고 있는 셈이다.

짧은 치마 밑으로 속옷이 삐져 나와 있는 아낙네가 서 있는 뒤쪽에 삼정병원 간판이 걸린 건물이 보였다. 창틀에 흰 페인트를 칠한 일본식 건물은 말끔하고 정결했다. 주인이 열심히 손을 보는 모양이다. 차호에서 온 피난민 이진 씨의 성함을 대니 원장이 심부름하는 아이더러 모셔다 드리라 한다. 앞에 선 머슴애의 뒷굽이 떨어진 군화에서 걸을 때마다 먼지가 풀썩풀썩 인다. 되도록 멀찍이 서서 따라가다가 성가셔서 돌려보내고 혼자 가기로 한다. 남쪽으로 3백 미터쯤 가면 길이 오른쪽으로 꺾이는데, 그 바로 앞에 남쪽으로 2미터 정도의 둔덕이 있고, 둔덕에 올라가면 공터가 나타난다. 공터에서 보면 오른쪽 우묵한 저지대에 피난민촌이 있다고 아이가 일러 주었다.

10분쯤 걸어가니 둔덕과 공터가 나타났다. 바다를 메꾸고 있는 쓰레기 하치장 터다. 오래된 입구 쪽은 흙이 덮여 타작마당 같이 표면이 반반한데, 앞쪽은 아직도 바다에 닿아 있다. 쓰레기 매몰작업이 진행 중인 것이다. 거기에서는 쓰레기들이 알몸을 드러낸 채 바다와 노닥거리고 있다. 진동하는 악취를 바다가 삼켜준다. 하지만 입구 쪽의 빈터는 학교 운동장처럼 넓고 평탄하다. 인적이 전혀 없다. 날까지 흐려서 그 지저분한 공터는 사람이 닿을 수 있는 지구의 마지막 자락처럼 느껴졌다. 카프카의 '성'에서 죠세프 K가 살해당하던 공지를 연상시킨다. 대낮에 죄도 없는 한 인간이 개처럼 도살을 당하고 있는데, 보는 사람이 하나도 없는 빈 터—지구의 끝자락 같은 곳.

그 황량한 공터는 바닥이 흙이지만 '대지'라는 말에는 해당되지 않는다. 바닥은 반반한 흙인데 그 밑에는 바다가 있다. 바다에 떠 있는 쓰레기로 된 거대한 뗏목 같은 형상이다. 우리가 흔히 생각하는 '대지'는 안정감이 특징이다. 지심地心에 닿아있는 데서 오는 그 요지부동의 안정감 말이다. 그런데 이곳의 지표면은 단단하지 않다. 아래가 쓰레기의 더미여서 디딜 때마다 바닥이 조금씩 우무러든다. 공터 오른쪽에는 쓰레기들이 아주 오래 다져져서 좀 더 단단해진 낮은 지역이 있다. 거기 게딱지 같은 판자집이 열댓 개 밀집해 있다. 이진 영감님이 살고 있는 동네다.

9.28 이후에 국군이 북상해서 잠시 북한의 많은 지역을 해방시킨 일이 있다. 해방 후 반동분자로 몰려 오랫동안 자아비판에 시달리던

우익인사들은, 국군이 들어오니 숨통이 틔었다. 그들은 들고 일어나 공산당을 숙청하고 실세가 되었다.

그건 기적 같은 일이었다. 모든 기적이 그러하듯이 그 기적은 오래 지속되지 못했다. 석 달도 못 되어 중공군이 참전한 것이다. 인해전술을 쓰는 중공군의 기세는 말 그대로 쓰나미였다. 무슨 화기火器로도 그 기세를 제압할 방법이 없었다. 죽여도 죽여도 뒤에서 끊임없이 새 군인들이 꾸역꾸역 밀려 내려오는 이상한 전쟁. 사람을 아까워하지 않는 대국의 통치자만이 할 수 있는 유형의 낯선 전쟁이다. 거기에 혹한이 겹쳐졌다. 내려오는 군인들은 추위에 단련된 북방계 사람들인데, 지키는 유엔군 중에는 추위를 모르는 남방계가 많았다. 그들은 추위에 대한 내성耐性이 없었다. 유엔군은 할 수 없이 후퇴를 결정했다.

모처럼 활기를 되찾았던 우익인사들은 느닷없이 사지에 몰렸다. 이제는 자아비판을 하면서라도 연명하는 일이 가능한 상황이 아니다. 인민군이 돌아오면 그들은 즉결처분을 당할 것이다. 달리 방법이 없으니 그들은 고향을 떠나는 마지막 패를 선택했다. 고향을 떠나는 것은 뿌리가 뽑혀지는 것을 의미한다. 나무는 클수록 뿌리가 깊이 박혀 이식이 어렵다. 엘리트층인 그들은 모두 장년이나 노년이어서 다시는 뿌리를 내릴 대지를 찾지 못할지도 모른다. 남쪽으로 떠나는 것은 평생 피땀 흘려 이루어 놓은 모든 것을 두고 떠나야 하는 것을 의미한다. 집도 전답도 가재도구도 다 버리고 떠나야 하는 것이다. 하지만 그런 것은 차라리 약과다. 문제는 혈육과 생살이 찢기는 이별을 해야 한다는 데 있다.

너무나 창졸간에 벌어진 일이라 가족이 모두 떠날 준비를 할 겨를이 없었다. 게다가 노약자가 딸려 있고, 배도 모자랐다. 설사 배에 자리가 있다 해도 남쪽에 근지도 없는데 겨울 바다에 자그마한 고깃배를 타고 가면서 아녀자들을 데리고 나서는 것은 너무 큰 모험이다. 선택의 여지가 없다. 국군이 곧 돌아올지도 모른다는 가느다란 희망에 목숨을 걸고, 우선 숙청 대상이 될 남정네들만 몸을 피하기로 여론이 모아졌다. 아내와 남편이 생으로 찢어지고, 아버지와 아이들이 다시는 서로를 볼 수 없게 되는 이별의 시간이 다가왔다. '이산가족'이란 이렇게 자식과 부부가 갈라진 채 다시는 만나지 못하는 사람들에게 붙여진 처절한 명칭이다.

차호遮湖는 항구도시여서 배를 구하는 것은 어렵지 않았다. 그런데 겨울바다에서 동상에 걸리면서 목숨을 걸고 찾아온 자유의 땅 대한민국에, 그들이 발을 디딜 자리가 없었다. 다급하니까 자치대장이 부산시에 떼를 써서 겨우 얻어낸 것이 쓰레기 하치장 자리였다. 바닥을 대충 다져서 판자촌을 만들 허가를 받은 것이다. 그렇게 하여 삶의 뿌리를 잃은 한 무리의 남자들이 바닥이 흔들거리는 쓰레기 동산 위에 서푼판자로 된 둥지를 틀게 되었다. 디딜 때마다 땅바닥이 우무러들듯이 디딜 때마다 그들의 가슴뼈도 우그러지면서 1년 가까운 세월이 흘러갔다.

피난민촌은 큰 도로에서는 보이지 않았다. 원래는 방파제였던 높은 콘크리트 방벽이 길 쪽에 버티고 서 있기 때문이다. 방파제는 왼쪽으로도 이어졌다. 둔덕으로 올라가는 부분만 트인 것은 쓰레기 트럭이 다니기 위해서였다. 그러니까 여기는 지적地籍이 없는 곳이다. 지적도 없는 쓰레기 하치장에서 가호적假戶籍* 밖에 없는 남자들의 피난살이가 시작되었다. 큰길에서는 보이지도 않으니 그곳은 유령의 마을과 비슷하다. 그곳 사람들은 유령처럼 주소가 없다. 그래서 모든 사람이 삼정병원을 연락처로 삼고 있었다.

본래부터 부산에 자리 잡고 있던 삼정병원 원장은, 고향에서 몰려온 피난민들의 그런 치다꺼리를 소리 없이 해 주었다. 삼정병원 원장 같은 지역 유지가 동향이어서 쓰레기 하치장이나마 차례가 온 것이다. 그때 부산은 서울 사람들이 60만 명이나 피난을 와 있어서 길 양쪽으로 판잣집이 즐비한 상태였다. 송곳 하나 꽂을 땅도 구하기 어려운 절박한 형편이었던 것이다.

어차피 편하려고 떠난 것은 아니니까 피난민들은 불평 없이 그 땅에 집을 짓기 시작했다. 각목으로 기둥을 세우고 서푼 판자를 가로로 덧대어 벽을 만들었고, 지붕은 콜타르를 칠한 검은 유지로 덮었다. 유지를 얇은 각목으로 끝을 고정시킨 평지붕이다. 20년 전에 인

---

* 假戶籍: 월남한 사람들이 서울에서 만든 임시 호적. 자기가 적는 대로 인정되는 거니까 이름을 바꿀 수도 있고, 나이를 속일 수도 있었다. 어떤 사람들은 병역을 면하려고 나이를 올려 적었다가 일찍 정년퇴직을 당해서 낭패해 하는 것도 보았다.

도 변방에서 본 빈민촌과 흡사했다. 부산은 바람이 센 도시니까 유지가 날아갈까봐 그 위에 돌을 지질러 놓은 사람도 있다. 작은 온돌방을 두 개씩 만들고, 바닥에는 노존*을 깔았다.

자재는 공동으로 구입하고, 비용을 줄이려고 가능하면 옆집과 지붕을 잇대어 지었다. 공사도 직접 했다. 그리고 한 집에 서너 명이 모여 살았다. 그렇게 하여 남자들만 우글거리는 이상한 동네가 쓰레기 하치장의 흔들리는 땅 위에 생겨난다. 자치단장이 유능한 사람이라 공중변소나 수도문제 같은 것도 신속하게 해결되었다. 화장실은 우선 근처에 있는 공중변소를 쓰기로 했고, 수도는 공중수도에서 얻어 쓰기로 한 것이다.

학교는 부산에 있는데 군산으로 피난을 갔기 때문에 나는 1년 가까이 학교에 다닐 수 없었다. 대학에 가야 하고 졸업이 코 앞에 다가와 있으니 사정이 급박했다. 그때 대구에 계시던 아버지가 부산에 임시로 있을 곳을 마련해 준 것이 이진 영감네 판잣집이다. 그 어른은 큰언니의 시아버지여서 언니가 거기에서 같이 살고 있었다. 언니네 시댁은 유복한 집안이라 온 가족이 같이 남하하려고 했다. 그런데 작은 댁이 남겨 놓고 간 폐병을 앓는 딸이 겨울바다의 거센 바람에 시달리더니 배에 타자마자 심하게 각혈을 했다. 할 수 없이 마나님이

---

* 갈대 말린 것으로 짠 바닥 깔개.

환자를 데리고 도로 내렸다. 식민지 치하에서 아들의 혼인을 위해 사모관대를 장만할 정도로 유능하고 염렴한 마나님, 그녀와 헤어진 것은 사돈 영감님에게는 재앙의 시작이었다.

그 어른은 전시에도 골동품을 수집할 정도로 안목이 높은 한량이셨다. 그런 귀족취미를 공산당이 용납할 리가 없다. 해방되고 석 달이 지나자 그분은 반동분자로 몰려 감옥에 갇혔다. 큰언니가 시집간 직후였다. 열아홉 살밖에 안 된 언니는 친정도 없는 북한에 혼자 남아, 시어른의 옥바라지로 시집살이를 시작했다. 규모가 꽉 짜인 큰 살림이라 일이 끝이 없었다. 시어른 때문에 재산을 몰수당하니 먹을 것도 번변치 않아서 할 일은 더 많아졌다.

그런 난장판이었지만, 입덧이 시작되자 언니는 곧 칙사 대접을 받기 시작했다. 전쟁 중에 예단을 완벽하게 준비할 만큼 소중하게 받드는 맏아들의 첫 손이었기 때문이다. 하지만 먹을 것이 없는 것은 어째 볼 도리가 없었다. 언니는 영양부족이어서 조막만한 아기를 낳았다. 딸이었다. 입이 험한 손위 시누이가 '콩알만하다'고 흉을 볼 정도로 아기가 작았다.

1946년 11월에 언니가 낳은 딸은 까만 눈알이 똘망똘망한 귀여운 엄지공주였다. 딸이었는데도 온 집안이 난리였다. 20년 만에 처음으로 아기 울음소리가 들린 것은 기적 같은 일이기 때문이다. 산후에 건강이 좋지 않은 언니를 시어머니가 한 달 동안 병풍 안에 모셔 놓고 산후바라지를 극진히 했다 한다. 며느리는 병풍 속에 누워 있고,

추운 부엌에서 시어머니가 고생을 하니까, 매부리코를 가진 시누이가 "아이 낳은 걸 무슨 벼슬이라도 한 줄 아는 모양"이라고 비아냥거리는 소리가 병풍 속까지 들려왔다. 하지만 언니가 받은 칙사대접은 쉬 끝나지 않았다. 시할머니가 말도 못 꺼내게 방패막이를 해 주었기 때문이다.

'제 사랑은 제가 만든다'던 노할머니 말씀이 맞는 것 같다. 성격이 유순하고 바지런한 큰언니는 시집에서도 어른들에게서 사랑을 받으며 살았다. 시간이 지나자 요리까지 잘하게 되어 늘 칭찬만 받으며 살아서, 남편이 월남하고 없던 시기에도 시집살이가 나쁘지 않았다고 언니가 나중에 우리에게 자랑을 했다. '성격이 팔자'라는 말이 생각났다.

형부는 1946년 6월에 월남해서 우리 집에서 서울사대에 다니고 있었다. 어머니가 남은 가족을 데리러 삼팔선을 다시 넘어갔는데, 큰언니는 임신 중이어서 형부와 막내만 데리고 온 것이다. 그때만 해도 사람들이 삼팔선을 쉽게 넘나들었다. 한탄강의 얕은 곳을 알고 있는 물길 안내인이 밤중에 몰래 도강을 시켜 준다고 했다. 짐꾼도 구할 수 있어서 어머니는 그때 막내를 짐꾼에게 맡기고, 재봉틀 대가리도 들고 오셨다. 남한에서 다이아찡이나 C레이션을 가지고 가서 황태나 어란으로 바꾸러 오는 장사꾼들도 있었다. 정기적으로 북한에 드나드는 그 상인들은 이산가족들 간의 통신사이기도 했다. 그들을 통하여 편지가 오갔다. 1948년 큰언니가 군산에서 아들을 낳았을 때, 북한의 시댁에서 이름을 지어 보낸 일도 있다.

언니는 아이가 좀 큰 1947년 5월에 밀선을 타고 월남했고, 다음 해에 형부가 취직이 되어 오빠가 있는 군산으로 이사를 갔다. 거기서 아들을 낳았는데, 2년 만에 6.25 동란이 터졌다. 징집 대상이었던 형부는 일단 입대했다가, 교사여서 면제되어 돌아왔다. 입대할 때 석 달치 월급을 퇴직금으로 주어서 돈이 넉넉했다. 그런데 친구와 목포 쪽으로 피난을 가다가 행방불명이 되고 말았다. 1.4 후퇴 때 우리도 군산으로 피난을 가서 언니와 같이 살았었다. 한데 우리 학교는 부산으로 피난을 가서 내가 학교에 다닐 수 없었다. 아버지가 거처가 마련될 때까지 언니랑 있으면서 학교에 다니라고 나를 그 동네로 보낸 것이다.

유능한 마나님을 만나서 평생을 팔자 좋게 살던 사돈 영감님은, 혼자서는 물도 못 떠 마시는 무능력자였다. 그런 분이 혼자서 고향을 떠날 용기를 낸 것은 순전히 남쪽에 있는 아들 때문이었다. 딸을 둘 낳은 후에 낳은 그 아들은 어릴 때부터 영특하고 의젓해서, 박달나무 기둥에 기댄 것처럼 늘 마음이 든든했다. 2년을 데리고 살던 며느리는 처음 본 날부터 미운 짓을 한번도 한 일이 없다. 삽삽하고 명랑해서 난세에도 집안에 웃음꽃이 피게 하던 보배로운 아이다. 그리고 손자들이 있다. 돌 때 보냈는데 어느새 여섯 살이 된 밤톨 같은 첫 손녀, 아직 본 일도 없는 세 살짜리 첫 손자. 그 식구들이 군산에서 자리를 잡고 있으니, 남행길이 무섭지 않았던 것이다. 마나님만 뒤따라 내려오면 영감님의 삶은 만사형통일 것이어서, 피난선 위에서도 남들의 부러움을 샀다. 그런데 마른 하늘에서 날벼락이 떨어져 있었다. 와서 보니 아들이 없어진 것이다. 6.25 때 피난을 갔는데, 1년이 넘도록 행방이 묘연하다고 한다. 친척이 있는 목포로 가다가 지리산에서 내려온 빨치산에게 죽임을 당했으리라는 짐작이 갈 뿐, 아직도 소식이 전혀 없다는 것이다.

사람이 세상에서 사라지는 방법 중에서 가장 고약한 것이 행방불명이 되는 것이다. 가족을 잃는 것은 누구에게나 디디고 섰던 땅이 함몰하는 것 같은 재앙이다. 하지만, 시신을 만져보고 그 차가움에 몸서리를 치고 나면 기가 한풀 꺾인다. 별 수 없이 죽음을 인정하게 되는 것이다. 관 속에 그 몸을 넣고 못질하는 과정을 겪으면서 또 한풀 꺾인다. 가슴을 치며 통곡을 하고 나면 그때마다 죽은 사람은 한걸음씩 멀어져 간다. 사람들이 땅을 파고 영영 그 육신을 묻어버리는 과정을 보면서 기함을 하고 나면, 또 한풀 크게 꺾인다. 그렇게 끝없이 끝없이 작살이 나면서 별 수 없이 조금씩 이별에 길이 들기 시작하는 것이다. 옛말대로 '죽은 정이 하루에 천리씩 멀어지려면' 그런 끔찍한 절차들이 필요하다. 그것들은 죽은 사람을 떠나 보내기 위한, 가혹하지만 필요한 절차다.

그런데 행방불명된 사람에게는 그런 절차가 생략되어 있다. 그래서 그는 어디에도 없으면서 어디에나 있는 이상한 존재로 변한다.

'방랑하는 유태인'*처럼 죽지 못하는 저주를 받는 것이다. 세월이 아무리 흘러가도 그는 잊혀질 줄을 모른다. 망각의 과정이 정지되었기 때문이다. 더 고약한 것은 어디에선가 그를 보았다는 사람이 나타나기 시작하는 것이다. 고교생 제자들과 같이 징집 대상이었던 형부는 어디에선가 그를 보았다는 제자들이 여럿 나타났다. 그것은 남은 가족에게는 저주였다. 행방불명이 되는 사람은 유령 같다. 잊을 만 하면 누군가가 어디에서 보았다는 헛소식을 전해주면서 그를 부활시킨다. 그런 일이 2년 가까이 지속되자 언니는 심장이 아주 망가져 버렸다.

그의 행방불명은 어린 조카딸에게도 가혹하게 작용했다. 갑자기 어느 날 등산 가듯이 륙색을 메고 집을 나간 아버지가 영영 돌아오지 않는 것이다. 고부에 피난을 갔다가 돌아오는데 여섯 살 된 딸이 엄마 등에 업혀 오면서 줄기차게 아버지를 찾았다.

'엄마! 빈산반도(변산반도)가 어느 쪽이야?'

아이는 망령 난 노인처럼 종일 같은 말만 되풀이한다. 아빠가 변산반도 쪽으로 갔다는 말을 기억하고 있은 것이다. 동생에게 작은 아

---

* Wandering Jew: 최후의 심판을 받는 날까지 죽지 못하고 방랑하라는 벌을 받은 전설 속의 유대인. 예수가 십자가를 지고 가면서 도움을 청했는데 거절한 것 때문에 받은 벌이 죽지 못하는 것이었다 한다.

이를 업히고, 자기는 여섯 살이나 된 딸을 줄창 업고 수십 리를 걸어야 하는 언니는 드디어 비명을 지른다.

　　'제발 고만해 주라 정아야. 엄마 힘들어 죽을 것 같다. 좀 그만해.'

　하지만 아이는 그만 할 수가 없다. 아빠가 변산반도 쪽으로 피난을 갔다는데, 자기네는 자꾸 반대쪽으로 가고 있기 때문이다. 아이는 불안해서 견딜 수가 없다. 그 애는 아빠를 유별나게 따르는 딸이었다. 아빠가 출근할 때마다 헤어져 있는 몇 시간의 이별이 싫어서 아이는 아빠를 부르면서 오래오래 울었다. 언덕 위에 있는 집에서 날마다 그러니 아랫동네에서 그 애는 '아빠 찾으며 우는 애'라는 호가 붙었다.

　　'딸이 애비를 너무 바치면 좋지 않다는데…….'

　형부가 행방불명이 되자 어머니는 그 일을 찜찜해 하셨다. 애 애비가 정말 못 돌아올까봐 너무 겁이 났던 것이다. 그 공포가 식구들에게 전염되었다. 그래서 우리 집에서는 아무도 형부 이야기를 입밖에 내지 않았는데, 아이의 아버지 찾기만 줄기차게 계속되었다. 집에 와서도 오랫동안 아이는 그 질문을 되풀이했다. 나중에는 울음이 섞인 소리로 악을 썼다.

'빈산반도가 어디냐니꺼!'

사람에게는 한 번 박으면 뽑아지지 않는 쇠못 같은 치명적인 낱말이 있다. '변산반도'는 정아의 가슴에 박힌 그런 대못이었다.

하지만 형부의 행방불명에서 가장 큰 상처를 입은 사람은 사돈 영감님이다. 영감님에게는 그러지 않아도 애통할 일이 너무 많았다. 폐가 나빠 피를 토하는 몸으로, 낳지 않은 큰엄마를 따라 비틀거리며 배에서 내리던 애잔한 딸 월생이…… 그 불쌍한 것. 첩이 낳은 딸의 병 때문에 남편과 영이별을 한 아내에 대한 뿌리깊은 죄책감. 스물다섯밖에 안 됐는데 두 아이를 데리고 과부가 될지도 모르는 며느리에 대한 연민. 아이들의 앞날을 향한 불안. 자신의 앞날에 대한 막막함……. 그런 엄청난 짐들이 아들이 없어진 데서 오는 통증 위에 덧붙여져 있었기 때문이다. 우리 아버지는 그런 사돈에게 가족을 만들어 드리기 위해 데리고 있던 언니네 식구를 그 집에 보냈다. 아이들이 영감님의 슬픔을 조금이라도 달래주기를 바라는 마음에서였다.

땅바닥이 흔들거리는 그 동네에서 피난민들은 인류의 역사가 시작되어 조금씩 발달해 가던 과정을 복습하기 시작했다. 제일 먼저 움막 같은 집이 마련되고, 다음에는 거적을 친 공동변소가 만들어졌고, 물은 남부민동의 공동수도를 교섭해서 쓰기로 했다. 하지만 하수도가 없어서 좁은 골목길은 노상 질척거렸고, 악취가 풍겼다. 어느 날

누군가가 자가용 하수도를 창안해 냈다. 마당을 직경 60센티 정도로 1미터쯤 깊게 파낸다. 거기에 자갈을 반쯤 채우고, 지표면보다 60센티 정도 낮게 구덩이를 마무리 짓는다. 거기 구정물을 버린 후에 그곳에서 파낸 흙으로 찌꺼기 위를 조금씩 덮어간다. 그렇게 해서 구덩이에 음식 찌꺼기가 가득 차면 새로 하나 더 판다.

온 동네 사람들이 그대로 따라 했더니 동네 구정물들이 바로 아래로 스며들어 없어졌다. 바닥이 바다여서 물은 쉽게 자갈 밑으로 잦아들었다. 길이 질척거리지 않게 되고 냄새도 많이 가셨다. 전등도 끌어들였다. 사과 궤짝에 비닐을 덮으면 책상도 되고 밥상도 된다. 사람들은 외딴섬에 표류한 로빈손 크루소처럼 그 이상한 고장에 문명을 조금씩 끌어들이면서 한 치씩 한 치씩 자리를 잡아갔다.

집집이 판자벽에 못을 박아 옷들을 거는데, 부지런한 언니는 헝겊을 사다 휘장을 만들어 옷 거는 데를 가려 놓았다. 언니는 시아버지가 가지고 온 자신의 농지기* 혼수옷을 뜯어 아이들에게 이쁜 옷을 만들어 입혀서 아이들도 깔끔했다. 음식도 그랬다. 고등어 하나라도 아주 맛있게 조려 놓으면 밥 먹는 데는 별 지장이 없었다. 언니네 집은 난민촌에서도 언니가 사는 곳답게 정갈했다. 언니는 그 열악한 여건 속에서도 새벽기도 가는 것을 잊지 않았고, 비탄에 빠진 시어른들 때문에 자신의 슬픔을 내색하지 않는 며느리의 법도도 잘 지켰다. 부

---

* 혼수의 전남 방언. 장롱 속에서 머물고 있는 옷이라는 뜻. 농을 지키는 옷이라는 말을 줄여서 농지기옷이라고 한 듯하다.

산은 날씨가 온화하니 판자벽에서 스며드는 바람도 온돌의 온기로 대충 막을 수 있었다.

'엄동에 한뎃잠을 자던 때에 비하면 이게 어디야?'

언니와 나는 나란히 누워 책을 읽으면서 그런 한가한 농담을 주고받았다.

냄새가 난다고 사람들은 이름이 없는 그 동네를 '향수동香水洞'이라 부르기 시작했다. 그러다가 밤이 되면 그곳에서 흘러 나오는 "타향살이"의 처절한 합창 때문에 그 동네의 '香水'자는 '鄕愁'로 변해갔다. 개 짖는 소리도 낯이 설은 타향에서 낮에는 눈에 쌍심지를 돋우고 발 디딜 자리를 찾아 헤매던 남정네들은, 밤이 되면 공터에 모여 소주를 마시면서 노래를 합창했다. '금순아 어디로 갔니' 하면서 한 사람이 울부짖으면, 모두가 따라 울부짖었고, '아아 산이 막혀 못 오시나요' 하면서 한 사람이 가슴을 치면, 다음 사람이 '물이 막혀 못 오시나요' 하면서 받아쳤다. 모두 왕년의 지식층 엘리트들이어서 화음도 잘되는 그들의 합창은, 베르디의 '노예들의 합창'처럼 듣는 이의 심금을 깊이 흔들었다. 가장 많이 부르는 노래는 다음과 같은 가사를 가지고 있었다.

다 같은 고향 땅을 가고 오련만

남북이 가로막혀 원한 삼천리

날마다 너를 찾아

날마다 너를 찾아

삼팔선을 헤매인다

　우리 집은 분단이 고착되기 이전에 가족이 모두 월남한 케이스여서, 이산가족의 슬픔을 잘 몰랐다. 서울에 미리 집을 장만해 놓고 월남을 했고, 그전부터 아버지의 활동무대가 서울이었기 때문에 생활도 그들보다는 안정이 되어 있어서, 고향을 떠나온 일이 그들처럼 처절하게 아프지는 않았다. 피난을 오지 않았어도 나는 다음 해 봄에는 서울에 유학 올 예정이었다. 열세 살인 내게는 새로 만난 서울의 도시적 특징이 모두 신기했고, 생전 처음 아버지와 같이 사는 것도 좋았으며, 수업시간을 사이렌으로 알려주는 개명된 시설이 있는 학교도 마음에 들었다. 그래서 고향에 대한 그리움이 통곡으로 표출되는 남자들의 처절한 망향가를 처음 듣던 날, 나는 잠을 이룰 수 없었다. 내 영혼의 밑바닥에서 소용돌이가 일고 있었다. 아내와 남편이, 아이들과 아버지가 같은 하늘 아래에서 서로 만나지 못하는 것을 가리키는 '분단'이라는 낱말이 얼마나 끔찍한 것인가를 나는 밤마다 듣는 그 기이한 남성합창단의 노래를 통해서 비로소 터득했다.

다행히도 언니의 아이들은 처음 만난 할아버지를 잘 따랐다. 여섯 살 된 정아는 워낙 붙임성이 좋은 데다가, 노고지리처럼 종일 지지배배거리는 밝은 아이라 할아버지에게 큰 위로가 되었다. 하지만 사돈 어른은 손녀보다는 어린 손자를 더 중히 여겼다. 그 아이는 없어진 아들의 죽은 그루터기에서 돋아난 귀한 새 움이었으며, 대를 이을 종손이기 때문이다. 아이도 누나보다 더 할아버지를 따랐다. 나는 아이가 할아버지에게 낯가림을 하지 않는 게 너무 신기했다. 그때 그 애의 할아버지는 누가 좋아할 형상을 하고 있지 않았다. 집을 떠난 지 1년이 가까워 오는 동안 홀애비 생활을 한 데다가, 아들 때문에 몸과 마음이 모두 망가져서, 영감님은 산발한 유령같이 스산했고, 유령처럼 실체가 없어 보였다.

언니가 약혼하던 날 처음 보았던 때의 사돈영감님은 풍채가 좋은 호기로운 40대였다. 하얀 모시 바지 저고리에 엷은 밤색 항라* 두루마기를 입고 있던 영감님은, 아무리 좋게 보려 해도 미남은 아니었고, 키도 작았지만, 무언가 다부진 것을 내장하고 있는 것처럼 위풍이 당당했다. 그분은 상식적이 아닌 외모를 가지고 있었다. 유자같이 두꺼운 피부가 유자처럼 두둘두둘한 데다가 주독이 올라 끝이 살짝 딸기 빛이 된 매부리코가 컸고, 쌍까풀 진 눈도 컸다. 나중에야 나는 그분의 얼굴이 영화배우 쟝 갸방과 비슷하다는 것을 알아냈다. 묵중

---

* 가로로 줄무늬가 있는 여름 옷감.

黙重하고 남성적인 인상인데, 남다른 부드러움을 간직하고 있어서 독특한 카리스마가 있었다. 언니의 약혼식 날 그 어른은 언니를 며느리로 맞는 일이 너무나 너무나 기뻐서 줄창 "악! 핫! 핫! 핫!"하면서 요란하게 웃으셨다. 행복의 절정에 있는 사람같이 굴었던 것이다.

7년이라는 세월이 그분을 바싹 망가뜨려 놓았다. 여기 와서 본 영감님은, 머리숱이 적어져서 납작한 뒷머리가 노출된 데다가, 머리가 허옇게 세어서 빈약하고 초라했다. 유자 같던 피부는 김이 빠진 풍선처럼 조글조글하면서 거무스름해졌고, 딸기코도 오그라들어 구멍이 숭숭 난 피부가 볼품이 없어졌다. 이목구비의 모양새는 그래도 약과였다. 그분의 표정은 오랫동안 사막에서 혼자 헤매고 다닌 산발한 유령 같았다. 어른도 섬 해서 도망가고 싶은 삭막한 형상인데…… 핏줄이란 참 오묘한 것이다. 만난 지 얼마 되지도 않았는데, 그 폐허 같은 노인에게 손자 식이는 서슴지 않고 안겨, 아주 편안한 표정을 하고 있는 것이다. 돌부처처럼 말이 없는 할아버지 속에서 용솟음치고 있는 감추어진 사랑이 아이에게 전달되는 경로가 궁금했다.

호동그란 눈을 가진 언니의 아들을 우리는 '손오공'이라 불렀다. 선병질의 아빠에게서 태어난 아이는, 피부가 놀랍도록 하얀데 살짝 홍조를 띠고 있어 아주 매력적이었다. 머룻빛 동자를 가진 커다란 눈은 꼬리 쪽에서 위로 살짝 치켜져서 언제나 깜짝 놀란 것 같은 표정을 하고 있었다. 그 눈이 영화에 나온 손오공과 비슷해서 손오공이라는 애칭이 붙은 것이다. 나는 흰 자위가 그렇게 맑은 눈을 가진 아이를 다시는 본 일이 없다. 손가락 끝마디들이 살짝 안으로 굽은 이상한 손을 가진 아이도 다시는 본 일이 없다.

'하야버지 이게 뭐요?'

방울새 같은 소리로 아이가 할아버지에게 말을 건다. 성채의 대문처럼 단단히 잠겨 있던 할아버지의 입이 무겁게 열린다.

'담바다 담바.'[*]

'하야버지 이건 또 뭐요?'

이렇게 하여 할아버지는 벙어리가 되는 것을 겨우 모면한다. 스핑크스처럼 무뚝뚝하고 말이 없는 사돈영감님은 날마다 저녁을 뜨는 둥 마는 둥 하고는 소리 없이 밖으로 나가신다.

영감님이 나가는 것을 기다렸다는 듯이 맞은편 집 여자가 마실을 온다. 남자들만 타고 오는 피난선에 혼자 섞여서 내려왔다는 그녀는, 남정네들뿐인 동네에서 외로웠던 모양이다. 그 여자는 언니네 집을 아무 때나 드나든다. 부리부리한 눈을 가진 키 큰 북방미인이다. 약

---

[*] 담배의 함경도 사투리.

간 주걱턱인 것 외에는 나무랄 데가 없는 20대 후반의 그 활달한 여인은, 오늘 같이 사는 남자에게서 반지를 선물 받았다. 그걸 언니에게 보여주고 싶어 영감님이 나가시기만 기다린 모양이다.

그녀의 남자는 40대 초반의 건장한 호남이다. 피난민촌의 리더인 그는 자줏빛 당꼬바지*에 카키색 국방복 윗도리를 입고 있는데, 그 패션이 아주 잘 어울려서 혁명군의 대장처럼 박력이 넘쳐 보였다. 피난 오는 뱃속에서 그들은 처음 만났고, 첫눈에 반해서 내리자마자 같이 살기 시작했다 한다. 여자는 싱글이지만 남자는 북쪽에 아내가 있는 유부남이다. 그 남자와 여자는 사람들과 어울려 날마다 먹고 마시며 아주 즐겁게 살았다.

그런데 고향에서 여성청년단 단장이었다는 여자는, 남자가 빨리 자리를 잡아가는데도 영 안정이 되지 않는 것처럼 보였다. 남자가 유부남이기 때문이라고 언니가 귀띔해 주었다. 다시 북한이 해방이 되거나 그의 아내가 밀선이라도 타고 내려오면, 자기가 설 자리가 없다는 사실이 그녀를 괴롭힌다는 것이다. 길에서 만난 남자와 결혼도 하지 않고 같이 사는 것도 찜찜한 일이겠지만, 남의 남편과 사는 건 더 찜찜한 일일 것이다. 그런 상황에서 상대방을 남자로서 깊이 사랑하게 된 것은 또 얼마나 견디기 어려운 고통이었겠는가. 경우가 바르게 생긴 그 여자는 그래서 늘 불안해하고 허둥댔다. 그 불안을 다독여

---

* 당꼬바지: 무릎 위는 풍성하고 다리는 꽉 조이는 승마복 같은 바지.

주기 위해 남자가 오늘 과잉출력을 한 것 같다. 아무리 자기 돈이라 해도 단체장이라 돈을 함부로 쓰는 인상을 주면 신상에 이로울 것이 없는 것을 알고 있을 텐데, 그는 무리를 해서 다이아가 끼어 있는 반지를 여자에게 사 준 것이다.

나는 그 여자를 좋아하지 않았다. 남의 집에 아무 때나 오는 것도 마음에 들지 않지만, 반지 자랑을 하러 오는 것은 더 큰 망발이라고 생각했다. 남편의 행방을 몰라 밤마다 울면서 자는 손 아래 여자에게, 가슴앓이를 하는 시아버지 때문에 마음 놓고 울지도 못하는 젊은 청상에게, 남편도 아닌 남자에게서 받은 반지를 자랑하러 온다는 것은 상식에 어긋난 일이다. 내가 투덜대자 마음이 여린 언니는 그 여자를 위해 열심히 변명을 했다. 사실은 자기를 위로하러 오는 건데, 자기가 아이들과 노는 것을 보면 갑자기 너무 부러워져서 그런 망발을 자주 한다는 것이다.

언니의 아이들이 아주 이쁘고 밝아서, 내 눈에도 아이들과 놀고 있는 언니는 부러워 보였다. 언니가 불쌍해서 위로하러 온 여자도, 아이 둘을 양쪽 무릎에 앉히고 있는 언니를 보면, 갑자기 자기 신세가 처량하게 느껴져서, 그 복잡한 심리를 반지자랑 같은 것으로 얼버무린 건지도 모른다. 술기운이 있는 여자는 한마디 더 망발을 했다.

'지 예펜네가 나타나도 문제가 없다 이거야! 줘 버리면 되는 거 아니겠니? 적어도 이 반지는 내 께 남을 것이 아니겠냐 이 말이야!'

불빛에 비추며 흔드는 그녀의 손에서 다이아가 현란한 빛을 발산하고 있었다. 여자는 갑자기 자기가 하고 있는 일이 부끄러워졌나 보다. 남자가 공금을 건드린 것이 아닌가 싶어 발이 저리기도 했을 것이고, 쓰레기 더미 위에 지은 판자집에는 어울리지 않는 물건이어서 남들의 공론도 무서웠을 것이다.

'식이엄마! 사실은 오늘 내가 너무 속이 상해서 술 좀 마셨어. 미안해.'

여자는 착잡한 표정을 짓더니 얼른 문을 열고 가버렸다.

'이쁘고…… 경우 바르고…… 잔정도 많은데…… 안 됐어.'

언니는 자기 처지도 잊고 그녀가 가슴 아파서 혀를 차고 있었다.

'이약이요! 빈대약이요!'

자정이 넘은 시간인데 이웃집에서 누군가가 판자벽을 쾅쾅 발로 차면서 소리를 질러댔다. 우리는 기겁을 해서 동시에 일어났다.

'으응, 수항 아저씨다. 걱정하지 마.'

언니가 조용히 말했다. 서당집의 외아들인 수항 아저씨는 아주 내성적인, 차분한 분이다. 분위기가 부드러워서 우리가 모두 따랐던 친척 아저씨……. 생전 부엌에 들어가 본 일도 없고, 먹을거리 걱정 같은 것을 해 본 일이 없어 보이는 그 어벙한 책방 도련님을 나도 어제 잠깐 보았다. 사춘기 소년 티가 아직도 남아 있는 그 30대 초반의 남자는, 의지 없는 고아 같은 심란한 표정을 하고 있었다. 언니 말에 의하면 그분은 영 낯선 환경에 길이 들지 못해, 많이 힘들어 한다고 했다. 대가 센 북쪽 출신의 다른 남자들이, 전에 살던 처지 같은 건 싹싹 잊어 버리고, 자갈치 시장이나 부두 같은 데서 닥치는 대로 험한 일을 하면서 조금씩 안정을 얻어 가고 있는데, 수항 아저씨는 손을 입에 물고 주저주저하면서 오랜 세월을 불안하게 보냈다는 것이다. 가지고 온 금붙이도 떨어져 가서 날마다 걱정이 태산 같더니, 최근에 드디어 찾아낸 생업이 이약장사란다. 집집이 이와 빈대가 있던 시절이어서 부지런히 하면 혼자 살 만한 수입은 있을 것 같다고 좋아했다는 것이다. 그런데 숫기가 없는 그는 '이약이요! 빈대약이요!' 하는 소리가 영 목구멍에서 나오지 않아서 며칠 동안 부산 시내를 헛되이 돌고 있다더니, 자면서 저런 잠꼬대까지 한다고 언니가 측은해 했다. 나도 어질게 생긴 무능한 아저씨가 물가에 혼자 놓인 아이처럼 걱정이 되었다.

하지만 이약장사 같은 것도 시작할 엄두를 낼 수 없는 늙은 사돈어른은 마음이 훨씬 더 참담할 것 같았다. 자존심이 강한 분인

데…… 비상시여서 자기네도 여의치 않을 사돈에게서 생활비를 도움받는 지금의 현실이 얼마나 고통스러우실까? 갑자기 어른이 된 기분이 되어 아들을 잃은 사돈 어른에게 짙은 연민의 정을 느꼈다.

다음 날 나는 영도에 있는 학교에 찾아갔다. 담임선생님을 만나 사정 이야기를 하고 복교하는 것을 허락받았다. 오래간만에 만난 친구들과 이야기꽃을 피우다가 늦게 돌아온 나는 피곤해서 일찍부터 잠이 들었다. 한밤중에 밖이 갑자기 소란스러워져서, 언니와 나는 놀라서 눈을 비비며 일어났다. 통행금지가 얼마 남지 않은 시각인데, 이웃사람들이 이마가 터져 유혈이 낭자한 사돈어른을 떠메고 들어왔다. 이마 윗부분이 온통 짓이겨져서 얼굴이 피범벅이 되어 있었다. 이 동네에 온 후로 영감님은 밤마다 혼자 송도 쪽에 있는 방파제에 앉아, 소주를 마시면서 잠이 올 때까지 북쪽 바다를 보는 것을 일과로 삼으셨다 한다. 수항 아저씨가 항상 옆에서 돌보다가 모시고 오곤 했는데, 아저씨가 새로 시작한 이약장사가 힘들어서 잠깐 눈을 붙인 사이에 영감님이 행방이 묘연해진 것이다. 뒤늦게 그 사실을 안 아저씨가 동네 사람들과 찾아 나섰다. 송도 가까운 방파제의 바다 쪽 어둠 속에서 이상한 비명이 들려왔다. 사람들이 불을 켜 들고 방파제를 넘어가 보니, 술에 취한 사돈어른이 방파제에 이마를 짓찧으며 울고 있더라는 것이다.

삼정병원 원장이 울면서 옛 친구의 얼굴에서 피를 닦아내고 상처를 치료해 주었다. 이웃사람들도 모두 따라 울고 있었다. 취중인 데다가 기력이 없어서였는지 상처는 그다지 깊지 않았다. 진정제를 맞은 사돈어른은 기진해서 이내 잠이 드셨다. 언니와 나도 다시 잠을 청했다. 그런데 새벽에 이상한 소리가 나서 또 잠이 깼다.

죽지 않고 다시 살아난 것을 알게 된 사돈어른이 옆에서 자던 식이를 부여안고 통곡을 시작한 것이다. 그 어른은 기합을 넣는 것처럼 규칙적으로 학! 학! 하고 밭은 울음을 토해 내는데 울음을 토할 때마다 아이를 안은 팔에 정신없이 힘을 가하는 것이다. 뜨거운 불판 위에 놓인 새우처럼 전신으로 경련을 일으키면서, 영감님은 그 이상한 동작을 멈추지 않았다. 아이가 놀라서 비명을 지르기 시작했다. 아이의 비명 소리와 할아버지의 밭은 울음소리가 향수동의 새벽을 적셔 갔다.

1951년, 부산 구덕산 서울대 문리대 전경

IV

나의 프레시맨 시절 ······ 1952년

1. 구덕산 캠퍼스

길고 긴 방학

내가 대학에 입학하던 1952년은 전쟁이 막바지에 달한 시기였다. 그래서 우리 학년은 고등학교를 제대로 다니지 못했다. 고2에 올라가서 한 달도 못 되어 전쟁이 터졌고, 고3을 반 학기밖에 다니지 못한 채 졸업했기 때문이다. 그러니까 나머지 기간은 길고 긴 방학이었던 셈이다. 나는 전인교육 체질이 아니어서 고등학교가 적성에 맞지 않았다. 인문계의 몇 학과를 빼면 싫은 과목투성이인 교과과정에 넌더리를 내고 있던 때여서, 그 긴 방학을 고맙게 받아들였다. 읽고 싶은 책만 읽을 수 있는 기막힌 자유가 있었기 때문이다. 목숨이 눈앞에서 오락가락하고, 먹을 것, 입을 것이 없던 비상시였지만, 읽고 싶은 책만 읽는 것은 가능했으니 그런 참담한 방학도 방학으로서의 매력은 그대로 지니고 있었던 셈이다.

우리가 피난을 간 군산은 꽃나무가 풍성하게 심어져 있는 아름다운 계획 도시였다. 한국의 쌀을 실어가기 위해서 일본 사람들이 새로 만든 도시여서, 도로는 바둑판 모양으로 뚫려 있었다. 도심지에는 일본식 주택이 많았고, 길가에 있는 건물들은 현대적이었다. 그 무렵에는 아직 서울에 없었던 많은 꽃나무들이 거기에 있었다. 목련, 합환목, 사루스베리, 석류 같은 놀라운 꽃나무들이 잘 배치되어 있어서, 계절마다 새 세상이 열렸다. 따뜻하고 깨끗한 남녘의 도시 군산. 거기에서 나는 사춘기의 민감한 촉수로, 자연과 계절의 아름다움에 풍경風磬처럼 섬세하게 감응感應하면서, 봄과 여름을 보내고 가을을 맞이했다. 월남해서 처음으로 자연과 계절을 즐기며 살았던 시기였다.

그리고 거기서 나는 많은 문인들과 만났다. 서정주, 정지용, 보들레르 같은 놀라운 시인들과 만난 것이다. 거기에는 오빠가 있어서 원하는 책은 다 구해다 주었고, 문학공부를 하는 방법도 지도해 주서서 나는 그 방학을 마음껏 즐겼다. 책을 통해 자유롭게 내가 나를 키우던…… 그 긴 방학은 나름대로 풍요로운 자율학습기간이었다. 하지만 대학에는 가야 하니까 1951년 가을에 나는 혼자 부산으로 갔다. 6월에 부산에서 학교가 문을 열었다는 소문은 들었지만, 마침 제재소 사무원으로 취직하고 있던 때여서 가을에야 부산에 가게 된 것이다.

월남해서 5년 만에 다시 피난민이 된 나는, 등록금 때문에 서울대에 못 들어가면 대학에 다니기 어려운 형편이었다. 서울대는 사립대에 비하면 등록금이 아주 쌌기 때문이다. 어쩌면 서울대의 가장 큰 매력이 싼 등록금이었는지도 모른다. 남들보다 한 학기나 늦게 복학을 했는데, 서울대에는 꼭 들어가야 하니, 나의 입시공부는 필사적이 될 수밖에 없었다.

그렇게 길었던 방학 때문에 적 치하에 있던 서울 아이들은 1년 동안 공부를 할 수 없는 여건이었는데, 전쟁터가 아니었던 남쪽 아이들은 거의 정상적인 교육을 받았으니, 입시경쟁에서 서울 아이들이 불리한 위치에 있었다. 그런 데다가 피난 간 대학들이 너무 어려우니까 기여입학도 허락하고 있었다. 강의실을 하나 지어주는 것이 기여 입학의 조건이었다고 했던 것 같다. 1학년 때 강의실을 지어 주고 들어왔다는 여학생을 실지로 본 일이 있다. 키가 큰 부산 아이였다. 그러니 기여입학도 부산아이들 차지였던 것이다. 엎친 데 덮친 격으로 피난 온 아이들은 생활이 어려워서 과외공부를 할 능력이 없었다. 나남없이 거의 모두 뿌리가 뽑혀 있었으니 과외비를 부담할 수 있는 학생이 적었던 것이다.

그때 하늘에서 구원의 동아줄이 내려왔다. 부산 학교에 취직해 있던 선생님들이다. 피난을 가서 5개월 동안 학교가 문을 닫고 있어서, 많은 선생님들이 부산에 있는 학교에 옮겨 가셨다. 그분들이 옛 제자인 우리에게 자기네 과외시간에 무료로 청강할 특혜를 주셨다. 하지만 과목마다 학교가 달랐다. 선생님들이 계시는 학교가 달랐기 때문이다. 그러니 우리의 과외 수업은 질풍노도 같을 수밖에 없었다. 방과 후에 두세 학교에 가야 했기 때문에, 제대로 먹지도 못하는 피난 학교의 고3 학생들은 힘들고 고달팠다. 하지만 그 과외 덕분에 우리는 거의 모두 원하는 학교에 입학 할 수 있었다.

산기슭의 천막교실

친구들과 서울대에 입학원서를 사러 갔다. 경기여고는 부산의 동남쪽인 영도에 있는데, 서울대는 서북쪽 끝자락인 구덕산 기슭에 있었다. 대신동 종점에서 전차를 내려 동아대학 담을 끼고 한참 올라가면 시냇물이 있다. 그걸 건너고 좁은 길을 꼬불꼬불 1킬로쯤 더 올라가야, 서울대가 있다. 건물 바닥만 대충 다듬어서 서푼 판자로 한 채씩 지은 엉성한 강의실들이 산비탈 여기저기에 널려 있었다. 같은 천막 교사였지만 학교의 겉모양은 도자기 공장 마당에 있던 경기여고보다 더 어설펐다. 서푼 판자로 만든 것은 마찬가지였지만, 우리 학교는 평지에 있었고, 난로도 있었으며, 유리창도 있었고, 지붕만 천막이었다. 그런데 서울대에는 지붕과 벽의 절반까지가 천막으로 덮여 있는 강의실이 여럿 있어서, 바람이 불면 천막들이 펄럭거리는 소리 때문에 교수님의 목소리가 잘 들리지 않을 지경이었다.

강의실 바닥만 땅을 다듬었으니까 문을 열고 나가면 바로 앞이 비탈인 곳도 있었다. 돈이 없으니까 학교 부지 전체를 평지로 만들지 못해서, 건물이 들어설 부분만 다져서 지은 강의실들이 산비탈에 간신히 붙어 있었는데, 지형에 따라 방향도 제가끔 달랐다. 강의실 밖 비탈에는 표면에 인절미 두께의 진흙이 덮여 있었다. 비가 온 뒤라 걸을 때마다 그것이 신발 바닥에 달라붙었다. 움직일 때마다 다리를 흔들어서 신발에 붙은 진흙을 털어내야 걸음을 뗄 수 있었다. 많은 학생들이 그 짓을 하고 있는 것을 보고 있으면, 부조리극이라도 보는 것처럼 기분이 이상했다. 털어도 움직일 때마다 또 달라붙는 진흙 바닥은, 비탈진 산기슭에 무리하게 집을 지은 피난학교의 업보였다.

"제기랄! 돈이나 이렇게 달라붙음 좀 좋아!"

배고파 보이는 남학생이 그렇게 한탄을 하자, 신발바닥에 진흙창을 달고 있어 키가 한 치나 커진 여학생들이, 그 경황에도 허리를 잡고 웃어댔다. 나라에서 남학생들에게 병역특혜를 주는 대신 정원을 줄여 놓아서, 그 해에는 여학생 수가 많았다. 국문과에만 여학생이 여섯이나 있었다. 그래서 그 진흙이 깔려 있는 구덕산의 산비탈에서는 여자아이들의 웃음소리가 자주 들려왔다.

합격 발표를 하던 날 우리는 앉을 자리 하나 없는 축축한 진흙 마당에서 오래오래 발표를 기다렸다. 학교와 문교부 사이에 알력이 있어서 발표가 늦어졌다. 어두워진 후에야 겨우 방이 나 붙은 것이다. 그래서 아주 인상적인 합격자 발표가 되었다. 두루마리에 쓴 합격자 명단을 들고 직원 둘이 나오자, 촛불과 풀을 든 사람들이 그 뒤를 따랐다. 풀을 든 직원이 판자벽에 풀을 바르면, 두루마리를 마주 잡은 두 사람이 펼쳐 나가면서 조금씩 조금씩 명단을 붙여가고, 촛불을 든 사람들이 그 뒤를 따르는……. 상식적이 아닌 합격발표였다. 합격여부에 목을 매단 갈급한 학생들이 기를 쓰면서 촛불을 따라가다가, 자기 이름을 발견하면 어둠 속에서 환성을 지르는, 드라마틱한 장면이 벌어진다. 과가 끝부분에 있는 응시자들은 붙이는 속도가 더뎌서 간이 졸아 붙는다. 하지만 갈수록 학생 수는 줄어드니 후반부는 진도가 좀 빨랐다. 그런 기상천외한 절차를 통해서 우리의 입학발표는 비로소 허락되었다.

서울대는 종합대학이고, 종합대학의 중심은 문리대니까, 모든 종합 행사의 첫머리에 나오는 것은 언제나 문리대다. 문리대는 국문과에서 시작되는데, 가나다 순으로 명단이 발표되니 '강'씨는 첫머리에 나올 가능성이 많다. 그래서 나는 자주 이름 때문에 덕도 보고 손해도 보았다. 그날 나는 친구 언니가 교학과에 있어서 합격한 사실을 미리 알고 있었다. 그래서 발표를 보는 것은 확인하는 절차에 불과했지만, 막상 내 이름이 첫 번째로 나오니까 감동을 받았다.

이름이 제일 먼저 나온 것은 졸업할 때도 마찬가지였다. 미리 그런 것을 알려주는 사람도 없었으니까 나는 졸업식장에 들어가지 않았다. 그런데 내 이름이 제일 처음이니까 대표로 나가 졸업장을 받게 되어 있었다 한다. 아무리 불러도 안 나오니까 다음 차례인 김가 성을 가진 남학생이 대신 나갔다는 말을 들었다. 그런데 졸업생 명단 첫 번째에 내 이름이 나온 것을 기억한 직장 동료가 있었다. 그분이 자꾸 내가 대학을 일등으로 졸업했다고 말하고 다녀서 한동안 골치가 아팠다. 아니라고 펄펄 뛰면, 그분도 기가 올라서 같이 펄펄 뛴다. '글쎄 내가 현장에 있었다니까요!' 하면서 자기주장을 굽히지 않는 것이다. 미칠 노릇이다. 동창생들이 보면 내가 거짓말을 하고 다니는 줄 알 것 같아서 아주 난감했다.

입학식이 끝나자 상급생들이 세 테이블에 나눠 앉아서 분과별로 신입생의 신청을 받았다. 학과에 대한 오리엔테이션을 받은 일이 없는 우리는, 막연하게 현대문학 공부를 하는 곳인 줄 알고 국문과에 지원했는데, 고전문학, 어학분과 등이 나오자 당황했다. 선배들이 어느 분과를 택하겠느냐고 물었다. 여학생들은 거의 다 현대문학 분과에 지원했다. 남학생들도 현대문학 분과가 많았다. 신동욱, 이어령, 이용현, 최일남 씨 등이 거기 속했던 것 같다.

하지만 남학생 중에는 나중에 초대 국립국어연구원 원장을 지낸 안병희 씨가 있었다. 그는 소신을 가지고 어학분과를 지원했다. 나중에 인하대에서 교편을 잡은 최신호 씨도 애초부터 고전문학을 지원하기로 작정하고 입학한 학생이었다. 두 사람이 다 남쪽 학교 출신이다. 후방에 있어 제대로 학교에 다닌 학생들은, 학교에서 과 오리엔테이션을 받고, 진로 지도도 미리 받고 온 것 같았다.

현대문학 분과의 대여섯 명 되는 새내기들을 모아 놓고 2년 선배인 진희섭, 김열규 두 분이 오리엔테이션을 시작했다. 진희섭 선배는 티 하나 없는 맑은 피부를 가진 곱상한 서울 출신이고, 김열규 선배는 경상도 사투리를 쓰는 질박한 시골 분이어서 대조적이었는데, 나중에 보니 두 분은 아주 친한 사이여서 늘 같이 다녔다. 그분들은 우리가 읽어야 할 필독 도서 리스트를 칠판에 가득 적어 놓았으며, 외국어는 두 개 이상 마스터해야 되고, 전공서적을 읽을 때는 요약 노트를 제대로 만들어야 한다면서 새내기들을 주눅들게 하는 발언을 쏟아 놓았다.

좀 겁이 나긴 했지만 우리가 제대로 받은 첫 진로 지도여서 열심히 들었다. 그건 마지막 진로 지도이기도 했다. 다시는 아무도 남의 일에 참견을 하지 않았기 때문이다. 그러니 선배들의 오리엔테이션은 고맙고 반가웠다. 하지만 난감했다. 외국어 공부는 분발해서 하면 되는 거지만, 전공서적은 어디서 구해 읽는다는 말인가? 부산에는 책을 구해다 주는 오빠도 없는데, 대체 어디에 가서 그 희귀한 일본어 문학 이론서들을 구해서 읽으라는 말인가? 학교에는 도서관이 없었고, 거리에는 전문서적을 파는 책방도 없어서 책을 구할 방도가 없었다. 게다가 우리는 주머니에 점심값도 제대로 없는 가난한 피난민들이다. 설사 팔고 있다 해도 책을 살 여유 같은 게 있을 리 없다.

여러모로 막막해서 암담한 기분으로 비탈길에 서 있는데, 마침 우리를 지도하던 진 선배가 지나갔다. 동창인 진현숙과 나는, 그 선배를 붙잡고, 그런 책들을 어디서 구할 수 있느냐고 물어 보았다. 난처해진 선배는 당황하는 기색이더니, 무언가 도와주어야 체면이 설 것 같았는지, 추천한 책 중에서 게오르그 브란데스의 『19세기문예주조사主潮史』 일본판은 자기가 가지고 있으니, 한동안 빌려 줄 수 있다고 말했다. 당장 빌려 주겠다고 해서 우리는 학교에서 가까운 대신동의 선배집까지 따라갔다. 반듯한 이층집에 살던 선배는 우리를 밖에 세워놓고 들어가더니, 곧 네 권이나 되는 책을 안고 나왔다. 그걸 빌려다가 돌려가며 읽었다. 진 선배의 누나인 영문학자 진인숙 교수가 하와이의 영사부인이어서 그 집에는 원서도 있었다. 그래서 우리는 몇 번 더 그분에게서 요긴한 책을 빌려다 읽었다.

복사하는 곳도 없을 때였는데, 남의 책을 한없이 빌리고 있을 수도 없으니 우리는 노트 작성에 들어갔다. 읽다 보니 그 책은 소설처럼 한 번 읽고 돌려주면 그만인 책이 아니어서, 요약 노트를 꼼꼼하게 만들기 시작했다. 노트 만들기는 읽는 것보다 더 시간이 많이 걸렸다. 약속한 기한을 지킬 수 없을 것 같아서 두 권씩 나누어서 요약한 후, 나중에 서로 바꾸어 베끼는 쪽으로 가닥을 잡았다. 그 책은 각권이 500페이지 정도의 두께인데, 네 권이나 되었기 때문에 반만 요약하는 데도 시간이 많이 걸렸다.

그건 내가 처음으로 읽은 문학 이론서였다. 그때까지 나의 문학서적 읽기에는 지침서도 없고, 계획도 없었다. 책이 귀하던 때여라 손에 닿는 대로 읽는 식이어서 뒤죽박죽이었다. 초등학교 때 읽은 탐정 소설과 소년 소녀용 소설이 글 읽기의 시작이었다. 중·고등학교에서는 세계문학전집 속의 소설들을 주로 읽었는데, 차례가 오면 통속 소설들도 섞어가며 읽었다. 오늘은 「전쟁과 평화」를 읽고 내일은 「마도의 향불」(김내성)이나 「찔레꽃」(김말봉)을 읽는 식이었다. 책을 골라서 읽을 여유도 없었지만, 책을 선정할 만한 안목도 없으니 중학교 때는 손에 닿는 대로 읽는 난독기였다. 고1 때 도스토옙스키의 『카라마조프의 형제들』을 읽은 후부터 다시는 대중소설을 읽지 않게 되었다. 1.4 후퇴 때 오빠 곁에 있으면서 겨우 시로 옮겨 가던 단계였다. 문학이론서는 이태준의 『문장강화』밖에 읽은 일이 없는 나는, 브란데스의 책을 보니 정신이 번쩍 났다. 그런 책을 추천해 주고 빌려준 선배가 고마웠다. 친구와 나는 그 책을 꼼꼼하게 읽고 성실하게 요약했다.

2학년부터 부전공으로 배우기 시작한 불문학 강의를 이해하는 데 그 책에서 얻은 지식이 많은 도움이 되었다. 유럽의 19세기 문예사조들을 그 책을 통하여 소개받은 나는, 서구에서 문예운동이 생성되고 정착하고 교체되는 과정을 대충 알고 시작했기 때문에 '낭만주의론'이나 '상징주의론' 강의를 이해하기 쉬웠다. 그 책에는 작가 개개인에 대한 자료도 풍부하게 나와 있었고, 작가의 수도 많아서, 유럽의 19세기 문학 전반이 망라되어 있었다. 하나하나가 처음 들어 보는 신기한 말들이어서 재미가 있었다. 일화가 많이 나오고 쉽게 씌어 있어서 이해하기도 어렵지 않았다.

우리는 한국의 국문학사도 배운 일이 없고, 다른 나라의 문학사도 읽은 일이 전혀 없는 상태였다. 그래서 그동안 닥치는 대로 읽은 소설들의 계보 같은 것을 혼자 정리하는 데도 그 책은 도움이 되었다. 처음으로 대학생다운 책을 읽었다는 만족감이 왔다. 입학해서 처음 읽은 책이 문예사조사였고, 그 책이 재미있어서, 아마 나는 문예사조 연구를 지금까지 계속하게 된 것 같다.

요약노트 만드는 방법은 공부에 많은 도움이 되었다. 책을 살 수 없으니까 울며 겨자 먹기로 손으로 써서 요약 노트를 만드는 작업을 한 건데, 제대로 요약해 놓은 노트들은 쓸모가 많았다. 그 노트들은 30년 후에 학위 논문을 쓸 때에도 도움이 되었다. 책을 구한 후에도 노트는 역시 필요해서 나는 제자들에게 요약노트 만들기 숙제를 자주 냈다. 힘들게 손으로 쓴 글은 잘 잊혀지지 않는다는 것을 우리는 그때 알게 되었다. 한번 힘들게 옮겨 쓰는 공부가 건성으로 열 번 외우는 것보다 효율적이라는 것도 배웠다. 좋아서 한 짓은 아니지만, 철저하게 요약노트를 만드는 공부법에는 좋은 점이 아주 많았다. 한 사람의 삶에서 원하는 공부를 마음껏 할 수 있는 시기는 대학시절밖에 없는데, 만약 우리에게 지금처럼 교재와 참고자료들이 갖추어져 있고, 컴퓨터에서 쉽게 귀중한 자료를 찾는 일이 가능했다면, 우리는 얼마나 더 많은 것을 배울 수 있었을까 생각하면 가슴이 아프다.

2. 남녀 공학 — 파랄렐 풀레이

남자가 없는 집에서 자란 데다가, 사교적인 성격이 아니어서 나는 남녀 공학에 적응하기 어려웠다. 오래 낯가림을 하는 나는 같은 학년의 남자 클래스메이트들과 친해지는 데도 시간이 많이 걸렸다. 내 근처에는 그 또래의 남자가 거의 없었기 때문에 그들을 이해할 수가 없었고, 편하게 대할 수도 없었던 것이다. 그 대신 오빠 또래의 교수님들은 편안했다. 오빠는 나를 무조건 사랑하고 소중하게 여겼기 때문에, 그 안심스런 마음이, 그 또래의 어른들을 편안하게 느끼게 하는 원동력이 되는 것 같았다. 문단에서도 내가 가깝게 모신 남자 문인들은 거의 모두 오빠처럼 여남은 살 위의 어른들이다.

처음 1년간은 남녀 공학이 많이 불편했다. 좁은 강의실에 남학생들이 가득 차 있으면, 남의 집에 잘못 들어간 것 같아서 쭈뼛거리게 되었다. 그래서 늘 일찍 가서 앞자리에 앉곤 했다. 싸구려 우동집처

럼 기다란 의자에 여럿이 주른히 앉는 강의실이어서, 남학생들이 중
간에 끼어들까봐 되도록 떼를 지어서 앞자리에 앉았다. 앞자리 앉기
는 눈을 위해서도 필요했다. 입시공부를 흔들리는 촛불 밑에서 하는
사이에 시력이 나빠져서 앞자리가 아니면 칠판에 쓴 글씨가 잘 보이
지 않았던 것이다. 그래서 4년 동안 나는 언제나 앞자리에 앉아 있는
여학생이 되었다.

하지만 앞자리에 있는데도 불편한 기분은 가시지 않는다. 등 뒤에
낯선 시선들이 밀집해 있기 때문이다. 하지만 제일 질색인 것은 남
학생들이 집단으로 웃는 것이다. 좁은 천막 속에서 그들이 집단으로
웃으면, 웃는 소리가 천막에 울려서 황소가 떼지어 우는 것 같은 소
리가 된다. 그 소리에 길이 드는 데 시간이 많이 걸렸다. 여고 동창이
열 명이나 같이 입학했고, 전시여서 여학생의 비율이 높았는데도, 남
자들이 많아서 학교가 편안치 않았던 것이다.

남자들도 마찬가지였을 것이다. 엊그제까지 남자와 여자는 한자
리에 있는 것이 금기시되던 나라에 태어나서, 해방이 된 지 7년밖
에 되지 않는 시점이었으니까, 피차에 자연스럽게 대하는 데는 시간
이 필요했다. 그들에게도 남녀 공학은 처음이었을 것이기 때문이다.
그 시절에는 서울에도 남녀 공학을 하는 고등학교가 없어서, 남학생
들도 여학생들과 같이 공부하는 것은 처음일 것이어서 불편한 것은
그들도 마찬가지였을 것이고, 낯이 선 것도 비슷했을 것이다. 더구
나 우리 과의 남학생들은 보수적 지역인 남도 출신이 많았다. 여학생

은 서울아이들이 3분지 2였으니 그들은 우리보다 더 힘이 들었을지도 모른다. 그렇게 낯설어 하면서 1년이 지나갔다. 남학생과 여학생들은 거의 개인적인 접촉을 하지 않으면서 1학년이 끝난 것이다. 그건 새로 주어진 엄청난 자유 속에서 우리들이 모두 자기 식으로 사는 방법을 몰라서 허우적거리던 시기이기도 했다.

내가 동급생인 최신호, 이용현 두 교수와 편안하게 점심 식사를 같이 하러 다닌 것은, 그 후 30년이 지난 1980년대였다. 안식년이 없던 시기여서 박사학위 논문을 쓰는 교수들은 학교를 쉬고 지방대에 주 1회만 출강하면 되는 제도가 있었다. 그때 나간 학교가 인하대였다. 거기에는 아는 사람이 최 선생과 이 선생 외에 성기열 선배가 있을 뿐이어서 만나면 너무 반가웠다. 그 오랜 세월을 거쳐서 그분들은 드디어 나의 가장 편안한 동족이 된 것이다.

대여섯 살 된 아이들은 친구집에 놀러 가자고 졸라대다가, 막상 데리고 가면, 그때부터 돌아 앉아 상대방을 애써 외면하면서 혼자 노는 일이 많다. 그 친구와 사귀고 싶어서 간 건데 소통하는 방법을 모르기 때문에 따로 놀기를 하는 것이다. 그러면서 자꾸 다시 가자고 조른다. 그건 어떻게든 다가서고 싶다는 표시인데, 소통 방법을 몰라서 모색하고 있는 상태라고 할 수 있다. 외손자에게 친구가 찾아와서 그렇게 따로 노는데, 딸이 그냥 보고만 있어서 의아해 했더니, 그런 것을 '파랄렐 풀레이'*라고 한다고 알려 주었다. 그들은 지금 평행선으로 놀고 있는 것이니까 자연스럽게 친해질 때까지 지켜보면 된다고 했다.

대학 1학년 교실에서 처음 만난 남녀 학생들도 어린애들처럼 모두 파랄렐 풀레이를 하고 있었던 것 같다. 관심은 많고, 같이 놀고 싶은 마음도 간절한데, 소통 방법을 몰라서 모색하고 있는 과정이었다고 할 수 있기 때문이다. 사실 세상에서 클래스메이트처럼 동질성을 많이 지니는 인간관계는 없다. 그들은 12년간 같은 시대에, 같은 교과서를 배우며 자랐고, 같은 시대적 분위기를 공유한다. 우리 세대는 일제시대와 해방공간의 혼란과, 6.25, 1.4 후퇴 등의 체험을 공감대로 가지고 있다. 우리는 모두 초등학교 음악 시간에 일본 군가를 배웠고, 조회시간에는 궁성요배를 했으며, 공부 대신 근로동원을 했다. 해방과 전쟁을 같이 겪으면서 고등학교를 절반밖에 못 다녔고, 염색한 군복 쪼가리를 걸치고 다니는 가난도 공유하면서, 거기까지 같이 걸어온 동류들인 것이다. 개별적인 체험의 질은 다르겠지만, 공분모는 같을 수밖에 없으니, 동시대인으로서의 공감대가 더 짙었다고 할 수 있다.

그런 데다가 대학에서는 반장을 뽑지도 않고, 성적순으로 아이들을 줄 세우지도 않으니, 직접적인 경쟁을 할 쟁점도 없어서, 특별히

---

* Parallel play: 교육 용어. 2-5세의 아이들이 나란히 앉아서 제가끔 혼자 노는 것.

누군가와 척을 질 일이 별로 생기지 않는다. 서로 동성 친구들과 어울리고 다니면서, 제각기 자기 일을 해 나가는 청춘들. 그들은 이성 친구들을 저만치에 두고, 같은 방향을 향해 직선으로 전진하면서, 접점을 모색하고 있었던 것이다.

그렇다고 왕조시대에 사는 것은 아니니까 현대문학 분과 학생들은 강의실에서 자주 만났다. 서로 책을 교환해서 보기도 하고, 노트를 빌리기도 하고, 아르바이트 자리를 알아봐 주기도 하면서 우호적인 관계를 유지해 간 것이다. 우리 학년은 여학생 수가 많았고, 선후배들과도 친해서 여학생끼리는 사이가 좋았는데, 아직 남학생들과는 특별히 친한 학생이 없는 채로 부산시대가 마감되었다. 같은 남자라도 선배는 동급생보다는 훨씬 임의로웠다. 어른이라고 생각하기 때문이다. 어른을 동무로 삼을 수는 없으니 선배는 남자가 아니라 그냥 선배였다. 2년 선배 중에는 경기 선배인 김순익 언니도 있어서 우리는 동급생보다는 2년 선배들과 먼저 친했다.

우리 학년에는 여학생이 여섯 있었다. 진현숙과 내가 경기여고, 중앙여고를 나와 나중에 추계대 총장을 지낸 송복주와, 동덕여고에서 온 김계란이 있었다. 시인 박정숙은 경상도 출신이고, 요절한 이애주는 목포여고였다. 그전까지는 여학생의 수가 하나나 둘이었으니 장족의 발전을 한 것이다. 전 학년을 다 합해도 여학생 수가 열 명 정도밖에 안 되니 여학생끼리는 선후배 차별 없이 잘 어울릴 수 있었다.

입학하고 얼마 안 있어 학회와 신입생 환영회가 같이 열렸다. 남포동에 있는 음식점에서 열린 환영회에서 우리는 처음으로 유명한 선배님들과 만났다. 교과서에서 배운 학자들이 모두 우리 선배였던 것이다. 그분들의 뒤를 따라가면 세상이 더 잘 보일 것 같아서 든든했다. 학회가 있은 직후여서 본교 출신이 아닌 분들도 많이 섞여 있었다. 선배들은 수가 너무 많았고, 모두 남자였다. 어른남자들이 그렇게 많은 자리에 동참하는 것은 생전 처음이어서 여학생들은 몸둘 바를 몰라했다.

그건 너무너무 낯선 세계였다. 학교에서도 남자들이 낯이 설어 불편했는데, 거기에서는 어른남자들까지 합세하니 몸이 오그라드는 것 같았다. 그때의 불편하던 기분이 쉬 사라지지 않아서 나는 졸업 후에도 학회에 나가지 않았다. 대학교수를 하면서 학회와 인연을 맺지 않은 것은 잘한 짓이 아니어서, 여러 가지로 불이익을 당했지만 개의치 않았다.

새내기 여학생들은 젊은 교수인 정병욱, 전광용 선생이 계시는 테이블에 앉았다. 정한모, 정한숙 선생도 같이 계셨다. 생전 한 번도 유년기 같은 걸 가져 보지 않은 것 같이 근엄하고 거대해 보이는 대선배 교수님들은 어려웠지만, 오빠 또래의 젊은 교수님들은 덜 낯이 설어서 훨씬 편안했다. 그런데 술이 몇 순배 돌아가자 모든 남자분들이 언성을 높이기 시작했다. 대화를 하는 것이 아니라 각기 자기가 하고 싶은 말을 하는 건데, 무언가에 화가 잔뜩 나 있는 것처럼 보이는 분들도 있었다. 선생님들도 모두 실향민이어서, 가슴에 울분이 가득 차 있었던 것이다. 기독교 집안에서 자란 나는 술 마시는 어른남자들과 동석한 게 생전 처음이었다. 그렇게 많은 남자들이 모두 술을 마시고 있는 것은 아주 기이해 보였다. 세상 끝에라도 온 것처럼 막막하고 암담했다.

노래를 부르고, 소리를 지르며, 울분을 터뜨리던 피난민 학교의 선배들과 교수님들……. 그들은 모두 이방인처럼 보였다. 그날의 예감대로 그 집단은 여학생들을 끝내 자기들이 그어 놓은 테두리 안에 넣어 주지 않았다. 국문과는 다른 과보다 더 심해서 여자 졸업생들은 돌봐 주는 교수님이 안 계셨다. 여자들은 천상 제 힘으로 사회에 나가는 수밖에 길이 없어서 제대로 된 직장을 가지기가 어려웠다. 여자 동창들이 모이면 서울대에서는 여학생을 뽑지 않는 게 옳다는 말이 나올 정도였다.

교수님과 선배들과 재학생과 신입생, 그렇게 이질적인 사람들이 모여 있는 집단을 이어 주는 끈이 하나 있었다. 군복이다. 재학생도 졸업생도 신입생도 모두 군복을 염색하거나 탈색한 옷들을 입고 있었다. 교수님들도 마찬가지였다. 어떤 선배는 아예 군인 제복을 입고 있기도 했다. 신사복을 입고 있는 분들도 옷차림이 후줄근하기는 마찬가지였다. 대부분이 '우라가에시'*를 한 옷이기 때문이다. 그 시절

---

* 일본어인 '우라'는 한자로 '裏'이고 '가에시'는 '返'이다. 뒤집는다는 뜻이다. 우리나라 사람들은 60년대 초까지도 양복을 뒤집어서 다시 해 입었다. 좋은 양복감은 홍콩이나 마카오에서 밀

에는 신사복이 낡아지면 뒤집어서 새로 만들어 주는 양복점이 있었다. 그걸 '우라가에시'라고 했다. 우라가에시를 하면 단추의 방향이 달라지니까 먼저 있던 단추 구멍을 뭉개 버려서 그 자국이 상처처럼 선명하게 남는다.

여학생들도 더러 개조한 군복 재킷 같은 것을 입고 다녔다. 철도청에서 배급 나온 카키색 남자용 반코트를 그냥 입고 오는 여학생도 있었다. 구두도 미군에서 흘러나온 굽이 투박한 하이힐이 많았다. 우리는 그걸 돼지발톱구두라고 불렀다. 미군 부대에서 간호원과 여군들이 신는 실용적인 구두다.

그런 신발이나 군복이 아니면 몸을 가릴 것이 없었던 사람들이 모인 피난 학교의 신입생 환영회……. 갈래머리를 한 내가 들고 있는 일본책을 보고 정한숙 선생이, 읽을 줄 아느냐고 물으셨던 생각이 난다. 한글로 된 책이 없어서 일본인들이 버리고 간 책을 읽어야 하는데 실력이 모자라서, 일어를 혼자 익혀가며 책을 읽은 우리 세대의 아픔을 선배들은 모르셨던 모양이다. 읽을 수 없다면 뭐 자랑스런 일이라고 일본책을 들고 다니겠는가?

구덕산 기슭에 있던 서울대 캠퍼스에는 울타리가 없었다. 산비탈에 사무실, 학장실까지 합해서 여남은 개 널려 있는 바라크 교실은

수해 왔기 때문에, 그런 옷을 입은 멋쟁이를 '홍콩 신사'나 '마카오 신사'라고 부르기도 했지만, 대부분의 사람들은 우라가에시를 한 옷이나 염색하거나 탈색한 군복을 입으며 난시를 견뎠다.

바닥이 맨땅이어서 비가 오면, 산에서 물이 흘러 들어와 강의실 바닥에 물길이 생겨난다. 초창기에 지은 교실에는 유리창도 없다. 벽 위에 텐트만 쳐져 있어서, 텐트를 들쳐야 햇빛이 들어왔다. 비가 오면 텐트를 내려야 하는데, 그러면 통풍도 안 되고 어두워서 강의를 하기 어려우니까, 비가 들이치는데도 텐트를 다 내릴 수 없었다.

나란히 지은 강의실에서는, 옆방에서 구술口述하는 강의 소리가 다 들린다. 책이 없는 때여서 대부분의 강의가 구술 식이어서 옆방 교수님이 읽는 강의 내용을 한 시간 내내 들어야 한다. 그러면서 자기 강의 노트도 작성해야 하니 헷갈리고 힘이 든다. 이숭녕 선생님 '국어학개설' 시간이었는데, 옆 강의실에서 생물과 선생이 'blood'를 계속 '불루드'라고 발음하셨다. 그 선생이 '불루드'라고 할 때마다 우리 선생님이 질색을 하신다. 우리는 그 선생에게 '불루드 선생'이라는 별명을 붙여 드렸다.

하지만 그런 상황에서도 명강의에는 학생들이 몰려들었다. 부산 시절에는 박종홍 선생의 '철학개론'이 인기 절정의 과목이었다. 당시에 유행하던 실존철학을 강의하셨기 때문이다. 선생님이 강의하는 대형교실은 제대로 벽과 유리창을 갖춘 건물이었는데, 도강하러 온 다른 대학 학생들이 너무 많아서 창문을 열어놓고 강의를 했다. 문 밖에 가마니를 잔뜩 깔아 놓으면 거기 앉아 귀동냥을 하는 것이다. 그 시간에 우리는 '앙가쥬망engagement'이라는 말을 배웠고 'a priory', 'en-soi, pour-soi', 'aufheben'* 같은 단어들을 배웠다.

박종홍 선생은 키가 크고 온후한 모습의 신사셨다. 인품이 스며 나오는 것 같은 탈속한 분위기를 가진 선비형 학자였던 것이다. 예나 지금이나 대학생들은 한참 건방질 나이어서, 뒤에서는 선생님들께 존칭을 붙이는 법이 없다. 대체로 '아무개'라고 이름을 부른다. 심한 경우에는 '개'라고 할 때도 있다. 그런데 뒤에서도 존칭을 붙여 부르는 교수님이 두 분 계셨다. 박종홍 선생과 이희승 선생이다. 안 보이는 데서도 존칭이 저절로 우러나오는, 그런 스승을 가졌던 것은 피난학교 학생들의 홍복이었다.

먹을 것도 입을 것도 없었던 전시의 헐벗고 가난한 학생들, 책이 없어서 제대로 강의를 할 수 없었던 교수님들이 모여 있는데도, 대학은 여전히 풍요로운 요람이었다. 판잣집에 오그리고 앉아 강의를 들어도 마음속에서 무한대로 넓어지던 캠퍼스의 바운더리.** 그것을 따라 우리의 꿈도 희망도 한정 없이 커져 갔다. 거기에는 나같이 병약한 학생에게 포도당 주사를 놓아주는 양호교사 같은 건 없다. 출석일수가 모자라는 학생을 졸업시키려고 진땀을 빼는 담임 선생님도 없다. 모든 것이 자유 속에 내던져져 있는 것이다.

---

* 실존주의에서 쓰는 용어들.
  - Engagement: 정치나 사회문제에 자진해서 적극적으로 참여하는 것을 가리킴.
  - A priory : 선험적先驗的.
  - En-soi, pour-soi: 즉자卽自, 대자對自.
  - Aufheben: 지양
** Boundary: 테두리, 分界線.

자유가 그렇게 겁나고 허허로운 것인 줄을 우리는 미처 모르고 있었다. 건강 관리도, 등록 문제도, 옷차림도, 모두 자신이 알아서 해결해야 하는데, 새내기들은 아직 그 자율을 소화해 낼 능력이 없었다. 새로 주어진 엄청난 자유 속에서 그들은 자기 목소리를 못 찾아서 허우적거리고 있었다. 모든 것이 뒤숭숭하고 지리멸렬한 분위기였다. 그런데도 그 초라한 집단은 아름답고 풍성했다. 젊음과 미래를 가지고 있었기 때문이다.

너무 많아진 자유가 처음에는 버거웠지만, 나는 대학이 적성에 맞았다. 기본적으로 이수해야 하는 다른 과의 필수과목이 있기는 하지만, 그것만 넘어서면 대학에는 선택의 자유가 넉넉했다. 자기가 원하는 분야와 전공을 고를 자유 말이다. 전공뿐 아니라 부전공이나 선택과목도 마음대로 고를 수 있었다. 내가 꿈에 그리던 배움터가 바로 그런 자유로운 캠퍼스였다. 자신의 시간표를 자기가 짜는 곳……. 대학은 나처럼 혼자 결정하는 것을 좋아하는 학생에게는 너무나 고마운 곳이었다. 하고 싶은 공부만 하게 내버려두는 학교가 세상에 있다니……. 꿈만 같았다. 세상의 모든 자유가 그러하듯이 대학의 자유에도 책임이 따랐다. 신입생들이 천방지축으로 아무 과목이나 수강 신청을 해도, 간섭하는 사람이 하나도 없다. 그 대신 서투른 선택을 하면 소리 없이 학점이 안 나온다. 소리 없이 학적이 없어진다. 자유라는 이름의 무서운 함정이 거기 있는 것이다.

오리엔테이션도 제대로 받지 않은 신입생들은 문과와 이과 사이에 선택과목의 제한이 없는 묵직한 강의 시간표를 받아 들고 아우성을 치며 몰려다닌다. 독인지 약인지 모르면서 아무 음식이나 우선 먹어보는 새끼쥐들처럼, 새내기들은 아무 과목이나 마구 신청을 해서 봉변을 당한다. 나도 마찬가지였다. 심리학이 이과에 속한다는 것조차 몰랐던 나는 '인격심리학'이라는 매력 있는 제목에 홀려서 심리학과의 전공과목을 신청했다가 된통으로 당했다. 모르모트를 가지고 실험하는 과목을 심리학의 대가이신 이진숙 교수님이 담당하고 있음을 알고 얼마나 놀랐는지 모른다. '소셜 플래닝Social Planning'이라는 과목도 마찬가지였다. 사회학과의 전공과목을 사회학이 무언지도 모르는 타과의 신입생이 신청을 했으니 탈이 나지 않을 수 없다. 초급불어만 배운 불어 실력으로 '불란서 낭만주의 시'를 신청했다가 혼이 난 일도 있다. 라마르틴느, 유고, 뮈세 등의 원시 강독이었으니 감당하기가 어려울 수밖에 없었다. 그렇게 거듭 실수를 하면서 1년을 다녔더니, 들어야 할 과목과 안 들어야 할 과목을 분별하는 능력이 길러졌다. 매력은 있으나 학점 따기가 어려워 보이는 과목은 청강만 하는 요령도 알게 되었다. 그것 하나만으로도 그 1년은 값있는 교육의 과정이었다고 할 수 있다.

그런 실수를 통해서 우리는 조금씩 성장해 갔다. 2학년이 되자 혼자서 복수전공 학점을 채울 계획을 세울 만큼 우리는 성숙해졌다. 아직 복수전공 제도가 없을 때였는데, 나는 선택과목을 불문학으로 하면, 졸업할 때 불문과 학생들과 같은 학점을 딸 수 있다는 것을 알게 되었다. 혼자서 복수전공을 성취한 셈이다.

　수백 개의 과목이 나열돼 있는 수강신청 자료 앞에서 자기가 들을 강의를 척척 찾아낼 안목이 생겼을 때, 이미 우리는 프레시맨이 아니었다. 열람실과 도서관이 구비된 동숭동 캠퍼스로 귀환할 무렵에는, 우리의 내면도 자율에 길이 들여져서 새로운 질서가 잡혀가고 있었다. 교재가 갖추어지지 않아서 강의 시간에 배운 것은 정말로 놀랄 만큼 적었는데, 우리는 스스로 공부하고 스스로 결정하는 법만은 확실하게 배우고 진급했다.

3. 바다

구덕산의 허름한 가교사에는 특혜처럼 어디에서나 바다가 보인
다. 진흙이 달라붙은 발로 땅을 디디고 서 있어도, 눈을 들면 저만치
에 언제나 바다가 기다리고 있다. 송도와 영도가 보이고 멀리 오륙도
가 가물거리는 태평양 바다다.

오륙도 다섯 섬이 다시 보면 여섯 섬이…….*

---

* 오륙도 다섯 섬이 다시 보면 여섯 섬이 / 흐리면 한두 섬이 맑으신 날 오륙도라 / 흐리락 맑으
락 하매 몇 섬인 줄 몰라라

취하여 바라보면 열 섬이 스무 섬이 / 안개나 자욱하면 아득한 빈 바다라 / 오늘은 비 속에 보
매 더더구나 몰라라

그 옛날 어느 분도 저 섬을 헤대 못해 / 헤던 손 내리고서 오륙도라 이르던가 / 돌아가 나도 그
대로 어렴풋이 전하리라

이은상의 시조 「오륙도」

그런 시를 읊으며 바다를 보면, 인생은 그저 풍요롭기만 한 하나의 향연 같았다. 하늘의 표정을 민감하게 반영하는 바다의 민감성. 무한정한 수해水海를 채운 엄청난 물이 주는 푸짐한 안정감. 모든 허접스러기를 받아안고도 언제나 맑은 수면을 유지하는 바다의 포용력, 언제나 같은 가락을 잃지 않아서 불안정한 우리의 내면을 다독여 주는 파도의 항심恒心…….

> 임은 뭍같이 까딱도 않는데
> 파도야 어쩌란 말이냐.*

바다를 통하여 우리는 유치환처럼 타인에게로 가는 길의 험난함도 알게 되었고, '사랑'이라는 겁나고 현란한 단어도 익혀갔다. 바람이 자주 불고, 불이 자주 나고, 가마솥을 엎어 놓은 것 같은 완강한 산들이 고집스럽게 바닷가까지 다가서 있는……. 지저분하고 어수선했던 임시수도 부산. 골목마다 판잣집이 꼴깍꼴깍 차 있던 그 암담한 고장에 바다가 있어, 우리를 쓰다듬고, 우리와 함께 포효하며, 우리와 함께 울어 준 그 고마움을.

포탄이 머리 위에서 작렬하고 있어 생명은 장작불처럼 소리 내며 타오르고, 책은 구할 길이 없어 한 번 잡으면 다 머리에 새겨 넣어야

---

* 유치환 의 시 「그리움」의 일절.

했던 그 기적의 항구. 삽시간에 신랑을 잃은 청상들이 모본단 이불을 뜯어 두 폭 치마를 해 입고 허둥대던 그 허무의 거리. 그 환란의 거리.

전란의 시기는 통틀어 광기였고, 그러면서 동시에 허탈이었고, 그러면서 동시에 치열한 욕망의 소용돌이였다. 꿀꿀이죽처럼 징근한 기름기가 엉겨서 돌던 삶의 끔찍한 소용돌이. 그래도 거기 내가 있었던 것을 하나님께 감사하고 싶은 것은, 거기 바다가 있었고, 우리에게는 젊음이 있었기 때문이다. 젊음이야 어느 시댄들 소용돌이가 아니었던 적이 있는가?

서울대 문리과 동숭동 캠퍼스

V

나의 동숭동 시절 ······ 1953년 10월–1956년 3월

1. 하숙집의 6.25

1952년에 입학한 우리의 대학생활은 카오스 속에서 시작되었다. 구덕산 기슭에 세워진 가교사는, 항구의 거센 비바람이 몰아치면 강의를 중단할 수밖에 없는 천막 건물이었다. 수도도 화장실도 없는 판자촌에서의 가정생활도 엉망이었다. 길마다 양쪽으로 판잣집이 즐비해서 도시의 기능도 정상적이 아니었다. 정부가 수립된 지 2년 만에 전쟁이 터졌으니 정치도 경제도 모두 뒤죽박죽이었다. 그 혼돈의 천지를 카키색이 뒤덮고 있었다.

휴전협정이 성립되고 대학이 서울로 옮겨 온 것이 1953년 9월이다. 그때 우리는 2학년 2학기였다. 서울에 있던 집이 폭격으로 타버려서 우리 집은 환도하는 일이 어려웠다. 결국 혼자 올라오게 되었으니 대학의 환도는 나에게는 또 하나의 시련이었다. 기숙사도 알아보고 자취방도 찾아보다가 돈암동 친지 집에 하숙을 정하느라고 시간이 걸렸다. 내가 상경한 것은 새 학기가 시작된 지 2주 정도 지난 시기였던 것 같다.

하숙집 주인은 어머니의 동갑 친구였다. 방이 세 개인데 건넌방을 내게 주었다. 동도극장 뒷길에 있던 그 집은 원래 친척 어른의 소유였다. 보성학교 교사였던 그분은 2남 1녀를 두셨다. 큰아들은 어렸을 때 열병을 앓아 뇌를 다쳤다. 어느 날 놀러 가 보니, 30대의 그 남자는 똘똘해 보이는 어린 아들에게 땅에 줄을 그으며 무언가를 가르치려고 애를 쓰고 있었다,

"비호야. 이 어가이* 전차가 네 정거장이다. 알겠니?"

그분은 돈암동과 종로 4가 사이의 전찻길에 대해 어머니가 자기에게 하던 설명을 아들에게 복창하고 있은 것이다. 그는 같은 말을 되풀이하고 있었고, 아이는 그걸 재미있어 하며 아버지와 잘 놀았다. 둘째아들과 딸은 아주 출중한데, 둘 다 좌파 학생운동의 리더였다. 신촌에서 데모대가 시내를 향해 출발하면, 연대에서는 그 어른의 둘째아들이, 이대에서는 딸이 선두에 서서 플래카드를 들고 나와 화제가 되었다 한다. 그 집 따님은 키가 큰 미인이어서 사람들의 이목을 더 집중시켰다. 그러다가 아들이 잡혀, 중형을 선고받았다.

---

* '사이'의 함경도 사투리.

전쟁이 터지자 그의 생명이 위태로워졌다. 위험을 예감한 아버지가 염치를 무릅쓰고 형무소 교도관인 친척 청년에게 매달렸다. 내켜하지 않는 그를 다그쳐서 당신 아들을 빼돌리는 데는 성공했다. 하지만, 일이 탄로되어 도주를 도운 청년은 처형을 당했다. 그 청년이 이 집 가장이다. 아버지는 좌파가 아니었지만 9.28 때 아들 딸을 따라 북으로 올라가면서, 그 어른은, 아들 대신 죽은 청년의 아내에게 집문서와 돈을 다 주셨다. 그래서 그 미망인이 내 하숙집 주인이 된 것이다. 좌우익 어느 쪽 사상도 제대로 터득하지 못한 순박한 젊은 이가, 엉뚱하게 이념 싸움에 휘말려 억울하게 죽었고, 그 목숨값으로 받은 집에는, 20대의 미망인이 딸, 시어머니, 시동생과 같이 살고 있었다.

생전 처음 남의 집에 살게 된 나는 잔뜩 주눅이 들었다. 그 집 식구 중에는 낯선 사람이 많았던 것이다. 하지만 짐꾼에게 고리짝을 지우고 찾아갔더니, 시어머니인 어머니 친구가 반갑게 맞아 주었다. 경기중학에 다니는 막내아들도 사랑스러웠다. 남동생이 없는 나는 그 애와 친해지면서 그 집에 정이 들기 시작했다. 그 애와 나는 남매처럼 아침이면 혜화동까지 같이 걸어 가곤 했다.

그런데 한 달이 지나자 어머니 친구는, 사람을 더 두어야 생활이 유지되겠다면서 느닷없이 이대와 서울 약대에 다니는 자매를 데리고 왔다. 셋이 방을 같이 쓰게 된 것이다. 낯가림이 심한 나는 그 자매와의 동거가 불편해서 이가 들뜰 지경이었다. 낯선 사람들과 좁은 공간에 같이 사는 것이 너무 고통스러웠기 때문이다. 다행히도 다음 학기가 시작될 때에는 가족이 모두 상경해서, 남과 같이 자는 생활은 거기에서 끝났다.

2. 동숭동 캠퍼스

맑게 개인 10월 중순의 어느 날, 나는 처음으로 동숭동 캠퍼스와 만났다. 세로로 줄무늬가 있는 짙은 베이지색 무광택 타일로 지은, 품위 있고 격조 높은 2층 건물이었다. 영원히 이 나라를 지배할 작정이었던 일본 사람들은, 총독부, 서울역, 경성제대, 시청 같은 기본적인 건물들을, 아주 잘 지어 놓았다. 동경의 그것과 양식도 같고, 자재도 같게 지은 것이다. 상해에서도 그렇게 했다는 말을 들었다. 한 도시의 랜드마크가 되는 기본 건물들이 세 나라에 똑 같은 양식으로 지어져 있으니, 서양사람들 눈에는 한국과 중국이 모두 일본 영토로 보였을 것이다. 일본 사람들은 대동아공영권*의 이미지를 그렇게 시각화하였다.

---

* 大東亞 共榮圈: 아세아의 여러 나라들이 하나가 되어 같이 번영한다는 뜻. 일본이 동남아를 침략하면서 내건 슬로건이다. 일본의 침략을 미화하기 위한 구호였다.

경성제대의 대학본부도 동경제대의 고마바 캠퍼스와 같은, 짙은 베이지색 타일로 지어져 있었다. 그 건물을 서울대 문리대가 차지한 것이다. 1947년에 서울대학을 종합대학으로 만드는 과정에서 좌우익 학생들이 그 앞에서 크게 충돌하던 생각이 났다.* 남의 일같이 멀게 느껴지던 그 대학의 본부도 문리대 구내에 있었다. 서쪽 길 건너편에는 의과대학이, 남쪽에는 법과대학이 있었으니, 서울대의 중요건물이 모두 동숭동에 있었던 것이다.

6.24, 9.28, 1.4 후퇴, 서울 수복……. 그 전쟁의 소용돌이 한복판에 이 건물이 있었는데, 거짓말처럼 동숭동 캠퍼스는 상처를 별로 입지 않고 고스란히 그대로 남아 있었다. 9.28 때 마지막 며칠 동안 돈암동에서 서울이 불타는 것을 본 일이 있다. 성벽 너머에서 보니 시내가 몽땅 다 타버리는 것 같았는데, 동숭동 근처는 그 불길의 피해를 입지 않아서, 무너지거나 부서진 건물이 별로 없었다. 군인들이 쓰다가 9월 중순에야 내준 거라니까 쓰레기와 잡동사니가 많았을 것이다. 하지만, 한 달이 지났으니 거의 정리가 되어 있었다.

규모는 크지 않았으나 여러 동의 대학 건물들은 나무랄 데 없이 단정했고, 고전적인 구도에 의해 배치되어, 균형이 잘 잡혀 있었다. 무광택 타일의 중후한 외벽은, 대학본부와 길 건너에 있는 의과대학

---

* 國大案. 서울대학을 종합대학으로 만들려는 안을 말한다. 1947년 8월에 미군정이 국대안을 발표하자, 문리대 법대 상대 등을 중심으로 반대운동이 극렬하게 벌어졌다. 동맹휴학이 이어지자 휴교령이 내려졌고, 관련 학생 처벌 등으로 이어져서 분란이 커졌다. 군정당국이 수정안을 내고 모든 처벌을 철회하여 연말경에 마무리되었다. 좌파학생들이 반대운동을 주동했다.

까지 이어져서, 통일된 이미지를 만들어 냈다. 붉은 벽돌로 지은 신관은 그 건물들에 가려져 앞에서는 보이지 않았다

한국 제일의 대학다운 위용偉容이었다. 캘리포니아의 산속에 있는 대학에 입학한 외손자가 "이렇게 아름다운 환경에서 공부해도 벌을 받지 않는지 모르겠다"는 말을 언젠가 한 일이 있다. 1953년의 나도 동숭동 캠퍼스를 보면서 그 애와 비슷한 생각을 했다. 잘 손질된 은행나무와 마로니에, 라일락 같은 나무들이 알맞게 배치되어 오래된 건물들을 윤색해 주고 있는 캠퍼스는, 안정되어 있으면서 풍성한 느낌을 주어서 고마웠던 것이다. 누가 무슨 목적으로 지었건 상관할 필요가 없었다. 다행히도 전쟁이 망가뜨리지 않은 그런 아름다운 캠퍼스가 우리를 기다리고 있다는 사실만이 중요했다. 구덕산의 천막교실만 보아 오던 나는 탄성이라도 지르고 싶을 정도로 새 환경에 매혹되었다.

내가 처음 본 동숭동 캠퍼스에서는 벽 색깔과 잘 어울리는 은행나무에 단풍이 막 시작되려 하고 있었다. 단풍도 새내기 때가 더 이쁘다. 교정에도 은행나무가 많지만 울타리에도 같은 나무가 심어져 있었다. 그때는 학교와 길 사이에 개천이 흐르고 있었다. 개천 너머에 있는 가로수에도 은행나무가 많아서 우리는 한 달 동안을 은행나무 단풍과 함께 가을을 즐길 수 있었다.

나중에 가 보니 동경대의 고마바 캠퍼스에서도 주종을 이루는 나무는 은행나무였다. 늦가을에 축제가 있었는데, 키가 아주 큰 나무에

서 노란 은행잎들이 계속 지고 있는 중이어서 장엄했다. 그들이 학교를 지을 때, 건축 양식뿐 아니라 수종樹種도 같은 것을 택했다는 것을 알게 되었다. 그곳 나무들이 우리 대학 것보다 더 풍성하고 웅장해 보인 것은 대지가 넓어서 길이 길었고, 나무들이 키가 더 컸기 때문이었을 것이다. 내가 고마바에 갔던 것은 1993년이기 때문이다.

시월 말이 되니 다른 나무들도 단풍이 들기 시작했다. 정문에서 본관까지 가는 길에는 마로니에 나무들이 양쪽에 심어져 있었다. 잎이 넓고 키가 큰 이국종 나무다. 마로니에는 잘 손질이 되어 균형이 잡혀 있었다. 나는 그때 마로니에 나무를 처음 보았다. 빠리의 상징 같은 나무여서, 마치 오래 그리워했던 사람을 만난 것 같은 느낌이 들었다. 내가 읽은 소설 속의 빠리에는 언제나 마로니에 나무가 있었기 때문이다.

전아典雅한 잎새를 풍성하게 달고 있는 은행나무와, 잎새가 넉넉한 마로니에, 남성적인 플라타너스 같은 나무들이 알맞게 자라서, 오래된 건물들을 에워싸고 있었다. 보라색 라일락도 많았다. 키가 작은 라일락나무 사이사이에 벤치까지 놓여 있었다. 상상도 하지 못한 호사豪奢였다. 불란서 사람들은 균형이 잡혀 있는 상태를 '모든 물건이 제자리에 놓여 있다'고 표현한다. 그렇다. 동숭동 캠퍼스에는 모든 것이 제자리에 놓여 있었다. 그곳은 균형과 조화와 질서가 있는 세계였다.

몸이 부실해서 불안정한 상태를 견디지 못하는 나에게, 전시의 혼란은 계속되는 멀미요 악몽이었다. 그래서 동숭동 캠퍼스의 안정된 분위기와 균형미가 하나의 구원이 되었다. 그것은 내가 몇 년 동안 허우적거리며 빠져 있던 카오스에서의 탈출을 의미했다. 오래간만에 찾아낸 자그마한 코스모스*가 거기 있어 우리를 진정시켜 주었던 것이다.

이다카에 돌아온 오디세우스처럼 나는 거기에서 그리운 얼굴들을 만났다. 세 개의 아치로 되어 있는 본관 현관에서 제일 처음 만난 것은 고등학교 때부터의 친구인 진현숙과 이어령 씨였다. 반가웠다. 그들도 반가워서 눈이 빛나고 있었다. 복주와 계란이, 정숙이도 만나고 효자 언니, 순익이 언니도 만났다. 다들 죽지 않고 살아서 다시 한자리에 모인 것이다.

그 무렵에는 새로 나타나는 사람이 환호를 받는 존재였다. 늦게 나타날수록 환영을 더 받았다. 부산에서 뿔뿔이 흩어질 때 서로 주소를 적어 받을 수 없었기 때문에, 우리는 석 달 동안 서로 연락을 할 수가 없었다. 서울에 정착할 주소가 정해지지 않아서 불확실한 상황에서 헤어진 학우들은, 서로 소식을 모르다가, 예고도 없이 하나씩 하나씩 나타나니, 마치 저승에서 살아 돌아 온 사람을 맞는 것 같은 기분이었던 모양이다. 여학생들은 새 친구가 나타나면 반가워서 펄쩍펄쩍 뛰기도 하고, 껴안고 돌아가기도 하며 법석을 떨었다. 긴 방학이 상대방의 빈 자리를 그리움으로 채워 주었던 것이다. 친구들은

---

* 질서 있는 우주. 카오스에서 벗어나 질서가 있는 세계.

모두 늦게 나타난 나를 환영해 주었다. 그날 나타난 것은 나밖에 없었기 때문이다. 그들의 축복 속에서 또 하나의 새로운 대학생활이 시작되는 순간이었다. 강의가 제대로 진행되고 교재도 갖추어진 본격적인 대학생활 말이다. 동숭동에는 학과 연구실도 있고, 도서관도 있고, 대학본부도 있었다. 그 당연한 것들이 특혜를 받은 것처럼 고마웠던 것은 오랜 결핍의 생활 덕분이다.

학생들의 옷차림도 훨씬 안정되어 있었다. 여학생들은 한복을 입은 사람이 많았다. 남학생들도 제대로 된 셔츠를 입은 사람이 늘었다. 통일은 되지 못했지만, 이제 전쟁이 정말로 끝났구나 하는 실감이 왔다. 현숙이와 같이 가서 등록을 마치고, 수강신청을 했다. 전공과목 외에 손우성 선생의 '낭만주의론'과 '19세기 불란서시'와 '18세기 영시' 등을 선택했다.

1학년 때에 우리를 놀라게 한 것은 상급생들이 받는 장학금이었다. 교양과목이 많은 데다가 수강신청을 잘못해서 1학년들은 장학금을 거의 받지 못하는데, 상급생들은 절반 이상이 장학금을 받고 있었다. 그런데 서울에 오니 우리도 상급생이 되어 있어서 장학금을 받기 시작했다. 내게도 장학금이 나왔다. 집에서 겨우 등록금을 채워 와서 간신히 등록을 끝냈는데, 현금으로 장학금을 받은 것이다. 등록금이 만 환 정도인데 5천 환이 나왔다. 등록금의 반이다. 액수를 적게 하는 대신에 여러 사람에게 혜택을 주었는지 장학금 받는 학생이 많았다.

첫 장학금을 받아 가지고 너무 신이 나서 막 돌아서는데, 같은 반 남학생이 그 돈을 빌려 달라고 사정을 하기 시작했다. 집에서 그날 돈이 온다고 했는데 안 와서 휴학을 하게 생겼다는 것이다. 우리 집 식구들은 향학열이 높은 편이어서 남의 등록금에도 취약하다. 우리 어머니는 내가 입학할 때 자기 자식 등록금도 겨우 마련했으면서, 내 친구가 돈을 못 만들어 입학이 취소 되게 생기니까 서슴지 않고 마지막으로 남아 있던 금반지를 팔아서 빌려주었다.

누구에게 돈을 빌려줄 형편이 아닌데 어머니처럼 나도 장학금을 결국 그 친구에게 빌려주고 말았다. 너무나 허망했다. 생전 처음 받은 장학금은 잠시 동안 내 손 안에 있다가 꿈처럼 곧 사라져 버린 것이다. 그리고 돌아오지 않았다.

학과 사무실에 가서 선후배들을 만나고 선생님들도 만났다. 국문과 사무실은 교정 서북쪽에 있는 붉은 벽돌로 된 별관에 있었다. 교정은 대충 정돈되어 있는데, 건물 내부에 들어가 보니, 그곳은 아직도 엉망이었다. 집기들과 책들이 여기저기에 무더기 무더기 쌓여 있었다. 그것을 분배하고 정돈하는 일이 새 학기의 첫 과제가 되었다. 연구실의 집기들을 조금이라도 좋은 것으로 골라 오려고 남학생들이 전력투구를 하고 있었다.

도서관에서 나온 일본어로 씌어진 책들이 이곳저곳에 뒤죽박죽으로 쌓여 있었다. 그걸 분류해서 학과별로 나누어야 한다. 직원이 모자라니 분류하고 분배하는 일도 학생들이 하게 되어 분배 과정에서 승강이가 벌어졌다. 이해가 상충하는 학생들이 자기네끼리 분배하니 복잡했던 것이다. 원어로 된 책은 문제가 없었다. 그 언어의 주인이 찾아가면 되기 때문이다. 문제는 일본말로 된 문학 이론서와 세계문학전집 같은 번역서들이다. 세계문학전집은 모든 순문학과가 다 필요로 하는 책인데, 책은 한 벌밖에 없으니 문제가 생기지 않을 수 없다. 불문과, 영문과, 독문과 학생들은, 자기들의 전공 국가의 작가들 작품을 번역한 것은 모두 자기네 전공서적이라고 우겼다. 하지만 국문과 학생들은 우리 나라의 현대문학을 연구하기 위해 그 모든 나라의 작품들을 읽어야 하니 세계문학전집 전체가 필요했다.

마지막까지 해결이 나지 않은 과는 국문과와 영문과였다. 문학 이론서 때문이다. 우리 과의 이어령 씨와 영문과의 김용권 씨가 마지막까지 승강이를 벌이던 생각이 난다. 문학 이론서들은 우리도 필요하니 양보할 수 없었던 것이다. 결국 비율을 정해서 나눠 가지기로 하고 끝이 났던 것 같다. 한 권 한 권 임자가 정해지면 여학생들은, 누가 빼앗아라도 가는 것처럼 재빨리 그것들을 자기네 연구실에 날라 갔다. 서점에서 책을 살 수 없으니 도서관의 책은 어느 과 학생에게나 그렇게 갈급하게 필요한 지적 자원이었던 것이다.

그렇게 난리를 친 결과 얼마 안 있어 학과 사무실에 읽고 싶은 책들이 꽤 많이 꽂히게 되었다. 살 것 같았다. 학생이 적으니까 순서를 정해서 돌려 가면서 보면 자기 차례가 오기 때문이다. 복사기가 없으니 빌려오면 요약을 해서, 일일이 노트와 카드를 만들어야 한다. 시간이 많이 걸리는 공부법이다. 이론서뿐이 아니다. 작가들의 작품집이 없으니 텍스트 자체를 베껴야 하는 경우도 있다. 이상 전집이 나오기 전이어서 논문 자료를 모으기 위해 나는 도서관에 가서 작품 자체를 베껴 쓴 일까지 있다. 수필 한두 편을 베끼는 데 한나절이 걸렸다. 그러니 제대로 된 졸업논문을 쓸 수가 없다.

캠퍼스의 흐슨한 분위기

그 시절에는 이상하게도 교정 구석구석에 우체통처럼 출석함이 세워져 있었다. 강의와는 별도로 그날 학교에 왔다는 것을 알리는 장치였다. 장난이 심한 남학생들은 등교하고도 거기 출석 신고를 하지 않는다. 여학생들에게 부탁하는 재미 때문이다. 그래서 우리는 남학생들의 대리 출석표를 날마다 몇 개씩 써 넣어 주었다. 우리가 아니면 쟤들은 졸업도 하지 못할 거라면서 여학생들은 한심해 했고, 남학생들은 거기에서 자기에 대한 상대방의 친밀도를 읽으려 했는지도 모른다. 하지만 부탁하는 쪽도 받는 쪽도 모두 장난이었다. 출석 같은 걸 별로 중요시하지 않는 분위기였기 때문이다.

1953년의 동숭동 캠퍼스는 전반적으로 출석부 같은 게 유명무실할 정도로 흐슨하고 늘어진 분위기였다. 유종호 선생이 자유당 시절이 대학교수들에게는 천국이었다고 쓴 일이 있는데* 우리 때는 학생들도 마찬가지였다. 교수님들이 융통성이 많아서 휴강을 부담 없이 감행했던 것처럼, 학생들도 출석 같은 것을 대수롭지 여기지 않아서 나왔다 말았다 했다. 환도 직후여서 교수나 학생이나 모두 자리가 잡히지 않았던 것도 이유 중의 하나였을 것이다. 모두들 궁핍했던 시절이어서 선생님들도 여기저기 강사로 출강하느라고 정신이 없었다. 책보따리를 들고 다녀서 보따리 장사라 불릴 정도였다. 봉급도 제대로 안 나왔는지 두 대학에 나가던 교수님도 언제나 찌그러진 구두를 신고 다니셨다. 학생 중에도 풀타임 잡을 가진 사람이 더러 있었다. 그러지 않는 학생들도 대부분이 파트타임으로 일을 하여 지쳐 있었다.

　하지만 궁핍만이 이유의 전부는 아니었던 것 같다. 그 무렵의 동숭동에는 확실히 규범을 대수롭게 여기지 않는 자유로운 분위기가 감돌고 있었다. 정말로 공부를 잘하는 학생들은 강의실 보다는 도서관을 애용했다. 학교에 나와서도 출석함에 이름을 써 넣지 않는 학생들이 있었으니, 교수님들도 결강하는 것을 별로 대수롭게 여기지 않았던 것 같다. 강의실에서도 하얀 종이 한 장에 돌아가면서 이름을 적으면 출석 점고가 끝났다. 확인하지도 않으니 대리 출석이 얼마든지 가능했다.

　시험 감독도 흐슨했다. 손우성 선생 같은 분은 시험지를 나누어

* 『과거라는 이름의 외국』, 유종호, 현대문학사 2011년판, 68-71쪽, '1950년대의 대학가' 항 참조.

주고는 아예 문간에 가서 밖을 보며 서 계셨다. 너희들의 명예심을 믿는다는 표시였을 것이다. 그건 어찌 보면 학생들의 자존심을 기르는 교육법이었다고 할 수도 있다. 그래서 그런지 본래부터 커닝을 하지 않는 학생들은 감독이 허술해도 별로 흔들리지 않았다. 게다가 백지에 뭘 써서 내라는 식의 문제들이 많아서 남의 것을 베낄 기회도 많지 않아 그 방법이 어느 정도 성과를 거둔 것이라 할 수 있다.

규율이 빡빡한 공립 고등학교를 나온 나는, 그 흐슨하게 풀어진, 나태한 분위기가 별로 싫지 않았다. 무언가 자율성을 높이 평가받는 것 같기도 하고, 인격적인 대우를 받는 것 같기도 했기 때문이다. 하지만 예고 없이 하는 휴강만은 딱 질색이었다. 학교가 너무 멀었고, 학교 가기가 너무 힘들었다. 동숭로에는 버스가 다니지 않을 때여서, 종로 5가부터는 걸어가야 했으니, 예고 없이 휴강을 하면 화가 날 수밖에 없었다. 그래서 그런 교수의 강의는 다시 듣지 않으려 했다. 다행히도 국문과에서는 휴강이 그다지 많지 않았다.

교재 문제도 전보다 많이 나아졌다. 텍스트가 있는 강의가 많아졌기 때문이다. 국문과에서는 고전문학과 어학 강의 교재가 거의 출판되어 있었고, 현대문학에서도 백철 선생은 책이 준비되어 있었던 것 같다. 외국문학 교재는 그렇지 않았다. 에드거 앨런 포를 배울 때는 미군부대에서 유출된 페이퍼백 책을 각자가 사게 해서 교재로 쓰기도 했다. 어떤 선생님은 등사판으로 긁은 교재를 시간마다 나누어 주기도 했고, 아니면 학생들이 타이프를 쳐서 제가끔 교재를 만들어 쓰게 텍스트를 빌려주시기도 했다. 부득이한 경우에는 노트를 읽으면서 받아쓰기를 시켰지만, 부산 시대처럼 그런 강의가 주류를 이르지는 않았다.

외국문학 이론의 경우에 받아쓰기를 시키는 수업이 더 많았던 것 같다. 텍스트를 구하기 어려웠기 때문이다. 시 같은 것은 짧으니까 타이프로 쳐서라도 책을 만드는데, 이론은 텍스트를 다 쳐야 하니까 개인적으로는 복사본을 만들 수 없었다. 책 부족은 선생님들에게도 해당 되었다. 어쩌면 그쪽이 더 절박했을지도 모른다. 전란으로 인해 책을 모두 잃어버린 경우가 많았기 때문이다. 이희승 선생님처럼 사과 궤짝에 책을 담아서 미리 피난시킨 분들이 있기는 하지만, 6.25가 갑자기 터졌기 때문에 대부분의 학자들이 허둥대다가 그냥 두고 떠났고, 돌아와 보니 책은 모두 사라지고 없었던 것이다.

그러니까 어디에선가 겨우 구한 책을 선생님이 한 줄 한 줄 불러주셨고, 학생들은 진도가 안 나가더라도 받아쓰는 수밖에 도리가 없었다. 같은 선생님이 하는 강의라도 시와 이론서는 달랐다. 손우성 선생님은 시와 이론을 모두 강의하셨는데, 시는 각자가 타이프로 친 책을 준비하게 하셨고, '낭만주의론'은 받아쓰기를 시켰다. 하지만 부산시절에 비하면 전반적으로 교재가 있는 쪽이 우세해서 수업량도 그만큼 많아졌다. 고등학교의 전인교육이 질색이던 나는 자율을 존중하는 대학이 적성이 맞아서, 대학에 다니는 것이 재미있었다. 여러 가지로 미비한 것이 많았지만, 공부는 하고 싶으면 혼자서라도 할 수 있을 만큼 우리는 이미 컸고, 원하지 않는 과목은 안 해도 되니, 그 방만한 분위기를 즐길 수 있었던 것이다.

무슈와 마드모아젤

그 무렵의 문과대 학생들은 전공이나 부전공이 불문학인 경우가 많아서, 서로를 '마드모아젤'이나 '무슈'라고 부르는 일이 많았다. 한국말로 할 때에도 씨 자를 붙이거나 선생이라 했으며, 같은 학년끼리도 서로 공대말을 썼다. 아직 재학 중인데 나의 남자친구는 이따금 나를 드라마 「태양의 후예」에 나오는 유시진 대위처럼 '강 선생'이라고 부르기도 했던 기억이 난다. 요즘 아이들이 보면 너무 무겁다고 웃을 일이다. 내가 그를 '무슈 리'라고 불렀더니 우리 집에서는 혼란이 생겨났다. 다섯 살 된 조카는 그를 '몽수리 아저씨'라고 했고, 어머니는 '무수리'라고 했기 때문이다.

지난 여름에 미국에 있는 언니 집에 가서 「태양의 후예」를 빌려다 같이 본 일이 있다. 거기 나오는 남녀가 서로를 공대하는 것이 우리와 비슷하다는 생각을 했다. 그 경어법은 나쁘지 않았다. 서로의 인격을 존중하는 뜻이 스며 있었기 때문이다. 요즘 기준으로 보면 너무 무겁지만, 남자 친구를 '형'이나 '오빠'라고 부르거나 '얘! 쟤!' 하는 것보다는 낫다는 생각이 든다. 그 드라마에는 무리한 설정이 많았지만,

남녀관계는 좋은 점도 많았다. 자기 일에 대한 신념이 확고한 성인 남녀가, 낙랑공주처럼 사랑을 위해 조국을 버리는 짓 같은 것을 하지 않으면서도, 풋사랑처럼 싱그러운 사랑을 하고 있었기 때문이다.

하지만 그들의 사랑이 처지지 않고 새로웠던 것은 줄곧 농담 같은 가벼운 어투를 통해서 그것이 표현되기 때문이었던 것도 같다. 남자의 일주기에 여자가 사막에 제사상을 차려 놓고 우는 장면이 있다. 그런데 남자가 '꼭 살아 돌아오마'고 한 말을 회상하다가 여자가 혼자 중얼거리는 대사가, '엇다 대고 뻥이야!'였다. 우리 세대는 그런 상황에서 그런 말투가 나올 것 같지 않았다. 유교의 엄숙주의의 잔재 때문이다. 요즘 아이들은 화법이 새롭고 경쾌하다. 같은 작가의 「상속자들」 때에도 아이들의 화법이 상투적이 아니어서 뜨개질을 하면서 대사만 들은 일도 있다.

우리 때에도 학생들은 자기들만의 은어를 더러 썼다. 불어에서는 명사에 'er'을 붙이면 동사가 된다. 한국어에서도 그것을 시도하는 장난을 해 보았다. '토낀다'처럼 말이다. '천만에'에 nation을 붙여서 '천마네이션'이라 하기도 했고……. 어떤 학생이 bird를 '삐르드'라고 읽었다는 말을 듣고는 실력이 없는 친구를 '삐르드'라고 부르기도 했다. 모두 다 아는 진부한 이야기를 누군가가 시작하면, 한쪽에서 '촉국蜀國 흥망이 어제오늘 아니거든…….'* 하면서 추임새를 넣었고, 남

---

* 인조시대의 명장 정충신(1576-1636)의 시조에서 따온 농담이다. 두견새가 촉나라가 망한 것을 슬퍼해서 운다는 전제하에 씌어진 시니까, 그런 장난이 가능했던 것이다.

녀 학생이 개갈이 안 나는 화제로 말다툼을 하는 것을 보면, 저만치
서 친구들이 '아이구 쟤들 또 공무도하 공격도하公無渡河 公竟渡河*하고 있
네' 하며 혀를 찼다. 어느 시대에나 젊은이들은 자기들만의 은어를
쓰면서 조금씩 어른이 되어 가는 것 같다.

아르바이트

그 시절에 우리는 모두 너무 가난했다. 어떤 날은 명동에서 차를
마셨는데, 찻값이 없으니까 이어령 씨가 볼일이 있다고 말하고 나가
충무로 5가에 있던 집까지 가서 사전을 가져다 팔았다는 말을 들은
일이 있다. 그렇게 가난하니까 대부분의 학생들이 미국 아이들처럼
자기 용돈과 등록금을 자기가 벌었다. 나도 마찬가지였다.

서울에 온 후 목사인 형부가 기독교서회에서 교정거리를 얻어다
준 것이 나의 첫 아르바이트였다. 그런데 내가 틀리게 교정을 봐서,
일을 맡긴 김관석 목사님을 웃게 만들었다. '할 수 있다'의 '수'를 전
부 '쑤'로 고쳐 놓았기 때문이다. 그리고 보니 우리는 국사를 제대로

공산이 적막한데 슬피 우는 저 두견아
촉국 흥망이 어제 오늘 아니어늘
이제금 피나게 울어 남의 애를 끊느니

* '公無渡河 公竟渡河' 최초의 시가인 「箜篌引」의 첫 구절. 영화 제목이기도 한 「님아, 그 강을 건
너지 마오」가 '公無渡河'인데, '그예 건너는구려'하는 것이 '公竟渡河'이다. 개갈이 안 나는 남
녀 간의 승강이라는 뜻으로 학생들이 인용한 것이다.

배운 일이 없는 것처럼, 한글 맞춤법도 정식으로 배운 일이 없는 세대였다. 해방 후에 '한글 맞춤법 통일안'을 잠깐 배운 것이 우리의 한글 공부의 전부였다. 그 실력으로 대뜸 한글로 씌어진 교재를 가지고 모든 과목 공부를 하면서 학교를 졸업했으니, 기초가 근본적으로 취약했다. 그래서 서울대 국문과를 다니면서도 철자법이나 띄어쓰기를 제대로 알지 못했다. 대학에서는 그런 걸 가르치지 않기 때문이다. 지금도 나는 띄어쓰기를 많이 틀려서 책을 낼 때에는 젊은 사람들에게 감수를 받는다. 교정지 아르바이트를 할 때 김관석 목사님에게서 배운 지식 덕분에 실력이 좀 나아지기는 했지만, 기초 공부의 부실함은 잘 교정되지 않는다.

다음 아르바이트는 일본말 발레 책을 번역하는 것이었다. 발레 교재가 없으니 언니가 아는 대학의 발레 교수가 일본말로 된 교재 번역을 부탁했다. 발레 용어는 불어인데, 일본식으로 표기해 놓아서 처음에는 혼이 났다. 원어가 무언지 알 수가 없었던 것이다. 'Pas de deux'*를 '빠 도 도우'로, 'pirouette'**를 '삐루엣또'로 표기해 놓았기 때문이다. 불어를 배운 지 3년째 되던 때였으니까 불어사전에서 비슷한 발음을 더듬어 찾아 가며 발레 용어를 번역을 하느라고 진땀을 뺐다. 덕택에 지금도 나는 발레 용어들을 더러 기억하고 있다. 내게는 소용이 없는 지식이다. 하지만 기독교서회에서 나오는 '에큐메니

---

* 'Pas de deux': 발레 용어 '빠 드 두'. 두 사람이 같은 동작을 하는 춤을 말함.
** 'Pirouette' 발레 용어 '삐루에뜨'. 한 발로 서서 빠르게 도는 동작.

칼 운동'*에 대한 영어 팸플릿을 번역한 일은 많은 공부가 되었다.

3, 4학년 때는 이어령 씨가 장기적인 아르바이트 거리를 구해 왔다. 친구의 삼촌이 출판사를 하는데, 『세계문학사전』 번역을 그에게 맡겼던 것이다. 일본판에서 중역하는 일이었지만, 그 일은 문학공부에 많은 도움을 주었다. 여럿이 나누어서 하기는 했지만, 세계 모든 나라의 문인들에 대한 기초지식을 확실하게 얻을 수 있었기 때문이다.

데이트를 할 때였으니까 남편과 나는 손님이 덜 오는 다방을 일자리로 삼아, 거기에서 번역 일을 같이 했다. 지금의 세종호텔 뒤쪽 충무로 길에 '토향土香'이라는 이쁜 이름을 가진 다방이 있었다. 바깥쪽 가게는 비어 있고, 그 안쪽에 다방이 있어서, 흙의 향기 같은 것과는 인연이 없는 곳이었지만, 불편해서 사람들이 잘 오지 않으니 우리에게는 안성맞춤이었다.

학교가 끝나면 거기서 우리는 날마다 같이 앉아 일을 했다. 그가 자기 일을 보러 나가도 나는 거기서 돌아올 때까지 그를 기다리며 일을 계속했다. 늦으면 그가 집까지 데려다 주었다. 그이가 문리대 학보를 만들 때는, 학보 인쇄를 위해 선광인쇄소 옆에 있던 종로의 '복지'다방을 한동안 아지트로 삼기도 했다. 복지다방 여주인은 나중에 ○○학원을 세운 A선생이다. 그분이 문학애호가여서 말이 잘 통했다. 우리 커플을 좋아해서 우리가 몇 시간씩 죽치고 있어도 눈치를 주지

---

* Ecumenical운동: 1910년 J.R. Mott의 주도 아래 애든버러에서 시작된 세계교회 통합운동.

않았고, 내가 혼자 있을 때는 이따금 같이 앉아 놀아주기도 했다.

어느 날 그이가 학보 표지를 만들기 위해 '필립 모리스'라는 양담배를 사왔다. 브라운 계통의 여러 가지 톤이 점층적으로 처리된 담뱃갑의 색상을 표지의 칼라 샘플로 사용했다. A선생도 나처럼 그의 작업이 진전되는 과정을 함께 즐겼다. 우리는 표지가 나오거나 목차가 완성되면 기뻐하며 함께 축배를 들었다. 그분은 혼자 있을 때면 나를 보고 장난처럼 말했다. "이쁜이 학생, 저런 애송이와 결혼하면 고생한다. 내 말 명심해!"

1980년대의 어느 날, 평창동 우리 집에 보라색 카틀레아 화분이 배달되어 왔다. A선생 성함이 씌어져 있었다. 아버지가 독립지사였던 그분은 아버지의 이름을 따서 학교를 설립했고, 학교와 가까운 평창동으로 이사를 오셨던 것이다. 자기가 염려했던 것보다 우리가 잘 살고 있는 게 기특하다고, 그때부터 몇 년 동안 다달이 우리에게 양란을 보내 주셨다.

여자 혼자 하는 그 학교는 문제가 많아서 선생님이 고전을 하고 계셨다. 하필이면 내가 취직시킨 제자가 주동자가 되어 선생님을 괴롭히고 있어서 많이 죄송했다. 그 무렵에는 그분의 기억력이 쇠해져서 나를 자꾸만 '성 교수'라고 불렀다. 내가 여전히 성 교수로 보이는 상태에서 그분은 우리 동네를 떠나셨다. 우리 부부의 젊은 날의 멘토였던 난초 할머니와의 이별이다.

그다음에 자주 간 곳이 종로 5가에 있는 '호산나' 다방이다. 기독교 방송국이 근처에 있어서 교회 분들이 많이 오니까 아는 사람이 없어서 좋았다. 학교에서 두 정거장을 걸어와서 헤어지기 전에 이야기를 더 하기 위해 그 다방을 애용했다. 한잔 마시고 몇 시간씩 앉아 일을 해도 봐 주었으니 그 무렵은 다방 인심은 후했던 것 같다.

3. 캠퍼스 커플

긴 방학의 의미

500만 명이 넘는 희생자를 낳고 전쟁은 휴전형태로 일단 마무리되었다. 1953년 7월 27일 휴전협정이 체결되자 정부가 환도還都했고, 9월 중순에는 학교가 동숭동으로 돌아왔다. 3년 만에 제자리로 돌아오게 된 것이다. 그때 서울은 폐허에 가까웠으니까, 학생들도 학교도 모두 돌아갈 준비를 하는 데 시간이 필요해서 방학이 한 달 늘어났다. 어쩌면 한 달이 더 늘어날지도 모른다. 그동안 한강을 건너려면 도강증이 필요할 정도로 서울은 고립되어 있었으니, 서울이 어떻게 되어 있는지 알 수 없었기 때문에 누구도 확실한 일정을 잡지 못했다. 모든 사람에게 시계視界가 제로인 불안정한 상황이었다.

환도는 군사적으로는 전쟁이 끝난 획기적인 변화를 의미했지만,

공간적으로는 부산에서 서울로 이동하는 천 리나 되는 먼 여정을 의미했고, 시간적으로는 백일간의 긴 방학을 의미했다. 그 방학은 대학 2년생들에게는 각별한 의미를 지니고 있었다. 학교가 서울에 올 무렵이 되니, 클래스메이트끼리 좀 가까워졌기 때문이다. 세 학기를 같이 지내면서 서로의 개성을 가늠하게 되었고, 낯가림하던 버릇도 가셔서, 남녀 학생들 사이도 친숙해졌다. 그런 때에 긴 방학이 시작된 것이다. 많은 학생이 서울에 있을 곳이 정해지지 못한 상태여서, 서로 연락할 방법이 없었다. 앞으로 석 달 동안 서로의 안위安危를 알 수 없고, 다시 만날 수 없을지도 모르는 상황인데, 기말고사를 끝내면서 얼떨결에 헤어진 것이다.

그렇게 시작된 그 긴 공백은, 이성 클래스메이트에 대한 감정의 결을 점검하는 기회가 되었던 것 같다. 아주 중요한 무언가를 안에서부터 일깨워 주는 어떤 계기…, 누군가의 부재不在가 갑자기 상실감으로 다가오는 것을 느끼게 만드는 계기 같은 것 말이다. 그래서 그런지 서울에 돌아오자 캠퍼스 커플이 생겨나기 시작했다. 우리 과에서는 3년 선배인 이기문, 강신항 두 분이 동급생과 결혼을 했다. 몇 년 후에 우리 부부가 그 뒤를 이었다.

캠퍼스 커플은 다른 과에서도 생겨났다. 과가 다른 커플도 있었고, 사귀다가 헤어지는 팀도 있었다. 남학생이 다른 과의 여학생에게 '당신이 없으면 나는 죽습니다' 하고 절박하게 호소했더니, 여자애가 '그럼 죽으세요'라고 쿨하게 대답했다는 소문이 떠돌았고, 누군가가 자신의 사랑을 전하려고 손가락을 잘라 혈서를 썼다는 화끈한 풍문도 있었다. 어떤 남학생은 연모하는 마음을 시로 쓰기도 했다. "그대의 음성은 G현絃의 트레믈로"라는 아름다운 구절이 있었던 기억이 난다. 상대방의 학과와 성만 겨우 알아낸 정치과의 남학생이, 사랑의 편지를 써서 국문과의 같은 성을 가진 다른 여학생에게 인편을 통해 잘못 전달한 해프닝도 있었다. 셰익스피어의 「한여름 밤의 꿈」*에나 나올 것 같은 흥겨운 장면이다.

그런 핑크빛 풍문은 어쩌면 조화로운 정원과, 거기 알맞게 놓여 있는 벤치 같은 데서 생겨나는 것인지도 몰랐다. 부산에서는 없었던 일이기 때문이다. 역시 로맨스는 아름다운 배경을 필요로 하는 것 같다. 미인 숭배열도 만만치 않았다. 척추 가리에스를 앓다가 요절한 아름다운 고교 동창이 있었다. 그 애는 대리석에 조각한 것 같은 단아한 얼굴에, 결핵 환자 특유의 홍조紅潮를 띠고 있어, 환상적인 아름다움을 발산했다. 어느 봄날에 그 애가 어학 연수실 쪽에서 나타나자 몇 십 명의 남학생들이 긴 호弧를 그리며 그 뒤를 따라가는 장면을 본일이 있다. 아름다움을 경배하면서, 빨려가듯이 한 여인을 따라가는 순수한 숭배자의 무리가 보라색 라일락이 흐드러지게 피어 있는 교정을 파도처럼 누비고 있는 광경은 경이로웠다.

그 교정에서 청춘은 그렇게 아름다웠다. 영문과 남학생이 입영하

---

* 셰익스피어의 희곡. 사랑의 미약을 먹고 다른 사람을 만나서 그를 미친 듯이 쫓아다니는 이야기가 나온다.

니까 우리 과 여학생이 친구들 앞에서 정신없이 흐느끼며 운 일도 있고, 사회학과 여학생이 결혼한다는 소문이 나자 생물과의 귀공자형 도련님이 눈앞에서 무너져 내리는 것도 보았다. 양성관계에 관한 풍문이 캠퍼스를 싱그럽게 물들였다. 같은 캠퍼스에서 같은 나이의 아이들끼리 사랑을 주고받는 거니까, 사랑에 대한 풍문은, 캠퍼스를 흔드는 바람이었다.

그런 시기에 우리는 캠퍼스 커플로 부각되었다. 보라색 라일락꽃이 짙은 향기로 캠퍼스를 물들이던 1954년 봄의 일이다. 클래스메이트니까 그와 내가 정식으로 만난 것은 2년 전 피난지에서 열린 신입생 오리엔테이션 자리였을 것이다. 그때 여학생들은 남학생의 별명을 지었다. 이어령 씨의 별명은 일본말로 '이가구리 아타마'였다. 밤송이 머리라는 뜻이다. 고등학교에서 하고 있던 스님형 머리를 기르고 있는 중이어서, 1학년 남학생들은 대체로 머리형이 형성도상에 있었다. 그래서 머리만 보아도 새내기임을 금세 알 수 있었다. 그중에서도 이어령 씨의 머리는 유난스러웠다. 4.5센티 정도 자라난 균등한 길이의 머리가, 화가 난 것처럼 공중을 향해 팔방으로 곤두서 있었던 것이다.

아직 아람이 벌기 전의, 싱싱한 가시가 사방으로 뻗혀 있는 밤송이 같은 스타일을 하고 있었으니 별명은 적절했다. 그런 헤어스타일은, 호기심이 전방위로 뻗쳐 있는 것 같은 그의 성격을 나타내고 있는 것처럼 보이기도 했다. 결혼 후에 보니 그는 결이 고운 부드러운 머리털을 가지고 있었는데, 그때는 왜 머리가 말총처럼 빳빳하게 직립하고 있었는지 이해할 수 없다.

2학년이 되니까 그가 소설을 발표했다.* 대학신문 현상모집에 「초상화」라는 소설이 가작으로 입선된 것이다. 가난해서 사랑하는 남자가 그려준 자신의 초상화를 우동값 대신 놓고 가는 소녀의 이야기였다. 제목이 「초상화」라니까, 최규남 총장님이 화가 지망생으로 착각하시고, 시상식에서 '화가로 대성하기 바란다'는 격려사를 하는 해프닝이 있었다. 상금이 필요해서 친구들이 습작을 투고 했다는 말도 들었다.

「초상화」는 그의 소설 중에서 가장 실험성이 적은 소설이었다. 어떤 전위적인 화가도 출발점에서는 데생부터 시작하는 것처럼, 아방가르드적인 작가의 글쓰기도 처음에는 미메시스**에서 시작되는 것 같다. 이상의 '12월 12일' 같은 데서도 그런 것을 느낀 일이 있다.

상금으로 그는 새옷을 사 입고 나타났다. 감색 바지에 엷은 하늘색 셔츠였다. 이미 자리를 잡아서 더 이상 밤송이형이 아닌 머리를 이발관에 가서 올백으로 손질하고 왔던 생각도 난다. 고교생 티는 벗어났지만, 어른 모드는 아직 터가 잡히지 않아서 어색했다.

대학 새내기 때가 재미있는 것은, 그런 식으로 다듬어지며 커 가

---

* 1953년 6월이었던 걸로 기억된다.
** 모방론을 의미함. 현실을 모방하는 문학은 리얼리즘 문학이다.

는 동급생들의 성장과정을 가까운 거리에서 구경할 수 있는 데 있다. 남들이 고등학생 티를 벗으며 대학생으로 바뀌어 가는 과정을 구경하는 것은, 자기의 모습을 다듬어 가는 데 도움이 된다. 비상시만 겪으며 살아와서 우리 세대는 스무 살이 되도록 자신에게 맞는 옷차림에 대한 안목을 기를 기회가 없었다. 일제시대는 비상시였고, 해방 후에는 긴 교복시대를 거쳐 왔으니까 대학에 들어와서 비로소 자기에게 맞는 스타일 찾기를 시도해야 한 것이다. 그런데 비상시는 그때까지 계속되고 있었다. 군복 찌꺼기를 얻어 입는 여건 속에서 자신의 취향을 살린다는 것은 불가능에 가까운 일이다.

그런데도 여학생들은 머리를 길렀다 잘랐다 해 보면서 그것을 시도한다. 파마를 했다 생머리를 길렀다 하는 것도 선택법을 기르는 훈련이었다. 남학생들도 마찬가지다. 가르마를 오른쪽에 냈다 왼쪽에 냈다 해 보고, 올백도 시도해 보면서 그들도 소년 티를 벗어가고 있었다. 새내기들은 더듬거리며 자신에게 어울리는 패션을 모색하느라고 1년 동안은 경황이 없다. 그건 자기만의 육성을 찾는 과정이기도 했던 것이다.

2학년이 되어 신입생이 들어오자, 어느 비 오는 날 그가 1학년 여학생과 빨간 우산을 같이 쓰고 나타났다. 눈여겨보니 여학생이 귀엽게 생겼다. 역시 여자의 아름다움은 남자들 눈에 먼저 띄는 모양이라고 동급의 여학생들이 수군거렸다. 그의 눈을 통하여 미모가 검증된 그 후배는 경상도 사투리를 쓰는 아이였는데, 성격이 밝아서 누구와도 말이 잘 통했다.

그 후에도 두세 번 그런 일이 있었다. 빨간 스타킹을 신고 다니는 여고 후배가 있었는데, 체홉의 「빨간 양말」에 나오는 여자 생각이 난다면서 이어령 씨가 그녀에 대한 관심을 드러낸 일도 있다. 외가와 친가에 같은 또래의 사촌누나들이 많았던 그는, 여학생들과 스스럼 없이 말을 잘 나누는 남학생 중의 하나였다.

친구인 H와 나는 그와 같은 현대문학 분과인 데다가 부전공도 같아서 강의를 함께 듣는 일이 많았다. 분과 모임도 더러 있어서, 학교에서 매일 만나는 편이었다. 만나면 셋이서 읽은 책 이야기 같은 것을 나누고, 책도 빌려주고, 빌려 받고 하였다. 재미있고 호흡이 잘 맞는 클래스메이트였다.

아직 부산에 있던 2학년 1학기 때였던 것 같다. 어느 날 H와 같이 대신동 종점에서 전차를 기다리고 있는데, 서쪽에서 그가 나타났다. 자기가 친구와 같이 쓰는 자취방이 근처에 있으니 차나 한잔 하고 가지 않겠느냐고 물었다. 그의 방은 창고처럼 썰렁한 곳이었지만 학교에서는 아주 가까워서 부러웠다. 그 후 교정에서 우연히 만났을 때 그는 자기들이 동인지를 하려 하니 같이 하지 않겠느냐고 물었다. 원고를 달라고 해서 서울에 와서 하나 준 생각이 난다. 나는 늦되는 편이니까 서른이 되기 전에는 글을 발표하고 싶지 않았고, 되도록 딜렛

탄트*인 채 남고 싶었다. 하지만 이따금 습작을 하고 있었기 때문에 몇 편의 시를 가지고 있었다. 시상도 통일이 되지 않고, 톤도 흔들리고 있는 서투르고 유치한 시였지만, 모여서 발표하면서 서로 작품평 같은 것을 하면 조금씩 다듬어질 것 같았다. 부산에 있을 때 개별적으로 만난 것은 그게 전부였다.

장난감 놀이

학교가 환도할 때 나는 좀 늦게 서울로 올라왔다. 10월 중순경이었던 것 같다. 이어령 씨와 나는 세 개의 아치가 있는 문리대 본관의 현관 앞에서 다시 만났다. 거기에서 친구와 만나기로 되어 있었는데, 가 보니 뜻밖에 그 사람도 같이 있었다. 넉 달 만의 만남이었다. 반가웠다. 정지작업도 되어 있지 않은 천막학교의 비탈진 교정에서 만나다가, 제국대학의 정연한 캠퍼스에서 다시 만나니, 한 치씩 어른이 된 것 같아 느낌이 새로웠다. 가을 볕이 청명한 날이어서 현관의 아치를 통해서 보는 마로니에 길이 눈부시게 빛나고 있었다. 내 친구 H와 이어령 씨는 말이 잘 통해서 서로 친했다. 그래서 우리 셋은 현관 근처에서 자주 만났다. 대리 출석도 해 주고, 노트도 빌려주면서 내

---

* Dilettant: 아마추어 예술 애호가.

내 같이 몰려다녔다. 학교 생활이 본격화되고, 학년도 높아졌으니 만날 일은 전보다 더 많아졌다.

한 달쯤 지났을 때 그가 할 말이 있다고 둘이서만 만나자고 했다. 용건은 엉뚱하게도 친구의 사랑을 대신 전하는 메신저 역이었다. 같은 과의 친구가 나를 많이 좋아하는데, 수줍어서 직접 말을 못하니, 그 사람을 한번 만나 주지 않겠느냐고 그가 물었다. 나는 깨끗이 거절했다. 남녀의 교제는 둘이 해도 넘칠 정도로 은밀한 것이어야 한다. 그건 델리케이트한 줄다리기도 해서 갈등이 있기 마련이니 확신이 설 때까지는 남에게 알릴 필요가 없다. 제3자를 개입시키면서 공개적으로 시작할 일은 아닌 것이다. 뿐 아니다. 클래스메이트니까 그가 말하는 사람을 나도 안다. 그는 나처럼 비사교적이고 내성적인 사람이다. 공감대도 넓고 동류의식도 있어서 말이 잘 통했다. 하지만, 성격이 비슷해서 그런지 이성으로서는 다가오지 않았다. 요새 아이들 식으로 말하자면 내 타입이 아니었던 모양이다.

나는 그때 열일곱 살에 시작한 첫사랑을 겨우겨우 끝낸 직후여서, 마음이 복잡했다. 그 남자는, 아닌가 하면 어느새 옆에 와 서 있고, 긴가 해서 손을 내밀면 잡히는 것이 하나도 없는 사람이었다. 전쟁으로 인해 제대로 만나지도 못하는데, 나는 그가 나를 좋아하는지 아닌지 헷갈려서 많이 힘들었다. 한 번 헤어지면 몇 달씩, 때로는 몇 년씩 생사도 모르는 상태가 계속되는 전란의 시기가 배경이니 사랑을 확인할 기회가 없어서 끝낼 수조차 없었다. 더 이상 그런 상태를 끌고 갈

기력이 없어졌다. 3년이 지나도 기찻길처럼 멀어지지도 가까워지지도 않으면서 이어지기는 하니까, 그런 관계가 영원히 계속될 것 같은 예감이 나를 두렵게 했다. 그 사람의 사랑의 함량이 부족하다는 결론을 내리고 자퇴했다. 서울에 올 때 헤어지기로 결단을 내린 것이다.

좋지 않은 후유증이 따랐다. 남성 기피증이다. 한 남자와 얽혀서 한 고민이 너무 많아서 당분간은 남자를 사귈 마음이 나지 않았다. 그런 상태니 새 사람과 무얼 시작하는 것은 더욱 안 될 일이었다. 실패한 그 사랑을 통해서 내게는 하나의 원칙이 생겼다. 이성과의 사귐에서는 일찌감치 태도를 분명히 해 두는 것이 서로를 위해서 최선이라는 생각이다. 그건 사랑을 받아들일 수 없는 상대에게 해 줄 수 있는 가장 큰 배려라고 생각한 것이다. 분명한 태도 표명이 없어서 질질 끌다 그만둔 첫사랑의 아픈 유훈이었던 셈이다.

말도 꺼낼 수 없어서 남을 대신 보냈다는 그 친구에게서, 과거의 나 자신을 보았기 때문에, 나는 아주 분명하게 '아니'라고 입장을 밝혔다. 고통스런 기간을 단축시켜 주고 싶어서였다. 앞으로 몇 년을 더 같이 생활해야 하는 처지이니, 확실하게 해 두지 않으면 좋은 친구 하나를 잃기 쉽고, 피차에 어색하고 불편할 것 같기도 했다. 그렇다고 내가 그를 일부러 찾아가서 입장을 밝힐 수는 없으니까, 메신저인 이어령 씨에게 자세하고 분명하게 이야기해 주었다.

다시 전과 같은 생활이 계속되었다. 이어령 씨는 여전히 친구와 나에게 대리출석을 부탁했고, 다른 여자아이와 어울려 다니기도 하면서, 늘 내 주변에 있었다. 같이 강의를 듣고, 같이 공부를 하고, 같이 아르바이트를 하고, 교정에서 우연히 마주치기도 했다. 그렇게 한 학기를 보냈다. 그는 강의 시간에 들어오는 대신 혼자 공부하는 타입이어서, 노트나 프린트는 주로 우리 것을 빌려다 보고 시험을 쳤으니까 만나야 할 용건은 얼마든지 있었다.

학기말에 졸업생 환송회가 있었다. 그 해에 졸업하는 2년 윗반에는 신입생 때 우리가 책을 빌리러 다닌 진희섭 선배도 있었고, 무뚝뚝하지만 진솔하고 순수한 김열규 선배도 있었으며, 고교 선배인 김순익 언니도 있어서 우리 학년과는 접촉이 많았다. 그분들이 떠나는 것이 섭섭했다.

그 환송회에서 이어령 씨가 처음으로 사회를 보았다. 명 사회였다. 유머와 재치가 있는 그의 사회는 흠잡을 데가 없이 멋있었다. 충동적인 행동을 잘하는 그의 내면에 그런 균형 잡힌 세계가 있다는 것을 처음 안 것 같아서, 새로운 느낌을 받았다. 그날 그는 술을 마셨다. 술을 마신 그를 보는 것은 처음이었다. 그는 술을 못 마시는 체질인데 술을 두어 잔 마시니, 유연해지고 보기에도 좋았다. 그에 대한 감정에 무언가가 보태지는 기분이었다.

그는 그날 내게 처음으로 편지를 썼다. "30도의 술에 취하여 이 글을 쓰오"로 시작된 편지는 끝에 가서 '작품을 드립니다. 곧 보시고 돌려주십시오' 라는 깍듯한 사무적인 이야기로 맺어지고 있는데도, 웬일인지 무언가 사무치게 절실한 것이 전해져 왔다. 외로움 같은 것이 아니었나 싶다. 그 고독이 그를 내게 접근시켰다. 어머니가 없는 그는 살뜰하게 보살피는 사람이 하나도 없는 외톨이였던 것이다. 그의 내면을 처음으로 엿본 나는 마음이 움직였던 것 같다. "그가 마신 두 잔 술에 나는 아직도 취해 있는 것 같다"는 글을 3일 후의 일기에 쓴 생각이 난다. 하숙집이 불편하니까 겨울방학이 시작되자마자 나는 부산으로 내려갔다. 하숙집 막내에게서 편지가 왔다. 내가 떠난 후에 그가 찾아왔었다는 말이 적혀 있었다.

다음 해가 되었다. 그동안에 이어령 씨는 학교의 명물이 되어 있었다. 학예부장이 된 그는 『문리대학보』 2권 2호(1954. 9)를 발간하기 위해서 아주 바쁜 생활을 하고 있었다. 교수님들의 글이 절반쯤 되었고 학생들의 글이 나머지 지면을 채웠다. 학생들의 글이 너무 수준이 높아서 나는 기가 질렸다. 철학과의 이교상 씨는 '키에르케고르 연구'를 연재하고 있었고, 엘리엇의 「황무지」가 최승묵, 박진권, 이태주 씨에 의해 완역되어 실렸으며, 박이문, 송영택, 신동욱 씨 등의 번역과 평론이 실려 있었다. 『문리대학보』는 수준이 높아서, 나오자마자 주목을 끌었다. 그의 말대로 그 잡지는 '폐허가 된 도시에 박은 知의 말뚝'(주간조선 2016. 4. 4. 참조)이었던 것이다.

학보를 만드는 것을 보고 나는 잡지의 기획, 편집, 장정에 관한 그의 편집자로서의 새로운 능력을 발견하고 압도당했다. 연수과정을 전혀 거치지 않았는데, 그는 이미 그 방면의 프로였던 것이다. 나중에 『문학사상』을 할 소질을 그때 발견한 것이다. 하지만 나를 정말로

서울 수복 이후 동숭동 교정에서 이어령 씨와 함께

압도한 것은 3권 2호(1955. 9)에 실린 그의 「이상론」이었다. 그의 이상론을 읽고 나는 그와 겨루려는 생각을 영원히 접어버렸다. 「초상화」는 그렇지 않았는데 「이상론」은 아니었다. 그건 학생 작품의 수준을 훨씬 넘는 탁월한 평론이었기 때문이다. 그는 묻혀 가는 이상을 발굴해 내서 제자리를 찾아준 공로자이기도 하다. 나는 그의 앞에 무조건 항복을 했다. 그 사람뿐 아니다. 학보에 글을 쓴 학우들이 모두 너무 존경스러웠다. 그들의 수준은 기성인을 능가하고 있었던 것이다. 그 일은 나에게 큰 자극이 되었다. 탁월한 학우들을 가지는 것은 축복이라는 생각을 했다. 애석하게도 그중에서 최승묵 씨와 이교상 씨가 요절했다. 하지만, 나머지 학우들은 예상했던 대로 모두 대성해서 50년대를 대표하는 별들이 되었다.

3학년 1학기가 개학되고 얼마 지나지 않아서 그가 하나의 제안을 해 왔다. 피차에 이성 친구가 없어 심심하니, 이따금 극장이나 같이 가는 친구가 되면 어떻겠느냐는 것이다. 그냥 아이들이 심심할 때 장난감을 가지고 놀듯이 가벼운 마음으로 사귀다가, 어느 한쪽이 싫어지면 아무 때나 깨끗이 그만두는…… 아주 쿨한 교제를 해 보자는 것이다.

그는 언제나 새로운 토픽으로 이야기를 하는 핸섬하고 삽상한 클래스메이트였고, 장난도 잘 치고 농담도 많이 하는 재미있는 학우인데다가, 무언가 특출한 것을 가지고 있는 천재형의 남자니까, 같이 있는 시간들이 풍요로웠다. 결혼할 정도로 심각하게 사귀자는 것도 아니고, 그냥 주말에 극장에나 같이 갈 정도의 가볍고 부담 없는 교제를 하자는 거니까, 거절할 이유가 없었다.

첫사랑을 끝내면서 나는 이성교제의 새로운 플랜을 세워 놓고 있었다. 한 사람만 바라보느라고 지쳤으니까, 많은 남자와 가볍게 사귀면서, 남성연구를 하고 싶었던 것이다. 한 여남은 명은 사귀어 볼 작정이었던 것 같다. 그 첫 주자가 이어령 씨가 된 셈이다. 그런데 나는 거기에 그만 주저 앉고 말았다. 애초에 장난감 놀이 같은 것이 가능하리라고 생각한 것이 오산이었다. 나한테는 이성과 장난처럼 사귈 만한 융통성이 없었다. 그것이 불편한 건 이어령 씨도 마찬가지였다. 자기가 제안해 놓고 그걸 지킬 수 없어서 그는 요동치기 시작했다. 그는 완벽주의자여서 어중간한 것을 참아내지 못한다. 무슨 일에든지 올인하는 타입이기 때문이다. 장난감 놀이의 평화는 곧 깨어졌다.줄다리기와 승강이가 시작되었다. 하지만 오래가지는 않았다. 두 달도 못 되어 나는 다시 한 남자를 태양으로 삼아 종일 그쪽만 보며 사는 해바라기가 되어 있었다. 그가 주는 것은 내가 오랫동안 찾다가 못 찾은 모든 것들이었다. 사랑에 대한 확신, 산불 같은 정열, 모든 것을 다 내놓는 완전한 헌신 같은 것……. 그가 "와라! 와라! 와라!"하고 부르면, 나는 방학에 책을 싸 들고 가 있던 오빠네 집에서 아무 때나 서울로 달려왔다.

둘이 앉아 차를 마신 첫 번째 남자에게 홀려서, 그 사람만 바라보고 사느라고 나는 서울대에 이어령 씨 외에는 친한 남자친구가 하나도 없는 채 졸업을 했다. 이어령 씨는 대단했다. 그는 딴 남자를 쳐다볼 여유를 주지 않았다. 재학 중에도 그랬지만 졸업한 후에도 그는 날마다 직장이 끝나자마자 만나서 밤 11시가 되지 않으면 놓아주지 않았다. 외곬으로 모아지는 그 집착과 몰입과 열정이 나는 싫지 않았다. 사랑에 대한 확신을 다져 주고 있었기 때문이다.

그렇게 시작해서 5년 동안 하루도 안 만나는 날이 없는 오랜 사귐이 계속되었다. 그때부터 결혼할 때까지 그는 거의 날마다 틈만 나면 나와 같이 있었고, 늦어지면 집까지 데려다 주었다. 내가 1년 동안 야간 학교에 나갈 때에, 그는 매일 교문 밖에 와서 기다려 주었다. 퇴근시간이 고르지 않았는데, 언제나 기다려 준 것이다. 지금은 복개한 욱천旭川의 둑길은 늘 조용하고 한적했다. 우리는 매일 밤 그 길을 걸어서 청파동에서 삼각지까지 가곤 했다. 둑길에 앉아서 통금 직전까지 이야기를 하기도 하고, 식당이나 다방에 가기도 했다. 늦어지면 그는 우리 이웃에 살던 친구 박맹호 씨 집에 가서 잤다. 그 무렵에는 나중에 민음사 사장이 된 박 사장 집에서 자는 날이 자기 집에서 자는 날보다 많았을 것이다. 결혼한 후에, 그가 기다리는 일을 얼마나 싫어하는 사람인지 알게 된 나는, 그 무렵의 그 많던 기다림의 시간에서 그의 사랑의 부피를 보았다.

50년대식 사랑법

하지만 남녀칠세부동석의 잔재가 아직도 남아 있던 시기라, 우리는 학교에서는 늘 내 친구와 셋이 어울려 다녔다. 내가 친구와 붙어 다니는데 그가 우연히 합석하는 것 같은 분위기를 연출한 것이다. 졸업사진도 셋이 찍었다. 단둘이서는 사진도 찍지 않으면서 우리는 늘 조심했다. 다른 사람들에게 부담을 주지 않기 위해서였다. 우리는 돈이 없어서 명함판 크기의 사진밖에 못 찍을 때였는데, 졸업을 앞둔 어느 일요일에 큰마음 먹고 학교 사진사를 오라고 했다. 둘만이 사진을 찍고 싶었기 때문이다. 그때 찍은 몇 장의 명함판 사진이 둘이 찍은 동숭동 시대의 사진의 전부다.

사진뿐 아니다. 아는 사람들이 많은 데에서는 데이트를 하지 않았다. 학교 근처의 다방에는 되도록 가지 않았으며, 명동에 가도 아는 사람들이 드나들지 않는 조용한 다방을 선호했다. 충무로 쪽에 가까운 엠프레스 다방이나 세종호텔 뒤에 있던 토향 다방 같은 데가 우리가 애용하던 아지트였다. 1950년대는 아직도 자유연애의 선사시대였던 데다가 둘 다 그 방면에서는 과감한 편이 못 되어서 되도록 남의 이목을 끌고 싶지 않았던 것이다.

우리는 동급생인 데다가 2년간 서로를 겪어 본 후에 데이트를 시작해서 서로를 잘 아는 커플이었다. 그래서 말다툼도 많이 했지만 장난도 많이 쳤다. 하지만 요즘 아이들과 비교하면 너무 진지했던 것 같다. 그는 충청도 출신인 데다가 국문과는 문리대에서도 가장 보수적인 과니까 유교적 엄숙주의에서 완전히 벗어나지 못하고 있었던 것이다. 그이는 지금도 같이 산책할 때 손을 잡고 걷거나 하는 일을 하지 않는 사람이다. 그런데 우리가 산책하는 것을 본 사람들은 모두 우리가 손을 잡고 산보한다고 증언한다. 눈은 선택한다고 생각한 낭만주의자들의 말이 맞는 것 같다.

서로 존댓말을 쓰면서 시작한 관계여서 그런지, 동급생이었는데도 결혼 전이나 후에나 '야! 자!' 하면서 임의롭게 말을 튼 일이 거의 없다. 싸울 때는 언사言辭가 더 장중해진다. 상대방이 아무리 말투를 낮춰도 막말까지는 다다르지 못하게 하려는 계략이다. 신혼 초에 이어령 씨가 '우리 어머니는 아버지를 나으리라고 불렀어'라고 말한 일이 있다. 무언가 아버지보다 남편 대접을 덜 받는 기분이 들었던 모양이다. '그분들은 동급생이 아니었잖냐'고 했더니 그가 웃었다. 시대가 변한 것이다. 부모님 세대보다는 진지함을 많이 줄였는데도, 김남조 선생이 동기생 남편을 꼬박꼬박 존칭을 붙여서 부른다고 놀리셨다. 시작부터 장중하게 '무슈'나 '선생'으로 호칭하던 관성이 남아 있었던 모양이다. 부모님 세대에 비하면 우리 세대가 가볍고, 우리 세대에 비하면 손자들의 세대가 경쾌해지는 것은 당연한 추이여서, 요즘은 젊은 애들의 가벼운 농담조의 밀어들이 새롭고 신선해 보인다. 말씨가 가벼워진다고 마음까지 얇아지는 것은 아니기 때문이다.

글 쓰는 사람과의 동행

그렇게 60년 가까이 그의 곁에서 살아왔다. 어떤 때는 날 때부터 같이 있었던 것 같은 착각이 들 정도로 실로 장구長久한 세월이다. 그 동안 그와 나는 둘 다 엄청나게 많은 일을 하면서 항상 과로하는 삶을 살아왔다. 나는 동쪽 끝에서 바빴고 그는 서쪽에서 바쁜 날들을 보낸 후 저녁에는 그는 서재에서 바빴고, 나는 안방에서 바빴다. 학교가 그보다 멀어서 나는 일찍 집을 나서야 했고, 그는 글이 밀려서 밤을 새우는 일이 많으니까, 아침에는 만나지 못하는 때가 많았다. 그 대신 그는 아무리 바쁠 때에도 저녁은 대체로 집에 와서 먹는다. 글을 쓰기 위해서다. 그에게 있어 저녁 시간은 글을 쓰는 귀중한 시간이어서, 차마 다른 데 쓸 수가 없는 것 같았다. 술을 마시지 않는 그는 일만 끝나면 곧바로 집으로 직행하니까 느긋하게 친구들과 저녁 시간을 즐길 여유를 평생 가져 본 일이 없다. 아이들이나 부모 형제들과도 마찬가지다. 서둘러 밥을 먹고는 바로 2층으로 올라가면 식구들이 다 잔 후에야 내려오니 같이 살아도 이야기할 시간이 없을 정도였다. 같이 놀고 싶어서 아빠를 기다리던 아이들은 그가 이층으로 총총히 사라져 버리면 허탈하고 슬퍼서 계단 밑에서 떠날 줄을 몰랐다. 어느 나라나 문인들은 비슷하게 사는 것 같다. 도스토옙스키 박물관에 갔더니, 우리 아이들처럼 아빠에게 할 말이 많았던 아이들이, 아침에 학교에 가면서 아빠 방 문 밑으로 들이밀고 간 쪽지글들이 전시되어 있었다. 글 쓰는 아빠를 둔 아이들은 어느 나라에서나 외롭기 마련이다.

그런 여건 속에서 나도 아이들도 외로웠지만, 본인은 더 외로웠을 것이다. 글이 잘 써지지 않는 날은 죽고 싶었을지도 모른다. 사막에서 혼자 아기를 난산하는 어미 낙타처럼 처절했을 그의 외로움을 생각한다. 섬에 스스로를 가두고 사는 것 같은 생활이었기 때문이다. 그런 고독 속에 자신을 밀폐하고 밤새도록 글을 쓰며 그는 평생을 살아왔다. 도를 닦느라고 모든 다른 욕구를 억압하며 사는 스님 같았다.

그렇게 살아도 성이 안 차서, 10년에 한 번씩은 외국에 가서 혼자 1년을 살다 온다. 책을 쓰기 위해서다. 집에서는 코 푼 휴지도 치우지 않는 사람이, 직접 밥을 해 먹고 생수병을 사 날라야 하는 고달픈 삶을 선택한 것이다. 2004년 일본문화연구소 초청으로 교토에 가 있을 때 그가 자크 아탈리*와 같이 강연을 한 일이 있다. 각기 자기 강사실에서 대기하고 있는데, 저쪽 일본 학자들 방에서 이 선생 평이 들려왔다.

"장관까지 한 사람이 연구하러 온다기에 며칠이나 견디나 보려고 별렀지. 운전수에 비서에 마누라에 시중 들 사람이 잔뜩 있는 생활을 했을 텐데, 손수 밥 지어 먹는 일을 며칠이나 하겠냐고 우습게 본 거야. 줄 서는 걸 싫어해서 식당에

---

* Jacques Attali(1943-): 유럽 최고의 석학. 프랑스의 대표적 지성인. 『미래의 물결』, 『21세기의 사전』 등의 저서가 있음.

도 안 나타난다잖아? 그런데 글쎄 이 양반이 벌써 1년이나 그 일을 계속하고 있군! 놀라운 양반이야."

누군가가 그런 코멘트를 하자 여기저기에서 공감하는 발언들이 쏟아져 나왔다. 일본 사람들이 기가 죽을 정도의 고독과 고달픔을 혼자 견디면서, 그때 쓴 책이 일어로 집필한 『쟝켄(가위바위보) 문명론』이다. 그는 아무도 없는 외떨어진 일본문화연구원 아파트의 2층 방에서 혼자 병을 앓고, 혼자 밥을 해 먹으며, 그 책을 쓴 것이다. 70이 넘었을 때의 일이다. 그 절대고독은 그를 신에게 접근시킨 것 같다. 『어느 무신론자의 기도』는, 동네의 산책로에 '뱀을 조심하라'는 팻말이 붙어 있는, 외진 교토 교외의 외국인 숙소에서 씌어졌다.

1982년에도 그는 일본에서 자취하며 글을 쓴 일이 있다. 밤에 집에 혼자 들어갈 때면, 행여나 누가 안에서 문을 열어 주지 않을까 하는 기대감으로 벨을 한번 눌러 보고 나서 열쇠를 꺼냈다는 말을 한 일이 있다. 그런 고독한 생활을 하면서, 그는 40년 동안 롱셀러가 되고 있는 『축소지향의 일본인』을 일본에서 썼다.

글을 쓰는 일은 육체노동이기도 해서 밤을 새우고 글을 쓴 날은 몸이 소금에 저린 푸성귀처럼 폭삭 삭는다. 그래도 하루도 쉬지 않고 그는 글쓰기를 계속했다. 방학이면 아주 안 나가는 날도 많다. 연재를 하거나 논문을 쓸 때는 여름 방학 내내 밖에 나가지 못하는 일도 있다. 그러면 집 안의 모든 질서가 그의 글쓰기를 중심으로 하여 돌아간다. 아이들은 떠들지 말아야 하며, 그의 방 문은 함부로 건드려서는 안 되는 출입금지 지역이 되는 것이다. 그건 가족들에게도 스트레스였다.

결혼 직후부터 이미 우리는 그렇게 살아왔다. 줄창 신문사 논설위원을 하면서 대학교수를 했으니 글 쓸 시간은 언제나 모자랐기 때문이다. 쓰고 싶은 글은 많은데 시간은 모자라니, 그의 일생은 방해받지 않고 글을 써야 하는 시간을 얻기 위한 전쟁이었다. 혼자 있는 시간을 확보하려고 기를 쓰면서 사니까 아이들이나 나는 뒷전으로 밀려나지 않을 수 없다. 시간에 관한 한 그는 언제나 스쿠르지*였다. 그래서 나는 그에게 화가 날 때가 많았다. 그런데 최근에 와서 문득 그가 나를 데려다 주려고 모든 일정을 희생하던 50년대 생각이 났다. 데뷔 초여서 그때는 시간이 더 아까웠을 텐데, 결혼 전에 나에게 아낌없이 내준 그 많은 시간들을 생각하자, 나는 거기에서도 그의 사랑을 보았다.

그렇게 60년 가까이 같이 살아왔다. 1년 후면 회혼(回婚)이 된다. 이제 자기도 나도 팔십이 넘었다. '우리 지금은 늙어지고, 머리는 백발이 다 되었네' 하는 노래를 부를 시기가 온 것이다. 요즘은 둘 다 그 구절을 실감하면서 산다. 몸이 자꾸 나이를 일깨워 주기 때문이다.

---

* 찰스 디킨스의 「크리스마스 캐럴」의 주인공 구두쇠 영감.

하지만 그 노래의 다음 구절은 그는 같이 부르지 않을 것 같다. 그이는 아무리 늙어도 '옛날의 노래'를 부르고 있을 사람은 아니기 때문이다. 매일 새로운 지식에 갈급하게 목말라하면서 사는 한, 그는 노인이 아니다.

세상에는 부녀 같은 커플도 있고, 남매 같은 커플도 있는데, 캠퍼스 커플은 친구 같은 커플이다. 그들은 16년간을 같은 것을 배우며 자랐으니까 공감대가 넓다. 4년간 같이 지냈으니 상대방의 성격과 본질도 통독通讀하고 있다. 세 살 적에 배운 것들과, 타고난 본질은 바뀌지 않는다는 것만 터득하면, 결혼생활이 무난해질 여건이다. 성인이 되고 난 후의 만남이니 터무니없는 낭만적 기대감 같은 것도 마스터하고 있을 나이다. 사원의 기둥처럼 거리를 유지*하면서, 각자가 원하는 삶을 제가끔 영위하는 일이 비교적 쉬운 조건을 가지고 있다고 할 수 있다.

---

* Kahlil Giblan(1883-1931)의 '축혼가'에 나오는 구절.

　함께 서 있으라. 그러나 너무 가까이 있지는 말라
　사원의 기둥들도 서로 떨어져 있는 것을

오오! 계절이여 성이여!*

'대머리 여가수'의 오픈 파티에 참석하려고 저녁 때 동숭동에 갔다. 2002년의 일이다. 들어가 보니 아는 얼굴들은 아직 나타나지 않았다. 슬그머니 빠져나와 옛날 우리의 교정이던 마로니에 공원을 거닐어 보았다. 거기에 50년 전에 우리가 앉아 있던 벤치가 있다. 전시여서 가난한 학생들을 위해 명함판 반 크기의 장난 같은 사진까지 찍어주던 사진사 생각이 났다. 점잖게 생긴 어른인데 호구지책으로 작은 카메라 하나를 들고 그분이 어슬렁거리고 있던 교문 옆에 미끄럼틀이 놓여 있고, 그 밑에 그네가 매어져 있다.

다섯 살쯤 되는 여자아이가 어스름녘의 공원을 배경으로 파랑개비처럼 날렵하게 그네를 탄다. 바람을 가슴에 가득 안았다 밀어내며 팔랑거리고 있는 그 애의 율동이 너무 아름답다. 그 나이에 철봉에 발로 매달려 코알라처럼 달랑거리는 묘기를 보여 주던 손녀 생각이 난다. 갈매기떼를 놀라게 하면서 바다를 향해 쏜살같이 달려가던 외손녀 생각도 난다. 신나게 움직이는 대여섯 살 된 여자아이들은 환희歡喜의 상像 같다. 무언가를 가슴에 가득 안고 있는 것 같은 그 뿌듯한 표정들……

* 아르튀르 랭보Arthur Rimbaud(1854~1891)의 「Ô saisons, ô châteaux」의 한 구절.

Ô saisons ô châteaux,
Quelle âme est sans défauts?

교문 안 남쪽에 회색 태극기 전시관이 지어져 있다. 사람들이 몰려다니는 도떼기시장 같은 그 마당 너머에 예전의 대학본부였던 건물이 남아 있다. 우리가 다니던 때의 모습을 간직한 유일한 건물이다. 1955년 추운 계절에 스물세 살이던 내가 거기 서 있었다. 남자친구의 대학원 합격자 명단을 보러 온 것이다. 막 달려가서 그 이름을 찾아내고 너무 좋아서 팔짝팔짝 뛰었다. 43킬로밖에 안 되는 조그만 여자애가 사랑하는 사람을 향해 마구 손을 흔든다. 대학원 합격이 입영 연기를 보장해 주던 시기여서, 그건 우리의 앞날에 나타난 신선한 청신호였다. 기억력이 좋은 시기에 2년은 더 공부를 계속할 수 있기 때문이다. 적령기 남학생의 정원은 두 명밖에 없었다. 안병희와 이어령의 이름이 거기 있었다.

거기에서 나는 50년 전에 사랑했던 남자를 다시 만났다. 마로니에 밑에 앉아 온 몸이 열정으로 팽팽하게 부풀어 있던, 패기에 찬 젊은 남자를. 나만을 보면서 살고 싶어 하던 그 사람, 지금 그는 너무 바빠서 나와 놀 시간이 많지 않지만, 자기식 방법으로 전력을 다해 내게 충실하려 했던 것만은 확실하다. 그 오랜 세월을 말이다. 그 사랑이 서서히 가슴을 채운다. 검은 머리가 정말로 파뿌리가 다 되었는데, 내 옆에 그가 있음이 축복으로 여겨진다.

"오오! 계절이여, 성이여! 상처 없는 영혼이 어디 있으랴."

그때 배우던 랭보의 시를 읊어 본다. 유감스럽게도 우리는 "예전의 내 청춘은 향기로운 술이 넘쳐 흐르던 축제였습니다"*라고 랭보처럼 말할 수는 없다. '벽이 피를 흘리던'(엘뤼아르) 전시였기 때문이다. 하지만 술은 없어도 역시 그건 풍성한 축제였다. 거기 우리의 젊음이 있었기 때문이다.

지금 우리가 다니던 동숭동 캠퍼스에는, 창문이 없는 네모난 붉은 건물들이, 멋없이 커 버린 은행나무 너머에 줄줄이 서 있다. 그중에는 김수근 선생이 지은 것이 많다. 그분이 같은 색 샌드스톤으로 인도에 지은 한국 대사관 건물은 격이 높고 아름다웠다. 그런데 벽돌로 지은 저 붉은 건물에서는 그런 깊은 질감이 나오지 않는다. 우리가 노닐던 옛 동산은 너무나 낯이 설고 삭막한 곳이 되어 버렸다.

그건 이미 우리의 모교는 아니다. 그렇다고 너무나 생소한 관악의 어수선한 캠퍼스를 모교라고 생각할 수도 없다. 내가 사랑했던 격조 높은 베이지색 건물들은 지금 오밀조밀한 미니어처miniature가 되어 동숭동 한구석에 남아 있다. 그래서 모교에 대한 나의 꿈과 기억도 지금은 모두 미니어처가 되어 버렸다.

---

* 같은 시인의 「지옥에서의 한 계절」의 서시序詩에 나오는 구절.

정병욱 전광용
이숭녕 양주동
이희승 손우성
김붕구 이양하

VI

동숭동 시절의 문리대

1. 국문과

우리들의 사설도서관 ─ 정병욱 선생님

우리가 1학년 때 문리대 국문과에는 네 분의 전임교수가 계셨다. 국어학 분야에는 이숭녕, 이희승 선생이, 고전문학에는 정병욱 선생이 계셨으며, 양주동 선생이 강사로 나오셨다. 현대문학 파트가 약했다. 신소설을 연구한 전광용 선생 한 분밖에 안 계셨기 때문이다. 신소설 이후의 시기를 연구한 교수님은 아예 없었다. 그런데, 학생들은 대부분이 신소설 이후의 문학을 배우러 국문과에 들어왔다. 그것도 전 세계의 현대문학 전반을 배우고 나서, 그 안에서 한국문학을 연구하러 온 것인데, 담당할 교수님이 한 분도 안 계시니 문제가 많았다.

동경사대 문과 출신인 백철 선생이 강사로 나와 '문학개론'과 '문예사조사'를 강의 하셨다. 선생님은『조선신문예사조사』의 저자니까 그 과목은 해결되었다. 하지만 전공과목이 많아서 강사 한 분으로는 커버가 되기 어려웠다. 결국 학생들은 비평론도 소설론도 시론도 배우지 못하고 졸업을 했다. 논문을 지도할 교수님은 없는데 졸업논문은 써야 했다. 혼자 더듬어 가며 공부하는 수밖에 방법이 없었다.

문제는 참고할 책이 없는 데도 있었다. 참고서적뿐 아니라 기본자료도 구할 길이 없는 상태였다. 작가들의 작품집이나 전집이 없었기 때문이다. 일본 사람들이 남겨놓고 간 도서관 서가에는 현대의 한국 문학에 관한 자료가 거의 없었다. 그러니까 개인적으로 빌려다가 책 전부를 복사하거나 요약 노트를 만드는 수밖에 없었다. 이상의 수필 두 개를 잡지에서 옮겨 쓰려고 종일 국립도서관에 앉아 있은 일이 있다.

그런 판에 구원투수가 나타났다. 정병욱 선생이다. 정 선생은 우리에게 작가들의 작품집뿐 아니라 『문장』 같은 잡지도 빌려주셨고, 절판된 평론집들도 빌려주셨다. 전문서적은 남에게 빌려주는 것이 아닌데, 선생님은 그 힘든 일을 계속하셨다. 한 사람이 빌려 가면 적어도 세 명이 그 책을 읽는다는 걸 아시면서…… 세 명이 읽으면 책이 많이 손상된다는 것도 아시면서 빌려주셨으니 보통 일은 아니었다.

선생님은 고전문학 전공이지만, 현대문학에도 관심이 많아서 현대문학 연구에 필요한 책들을 많이 가지고 계셨다. 현대문학 연구는 선생님이 원하다 이루지 못한 꿈 같은 것이었는지도 모른다. 선생님은 윤동주와 가장 가까운 친구였다. 윤동주를 세상에 알려 준 것도 선생님이다. 윤동주와 하숙을 같이한 정 선생은, 일제말, 그 험난한 시기에 그의 시 원고를 보관했다가 해방된 후에 시집을 내주셨다. 폭격 때문에 살던 곳을 떠나 소개疏開*를 하던 전쟁 말기의 어수선한 시기에, 선생님은 징집돼서 입대하면서 어머니께 그 원고를 부탁해서 독속에 넣어 지켜 내셨다. 선생님이 없었으면 윤동주의 시는 빛을 보지 못하고 말았을지도 모른다. 윤동주에게는 시집이 『하늘과 바람과 별과 시』 하나밖에 없으니, 시 원고의 보관자로서, 윤동주 시의 소개자로서 정 선생이 문학사에 끼친 공적이 크다. 그래서 광양군에서는 그 원고를 보관하던 집을 기념관을 만들어 기리고 있다. 윤동주뿐 아니다. 『상화尙火와 고월古月』이라는 시집을 우리에게 소개한 것도 선생님이다. 그 책도 상화尙火 이상화李相和와 고월古月 이장희李章熙의 유일한 시집이다. 우리는 귀중한 세 시인을 정 선생을 통해서 알게 되었다.

선생님은 우리가 필요로 하는 책은 거의 다 가지고 계셔서, 우리는 레포트를 쓰거나 졸업논문 준비를 할 때마다 선생님 댁을 방문했다. 겨울이면 김칫독만 묻혀 있는 쓸쓸한 정원이 스산해 보였던, 연희동의 자그마한 한옥이다. 진현숙과 우리 부부는 선생님 책을 꾸준히 빌려다가 노트를 만들고 돌려드리는 작업을 통해 현대문학을 익혀나간, 선생님의 수제자들이다. 연희동의 선생님댁은 우리의 프라이베이트 라이브러리였던 것이다. 우리는 선생님에게서 논문 작성의

---

* 疏開: 1945년 전쟁 막바지에 이르자 공습에 대비하기 위해 서울을 비우는 쪽으로 방침이 잡혀서 주민들에게 지방 이주를 강요한 것을 소개라고 불렀다.

요령 같은 것도 지도받았다. 지도교수 역할까지 대행해 주신 셈이다.

나는 고지식한 편이라 책을 빌려 오면 종이로 싸서 읽고, 제때에 꼬박꼬박 돌려드렸는데, 어쩌다가 마지막에 빌려온 책을 못 돌려드린 채 졸업을 했다. 곧 취직이 되고, 결혼하고, 아이를 낳고 하느라고 끝내 돌려드리지 못해서, 우리 집에는 지금도 그 책이 남아 있다. 문고판 『이광수 단편집』이다. 그 책을 통해서 나는 이광수의 「할멈」을 위시한 단편들을 처음으로 알게 되었다.

그 책이 우리 전공에 속하니까, 선생님이 아시면서 채근을 하지 않았다는 것을 나중에 알았다. 숙대에 선생님과 같이 출강할 때였는데, 종강파티 후에 모셔다 드리는 도중에 선생님이 그 책 이야기를 하셨다. 그 책이 우리 집 어디에 꽂혀 있는 것도 아신다면서 웃으셨던 것이다. 선생님이 책을 돌려드릴 수 없는 곳으로 영영 떠나신 후에 나는 그 책을 영인문학관에 기증했다. 여러 사람에게 보여 줄 수 있는 공적인 자리에 놓음으로써 선생님께 속죄하고 싶었던 것이다. 반세기가 지나 표지가 뜯겨 나간 그 책에는, 첫 장에 영어로 쓴 선생님의 사인이 들어 있다. 귀중본 보관장에 비닐에 싸여 모셔져 있는 그 책을 볼 때마다 선생님 생각을 한다. 방법이 좋지는 않았지만, 그건 선생님에게서 내가 물려받은 일종의 지적 유산이라 할 수 있다.

오랜 세월이 지난 후에, 그런 짓을 한 건 어쩌면 응석 같은 것이었는지도 모른다는 생각이 들었다. 융통성이 없어서 약속을 잘 어기지 못하는 성격인데, 숙대 대학원 시절에 곽종원 선생님 책도 빌리고 돌려드리지 않은 것이 있는 것을 상기했기 때문이다. 그 두 분은 내가 가장 많이 따르던 선생님들이다. 어느 날 문득, 빌려온 책을 돌려드리지 않을 수 있는 사이가 가장 가까운 사제지간이 아닌가 하는 생각이 든 일이 있다. 그래서 나도 제자들이 빌려간 책을 돌려주지 않아도 더러는 그냥 두었다. 그들이 내 진정한 제자처럼 느껴졌기 때문이다.

젊은데도 한쪽 눈을 꿈쩍거리는 증세가 있었던 정 선생님은, 우리 오빠와 닮은 데가 아주 많았다. 연세도 비슷했지만 외양도 비슷했다. 술을 좋아한 것도 같았고, 나에게 항상 너그러운 점도 같았다. 자녀가 많은데 술까지 좋아해서 늘 쪼들리면서 사는 것까지 닮았으니 무슨 인연이었는지 모르겠다. 결국 술이 화근이 되어 두 분 다 환갑 전후에 돌아가셨다.

오라버니 같은 느낌을 주던 선생님이 돌아가셔서 문상을 갔다. 절을 한 번 하고 일어나다가 그만 영정 속의 선생님과 눈이 마주쳤다. 눈물이 솟구쳐 올라왔다. 감정을 추스르느라고 우물쭈물하면서 한참 서 있었더니, 누군가가 두 번째 절을 하라고 재촉했던 생각이 난다.

우리는 선생님에게서 고소설에 대한 강의를 들었다. 어학처럼 고전문학도 우리에게는 새로운 세계였다. 우리는 한글도 배우지 못한 식민지의 학생들이어서, 고전 작품에 대해서 전혀 배운 일이 없고, 작품을 읽은 일도 없기 때문이다. 고소설은 어머니나 할머니를 통해서 내용만 구전으로 얻어들었을 뿐이다.

정 선생에게서는 최초의 한문소설집인 『금오신화金鰲新話』*를 배웠다. 「만복사저포기萬福寺樗蒲記」, 「이생규장전李生窺墙傳」 같은 소설들을 배운 것이다. 귀신과 사람이 몸을 가지고 동거하는 이야기 같은 것들이어서 재미는 있었지만, 한문 실력이 딸려서 힘이 들었다. 판소리 소설에 대해서도 배웠다. 선생님은 졸업 후에도 판소리 공연 같은 데에 진현숙과 나를 데리고 다니셨다. 판소리 소설과 가사歌辭문학, 시조 같은 장르가 우리나라의 자생적 장르라는 것이 신기했다. 정 선생 강의는 교재가 있어서 공부하기가 편했다.

서구적인 외모를 가진 ― 전광용 선생님

정 선생과 비슷한 연배의 교수로 전광용 선생님이 계셨다. 아무도 하지 않는 신소설을 과감하게 전공한 학자시다. 선생님이 안 계셨으면 우리는 신소설을 평생 읽지 않고 말았을지도 모른다. 신소설연구 시간에는 손으로 쓴 것을 복사해서 만든 것이긴 하지만 어쨌든 갈색 표지가 있고 제본도 되어 있는 『귀鬼의 성聲』이 텍스트로 제공되었다.

고소설과 근대소설을 잇는 다리 역할을 한 것이 신소설이어서 소설사에 이인직과 이해조가 끼친 공적은 크다. 하지만 신소설은 문장

---

* 金鰲新話: 김시습이 지은 최초의 한문소설집. 여기에 든 두 편 이외에 '西遊浮碧亭記', '南炎浮洲志', '龍宮赴宴錄' 등이 실려 있다.

도 구투인 데다가 내용도 고소설과 닮은 데가 많은데, 고소설처럼 로맨틱하지도 않으니까 재미가 없었다. 근대소설답게 사실적으로 쓰려고 하는데 리얼리즘에 대한 훈련이 되어 있지 않아서 어색했던 것이다. 리얼리즘의 증거 중시 사상이 잘못 입력되어서, 이인직의 '귀의 성'에서는 글을 쓰다 말고 샛길로 새는 일이 많았다. 거기 나오는 사건을 입증할 고증자료를 설명하기 위해서다. 그게 너무 길게 나와서 줄거리를 망쳐 놓는다. 계모가 의붓 며느리를 해치려고 '비상을 가져오라!'고 소리를 지르는 장면이 그 예이다.

사람의 목숨이 경각에 달려있는 위기인데, 작자는 거기에서 그 집에 비상이 있게 된 경위를 장황하게 설명하기 시작한다. 하인 고두쇠가 언제, 어디에 가서, 무엇에 쓰려고, 얼마를 사온 건데, 일부를 어디어디에 이미 썼고, 남은 것이 얼마 있는데, 그걸 가져오라는 뜻이라는 식의 곁가지 설명이 길게 나오는 것이다. 그 장황한 삽입부분이, 비상이 나오는 극적인 장면의 긴장감을 완전히 무산시킨다. 그런 일이 되풀이되니까 김이 새서 읽는 재미가 없어진다. 줄거리에도 고소설처럼 우연이 많고, 인물들도 선악형으로 전형화되어 있는 일이 많으니 신선도가 떨어져서 신소설 읽기는 재미없는 과제였다.

춘원에게 라이벌 의식이 있던 김동인은 춘원보다 이인직을 높이 평가했다. 그의 「이인직론」은 이인직의 묘사의 객관성을 예찬하는 글로 채워져 있다. 주관의 개입 없이 냉철하게 처리한 점이 아주 높게 평가되고 있는 것이다.* 그 말은 맞다. 객관적 묘사의 측면에서는 이인직이 앞서 있다. 춘원의 강점은 감성적인 면에 있기 때문이다. 객관적 시점 이외에도 이인직에게는 문장의 산문화에 끼친 공이 있다. 언문일치를 위한 노력이 그것이다. 하지만, 이인직의 「혈의 루」와 이광수의 「무정」의 문장 사이에는 엄청난 거리가 있다. 발표연대는 7년의 차이밖에 없는데도 세대차가 너무 큰 것이다.

춘원의 문장은 1세기가 지난 지금도 읽히고 있는데, 이인직의 문장은 읽어내기가 어렵다. 서사문체의 측면에서 보면 이광수는 초창기 문단에서 비견할 사람이 없는 정도로 특출한 문인이다. 그런데 우리 학년에는 신소설뿐 아니라 이광수를 연구하고 싶어하는 학생도 없었다. 모두들 '9인회'와 '단층', '프로문학' 등 2,30년대에 나온 문학에만 관심이 있었다. 우리 소설이 지반을 다지고, 질적으로도 성장해서 세계문학과 수준을 겨루게 된 이후의 작품들이 문학소년들에게는 인력이 있었던 것이다.

하지만 더 큰 인력은 서구문학에 있었다. 우리나라 소설의 작품집이 드물어서 구하기 어려운 데다가, 한글 읽기가 아직 서툴렀던 우리 세대는, 소년기에 일본판으로 세계문학전집을 읽으면서 문학에 입문하게 되었기 때문에, 모두 서구문학에 홀려 있었다. 그래서, 이인

---

* 김동인의 '조선근대소설고'에 나오는 『鬼의 聲』론에 "작자는 끝까지 냉정한 태도로 이 여주인공의 죽음에도 조그만 동정을 가하지 않았다. (중략) 자기를 총애하던 국왕의 임종을 스케치북을 들고 그리던 다빈치인들 에서 더 하였을까? ("김동인 전집" 6, 145쪽, 삼중당, 1976)라고 김동인은 이인직을 극찬했다.

직도 이광수도 좋아하지 않은 것이다. 개화기 이후부터 한국의 문학도들은 대체로 새것에 미쳐 있었고, 그 욕구를 채워 준 것이 서구문학과 일본문학이었다. 그러니 과도기의 문학인 신소설을 연구한 전선생님은 외로우셨을 것이다.

선생님은 월남한 피난민이어서 정병욱 선생처럼 해방 전의 단행본들과 잡지 같은 것을 고루 갖추고 있을 수 없었으니, 제자들에게 빌려줄 책도 많지 않았을지도 모른다. 성격도 남성적이어서 정 선생처럼 자애롭지 않아서 여학생들보다는 남학생들에게 인기가 있었다.

전광용 선생은 유니크한 외모를 가지고 계셨다. 이목구비가 불란서의 여배우 미셸 모르간과 비슷했다. 살보다 골격이 도드라지는 얼굴인데, 이목구비의 높낮이가 선명하고 입체적이었다. 해서 좀 익조틱한 분위기를 자아내는, 키가 크고 늘씬한 신사였다. 사모님이 유능해서 선생님은 동료들보다 여유가 있어 보였다. 멋있는 바바리코트 같은 것을 입고 다니셨던 생각이 난다.

우리가 삼선교에 단칸방을 얻어 살던 신혼 초에, 선생님은 6개월 동안 우리의 이웃이었다. 선생님댁은 지대가 높았는데, 우리는 그 바로 아래 낮은 동네에 있었다. 그래서 선생님댁에 오는 제자들은 거의 다 한 번씩 우리 집 단칸방을 기웃거렸다. 모두들 다방에 갈 돈도 없던 시기여서, 우리 집에서 뒤풀이를 한 것이다. 그중에 거인증巨人症을 앓고 있는 키 큰 후배가 있었다. 그는 우리 집 낮은 대문에 매번 이마를 찧으면서 들어섰다. 북향이어서 불이 들지 않아 붕어가 얼어붙을 정도로 추웠던 그 작은 방에 그가 앉아 있으면, 가득 차서 추위가 밀려 나가는 기분이 들었다. 방을 가득 채우던 큰 몸을 이승에 벗어 놓고, 그는 졸업도 하기 전에 세상을 떠났다. 첫 아기를 가졌던 시기여서 그랬는지, 나는 아이같이 순수하던 그 후배가 세상에서 사라진 것이 많이 애석했다.

전 선생님은 우리 고향의 이웃 고을인 북청 출신이시다. 물장사를 해서라도 아이를 공부시키는 향학열의 고장이다. 고향이 같아서 선생님과 나는 지역적인 공감대를 가지고 있었다. 이웃이기도 해서 사모님과도 가깝게 지냈다. 북에서 홀로 월남해서 외로우셨던 선생님은, 우리 남편의 형제가 열한 명이라는 말을 듣고 너무 부러워하셨다. 혈혈단신인 사람의 외로움은 당사자가 아니면 모를 만큼 큰 것 같았다.

선생님은 우리 약혼식 주례도 맡아주실 만큼 이어령 씨와도 가까웠다. 그런데 1960년에 그가 교수 자리에 추천을 받자, 선생님은 그를 돕지 않아서, 이 선생은 결국 서울대에 들어가지 못했다. 이유는 그가 대학원을 나오자마자 시작한 '비평론' 강의에 있었다. 그 강의는 해방 후 10년 만에 서울대 국문과에서 처음으로 한 본격적인 '비평론' 강의였다. 타과 학생들까지 몰려들어서 강의실의 사이 문을 터야 할 만큼 인기가 있었다.

해방 후의 서울대 국문과의 최대의 문제는 현대문학 강사를 찾을 수 없는 데 있었다. 일제 통치 36년 동안 한국 현대문학에 대한 강의를 하는 곳이 없었으니 당연한 일이긴 했지만, 문제가 아주 심각했다. 강좌는 여러 개가 개설되어 있는데 강의할 사람이 없었다. 그 중에서도 난감한 것은 비평론, 소설론, 시론 등의 강사가 없다는 점이다. 일본에서 문학을 전공한 백철 선생님이 '조선신문예사조사'와 '문학개론'을 강의해 주셨지만, 비평론이나 시론 등은 강의할 교수는 한 분도 안 계셨다. 고전문학이나 어학 쪽은 경성제대에 조선어학과가 있어서 전공한 학자들이 더러 있었는데, 한국의 현대문학 교수요원은 거의 찾을 방법이 없었다.

차선이 경성제대 영문과를 나와서 평론을 하는 문인들이다. 최재서 선생님 같은 분이 적임자였을 것이다. 그런데, 선생님은 연대 영문과 전임이었다. 그 밖에 일본에서 영문과를 나오고 글을 쓰는 당시의 현역 문인은 정지용, 김기림, 양주동 등이었으나, 정지용과 김기림은 6.25 때 사라져서 이미 안 계셨고, 양 선생은 고가연구로 전향했으니 강사품귀 현상은 갈수록 심각했다.

비평론 시간을 담당할 교수를 찾을 수 없으니 우리가 다닐 때는, 과대표였던 이어령 씨가 학교와 교섭해서 한 달씩 나누어 할 강사라도 찾기로 합의를 보았다. 그런데 한 달을 강의할 강사도 찾기 어려웠다. 문인 중에서 당대를 대표하던 평론가 김기진金基鎭 선생과 조연현趙演鉉, 김동리金東里 선생님 등이 1개월 단위로 출강을 하기로 겨우 섭외가 되었다.

제일 먼저 강의한 분은 팔봉 선생이시다. 선생님은 일본에서 릿교立敎대학 영문과를 중퇴하고 돌아와서 카프의 이론을 담당하며 명성을 날리던 평론가다. 선생님은 유명한 평론가였으니까 첫 시간에 다른 과 학생들도 막 몰려왔다. 프로문학파에서 전향한 선생님은 6.25 때 체포되어 길에서 돌팔매를 맞았고, 감옥에 수감되어 있다가 9.28이 되어 풀려 나오셨다. 겨우 목숨을 건졌다는 것을 우리는 풍문으로 들었다. 학생들이 아는 것은 거기까지였다.

팔봉 선생은 원래 풍채가 좋으시다. 키도 크고, 체구도 크시며, 서양 사람처럼 이목구비가 뚜렷한 훤칠한 평론가신데, 과묵한 편이어서, 멀리서 보아도 지도자다운 카리스마가 있었다. 강의하러 오신 날도, 많이 여위기는 하셨지만, 큰 키에 정장을 하고 코트를 펄럭이고 있어서 분위기가 괜찮았다. 학생들은 기대를 가지고 선생님을 맞이했다. 6.25 때 뇌를 아주 많이 다치셨나 보다고 학생들이 생각한 것은 강의가 한참 진행된 후였다.

강단에 서신 선생님은 당신이 겪은 6.25 이야기로 강의를 시작하셨다. 길에서 끌려다니면서 돌팔매를 맞으신 이야기, 고문을 당하다가 머리를 여러 번 구타당한 이야기, 9.28 무렵에는 지붕으로 피신해서 겨우 총살을 모면한 이야기 같은 것이 한참 이어졌다. 거기까지는 문제가 없었다. 말씀도 조리 있게 하셨고 음성도 컸기 때문이다. 그런데 6.25 이야기가 다 끝나서 본론이 시작되어야 할 시점인데, 다시 똑같은 이야기가 나오기 시작했다. 같은 내용이 다시 한 번 시작 되자 강의실이 술렁거리기 시작했다.

그 강의실은 남북으로 지은 건물 중간에 뒤로 하나만 동쪽으로 길게 달아낸 대형 강의실이어서 문이 입구 쪽에만 있고 출입구 옆에 강단이 있었다. 제일 뒤에 앉았던 철학과 남학생이 자리에서 조용히 일어나더니 천천히 앞으로 걸어 나갔다. 학생들이 놀라서 그를 주시했다. 강단 앞에 다가간 그는, 선생님에게 정중하게 허리를 굽혀 절을 했다. 일제시대에 일본 궁성을 향해서 하던 사이케이레이最敬禮*처럼 90도 각도로 허리를 굽혀 하는 공손한 절이었다. 그리고 그는 문을 열고 조용히 나가 버렸다. 그렇게 해서 그 강의는 마감이 되었다. 조연현, 김동리 선생님들도 그 소문을 들으시고 한 시간씩만 하고는 다시 나오지 않으셨다.

결국 우리는 문학원론에 대한 강의조차 듣지 못한 채 동숭동 시절을 마감했다. 그러니까 50년대에 졸업한 한국의 현대문학 전공 교수들은 모두 우리처럼 독학자들이다. 어느 학교나 사정이 비슷했기 때문이다. 그러다가 1960년에 이어령 씨가 본격적인 비평론을 시작하니 학생들이 열광할 수밖에 없었다. 그는 아마도 본격적인 비평론과 작가론을 국문과에서 강의한 최초의 교수였을 것이다. 현대문학 전공의 김윤식, 김용직, 김학동, 유종호, 이재선, 주종연 선생 등은 모두 우리보다 후배였기 때문이다.

그때의 인기가 역풍이 되어 이어령 씨의 전임 전선에는 빨간 불이

---

* 最敬禮: 일제시대에 궁성요배를 시킬 때의 구령이 최경례(사리케이레이)였다. 허리를 90도로 굽히는 가장 공손한 경례법이다.

켜졌다. 서울대만이 아니었다. 그 소문이 다른 대학에도 퍼져서, 현대문학 교수들이 바리케이트를 치고 그의 입성을 막고 나섰기 때문에 어느 대학에도 가기가 어려웠다. 그렇게 6년의 세월이 자나갔다. 대가 센 이화여대의 김옥길 총장과, 당시에 국문과 과장이던 이남덕 선생이 손을 잡고 열성적으로 스카우트해 가지 않았다면, 그는 어쩌면 대학에 자리를 잡기 어려웠을지도 모른다. 그가 이화여대에 자리를 잡은 것은 서울대 사건이 있은 지 6년이 지난 1966년의 일이기 때문이다. 그 6년 동안 그는 여러 대학에서 시간강사를 하면서 신문사 논설위원으로 생계를 이어 나갔다.

패기 있는 산악인 — 이숭녕 선생님

일석 이희승 선생님은 꼬장꼬장한 선비의 전형이시다. 심악 이숭녕 선생님은 좀 다르다. 일석 선생 같은 남산골 샌님형은 아니기 때문이다. 그런 성격 차는 외양에서부터 나타난다. 일석 선생은 별명이 대추씨다. 체구가 아주 작고 단단해서 그런 별호가 생긴 것이다. 미국에 갔을 때는 아동복 코너에 가야 맞는 옷이 있었다면서 웃으시던 생각이 난다. 심악 선생도 키는 그다지 크지 않았지만 볼륨이 있었다. 나폴레옹처럼 배가 나와 있는 것이다. 키도 일석 선생보다는 훨씬 크셨고, 등산가여서 체격이 다부졌다.

체격의 차이만큼 성격도 다르셨다. 심악 선생은 좀더 현대적이고, 좀더 남성적이고, 좀더 현실적이었으며, 권위의식도 가지고 계셨다. 신입생 때 내가 '심악'을 한자로 어떻게 쓰느냐고 선배들에게 물은 일이 있다. 조용하고 내성적인 김완진 선배가 '心惡'이라고 장난을 쳐서 모두들 웃었다. '心惡'은 농담이었지만, 심악心岳 선생님은 마음에 산악을 품고 있는, 스케일이 큰 남성이셨다.

선생님은 학생들의 호연지기를 키워주고, 학구열을 북돋아 주려고 애를 쓰셨다. 그래서 신입생들에게 많은 엄포를 놓았다. 선생님은 제자들에게 '소년이여 야심을 가지라'고 부추기는 형이어서, 외국어 두 가지는 반드시 마스터해야 학문을 할 수 있다고 얼마나 다그치시는지, 우리는 모두 입학하자마자 1년에 8학점이나 하는 제2외국어를 시작했다. 우리가 제2외국어를 열심히 하게 된 것은 선생님 덕이라 할 수 있다. 국제적인 안목 없이는 학문을 하기 어려움을 일깨워준 고마운 충고였다. 선생님은 일석 선생님보다 현실적이고, 인간적이었다. 라이벌의 험담 같은 것도 강의실에서 이따금 내비치곤 하는, 덜 군자스러운 면이 선생님의 매력 포인트였다.

선생님댁에는 바다 같이 너그러운 마음을 가진 사모님이 계셨다. 교육자였던 사모님은 후처여서 젊었기 때문에 학생들과 호흡이 잘 맞았다. 그분은 남편의 제자들 하나하나를 다 사랑 하면서 심신 양면으로 그들을 돌보셨다. 낳지 않은 아드님에게도 좋은 엄마였다. 학생이 비싼 시네마스코프를 보고 다닌다고 선생님이 아드님 불평을 하시니까, "「남태평양」 같은 영화는 넓은 화면으로 보아야 진수를 맛볼 수 있다"고 아드님을 옹호하던 생각이 난다. 선생님 관사는 청량리에 있어서 학교에서 멀었다. 그런데도 남학생들은 저녁 때 거기까지 몰려가서, 내놓은 푸짐한 음식을, 선생님의 표현을 빌리자면 '마라푼다'* 처럼 먹어 치우고, 자고 오기도 했다.

마지막으로 선생님을 뵌 것은 병실에서였다. 뇌졸중으로 말씀을 못하던 시기였다. 그런데 사모님이 재미있는 이야기를 해 주셨다. 무언가에 심기가 틀어지시면, 사모님에게 손으로 권총 모양을 만들어 겨누시며 "죽을 줄 알아!" 하는 것 같은 무서운 표정을 짓는 묘기를 보인다는 것이다. 그 경황에도 문병 온 제자들이 모두 웃었다. 너무나 선생님다웠기 때문이다. 병실을 나오면서 나는 '음운론'을 가르치던 장년의, 패기에 차 있던 선생님이 너무나 그리웠다.

국문과의 필수과목인, 고전문학과 국어학 관계 강의는 현대문학 분과 학생들도 들어야 한다. 그래서 심악 선생님 강의도 여러 개 들었다. 1학년 때는 '국어학개설'을, 2학년 때는 '음운론'을 들었다. 선생님의 '국어학 개설'과 '음운론'은 우리에게 많은 것을 가르쳐 주었다. 일제시대에 자라서 우리 말과 글에 대한 것은 전혀 배운 일이 없는 우리는, 그 강의에서 국어학에 대한 기초지식부터 익혀 나갔다.

---

* 마라푼다: 食人개미. 1954년에 찰튼 헤스톤 주연의 영화 「Naked Jungle」에 마라푼다가 나온다.

우랄 알타이어의 공통특징부터 시작해서 '음운도치音韻倒置*'와 '히아투스'** 같은 것들을 배우기 시작한 것이다.

선생님이 음운도치 현상의 예로 든 것은 '뱃곱'이라는 단어였다. 어느 지방에서는 그것이 '뱃복'으로 발음되고 있다 한다. 영어로 쓰면 kob이 bok이 되는 거니까 k와 b가 위치 바꿈을 한다. '직접'이 '집적'으로 발음되는 것도 같은 현상이라 하셨다. 근엄한 교수님이 '뱃곱' 타령을 자꾸 하시니 딱딱한 국어학 시간이 좀 부드러워지는 것 같았다. 선생님은 아랫입술 한쪽이 더 두꺼운 입을 약간 벌리면서 아주 권위 있게 그 단어를 발음하신다. 말의 내용과 표현의 거룩함의 부조화가 웃음을 자아낸다.

모음끼리 충돌하는 히아투스 현상을 피하기 위해 모음과 모음 사이에 의미가 없는 자음을 삽입 한다는 것도 배웠다. 두시언해에서 '뫼'와 '가람'으로 써야 할 것을 그 단어들 사이에 'ㅋ'을 집어 넣어서 '메콰 가람'으로 쓰는 것이 그 예라 하셨던 것 같다. 불어를 배우고 있어서 이해가 쉬웠다. 불어에도 그런 예가 있기 때문이다.

우리가 초등학교 1학년 때 배우던 일본의 기차 노래에는 '이마와 야마나카 이마와하마Imawayamanaka imawahama(지금은 산속, 지금은 해변)'라는 구절이 있다. 선생님은 그걸 칠판에 써 놓고 'a' 음을 세어보게 하

---

* 音韻倒置: 한 단어의 내부나 어군語群에서 두 음소가 서로 위치를 바꾸는 현상. '뱃곱-뱃복' 같은 음소도치와 '반찬-찬반' 같은 음절도치가 있다.

** Hiatus: 모음충돌. 한 단어의 내부나 두 단어 사이에서 각각 별개의 음절에 속하는 두 모음이 충돌하는 현상.

셨다. 한 줄에 'a' 음이 열 개나 들어 있었다. 같은 모음이 그렇게 되풀이되면 "음맘맘마"하는 것 같아 단조로워지니 모음에 변화를 주는 것이 타당 하다는 것이다.

우리말은 음운의 수나 기능으로 보면, 세계에 유례가 없게 탁월하다면서, 그 면에서는 일본어가 우리말보다 아주 열등하다는 말을 들었을 때는, 너무 신이 나서 손뼉을 치고 싶었다. 이중모음도 없고, 된소리도 없으며, ㄴ, ㅁ, ㅇ이 구별이 되지도 않는 단조로운 글자를 가진 일본 사람들이, 전문적인 음운학자들이 외래어를 표기하기 쉽게 만든 탁월한 한글을 너무나 무시하고, 못 쓰게 하던 아픈 기억이 있었기 때문이다.

훈민정음이 '동국정운東國正韻'*과 관련되어 만들어졌다는 사실도 새로웠다. 한자음의 올바른 표기법 밝히기에 역점을 두고 만들어졌기 때문에, 애초에 만든 스물여덟 글자에는 우리말만 쓰는 데는 필요하지 않은 네 글자가 들어 있다는 것이다. 지금도 스물여덟 글자를 다 쓰면 영어의 'v', 'th', 'f' 같은 음을 보다 정확하게 표기할 수 있다면서, 한글이 세계에서 외래어를 가장 원음에 가깝게 표기할 수 있는 글자라는 것을 일깨워 주셨다.

해방이 되어 우리 글자에 대한 그런 긍정적인 점들을 배우게 된

---

* 『東國正韻』 세종30년(1448) 집현전 학자들이 왕명에 따라 편찬한 책. 우리나라의 한자음을 새로운 체계로 정리한 최초의 音韻書로 '훈민정음'의 창제 원리 및 배경 연구에 매우 귀중한 자료이다.

것이 새삼스럽게 감격스러웠다. 하지만 일본어에는 이중모음과 'ㅋ', 'ㅌ', 'ㅍ' 같은 조잡한 음이 없고, '아 이 우 에 오'의 다섯 모음이 모두 단모음인 데다가 대체로 밝은 음들이어서 일본어에는 유포니*가 많다는 것도 가르쳐 주셨다. 서정시나 노래의 가사처럼 음악성이 중시되는 장르에서는 그들이 우리보다 훨씬 유리하다는 것도 배웠다. 처음으로 들은 대학 강의다운 강의였다.

두시언해杜詩諺解와 양주동 선생님

무애无涯 양주동 선생은 국어학 시간에 국문학 강의도 전문적으로 할 수 있는 능력을 가진 희귀한 교수시다. 이두문吏讀文 강의를 하는 시간인데, 선생님은 이두로 씌어진 향가의 문학적 특성도 가르치셨고, 고어연구 시간인데, 고려가요의 시로서의 아름다움에 대해서도 강의를 해 주셨다. 어학 시간에 문학을 덤으로 좀 가르치는 것이 아니다. 어학강의를 일단 끝내고 나면 본격적으로 문학강의를 시작하는데, 그 분야에서도 선생님은 1인자니까 문학강의도 특상급이다.

한 시간에 두 가지 전문강의를 완벽하게 해야 하니 선생님은 강의 시간에 아주 바쁘다. 진도가 늦어질 가능성이 생기니, 시간이 끝나도

---

* Euphony: 듣기 좋은 소리. 모음에서는 양모음이, 자음에서는 n, m, r, l이 유려음이다.

열강을 계속하신다. 하지만 선생님은 "여요전주麗謠箋註"와 "고가연구
古歌研究"등의 주해가 달린 교재를 가지고 계셔서 진도도 별로 처지지
않았다. 선생님은 외래강사다. 전공도 국문학이 아니고 영문학이다.
와세다 대학 영문과를 나온 영문학자신데, 독학으로 고어연구를 해
서 정상에 오른 것이다.

이두문을 일본 학자들이 먼저 해독한 것이 선생님의 민족적 자존
심을 건드려서 독학으로 이두 연구를 시작했다고 하셨다. 일본에서
는 지금도 한자를 음音과 훈訓 두 가지 방법으로 읽는다.＊ 때로는 음으
로 때로는 훈으로 마음 내키는 대로 읽고 쓰는 것이다. 신라시대의
이두문과 한자 사용 방법이 같다. 그러니 일본 학자들이 향가를 먼저
해독하게 된 것은 당연한 일이라고 할 수 있다. 한국에서는 이두문이
없어진 지 오래니, 이집트의 신성문자처럼 그 독법을 잊어 버렸다.
그래서 현대식으로 음독音讀만 하려 하니, 주문처럼 해독이 불가능해
서 연구를 접어두고 있었던 것이다.

일본인들 덕택에 훈과 음 양쪽으로 읽게 썼다는 사실을 알게 되
니, 이두문 해독은 당연하게도 한국인에게 더 유리한 연구 분야가 되
었다. 우리나라에서 만들어진 말과 글이니 문화적 문맥과 어휘의 뉘
앙스를 우리가 더 잘 알고 있었기 때문이다. 그래서 양주동 선생은

＊　한국에서는 한자를 음으로만 읽는데 일본에서는 지금도 한자를 音과 訓으로 섞어서 읽는다.
어떤 규칙이 없이 자의적恣意的으로 음이나 훈을 택하는 점에서 신라시대의 이두문의 한자 읽
는 방법과 같다. 그러니 해독이 안 되던 이두문을 일본 학자들이 해독하기 시작한 것은 당연한
일이다. 그 원리를 알자 양주동 선생이 독학으로 향가 연구를 시작했다.

독학으로 이두문 연구를 시작했고, 일본학자들보다 향가 해석에 앞설 수 있었다. 선생님은 자신이 혼자 공부해서 이두문 해독을 한 것을 우리에게 자주 자랑하셨다.

다행히도 선생님이 계셔서 우리는 향가와 고려가요를 어학, 문학 양면에서 배울 수 있었다. 향가에서 시작해서 '서경별곡', '청산별곡', '동동', '만전춘' 같은 아름다운 고려 가요들을 차례차례 다 배웠다. 우리 문학의 귀중한 유산을 제대로 배울 수 있게 된 것이다. 저자가 직접 가르치니 내용도 충실했다. 금상첨화로 무애 선생님은 명강사여서 교수법도 좋아 강의를 재미있게 들을 수 있었다.

어학교수이면서 문학교수를 겸할 능력이 있었던 점, 그 방면의 독보적 존재였던 점, 세계문학의 새 흐름에 대한 안목도 갖춘 영문학자였던 점 등이 양 선생만이 가지고 계신 매력 포인트였다. 그것만으로도 학생들을 불러 모으기에 충분한 여건인데, 거기에 선생님의 강의에 대한 열정이 첨가된다. 선생님은 새내기 훈장처럼 가르치려는 열의와 의욕이 충만해서, 강의를 듣고 나면 포만감이 올 정도로 충족한 느낌이 들었다.

선생님의 강의 중에서도 정점을 이룬 것은 '두시언해'였다. 두시언해는 두 가지 면에서 학생들을 만족시킬 수 있었다. 첫째는 원전인 두보杜甫 시의 탁월함이다. 우리는 한시 자체를 생전 처음 배웠기 때문에, 그것만 해도 가슴이 벅찬 일인데, 대뜸 두보의 시로 시작했으니 신천지가 눈앞에 열린 격이었다.

두시언해 시간에도 선생님은 두 가지 강의를 병행하셨다. 원전인 두보 시에 대한 문학 강의와, 언해인 번역시에 대한 어학적 분석 해석이다. 두보의 시와 우리의 옛 어휘를 함께 배우면서, 시의 아름다움까지 곁들여 배우니 우리는 운이 좋았다. 무애 선생님은 두보를 좋아해서 아주 열정적으로 두보의 시를 분석해 주셨다. 대표작들을 골라서, 중국의 다른 시인들과 비교해 가면서 작품의 문학적 특성까지 밝혀 준 것이다. 그 강의가 재미있어서 우리는 60년이 지난 지금도 두보의 시를 몇 편은 외울 수 있는 실력을 길렀다.

두보가 다른 시인보다 두드러지는 것은, 서경시敍景詩나 단심가丹心歌를 높이 평가하는 한시의 전통에서 벗어나, 현실을 있는 그대로 그린 시가 많다는 사실이다. 그가 살던 시대는 전쟁이 끊이지 않던 난세였다. 그래서, 그의 작품에는 전쟁의 참담함을 그린 것들이 많다. 전쟁을 막 끝낸 우리와 공통되는 여건이다.

> 봉화가 석 달이나 이어지니 집에서 오는 편지는 만금에 값하고
> 흰머리는 성거지고 짧아져 동곳을 견뎌내지 못하는구나
> 烽火連三月 家書抵萬金 白頭搔更短 渾欲不勝簪
>
> —'춘망春望'의 끝부분

숱이 적어져서 상투가 동곳을 감당하지 못하는 델리케이트한 현상을 통하여, 전란 중에 피폐해진 늙은 방랑시인의 초라한 모습을 부각시키고, 객지에서 전쟁을 겪는 가장의 불안을 집에서 오는 편지를

금값에 비유하는 것으로 묘사한 부분이 탁월했다. 그가 처해 있던 전시의 어려움이 우리와 비슷해서 공감대가 더 넓었다. 우리도 1년 동안 가족끼리 소식을 모르며 지내는 일이 많던 시기였기 때문이다.

'석호리石濠吏'도 역시 공감을 자아내는 시였다. 저물녘에 석호촌에 관리들이 몰려와서, 집집을 뒤지며 사람사냥을 한다. 이미 아들 셋을 모두 군인으로 빼앗겨 남은 장정이 없는 집도 봐 주지 않는다. 아낙네들까지 모조리 데려가서 아침이 되니 석호촌에는 노약자만 남는 것이다. 그것도 우리가 겪은 일이었다. 그건 모든 전쟁이 가지는 보편적인 민얼굴이기 때문에 전시의 풍경들이 공감대를 형성했다.

벌레를 잡아먹는다고 닭을 묶어 팔려고 하는 사람을 보면서, 닭도 팔려가면 백숙이 되는 현실을 생각하는 시인이 나오는 '박계행縛鷄行'도 감명 깊었다. 닭과 벌레 어느 쪽 편을 드는 게 옳은지 판단이 서지 않아 산각山閣에 기대서서 먼 곳을 바라보는 장면 역시 우리의 현실과 닿아 있다. 국기가 석 달에 한 번씩 바뀌는 소용돌이 속에 서면, 한순간의 선택이 목숨을 좌우 하는데, 어느 것이 정답인지 판단이 서지 않는 일들이 너무 많아서 사람들은 혼란에 빠져 있었던 것이다. 어찌 전시뿐이겠는가? 선택의 어려움은 삶 그 자체의 어려움인 것을……

우리들의 젊음이 싹 트던 시기. 우리가 시를 사랑하고, 아름다운 것들과 불타오르는 것들을 동경하고, 생명을 가진 모든 것에 홀려 있던 그 빛나야 할 한 시기는, 불행하게도 '벽이 피를 흘리는'(폴 엘뤼아르) 전시戰時였다. 포탄이 휩쓸고 간 불모의 땅 위에 살육의 피바람이 몰아치고 있었다. 그 미친 바람이 우리가 사랑하는 모든 것을 부수고 있었다. 움트던 꽃망울들이 짓이겨졌다. 청년들은 끌려가서 시체가 되어 돌아왔고, 이웃도 친구도 믿을 수 없어진 막다른 골목에는 등화관제의 어둠만이 휘장처럼 무겁게 드리워져 있었다.

폐허의 돌더미 위에서 젊음을 맞이한 세대……. 거기에 우리는 속해 있어서, 젊은 날에도 달콤한 사랑의 노래나 꿈같은 낭만적 시에 젖어들 겨를이 없었다. 달이나 바람을 노래한 시, 자연의 품에서 유유자적하는 신선 같은 경지를 읊은 시들은 우리의 현실과는 너무나 먼 곳에 있었다. 우리는 하늘에서 불비가 쏟아져 내리는데 도망갈 장소도, 몸을 숨길 동굴도 찾지 못한 폼페이의 주민들이었다. 그래서 절망 속에서 각혈을 하듯이 뱉어지는 절규 같은 시가 아니면 공감을 할 수 없었다.

'실존實存'이라는 말, '앙가주망'이라는 말 같은 것들이 열병처럼 만연하던 시기에 자란 아이들. 우리에게는 낭만파나 상징파의 시들보다는 '레지스탕스'의 시들이 더 가깝고 절실했다. 그래서 엘뤼아르의 「자유」, 아라공의 「엘자의 눈」 같은 시들을 외우면서 캄캄한 밤을 견뎠다. 숨이 막힐 것 같은 등화관제의 어둠 속에서 우리는 주문처럼 서정주의 '바다' 같은 시를 읊조리기도 했다.

애비를 잊어버려,

에미를 잊어버려,

형제와 친척과 동무를 잊어버려,

마지막 네 계집을 잊어버려,

알라스카로 가라,

아니 아라비아로 가라, 아니 아메리카로 가라, 아니 아프리카로 가라,

아니 침몰하라. 침몰하라. 침몰하라.

두보의 시국을 한탄하는 시들이 가슴에 와 닿았던 것은, 그런 우리의 내면과도 관련이 있었다. 좋은 시는 시간과 공간을 넘어서서 공감대를 형성한다는 것을 두보가 다시 한번 깨우쳐 준 것이다.

두보의 원시原詩도 아름다웠지만 더 기가 막히는 것은 번역시의 탁월함이었다. '國破山河在 城春草木深'을 "나라이 패망하니 뫼콰 가람 뿐 있고, 잣안 봄에 풀와 나모뿐 기펫도다"로 번역해 놓았다. 나라가 패망하니 산과 강물만 남아 있고, 성안 봄에 풀과 나무만 깊어있구나'라는 뜻이다. 山, 川, 城 같은 추상적인 외래의 명사들이 '뫼', '가람', '잣' 같은 순연한 우리말로 바뀌면, 그런 말을 처음 배우는 우리는, 우리나라 고어의 아름다움이 새로 발견한 원석原石처럼 소중하게 느껴져서 가슴이 뿌듯해졌다. '玉華宮'의 마지막 구절인 '冉冉征途間

誰是長年者'의 번역문은 더 좋다. '뉘엿뉘엿 예는 길 사이/ 뉘 이 나
홀 길이 살 사람고'라고 번역되어 있기 때문이다. '뉘엿뉘엿 가는 길
사이/ 이 나이를 길이 살 사람이 누가 있겠는가?'라는 뜻이다. 두보
의 원시도 기가 막히지만, 언해 쪽이 더 아름답다.

　친구들이 하나둘 사라져 가는 요즈음은 그 구절이 더 절실하게 다
가온다. 허탈감의 무중력상태에서 '뉘 이 나흘 길이 살 사람고' 하고
있으면, 미세먼지도 암세포도 하나도 무섭지 않아진다. 죽음은 아담
이브 때부터 인간에게 정해진 생명의 당연한 종착역이기 때문이다.
종착역에 닿으면 내리는 것이 순리지 않겠는가?

　『두시언해』에 나오는 고어들이 얼마나 전아典雅하고 아름다운지,
두보가 손을 들 것 같은 느낌까지 들었다. 고려 사람들은 두보 시의
아름다움을 잘 알고 있었고, 우리말의 섬세함을 살릴 탁월한 미적 감
각도 가지고 있어서, 번역인 언해시가 독립된 창작시처럼 독자성을
확보한다. 『두시언해』는 번역문학의 정화精華라고 할 수 있다. 『두시
언해』를 보면 우리 민족의 언어 감각의 탁월함에 머리가 숙여진다.
유교가 와서 예술의 지위를 하락시키기 이전에는 우리에게 그렇게
아름다운 시적 감각이 있었던 것이다.

　양주동 선생은 자신을 천재라고 자칭하는 점에서도 이름이 나 있
는 분이다. 남들이 자신의 가치를 몰라주니 자기라도 그 사실을 알리
는 수밖에 없다는 것이 선생님이 자칭 천재론을 내 세우는 명분이다.

선생님은 강의를 할 때, 열정이 넘쳐서 침이 막 튄다. 시를 해설할 때에는 시각적 이미지를 재현해 보이려고 액션도 많이 하신다. 강단 위에서 조용히 있는 시간이 없을 정도로 제스처를 많이 쓰는 분이다. 어떤 때는 이리 뛰고 저리 뛰고 하면서 열강을 하던 모습이 지금도 눈에 선하다.

게다가 선생님은 비속어도 막 쓰고, 이따금 성적인 담론도 내비치는 보통 남자이기도 하다. 입가에 수염이 나 있는 모습으로 도가 지나칠 정도의 항문기적 증상을 드러내면 우리 눈에도 이쁘지 않았다. 동료들은 더 말할 필요가 없다. 다른 선생들 눈에는 체신이 없어 보일 가능성이 있는 처사기 때문이다. 스스로 천재라고 외치고 다니는 것도 동료들 눈에는 곱게 보이시 않을 사항이다.

서울대학에는 경성제대식 경직된 엄숙주의가 남아 있었고, 체계가 잡힌 학문만 존중하는 전통이 자리 잡고 있어서, 독창적인 천재형 교수는 설 자리가 좁았다. 대부분이 언행에 균형이 잡혀 있는 선비들이었으니, 양 선생 같은 자유분방한 보헤미안은 여러 모로 환영받을 분위기가 아니었다.

양 선생은 유교의 영향을 덜 받은 서북 지방 출신인 데다가 홀어머니의 외아들이었고, 학교도 주로 사립을 다녔기 때문에, 어떤 권위에도 억눌리지 않는 자유로운 분위기를 지니고 계셨다. 그래서 선비식 매너를 멸시하는 것 같은 면도 있어 보였다. 선생님의 안목으로 보면 그들은 위선자요 속물이었을 것이기 때문이다. 그 자유로움이 좀 도가 지나쳐서 분방해 보이니 반대 편에서는 평이 좋지 않을 수밖에 없는 것이다.

그래서 그분들은 서로 잘 어울리지 않았다. 서울대학에 오면 양 선생님은 늘 외톨이셨다. 선생님은 자신이 서울대 교수들에게 곱게 보이지 않을 것을 알고 계셨다. 하지만, 개의치 않는 것 같았다. 그래도 외로우셨는지 술을 많이 드셨다. 그래서 우리는 선생님을 주동酒童이라고 부르기도 했다. 하지만 강의를 들어 보면 천재인 것만은 확실해 보였다.

천재란 중용을 모르는 사람들에게 붙여지는 별칭이다. 자기 재능에 도취되어 있는 나르시스들, 규범에서 벗어난 언행을 자주 하며, 솔직하여 마음에 있는 말을 다 뱉어내는 인물형에 천재가 많다. 항상 새것을 탐색하니 어제와 오늘의 말이 달라질 수도 있어, 유학자들처럼 언행이 여일如—하기도 어려울 것이다. 그래서 이조시대의 천재적인 문인들은 대체로 방외인方外人* 취급을 당했다. 양 선생이 서울대에서 소외되는 것도 그에 준한다. 유교는 우등생은 좋아하는데 천재는 별로 좋아하지 않기 때문이다.

게다가 선생님은 지나치게 솔직해서, 점잖게 스스로를 위장할 줄도 몰랐다. 물질적 욕심 같은 것도 숨길 줄을 몰랐다. 피난지에서 영어학원을 해서 돈을 많이 버셨다는데, 돈을 밝히는 것을 부끄러워하

---

* 方外人: 세상 밖에 있는 사람들. 체제 밖에서 사는 자유인들.

지 않는 데서 생겨난 일화가 많다. 돈뿐 아니다. 양 선생님은 자신의 약점도 속이지 않고 드러내는 습관이 있다. 집에 불이 났는데 처자를 버리고 혼자 도망가려다 들켜서 아내에게 평생 큰소리를 못 친다는 이야기 같은 것을 학생들에게 주저없이 들려주는 타입이니, 뒷말이 많았다. 그런 자기 노출벽도 동료들에게 지탄받는 조건의 하나였을 것이다. 하지만 학생들은 다르다. 그런 파격적인 교수는 오히려 인기가 있다. 권위적이 아니기 때문이다. 그런 데다가 수업이 재미있고, 내용도 풍부하니 선생님 강의는 다른 대학 학생들도 청강하러 모여들게 만들었다.

선생님의 고어연구는 독학이었으니 독창적인 면이 승한 대신에, 워낙 범위가 방대한 것을 혼자 공부했으니 취약한 곳이 있을 수밖에 없다. 독학인 선생님은 우리가 '국어학개설'에서 배우는 법칙들도 일일이 혼자 찾아냈으니까 자부심이 대단했다. 하지만 잘못하면 이미 알려져 있는 법칙을 자기만 아는 것으로 착각하기 쉬운 점도 있었다.

'용타! 용타! 이건 양주동만 아는 법칙이다.'

어느 날 선생님이 당신이 찾아낸 어학의 새 법칙을 이렇게 자화자찬하시자, 어학 전공인 이기문 선배가 '그건 국어학계에서는 상식이 된 지 오랜 법칙입니다'라고 오금을 박았단다. "이게 독학자의 설움이야!" 하면서 선생님은 밤새도록 벽에 머리를 짓찧었다는 이야기를 다음 날 강의실에서 해 주셨다. 그리고 그런 신통한 말을 한 학생의 실력을 침이 마르게 칭찬하셨다.

"내 애가 이 재미로 쥐꼬리만한 강사료를 받으면서 경성제대까지 나온다니까."

선생님은 그 상황에서도 우수한 학생들을 가르치는 기쁨을 숨기지 않으셨다. 선생님은 '서울대학'을 언제나 '경성제대'라고 하셨다. 당신이 못 들어간 대학의 이름이어서 애용했는지도 모른다.

'용타! 용타! 역시 경성제대는 다르다.'

실력이 탁월한 학생을 만나면 선생님은 이렇게 말하면서 감탄을 아끼지 않았다. 가르치는 자의 최대의 기쁨은 탁월한 제자를 찾아내는 일이기 때문이다. 감정을 숨기지 못하는 그런 솔직함도 학생들에게는 선생님의 매력으로 받아들여졌다. 선생님은 학생들이 답안지를 잘 쓰면 너무 좋아 하셨다. 이어령 씨를 '천재'라고 칭찬하고 다닌 것도 답안지를 잘 썼기 때문이다. 거기에서 끝나면 좋은데 선생님은 열등한 학생들을 경멸하는 습관이 있었다. 어느 작은 대학에 가서 영어를 가르치는데 'bird'라고 쓰고 읽어 보라니까 한 학생이 '삐르드'라고 읽더라면서 답답해서 가슴을 치셨다. 그때부터 선생님은 머리 나쁜 학생을 '삐르드'라고 부르셨다. 학생들도 그 말을 배워서 애용했다.

강의를 들어 보면 우리 눈에도 그분이 천재인 것은 부정할 수 없는 사실처럼 느껴졌다. 동서의 고전에 대한 그 해박한 지식, 언어의 아름다움을 찾아내는 시인으로서의 예리한 촉수, 평론가다운 정확한 감식안, 전 세계의 당대의 문학에 대한 이해를 가능하게 한 영문학의 지식 등, 선생님은 너무 많은 것을 갖춘 르네상스적인 학자였다. 문학의 가치를 정확하게 알고 있는 어학교수에게서 옛날의 어휘들과 시가의 아름다움을 동시에 배운 것을 나는 지금도 행운으로 생각한다.

졸업하고 오랜 세월을 보내면서 생각해 보니 선생님은 동숭동에서 가장 많은 것을 가르쳐 준 교수님이셨다. 가장 좋은 강의를 해 준 선생님 중의 한 분이기도 했다. 국문과 선생님들은 대체로 결강을 잘 안 하셨다. 양주동 선생님도 마찬가지다. 결강이 없었던 것도 많은 것을 배울 수 있는 조건 중의 하나였을 것이다. 이쁘지 않은 수염을 달고 침을 튕기며 열강을 하던 선생님은 지금 어디서 무엇을 하고 계실까?

일석一石 선생님 댁 세찬상

이희승 선생님은 호가 일석一石이시다. 그래서 학생들은 선생님을 독일어로 '아인슈타인'*이라고 불렀다. 하지만, 때로는 '대추씨'라고 하기도 했다. 체구가 아주 작고 단단했기 때문이다. 돌과 대추씨는 딱딱하여 빈틈이 없는 점에서 공통된다. 그 단단함은 선생님의 의지력의 굳기를 의미한다. 선생님은 한글학회 사건으로 수감되셔서 몇 년간의 옥고를 견뎌내셨고, 4.19 때는 교수 데모대 선봉에 서셨다. 선생님은 어떤 어려움 앞에서도 지조를 굽히지 않고 백설이 지배하는 시기에도 독야청청獨也靑靑한 선비의 본보기였다.

그런데, 씨의 바깥 부분에 풍성한 과육을 껍질로 감싸고 있는 대추처럼, 선생님의 대추씨 바깥 부분에는 흥건하게 사랑이 고여 있는 감성의 저수지가 있었다. 시집 『박꽃』과 『벙어리 냉가슴』, 『먹추의 말참견』, 『소경의 잠꼬대』 같은 재미있는 제목의 수필집에 실려 있는 수필들, 교과서에 나오는 「딸깍발이」 같은 작품들이 거기에서 나왔다고 할 수 있다. 유머 감각도 있으셔서, 언젠가 과 모임에서 학생들이 노래를 청했더니, 쌍둥이에게 시집간 제수씨가 시아주버님을 남편으로 착각하고, 사랑의 밀어를 속삭이다가 질겁하는 재미있는 내용의 노래를 부르기도 하셨다.

---

* Ein stein: 독일어로 돌 하나를 뜻하니까 一石선생님 호와 의미가 같다.

선생님은 식사를 아주 묘하게 하시는 분이다. 그릇마다 뚜껑이 달린 유기 반상기를 쓰셨는데, 한 가지를 자실 때마다 그릇 뚜껑을 일일이 열었다가 다시 닫으신다. 위가 약하시니까 음식이 식는 것을 늦추기 위함인 듯하기도 하고, 음식을 씹는 시간이 기신 것도 원인 중의 하나였을 것 같다. 아주아주 오래 씹으시니 식사 속도가 많이 느리다. 식사하는 시간이 워낙 기니까, 제자들이 도장 같은 걸 받으러 예고 없이 나타나면, 마주 앉혀놓고 말씀을 하시면서 식사를 하기도 하셨다. 식사 양은 아주 적다. 다른 사람의 절반 정도밖에 되지 않는 것 같았다.

선생님은 전시에 오랫동안 감옥에 계셨다. 일반인에게도 식사가 말이 아니었던 시기였으니 마지막에는 콩찌게미 같은 먹기 어려운 음식까지 나왔을 것이다. 음식이 너무 적고, 영양이 부족해서, 한글학회 수감자 중에는 영양실조로 옥사한 분들도 계시다. 체구가 큰 분들 중에는 음식이 모자라서 허기에 시달리니까 막판에는, 수채구멍으로 흘러 들어가는 밥찌꺼기까지 탐내기도 했다는 말을 들었다. 그런데 선생님은 무사히 나오셨다. 체구가 작은 데다가 소식인 것도 도움이 되어서 그 수난의 시기를 견디신 것이다. 아마 오래 씹는 식사법으로 다 삭혀 드신 것도 보탬이 되었을 것이다. 느린 식사법 때문에 선생님이 목숨도 부지하셨고, 품위도 지키면서 수감생활을 견뎌내셨다는 말을 그 댁 세배 손님에게서 들었다.

하지만 식사법보다 더 놀라운 것은 그 댁에서 손님을 대접하는 방법이다. 국문과의 최고령자시니까 그 댁에는 세배 손님이 무지하게 많았다. 그런데 손님 하나하나에게 각상을 차려 내오신다. 재학생 제자들에게도 마찬가지다. 개성 출신이셔서 선생님댁 세배상에는 반드시 보쌈김치가 놓인다. 그 많은 손님 하나하나에게 보쌈김치가 담긴 상을 차려주는 일을 며칠 동안 계속하는 것이다. 시아버님을 너무나 존경하는 며느님이, 얼굴 한 번 안 구기고 그 힘드는 손님치레를 성실하게 수행하셨다. 세상에 세배 오는 제자들을 그렇게 극진하게 대접하는 대학교수는 다시 없을 것이다.

그건 선생님의 사람 대접법이다. 모든 인간을 선생님은 그렇게 극진하게 대접하셨다. 선생님이 동아일보 사장으로 계실 때, 취직을 하려고 추천서를 받으러 간 일이 있다. 선생님은 만사를 젖혀 놓고 오래오래 긴 추천서를 써 주셨다. 그 추천서가 너무 간곡해서 감동한 면접관이 내게 그걸 읽어 주셨다. 얼마나 성심껏 써 주셨는지 눈물겨웠다. 모든 제자들에게 선생님은 그렇게 하셨다. 내 친구가 인천에 취직하러 갈 때에는 인천까지 같이 가 주기도 하셨다. 상대방이 알건 모르건, 선생님은 사람 대접을 늘 그렇게 한결같이 극진하게 하셨다. 옷깃이 여며지는 인품이다.

그러면서 받는 것은 최소화하려 하셨다. 돌아가실 때도 장례비용을 손수 준비해 놓고, 부조를 받지 못하게 유언을 하셨다. 모두들 너무 어려울 때여서 그 무렵에는 부조금이 없으면 대사를 치르기 힘들었다. 그래서 부조를 안 받는 대사를 나는 그때 처음 보았다. 정년퇴

임하실 때 제자들이 학위복을 만들어 드리려고 재단사를 데리고 갔더니, 선생님은 당신은 사이즈가 작으니 큰 사람들만큼 받지 말아 달라고 재단사에게 부탁하셨다. 제자들의 부담을 덜어주고 싶었던 것이다.

그때 서울대 교수님들은 일본 사람들이 두고 간 관사에 살고 계셨는데, 적산가옥이라 소유권이 확정되어 있지 않았다. 의과대학의 학장님과 선생님이 같이 퇴직을 하시는데, 그쪽에서는 제자들이 추렴을 해서 온전한 집을 사 드렸다. 의사들이라 여유가 있었던 것이다. 우리 선배들이 그리하지 못하는 것을 죄송해 하자 선생님은 펄쩍 뛰셨다. "평생 생업이 있었는데, 집 장만을 못한 건 살림을 잘못한 탓인데, 왜 자네들이 미안해 하느냐"고 하셨던 것 같다.

노년에 사모님이 편찮으실 때도 선생님은 자식들 몰래 손수 간호를 하셨다는 말을 들었다. 선생님의 제자인 한의사 이희수 여사가 어느 날 사모님 때문에 왕진을 가 보니, 사모님보다는 선생님의 위염이 더 위중하더란다. '안 아프세요?'하고 여쭈니까 '왜 아니겠어. 아프다 못해 쓰리다네' 하시더란다. 그러면서도, 살 만큼 살았다는 이유로 치료는 거절하셨다는 것이다. 그 몸으로 선생님은 사모님을 간호하셨다. 환자의 냄새가 아이들 사는 쪽으로 흘러가지 못하게 바깥쪽 문을 노상 열어놓고, 선생님은 빈사의 마나님을 손수 간호하셨다는 것이다.

대학생들은 돌아서면 교수님들의 성함에 존칭을 붙이지 않는다.

그런데 일석 선생님과 박종홍 선생님만은 뒤에서도 존칭을 뺄 수 없는 카리스마를 가지고 계셨다. 그건 대추씨만한 체구에서 뿜어져 나온 인품의 위력이다.

선생님은 우리가 결혼할 때 주례를 서 주셨다. 꼬장꼬장한 음성으로 엄숙하게 그 결혼을 하늘에 고하던 고천문告天文 소리가 잊혀지지 않아서, 늘 삼가는 마음으로 살게 되었다. 대추씨처럼 작은 체구에 흐트러짐을 모르는 우리들의 딸깍발이 선생님은, 내가 세상에서 만난 가장 경건한 선비이며, 인간을 극진하게 대접한 경이로운 휴머니스트였다.

2. 불문과

우리 학년의 현대문학 전공 학생들은 부전공을 불문과로 정한 사람이 많았다. 17세기부터 유럽의 문학을 주도한 나라가 불란서였기 때문이다. 그래서 우리는 모두 불문학의 팬이 되어 있었다. 일본판 『세계문학전집』에 불란서 소설이 많이 번역되어 있는 것도 이유 중의 하나였을 것이고, 불란서시의 감미로운 리듬 같은 것도 매력 중의 하나였을 것이다. 불어에서는 끝에 오는 조잡한 자음들(k, t, p)을 발음하지 않거나 다음 단어의 첫 자와 리에종*을 해서 유연하게 만들고, 일본어처럼 'n'이나 'm'이 모두 콧소리인 'ng'로 발음되니, 유려음이 많아서 시를 낭송하면 그 아름다운 운율에 홀리게 된다. 마치 음악을 듣는 것 같은 기분이 되는 것이다. 거기에 당대를 휩쓸고 있던 레지

---

* Liaison: 결합, 연결의 뜻. 연독連讀, 연음連音. 불어에서는 앞 단어의 마지막 자음을 다음 단어의 첫 모음과 연결시켜서 읽는 것을 말한다.

스탕스 시들과 실존주의계의 소설들이 덧붙여져서 불란서문학의 인력을 배가시켜 주고 있었다.

문학뿐 아니다. 불란서의 문화 그 자체를 정신없이 좋아했다고 보는 편이 옳을 것 같다. 영화도 불란서 것만 보고 다녔다. 「무도회의 수첩」이나 쟝 갸방이 나오는 「애상哀傷」, 「나의 청춘 마리안느」 같은 것들을 나오는 대로 다 보았다. 그중에는 후일에 다시 보니 너무 시시해서 어이가 없는 작품도 있었다. 샹송도 우리를 유혹한 예술 중의 하나였다. 그때 우리는 친구들을 '무슈', '마드모와젤'로 부를 정도로 불란서풍에 휘말려 있었으며, 사르트르나 까뮈의 신간을 구하려고 혈안이 되어 있었다.

하지만, 초급불어를 배울 때는 시제時制가 복잡해서 고전했다. 불란서의 시제는 하도 복잡해서 정신이 하나도 없었다. 단순과거, 복합과거, 반과거, 대과거 하는 식으로 과거만 몇 가지나 있으니, 단어마다 시제 변화를 익히는 것이 보통 일이 아니다. 수사數詞도 괴상하다. 아라비아 숫자로 쓰지 않고 자기네 식으로 쓰는데, '85'를 quatre-vingt-cinq라고 한다. 4×20+5가 되는 것이다. 복잡할 뿐 아니라 너무 길다. '1976년'은 더하다. '1900+60+16'이라고 써야 하기 때문이다. 단어만 네 개가 나열되니 너무 해괴하다. 우리나라에서도 경상도에서는 85를 '팔십 다섯'이라고 하기도 하지만, 불란서처럼 복잡하고 길게 쓰지는 않는다. 그렇게 이상하게 수를 세는 나라를 나는 처음 보았다. 원문 받아쓰기를 할 때 연도가 나오면 학생들은 비명을 지른다. 나는 지금도 불어 수사만 나오면 아라비아 숫자로 써 달라고 부탁한다.

너무 복잡해서 부전공을 잘못 선택했다는 후회가 왔다. 하지만 정도가 올라갈수록 점점 명석한 언어라는 생각이 자리 잡았다. 인토네이션도 규칙적이어서 예외가 적었고, 발음도 미국영어처럼 한 글자를 여러 갈래로 읽는 일이 없기 때문이다. 서구의 글자들은 거의가 다 알파벳의 변용체니까 영어를 배운 사람들은 불어를 배울 때 문자에 접근하기가 쉽고, 라틴어와 희랍어에서 온 단어들은 모든 나라에서 어근語根이 같으니까 독일어나 불어 같은 제2외국어는 단어의 뜻을 알아보기 쉬워서 진도가 잘 나가는 편이다.

뿐 아니다. 불어 교재는 나오는 예문들이 절묘해서 한 줄에서 하나씩 잊어버릴 수 없는 방법으로 단어들을 입력시켜 준다. 어떤 사람이 산책을 하면서 보니까 큰 나무에는 도토리가 달려 있고, 땅 위를 기는 호박줄기에는 청둥호박이 달려 있었다. 그는 잘못 처리했다고 조물주를 비웃었다. 그러다가 나무 밑에서 잠이 들었는데, 도토리가 코에 떨어져서 깨어났다. 높은 곳에서 떨어지니 작아도 아팠다. 그 순간 그가 큰소리로 외친다. '그가 맞았어! 높은 가지에 큰 게 달려 있었으면 내 코는 으깨졌을 거 아냐!'

이 글에서 우리는 우선 '그가 맞았다'라는 말이 간단하게 'Il a raison'이라고 하는 것을 배운다. 그리고 'écraser'라는 동사는 더 착실하게 배운다. 그건 절대로 잊어버리거나 뜻을 혼동할 수 없다.

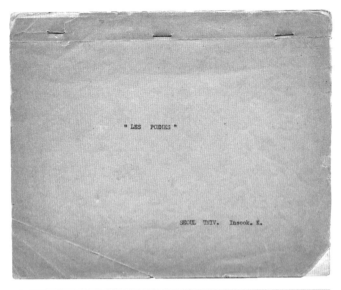

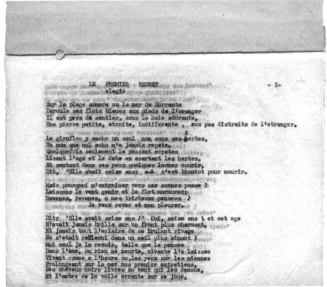

'19세기 불란서시' 교재

호박이 높은 데서 콧등으로 떨어지는 이미지와 연결되어 있기 때문이다.

'Respirer'라는 단어도 재미있게 배웠다. 어떤 의사가 환자가 오니까, 약병을 코에 대 주고 말한다. "숨을 크게 들이쉬세요. 네, 다 나았습니다." Respirer bien, vous êtes guéri. 화가 난 환자가 지폐를 의사 코에 대고 말한다. "Respirer bien, vous êtes payé." 숨을 크게 쉬어 보세요. 계산 끝났습니다.

플로베르의 『감정교육』 강독에서는 요즘 애용되는 '끌어내려라'라는 말을 그런 식으로 배웠다. 데모대들이 당시의 재상이던 "기조를 끌어내리라"라는 구호를 외치는데, 달랑 'à bas Gizot' 세 단어였다. 플로베르의 시대도 우리 시대처럼 끌어내릴 사람이 많아서 그 구호가 여러 번 되풀이되었다. 수사數詞는 엄청 긴데, 구호 같은 것은 우리 것보다 더 간결해서 머리에 쏙 들어온다. 불란서에는 그런 간결한 표현이 많아서 뜻이 선명하게 전달되니 배우는 게 점점 재미있어진다.

내용이 마음에 들어서 잊혀지지 않는 글도 있다. "만약 내게 아름다운 정원이 있다면, 그걸 개방해서 모든 이들이 즐기게 해 주고 싶다"는 것이 있었다. 동감이었다. 1974년에 평창동으로 이사를 왔다. 그때 평창동은 풍치지구여서 건폐율이 30퍼센트밖에 되지 않았다. 대지의 70퍼센트를 의무적으로 정원을 만들도록 강요받은 것이다. 그 넉넉한 빈터에 꽃과 나무들을 열심히 심어 아름다운 정원을 만들었다. 그리고 나서 꽃 피는 계절에 종일 집이 비면, 그 꽃들이 아무도 없는 데서 시들어 가는 데 대해 죄의식을 느꼈다. 꽃에게도 사람들에게도 모두 미안했던 것이다. 그 집을 허물고 박물관으로 개축했다. 주차장을 만드느라고 작아지기는 했지만, 그 정원을 건물과 함께 영인문학관에 기증하던 날, 문득 그 글 생각이 났다. 드디어 전망이 좋은 우리 정원을 원하는 모든 이에게 공개하게 되었기 때문이다.

그 밖에도 재미있는 글들이 많아서 어학 공부가 힘들지 않았다. 하지만 교재는 여전히 문제였다. 불문과의 교재문제는 국문과보다 훨씬 더 심각했다. 우리 과의 책들은 단행본으로 된 것이 많은데, 불문과의 교재는 파는 곳이 거의 없었다. 여행자들이 불란서에서 사오거나 일본에서 번역본을 들여오는 수밖에 없었다. 그래서 강독 교재는 타이프를 치고 복사해서 각자가 만들어 썼다. 나는 친구가 한국은행에 다녔기 때문에 그 애가 교재를 만들어 주었다. 지금도 내게는 그때 배우던, 영어 타이프라이터로 쳐서 호치키스를 박아 만든 '19세기 불란서시'와 엘리엇의 「황무지」 텍스트가 남아 있다. 「황무지」는 영어니까 문제가 없는데, 불어를 영자 타이프로 치는 것은 문제가 있다. 불어에는 영어에 없는 세 가지 악상*과 세디유**가 있다. 그런데, 영어 타이프에는 그 부호들이 없기 때문이다. 그러니까 시간 중에 선생님이 일일이 악상들을 불러 주거나, 학생들이 원문을 빌려다가 써

---

* accent aigu(´), accent grâve(`), accent circonfle(ˆ)가 그것인데, 영자 타이프라이터에는 그런 부호가 없어서 텍스트에 일일이 적어 넣으며 배웠다.

** cédille: 모음 a, o, u 앞의 c字에 s음을 주기 위하여 c字 밑에 붙이는 기호. 예: ç.

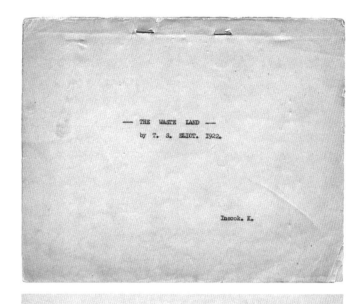

T.S.Eliot 「황무지」 교재

넣어야 하니 보통 문제가 아니다. 지금도 내게는 악상이 없는 불시 교재가 악상이 없는 채로 남아 있다.

문제는 교수진에도 있었다. 교양 불어도 많은데, 교수님이 국문과 보다 적어서, 이휘영李彙榮, 손우성孫宇聲, 김붕구金鵬九 세 분밖에 없었다. 이휘영 선생님은 어학을 주로 가르치셨고, 나머지 두 선생이 문학을 담당했다. 불란서에서 공부를 한 분은 김붕구 선생밖에 없고, 나머지 두 분은, 외국어 발음이 잘 안 되는 일본에서 불어를 배우셔서, 발음에도 문제가 있는 경우가 있었다. 그런 데다가 교수 수가 모자라서 초급 불어를 철학과 교수가 가르친 일도 있다. 남도 분이었는데, 그 젊은 선생님은 불어를 시골 사투리 가락으로 읽어서 이상한 곳에 악센트를 붙였다. 원문도 번역문도 모두 그렇게 읽는 것이다.

하지만 다행히도 현대시와 문예사조를 강의하는 손우성 선생님이 계셨다. 일본 호세이法政대학 불문학과를 나오신 선생님은, 국문과에서는 교수가 없어서 못 가르치는 현대문학 강의를 해 주셔서 많이 도움이 되었다. '낭만주의시'와 '낭만주의론'을 모두 손 선생에게서 배웠다. '상징주의시'와 '상징주의론'도 마찬가지다. 라마르티느와 뮈쎄, 보들레르, 발레리의 시들을 모두 손 선생에게서 배운 것이다. 시뿐 아니다. 소설 강독도 하셨던 것 같다. 선생님 강의를 많이 들어서 선생님은 국문과 교수 같은 생각이 들 정도였다.

시골무사 같이 세련되지 않은 손우성 선생님은, 인품도 시골무사처럼 순박하고, 진솔하셨다. 감정이 풍부한 분이라 논리적으로 명석한 분석을 하는 면은 약했지만, 열정으로 그것을 카바 하셨다. 선생님은 좋아하는 시가 나오면 잔뜩 기분을 내면서 낭독을 해 주셨다. 알프레드 드 비니A.de Vigny의 「뿔 피리Le Cor」에서, 롤랑이 죽는 골짜기 이름인 '롱스보오'를 발음하실 때는, 그 어휘의 음악성에 도취되셔서, 지나치게 흥분해서 낭독하셨기 때문에, 그 골짜기 이름이 아직도 기억에 남아 있다.

문학이론은 교재로 쓸 만한 텍스트를 구할 수 없으니, 여러 책을 참고해서 노트를 만들어야 한다. 그 노트를 가지고 와서 구술하시고는, 대목마다 설명을 해 주셨다. 되도록 많이 가르치려는 성의가 엿보였다. 필기를 할 때 선생님은 이상한 사투리를 쓰실 때가 있다. '기껏'이라고 할 것을 '가지끈'이라고 하는 것 같은 경우다. 열심히 받아쓰다가 '가지끈'이 나오면 우리는 킥킥거리느라고 다음 말을 놓쳤다. 그 강의실에는 선생님의 따님도 같이 있었다. 그래서 선생님은 우리에게도 아버지처럼 느껴졌다.

18세기 산문과 희곡 강독은 젊은 김붕구 선생이 하셨다. 조용하고 성실한 젊은 교수였다. 「페르시아인의 편지」, 「방안에서의 여행」 같은 글들을 배웠던 생각이 난다. 「홍당무」도 아마 선생님에게서 배웠을 것이다. 재미있는 것은 희곡이었다. 회화를 배우려면 희곡강독을 듣는 게 좋다는 말이 맞는 것 같다. 옥타브 미르보의 「사업은 사업이다」*라는 희곡을 배웠는데, '어쩌면 시간이 이렇게 빨리 가지?'라는 대사가 되풀이되는 통에 우리는 그 대사를 외워 버렸다. 나는 불문과 강의를 전공과목만큼 들었기 때문에, 두 교수님이 하시는 문학 강의는 거의 다 들었다. 불란서 문학이 한국문학에 끼친 영향이 많기 때문에 불문과 강의는 한국문학을 이해하는 데 많은 도움이 되었다. 비교 연구가 가능했던 것이다.

---

* 극작가 Octave Mirbeau(1850-1917)의 「Les Affaires sont Les Affaires사업은 사업이다」라는 희곡은, 사업지상주의자들을 그린 풍자극이다. 근대극의 걸작으로 꼽히는 희곡이다.

3. 영문과

교재 때문에 고전하는 것은 영문과도 마찬가지였다. 할 수 없으니까 교양 영어 시간에 교재로 미군에서 유출된 '에드거 앨런 포'의 페이퍼백 책을 각자가 구해다가 쓰도록 한 일도 있다. 고석구高錫龜 선생 시간이었다. 명동의 중국 대사관으로 들어가는 골목에 가면 미군부대에서 흘러나오는 페이퍼백 책들을 널어놓고 파는 곳이 있었다. 거기에서 나는 영시를 모아놓은 『Immortal Poems』라는 두꺼운 시집과 포의 책을 사서 교재로 썼다. 포의 책은 숫자가 많아서 쉽게 구했다. 단순한 추리소설 독자에게도 매력이 있는 책이니까 미군 병사들이 많이 주문해서 보는 모양이다. 고급 독자나 저급한 독자를 모두 포용한 곳에 포의 위대함이 있는 것 같았다. 책을 못 구한 사람들은 복사본이라도 만들어 쓰니 텍스트 자체를 베껴 쓰던 시기보다는 진일보 한 셈이다.

포의 작품에서 제일 먼저 배운 것은 「헬렌에게To Helen」와 「엘도라도Eldorado」*라는 시였다

Helen! Thy beauty is to me

  Like those Niceian barks of yore,

That gently o'er a perfumed sea,

  The weary, way-worn wanderer bore

  To his own native shore.

(중략)

Lo! in yorn brilliant window-niche

  How statue-like thee stand

The agate lamp within thy hand!

  Ah, Psyche, from the regions which

Are Holy-Land!

헬렌! 그대의 아름다움은

파도에 시달려 탈진한 길손을

향내 나는 바다를 건너

고향에 데려다 주던

그 옛날 니케아의 배와 같구나

---

* Eldorado: 전설 속의 황금향.

보라! 저 멀리 빛나는 창가에

얼마나 조각 같은 모습으로 그대가 서 있는가를

손에 마노의 향불을 들고 있네

성스러운 땅에서 온 여신 프시케여!

고 선생은 키가 크고 날씬한 젊은 교수였다. 당시에는 보기 드물게 차림새가 말쑥했던 선생님은 수업 방법도 세련되었다. 강의를 안 해도 되는 첫 시간에 「To Helen」과 「Eldorado」라는 아름다운 시를 가르쳐 주어, 포에 대한 흥미를 유발시켜 놓고, 쿨하게 퇴장해 버린 것이다. 그 시가 학생들을 사로잡아서 우르르 중국 대사관 골목으로 책을 찾아 몰려가게 만들었다.

「엘도라도」도 아름다운 시였다. 칼 부셰의 시처럼 엘도라도를 찾지 못해 산 너머 그 아득한 곳을 찾아 끝도 없이 편력하는 기사가 나오는 시였다. 딸이 세리토스에 살 때, 어느 날 프리웨이를 달리다 보니 '엘도라도'라는 지명이 나와서 깜짝 놀랐다. 너무나 가까운 곳에 낙원이 있었기 때문이다. 해질녘이었는데, 끝없는 들판에 잔디가 덮인 야트막한 구릉들이 파도처럼 굽이치고 있는 평화로운 곳이었다. 언덕 사이사이에서 키 작은 나무들이 드문드문 서 있었다. 저녁해가 낮게 비껴있어 그 대지가 성스러워 보였다. 멋있게 차려 입은 젊은 기사가 밤낮으로 찾아 다녔다는 엘도라도도 저런 곳이었을까? 저렇게 시가지와 가까운 곳에 있는 것이었을까?

「갈가마귀The Raven」, 「애너벨 리Annabel Lee」, 「종Bells」 같은 시와 「검은 고양이The Black Cat」, 「아몬틸라도 술통The Cask of Amontillado」, 「모르그 거리의 살인The Murder of rue Morgue」, 「튀는 개구리Hop Frog」, 「어셔家의 몰락The Fall of Asher」 같은 단편소설들을 그 시간에 배웠다.

시들이 너무 아름다웠다. 압운법押韻法이 규칙적이면서, 수식어는 매번 바뀌니 시를 낭독하면 음악 같았다. 나는 포의 「The Raven」에 나오는 'more'라는 말의 끝없는 변주에 반해 버렸다. 스탠자 끝마다 그 단어가 나오는데, 앞부분은 매번 다르다. 'Darkness there, and nothingmore'로 시작해서 'more'를 수식하는 말이 매번 달라지면서 변주가 계속된다. Notthimgmore였다가 nevermore가 되고 그 다음에는 evermore가 되는 식이다. 「애너벨 리」에서도 수식하는 단어는 매번 바뀌는데, 아름다운 음을 가진 여자의 이름은 되풀이되어, 단조로움에 빠지지 않는 반복의 음악이 생겨나고 있었다.

그건 우리가 처음으로 배운 두운頭韻과 각운脚韻에 관한 교육이었다. 포의 시대까지도 시에서 운과 율이 얼마나 엄격하게 지켜지고 있는지 신기했고, 운율이 언어를 아름답게 예술화하는 힘이 얼마나 큰지 경탄했다. 구텐베르크가 책을 대량생산하게 만들어서 묵독默讀의 시대가 온 지도 몇 세기가 지났는데, 자유시 시대까지 이어지는 그 엄격한 압운법은, 호머 때부터 이어져 내려온 유구한 운문시의 전통에서 유래한 것이다. 그들은 서정시와 비극과 서사시를 모두 운문으로 쓰던 문화 속에 아직도 살고 있었던 것이다. 미국에서 시의 운과 율이 그렇게 중요시되고 있다는 것을 나는 포의 시를 통해서 배웠다. 그러다가 나중에 미국에서 아기들 동물그림책을 보고 다시 한번 놀랐다. 마주보는 페이지마다 동물이 나오는데, 모두 두운이 같은 동물끼리 짝지어져 있어서 글자를 배우는 초입에서부터 운에 대한 교육을 시키고 있었기 때문이다. 유럽적 전통에서 가장 먼 미국에서도 그러니 호머 시대부터 자리 잡은 운문시의 전통은 얼마나 깊은 뿌리를 가지고 있는가?

한시가 운문을 대표하는 한국에는 운문으로 된 한글시가 거의 없었다. 한글로 시를 쓰기 시작한 시대는 이미 운문시가 씌어지지 않은 시기였기 때문이다. 그렇다고 한시의 압운법에 대해서 배운 일도 없었으니 내가 운문의 아름다움을 배운 것은 그때가 처음이었다. 그것은 새로운 경이감을 환기시켰다. 포의 시는 대체로 길이가 짧고 음악성이 절묘해서 외우기가 좋다. 그런데, 소설은 작가가 어휘가 풍부해서, 작품마다 새 단어가 많이 나왔다. 전공이 아닌 아마추어들은 단어를 찾느라고 수업 시간에 사전을 들고 다녀야 했다. 포는 어휘력이 풍부한 작가였던 것이다.

영문과 강의의 하이라이트는 이양하 선생님의 '황무지The Waste Land' 시간이었다. 선생님은 Fraser의 『황금 가지The Golden Bough』* 같은

---

* Sir James Frazer(1854-1941)의 『The Golden Bough』(1890): 종교와 신앙에 관한 방대한 자료의 분석을 통해서 인류의 정신발전을 기술한 인류학의 고전이다.

두꺼운 참고서들을 많이 들고 와서 탁자 위에 쌓아놓고 강의를 하셨다. 엘리엇의 시에는 중세와 헬레니즘 시대의 이야기에서 인용한 비유가 많이 나온다. 선생님은 그 대목들을 들고 온 원전에서 직접 읽어 주시면서 설명을 하곤 해서 진도는 더뎠지만, 많은 것을 배웠다. 「황무지」 외에 「프루프록의 연가」와 「하마河馬」 같은 시들을 배우고 학기가 끝났다. 선생님의 '황무지'와 박종홍 선생의 '철학개론', 양주동 선생의 '두시언해' 등은 청강 내지 도강盜講을 하러 오는 외부 학생이 많은 인기 강의여서, 일찍 들어가 자리를 잡는 게 안전했다.

혼자 사시던 50대의 이양하 선생님은 강의가 끝나면 참고문헌을 한아름 안고, 학교 뒤에 있는 관사를 향해 땅을 보며 조용조용 걸어가셨다. 그 모습이 외로워 보였다. 경성제대에서 교수용으로 지은 동숭동 관사촌에는 그 무렵에 이희승, 이양하, 고병국, 고형곤, 유기천 같은 선생님들이 이웃하여 살고 계셨다. 선생님의 유명한 에세이 「경이, 건이」는 그때 이웃에 살던 고형곤 박사 아드님들의 유년기 이야기를 쓴 것이다.

선생님은 이화여대의 장영숙 교수님과 연인이라는데, 웬일인지 늦도록 혼자 사셨다. 서로 마지막까지 '양하', '영숙'하고 이름을 불렀다*는 그분들의 세련되고 신화적인 사랑은, 학생들의 화제 거리가 되었는데, 두 분이 결혼하고 함께 산 지 얼마 되지 않아서 선생님이 돌

---

* 『과거라는 이름의 외국』, 유종호, 현대문학 2011년판, 89쪽 「1950년대의 대학가」 항 참조.

아가셨던 것 같다. 어떤 더러움도 묻지 않는 연잎 같은 느낌을 주는 교수님이셨는데, 구겨진 베이지색 바바리코트로 외로움을 감싸고, 오래 혼자 사시다가 결혼했는데, 얼마 살지 못하고 가셨으니, 그 죽음이 많이 애석했다.

그분 옆에 개성이 강한 젊은 송욱 선생이 서 있었다. 키가 크고 호리호리한 송 선생은 여위셔서 뼈마디가 금세 와해되어 흘러 내릴 것 같이 위태로운 인상을 주었는데, 그런 몸 안에 송곳 같은 날카로운 것을 간직하고 있는 것 같이 보였다. 경기고를 나온 젊은 송 선생은 이양하 선생과는 대척되는 분위기를 가지고 있었다. 이양하 선생 같은 수더분하고 온후한 분위기가 없는 대신에, 민감성을 드러내는 날카로움이 있었다. 우리는 선생님이 웃는 얼굴을 본 일이 거의 없다. 선생님은 녹슨 것 같은 목소리로 말을 아끼며 하셨고, 늘 입다심을 하는 버릇이 있었으며, 항상 세상이 못마땅한 것 같은 표정을 하고 계셨다.

오만해 보이고 말수가 적어서 접근하기 어려운 교수님이어서 멀리서 구경만 했다. 타과 학생들은 남의 전공과목을 들을 때, 버겁게 느껴지면 수강신청을 하지 않고 청강만 하는 경우가 있었다. 나도 선생님의 강의 하나를 그리하였다. '20세기 영시'였던 것 같다. 송 선생님에게서는 알렉산더 포프 같은 시인이 나오는 18세기의 영시를 배웠고, 20세기 영시도 들었다. 20세기 영시에서는 예츠에 대해 배웠던 기억이 난다. 선생님은 시인이기도 해서 우리가 졸업한 후에 『何

如之鄕』이라는 시집도 내셨다. 젊음과 강기剛氣와 날카로운 감각 같은 것이 겉으로 노출되어 편안한 인상은 아니었지만, 그 오만한 분위기에는 카리스마가 있었고 실력도 있어서 열심히 수강을 했는데, 웬일인지 선생님도 일찍 돌아가셨다. 그 까칠했던 분위기는 어쩌면 몸이 불편한 데서 온 것이었는지도 모른다.

부전공은 아니지만 현대문학을 하려면 영문과 강의도 들어야 하니까 사실상 과 개념은 별로 중요하지 않았다. 같은 과의 고전문학반 학생들보다는 외국문학과 학생들을 만날 기회가 훨씬 많았기 때문이다. 외국문학과 학생들도 양주동, 이숭녕, 백철 선생 강의 같은 것을 들으러 왔으니 만날 기회가 아주 많았다. 독문과를 부전공으로 택한 학생은 우리 학년에는 없었지만, 나는 독문과의 이명숙, 이귀경과 친했고, 불문과의 김옥남과는 지금도 만나는 사이다. 영문과 강의실에서 생긴 친분이었던 것 같다.

1953년 가을 학기가 끝날 무렵에 맥타가트McTaggart라는 미국인 교수가 와서 "미국의 현대시 특강"을 했고(12월 6일), 시인 모윤숙 선생 특강도 있었다. 맥타가트의 강의는 영어 듣기 실력이 모자라서 중간에서 나오고 말았지만, 모 선생 강의는 인상적이었다. 50대의 모 선생님은 하얀 저고리에 자주색 통치마를 입고 오셨다. 선생님은 '시인은 무당 같은 사람'이라는 말로 말문을 여셨다. 선생님의 강연은 학문적 깊이는 없었지만 반응이 좋았다. 선생님에게는 청중을 사로잡는 카리스마가 있었던 것이다. 살아 있는 유명한 시인을 처음 만나 보는 학생들도 있어서 청중이 많았는데, 나는 주눅이 들지 않는 모 선생님의 당당함과 패기에 감동을 받았다.

그건 모 선생과의 첫 만남이었다. 그 후 가까이 지낼 기회가 더러 있었는데, 만날 때마다 그분의 스케일의 크기에 압도당했다. 선생님 은 집에서 손님을 치르는 것을 즐기셨다. 화양동 시장 안에 있던 느 티나무가 있는 집 마당에, 손수 장을 봐다가 만든 깔끔하면서도 풍성 한 요리를 준비하고, 문인들을 불러서 담소를 하면서 즐기는 것이다.

한번은 송지영, 서항석, 전숙희, 김남조, 조애실 같은 문인들과 우 리 부부가 그 마당에 있었는데, 술이 몇 잔씩 돌아가자 시인 조애실 씨가 문인들의 제스처를 흉내 내는 퍼포먼스를 선 보였다. 상대방의 개성을 잘 파악하고 있는 데다가, 제스처와 말투가 아주 능숙하고 익 살맞았다. 박종화 선생님의 바지는 '마다가미'가 '마다시다'*와 같다 면서 치수를 재는 제스처를 하는데, 다리가 짧고 뚱뚱한 박 선생님의 체형과 인품을 어찌나 방불하게 묘사하는지 웃느라고 정신이 없었 던 생각이 난다. 그날의 조 선생의 연기를 비디오로 찍어 놓았더라면 문학사에 남을 재미있는 자료가 되었을 것 같다는 생각이 든다. 옹기 소품을 만드는 것이 취미였던 조애실 시인은 옹기의 예술화를 지향 하셨는데, 단단하게 생긴 양반이 선배인 모 선생님보다 먼저 돌아가

---

* 股上과 股下의 일본 발음: 바지의 가랑이에서 윗부분이 마다카미이고 아래 부분이 마다시타 다. 그 두 부분이 길이가 같다는 것은 허리가 길고 다리가 짧다는 뜻이다.

셨다.

그 후에도 나는 한번 더 모 선생님 스피치를 들은 일이 있다. 돌아가시기 얼마 전이다. 그날 모윤숙 선생은 사람들을 많이 불러서 큰 파티를 여셨다. 몸이 많이 불편하신데도 새로 지은 한남동 집에서 파티를 연 것은, 보고 싶은 사람들을 마지막으로 한 번 더 보고 싶어서였을 것이다. 일종의 고별의식告別儀式이었던 셈이다. 그래서 초청받은 사람들이 모두 왔다. 외국인 친구들도 많았다.

오월이어서 꽃냄새가 스며 들어오는 아름다운 응접실에서 나는 처음으로 모 선생의 영어 스피치를 들었다. 고혈압으로 입이 삐뚤어지고, 보행도 불편한 빈사의 환자였는데, 그날의 선생님의 고별사는 너무 시적이고 아름다웠다. "이 아름다운 계절에 사랑하는 사람들을 다 만나 같이 회식을 하다니, 숨이 붙어 있다는 것은 얼마나 큰 축복인가"하는 대목이 있었는데 영어 표현이 절묘했다. 언사가 세련된 데다가 진심이 담겨 있어 감동적이었던 것이다

"유엔 총회를 움직이게 한 것이 바로 저것이었구나."

나는 죽음을 눈앞에 두고 있는 노시인을 경탄하면서 바라보았다. 함경도 사투리의 톤이 남아 있는 영어로, 입이 삐뚤어진 환자가 그렇게 시적이고 감동적인 스피치를 할 수 있다는 것이 기적 같았다. 언제나 말 속에 자신을 모두 투입하는 그 정열 때문이었을 것이다.

지금 동숭동 캠퍼스는 창문이 없는 우람한 붉은 건물들이, 멋없이 커 버린 은행나무 사이에 즐비하게 들어서 있는 어수선한 공간이다. 우리의 아담하던 동숭동 캠퍼스는 없어져 버린 지 오래다. 60년의 시간이 지나간 것이다. 참 오래 살았다는 생각이 든다. 하지만 동숭동 캠퍼스의 추억은, 과거의 사라진 흔적이 아니라, 아직도 나를 부추겨 세우는 원동력으로 남아 있다. 날마다 한 치씩 키가 크는 것 같던 학창 시절을 동숭동에서 보낸 것을 신에게 감사한다.

흙으로 집을 짓다

1954년의 첫 학기가 되기 전에 우리 집은 서울로 이사를 했다. 집이 불타버려서 전에 아버지가 하던 탄재炭材회사의 부속 건물에 있는 방 하나를 빌린 것이다. 용산역 구내와 이어져 있어 석탄과 목재가 직접 화물차로 구내에 들어오게 되어 있었던 그 회사는, 기능적으로 보면 아주 좋은 위치에 자리 잡고 있었다. 하지만 풍경은 살벌했다. 경계를 알 수 없게 넓었지만, 석탄을 다루는 회사여서 근처의 땅 전체가 꺼맸다. 구내를 흐르는 개천 물도 시커맸다.

밤이면 이웃 여자들이 화차 칸 근처에 떨어져 있는 조개탄을 주우려고 유령처럼 그 꺼먼 땅 위를 헤매 다녔고, 나무 하나 변변한 것이 없어 황량했다. 하지만 근처에 집이 없어서 외딴집처럼 조용한 것은 좋았다.

아버지의 회사를 산 친구분이, 삼각교회 뒷담에 이어져 있는 개천 너머의 땅을 드릴 테니 집을 지으라고 권하셨다. 집터를 차지한 학교에서 나온 쥐꼬리만한 보상금이 있어, 그것으로 집을 짓기로 했다. 돈이 적으니까 흙벽돌을 직접 찍어서 지어야겠다고 어머니가 말씀하셨다. 고향에 두고 온 시골집도 회벽과 시멘트를 발라 지었는데, 서울에서 흙으로 집을 짓겠다니 황당했지만, 거기에 토를 다는 사람은 없었다. 그 돈으로 집 비슷한 것이라도 만들 엄두를 낸 어머니가 대단해 보여서 모두들 어머니만 쳐다보고 있었다.

어머니는 어딘가에 가서 벽돌 찍는 기술을 전수받아 가지고 오시더니, 고향에서 온 친척 아저씨를 불러다가 흙벽돌을 만들기 시작했다. 처음에는 찰흙과 모래의 비율이 안 맞아서, 계속 시행착오를 하더니, 일주일쯤 지나니 쓸 만한 벽돌이 만들어졌다. 벽돌틀과 자료를 사다가, 배운 대로 찰흙과 모래를 비율에 맞추어 섞어 버무리고, 그걸 틀 속에 담은 후, 떡메 같은 것으로 표면을 잘 다져서 햇빛에 말렸다가 꺼내면 흙벽돌이 완성되는 것이다.

우리 어머니는 5천 년 전에 수메르 사람들이 하던 것처럼 그 흙범벅에 짚을 썰어 넣었다. 그리고 햇빛에 말렸다. 햇빛이 약해서 고대 메소포타미아의 벽돌처럼 튼튼할 것 같지 않았으나, 그 대신 비에 흙이 깎여 나가지 않게 횟가루가 아니면 시멘트 가루를 좀 섞었는지, 그 집은 비가 와도 깎이지 않고 오래 버텨 주었다. 일본에서는 흙을 참기름으로 개서 토벽을 만든 곳도 있었다. 문명은 그런 보완작용을 거쳐 진보하는 모양이다.

오랫동안 힘들게 만들어 쌓아 놓은 흙벽돌로, 어머니는 온 식구가 잘 수 있는 널찍한 안방 하나와 작은 방 두 개가 있는 집을 지었다. 설계는 어머니가 하셨다. 방안지에 자로 칸을 그어 치수를 적어 주면, 그 치수대로 벽돌공이 벽돌을 쌓아 올리는 것이다. 아궁이는 어머니가 직접 만들었다. 우리 어머니는 집을 잘 짓는 여인이어서 불이 잘 들게 구들을 놓는 비법도 알고 계셨다.

비용이 드니까 서쪽을 벽으로 길게 처리하고 창문을 높은 곳에 만드는 대신 담을 생략했다. 동남쪽에 부엌과 건넌방을 만들고 툇마루도 만들었다. 동쪽 끝에는 교회 담이 있으니까 앞에만 담을 좀 쌓았으니 경제적이었다. 부엌이 중앙에 있어서 양쪽에 있는 세 방을 모두 부엌에서 불을 때서 난방을 하니 편리했다.

흙벽돌집은 부산에서 지었던 판자집보다는 훨씬 나았다. 벽돌을 두 겹으로 쌓으니 외벽이 두꺼워서 외풍이 없었고 튼튼했으며, 여름에는 시원하고 겨울에는 훈훈했다. 진흙으로 물매를 해서 틈을 막으니 벽을 통해 습기가 스며들지도 않았다. 요즘 짓는 황토집처럼 된 것이다. 사는 데는 불편이 없었지만, 외양이 보기 싫은 것이 문제였다. 나를 짝사랑하던 어느 고관댁 도련님이 뒤를 밟아 와 보더니, 흙벽돌집이 나타나자 눈이 똥그래지면서 너무 놀라서, 동생과 내가 허리를 잡고 웃은 일도 있다.

그때 어머니는 안방 옆에 붙어 있는 제일 작은 방을 내게 주셨다. 어릴 때부터 혼자 있고 싶어 하니까 부산에서부터 내게 딴 방을 주기 시작한 것이다. 아이들을 한 방에서 다 데리고 자야 마음이 놓이는 습관이 있는 어머니로서는 크게 양보한 셈이다.

공장 부지여서 건축 허가가 나오지 않으니 무허가로 지어야 했다. 그래서 짓는 과정이 좀 복잡했다. 겨우 벽을 쌓아 올리면 경찰이 와서 부수기 때문이다. 어머니가 그렇게 힘들게 만든 벽돌을 말이다. 그 집을 지으면서 어머니는 생전 처음 뇌물을 주는 법을 배웠다. '먹자는 귀신은 먹여야 떨어져 나간다'는 이웃 할머니의 충고를 따른 것이다. 뇌물 액수와 방법까지 그 할머니가 훈수해 주셨다.

원칙주의자인 우리 어머니는 법을 어기는 것을 아주 싫어해서, 뇌물 주는 일은 어머니에게는 고문과도 같이 고통스러운 업무였다. 살기 위해서 그렇게 싫은 일도 해야 하는 것이, 많은 자식을 거느리고 전시를 살아야 하는 어머니들의 업보다. 어쨌든 그 집은 짓고 부수고 하면서도 마무리가 되어 갔다.

집 짓는 과정이 이태리 영화 「지붕」과 흡사했다. 빗토리오 데시카 감독의 작품인 그 영화는 우리처럼 폐허에 무허가 건물을 짓는 이야기를 다룬 것이다. 무허가 건물이니까 경찰이 와서 부수면 또 짓고 또 짓고 하는 밀당을 계속하면서 건물이 조금씩 올라가는데, 일단 지붕만 올리면 단속은 끝난다. 지붕 밑에서 젊은 여자가 아이에게 젖을 물리고 있으면 금상첨화이고, 빨래 같은 것이 널려 있으면 더 효과적이다. 경찰이 손을 들고 그냥 가버리기 때문이다.

그래서 온 마을이 협조해서 속전속결로 지붕 올리기에 열중한다.

만주 국경의 해산진까지 진격했다가 후퇴하는 병사들

다른 팀은 경찰 따돌리기 작전을 펴고, 또 다른 팀은 아기 엄마와 아기를 빌리러 다닌다. 그 신산한 과정을 데시카는 라틴 민족다운 경쾌한 터치로 코미디처럼 처리해서 흥겨운 잔치처럼 만들어 버렸다. 우리나라에도 그런 규칙이 있었는지, 아니면 어머니의 뇌물이 효과를 나타냈는지는 모르지만, 밤새 일을 하는 속전속결주의를 펼친 우리 집도 지붕이 올라가고 나니 다시는 부수는 사람들이 오지 않았던 것 같다.

어느 나라나 폐허에 피난민들이 갑자기 돌아오면, 무허가 건물이 난립할 수밖에 없다. 허가를 받을 관청도 제대로 없는 혼돈의 시기에는, 무허가로 건물이 들어서지 않을 수 없으니까, 경찰들도 단속하는 시늉만 하는데, 봐 줄 명분을 만들기 위해 지붕 올리기를 한계선으로 하는 룰을 만든 것 같다. 주택가가 다 타버려 폐허인데, 무허가 건물이라도 들어서지 않으면 피난 갔다 온 사람들을 어디에 수용할 것인가?

비록 흙벽돌로 벽을 만든 집이지만, 어머니는 비가 덜 들이치게 하려고 처마를 깊게 했고, 슬레이트를 얹어서 지붕을 만들어서, 그 집은 어머니가 온전한 집으로 이사할 때까지 잘 버텨 주었다. 거기에서 우리는 1.4 후퇴 때 북에서 내려오신 할아버지와 전주에서 서울 유학을 온 조카까지 4대가 같이 살았다.

어머니는 남은 땅과 개천을 이용해서 오리도 치고 양계도 하셨다. 혼자 월남한 먼 친척 아저씨가 그 일을 담당했다. 우리가 나중에 닭의 아재비라고 부른 사람이다. 어머니는 홍제동에 새로 지은 국민주택을 사서 이사할 때까지 십 년 가까이 그 집에서 사셨다. 뿌리 뽑힌 나무가 다시 뿌리를 내리는 데 걸린 시간이 그만큼 걸렸던 것이다. 어느 나라에서나 전쟁의 상처가 어지간히 아무는 기간은 그쯤은 되는 것 같았다.

그 10년 동안에 아이들은 자라서 차례차례로 흙으로 지은 집을 떠났다. 나도 동생도 결혼을 했고, 할아버지는 돌아가셨으며, 조카는 미국으로 유학을 갔다. '기차 소리 요란해도 아기 아기 잘도 잔다'는 노래 구절이 생각난다. 세상이 곤두박질을 치는 재난 속에 있어도 아이들은 자라서 때가 되면 제 보금자리를 만드는 것이다. 지진으로 인해 자주 재난 속에 던져지는 일본 사람들이 지진을 조용히 받아들이는 것은, 10년이면 치유가 된다는 사실을 알고 있기 때문이 아닐까 싶다.

어느 인문학자의 6.25

2017년 06월 09일 1판 1쇄 박음
2017년 07월 05일 1판 2쇄 펴냄

지은이 강인숙
펴낸이 김철종 박정욱
책임편집 김성은 **디자인** 정진희 **마케팅** 오영일
인쇄제작 정민문화사

펴낸곳 에피파니
출판등록 1983년 9월 30일 제1 - 128호
주소 110 - 310 서울시 종로구 삼일대로 453(경운동) KAFFE빌딩 2층
전화번호 02)701 - 6911 **팩스번호** 02)701 - 4449
전자우편 haneon@haneon.com **홈페이지** www.haneon.com

ISBN 978-89-5596-800-2 03810

이 도서의 국립중앙도서관 출판예정도서목록(CIP)은 서지정보유통지원시스템
홈페이지(http://seoji.nl.go.kr)와 국가자료공동목록시스템(http://www.nl.go.kr/kolisnet)에서
이용하실 수 있습니다.(CIP제어번호: CIP2017013489)